U1005182

龙凤错
太子殿下有喜了

［上］

端木摇 著

新世界出版社
NEW WORLD PRESS

目录

目录

目录

目录

目录

目录

要变御王殿下的迷妹了，好帅气！

我假装不知道太子殿下是女的

这场刺杀，御王才是真正赢家

太子殿下：真是偷鸡不成蚀把米

冷媚女子 = 太子殿下，御王肯定猜不到

坐等御王发现真相

第一章

偶遇神秘女刺客

萧贵妃这智商，能活到第几章？

“有刺客！保护王爷！保护太子！”

不知是谁尖声大叫，歌舞不休、推杯换盏的寿宴顿时一片惊乱。

所有贵宾惊慌失措地站起来，杯盏碗碟扫落在地，哐哐啷啷，声音嘈杂，满地狼藉，怎一个“乱”字了得。

只见四个打扮妖艳的舞伎转瞬之间化作刺客，手持软剑，向今日的寿星御王飞身刺去。

招式凌厉，动作神速，令人防不胜防。

御王慕容彧本是坐在主位赏舞饮酒，在那四支软剑如毒蛇般迅捷地游来之际，他依然气定神闲，缓缓地端起青玉酒杯，送入口里。

锋利无比的剑尖直逼而来，他猛地拍案一跃。

青玉酒杯里的酒水倾洒出去，化作见血封喉的利器，袭向四个刺客的眼睛。

“啊……”只听一声声惨烈的尖叫，四位刺客眼睛被凌厉强劲的烈酒击中，顿时红肿难睁。

今日来为当朝摄政王贺寿的都是朝中大员，此时或逃奔或躲在角落里瑟瑟发抖，只见那四个舞伎刺客倒下，又四个舞伎向前冲来。

“保护太子！保护太子！”

慕容辞的近身内侍如意惊惶地大叫，伸臂挡在主子身前。而慕容辞步步后退，最后悄然离开大殿。

疾步前行一阵，太子忽然止步，闪进一个房间，如意连忙跟着进去。

看见殿下解下缃色滚金锦袍，如意大惊失色，压低声音道：“殿下你做什么？”

“本宫不能什么都不做，”慕容辞迅速脱了外袍，“速速把本宫的头发散下来。”

“是，殿下。”见殿下这般坚定，如意唯有听命，把太子的三千青丝用一根丝带束起。

接着，慕容辞从怀里掏出一样东西，贴在脸上，在脸的边缘用劲地摁了几下。

转瞬之间，英气俊朗的太子摇身一变成为容貌冷媚的女子。

“你找个地方躲起来，机灵一点。”慕容辞冷声道。

“奴才会的，殿下千万当心，切勿逞能。”如意退下。

大殿内，一个舞伎刺客被生擒，其余七个都死了，血流一地。

御王毫发无损，除了衣袍上被撒了一种白色药粉。

所有贵宾被安置在其他房间，林管家指挥下人把刺客尸体搬走，然后道：“王爷不如先回房更衣。”

慕容彧寒沉地眯着眼，疾步地离去。

回到内苑，推开房门，他忽然止步，深邃的眼掠过一抹寒色。

“出来吧。”他面不改色地进去，关好房门后说道。

房梁上的慕容辞一惊，不想他的耳目这般敏锐。

软剑在手，慕容辞如燕子般飞冲下来，直刺他的脑门。而他非但不避，只徒手一探，一道强劲如利刃的劲气从掌中飞出，向眼前的女刺客倾泄而去。

慕容辞大惊失色，传闻摄政王武艺高强，果然不假。若要坚持刺他的脑门，自己就会被他的气劲击中心口，那就死翘翘了。

慕容辞忽然诡秘地冷笑了起来，飞身一闪，抓起只茶杯朝他掷去。

他依然不避，衣袂一飘将那茶杯徒手捏住。轻松一捏然后扬手一掷，茶杯变成的无数碎片向慕容辞飞袭而去，追风逐月一般。

慕容彧，你的内力用得越多越好。

慕容辞明眸里溢满杀气，心中冷笑着再次挥舞软剑，碎片纷纷坠地。

慕容彧剑眉微挑，说：“本王让你三招。”

慕容辞心里大喜，飞身持剑刺去，慕容彧，本宫要你死！

他轻巧地侧身一避，右手如灵蛇般游过来扣住她的手腕，卸了她手里的软剑。他随手一解，丝带束着的青丝散落开来，簇拥着一张冷媚的小脸。

“如此美人竟然是刺客，真真可惜。”慕容彧的眼中闪过一丝惊艳。

机会来了！

慕容辞化手为刃，朝慕容彧胸口拍去一掌，这结实的一掌，让慕容彧后退两步。他忽然容色大变，眼中爬满了猩红的血丝，脸膛发红。

慕容辞知道他已经开始血脉逆行，这是杀他最好的时机，于是倏地捡起软剑，凌然刺去。

“想杀本王？”慕容彧已退至榻边，却抬手轻巧捏住那剑锋，生生地折断软剑。

啊！慕容辞惊骇地睁大了眼，愣了一瞬。

就这一瞬，慕容彧扣住慕容辞的手腕，将慕容辞摔向床榻。

慕容辞火速以手刃劈向他，却被他轻而易举地制服。他衣袍上的白色粉末闪闪发光，那些白色粉末是一种令人血脉逆行的药粉，只要吸入一点就会让他使不出内力，还会让他性情大乱、神志不清。

果然，他变成一只嗜血的猛兽，把猎物扣在床榻。慕容辞激烈地反抗，拼了多少力气都无济于事，逃不出他的魔爪。

行刺不成，反倒把自己送入虎口。

看着他那双充满了色欲的眼睛，她吓得差点儿昏厥过去。

慕容彧攻城掠地，粗暴地索取，喑哑的低吼声充斥在帷帐间。

此刻的慕容辞十分后悔，过往的一幕幕在她脑中回放。儿时起，她便被囚于东宫，父皇说她是太子，她也便觉得自己就是太子，是国本。可长大后她从近身侍女口中得知，父皇一直对外宣称太子体弱，不宜出东宫，其实是为了掩饰自己的女儿之身。她不懂父皇为何如此，十八年的宫禁生活让她踌躇满志。直到最近，父皇才允许扮装出宫，于是她策划了这次行刺独权的摄政王的行动，不成想却使自己成了猎物。

眼中酸涩，可是她没有哭，只是死死地咬着唇。

“你是谁？叫什么名字？”

“我是你的仇人！我一定会把你碎尸万段、千刀万剐！”

慕容彧从来没有这样放纵过自己，他铁血倥偬的三十年人生里，心中只有一个信念：男儿志在家国。而此时这娇嫩身躯带给他超乎想象、无以言表的销魂蚀骨，他食髓知味。

直到子时，慕容彧才沉沉睡了，她轻手轻脚地越过他下床。

当真耻辱！

宾客已经散了，但府里刚发生刺客行刺一事，下人不敢去睡觉，府卫也定会加紧巡视。她这样子怎么出去？

然而，若现在不出去，他苏醒了她就跑不掉了。

有了！

她取了一件慕容彧的外袍匆忙地穿上，再把青丝简单束起，最后看了一眼床上那睡得跟死猪一样的摄政王。不对！现在不是杀他的最好时机吗？

笨啊！自己怎么没想到这一点？

慕容辞捡起地上的断剑，寒光一闪刚要刺去，却只听得咚咚咚的敲门声。

“王爷……王爷……”是御王府的林管家。

眼看这人要推门进来，慕容辞只得一把撕下人皮面具，放在衣襟里，然后开门。

林管家原本是想来看看王爷怎么样了，为什么回房更衣那么久，宾客都走了王爷也没出来。

然而，这门从里面一开，他好像看见鬼一样，揉了揉眼睛，确定眼前之人真是太子，这才行礼。

“太子殿下，您怎么还在府里？您不是早就回东宫了吗？”

“本宫的确走了，不过又回来看看摄政王。你也知道，摄政王总揽朝政，倘若遇刺受伤了那如何是好？”慕容辞冷冷道。

林管家愣了半晌，诺诺道：“王爷没事吧？”

她表情冷漠，“摄政王没事，已经歇下了。本宫回宫了。”

他连忙道：“奴才为殿下备一辆马车。”

直至慕容辞消失在府外，林管家方才觉得哪里不对，太子身上的玄袍，怎么好像是王爷的？太子刚刚宣称身体大好，可出东宫行走，就与御王有了这等不可告人的关系？林管家觉得自己还是少言为妙。

回到东宫，如意伺候慕容辞更衣。

一身内侍打扮的琴若悄声进来，面色沉重地说："殿下，我们的人死了七人，三号被生擒。"

啪！慕容辞拿起妆台上一把象牙梳，用力地掷出去。

"殿下息怒。"如意柔声劝道。

"殿下放心，三号应该不会供出什么。"琴若小心翼翼地说道，这次行刺殿下精心部署了一年，没想到功败垂成，死了这么多人。不说殿下愤怒，她也觉得非常可惜。

"即使她供出什么，本宫也不怕。"慕容辞的明眸射出寒光。

"那奴才先通知柳叶巷的人，让她们撤到桃花巷。"

"嗯，这事你去办。"

"奴才告退。"琴若悄无声息地退出去。

"殿下，热水准备好了。"如意轻声道，难怪殿下这么生气，那个摄政王太嚣张跋扈了。

浴殿里，慕容辞坐在宽大的温泉浴池里，若有所思。

想起无辜被毁的清白，慕容辞气得牙痒痒，恨不得抽他的筋、扒他的皮、喝他的血。

"出去吧，本宫想一个人静静。"

"是。"如意虽担心，但还是什么都没问，默默退出浴殿。

慕容辞发狠地搓着手臂和身上，恨不得把身上沾染的他的气息统统消灭掉。

一想起那屈辱不堪的一幕，她就满腔怒火无处发泄。

慕容彧，你的项上人头，本宫要定了！

次日午时，慕容辞才懒洋洋地起身。

全身到处都痛，手臂好像被折断了一般，双腿酸软。

一案佳肴美食，却是全无胃口。

"王爷，您不能进去！王爷，殿下还未起身……王爷……"外面传来内侍的阻拦声。

又是他！

她一示意，如意亦疾步去殿前阻拦。

然而，慕容彧疾步如风，一袭滚金绣祥云玄袍衬得他更加轩昂挺拔，玄色广袂随着步履的行进而摆动。

“王爷请留步。”如意站在门槛外，伸臂拦住他，“殿下身子不适，不见任何人。”

“你拦得住本王吗？”他漫不经心地斜去一眼。

她心神一凛，被他寒厉的目光一盯，好似被一根银针刺了一下。

殿内的慕容辞扬声道：“让摄政王进来吧。”

慕容彧跨步进殿，径直坐在她的对面，用似笑非笑的目光盯住了太子。

“昨夜王爷在寿宴遇刺，本宫吓坏了。”她恐慌地说，似一只受了惊吓的小白兔。

“让太子殿下受惊，是本王的不是。”话虽如此，语气里可没有半分歉意。

“为什么有女刺客行刺王爷呢？”

“应该是一些惦记着本王人头的逆贼。”

“听闻昨夜生擒了一个女刺客……”慕容辞故意打住。

“本王已经吩咐属下对那女刺客严刑逼供，相信很快就能擒住幕后主谋。抓住那幕后主谋，定要让他尝尝十八般酷刑的滋味。”

“本宫也希望王爷尽快擒住主谋。”

“但最想杀本王的那个人，远在天边、近在眼前。”

“王爷，你这是什么意思？”迎上他嗜血凶残的目光，她心里一震。

这个该死的御王太精明了。

慕容彧忽而邪魅地说：“本王的意思，太子殿下会明白的。其实本王有过怀疑，昨夜那场行刺是近在眼前的人部署的。”

慕容辞心中一惊，干巴巴地笑道：“王爷真会开玩笑。”

他眯了眯眼，说：“不过，本王相信，太子殿下没有那个胆量。”

“王爷说得是。”她恨得咬牙切齿，却暗暗松了口气。

慕容彧离去之后，她吩咐如意将昨日穿回的玄袍烧了。

她在东宫韬光养晦五年，没想到首次出击就功败垂成，当真懊恼。如今陛下昏聩，不理朝政，摄政王总揽朝政，嚣张跋扈，朝中官员大多是见风使舵之辈，并且碍于慕容彧兵权在手，只会阿谀奉承。无论是朝野还是民间，没有人胆敢对摄政王说一个“不”字。就连她这东宫太子，未来的一国之君，都不能对摄政王说一个“不”字。慕容辞懒懒地靠在贵妃榻上，半个字也不说，直至黄昏时分。

忽然，琴若匆匆奔进来，神色略有慌张地说道：“殿下，出事了。”

慕容辞被吓得弹起身子，说：“什么事？”

“柳叶巷和桃花巷两个地方都被一锅端了。”

“什么？”慕容辞霍然起身，眼里寒光闪烁，“是慕容彧？”

琴若郑重地点头。

慕容辞重重地拂袖，说：“如意，伺候本宫更衣。”

琴若与如意对视一眼，这风口浪尖殿下确实不适合出去，然而她决定的事，谁能阻止或改变？

不多时，慕容辞打扮成女子模样，戴上人皮面具，往书房走去。书房有一条隐秘的密道直通宫外，每次她出宫都是从密道出去。

桃花巷那户民宅很普通，从外面看绝不会发现里面隐藏着什么，那么只有一个可能，是三号招供的。

宅内凌乱不堪，一地狼藉，很明显发生过激烈的打斗，不过尸首都被清理了，只剩下发黑的血迹。

这个地方是她经营五年的成果，和柳叶巷那户民宅一样，用于训练女杀手。

没想到，她一次失败的谋划，让大部分人丧了命。

她泪水夺眶而出，攥紧拳头，骨节啪啪地响。

慕容彧！

有声音！

慕容辞迅捷地飞上屋顶，看见下面的墙头站着一个人。

玄色广袂在三月料峭的寒风里飞扬，那张白皙的俊脸沉寒如铁。

慕容彧！

他没有动，她也没有动。

她不得不承认，他的五官俊秀瑰美，半生铁血的沙场生涯把他的面容磨得冷峻刚硬，呈现出属于战士的心狠手辣。

慕容彧记住了她的容貌，她就是昨夜跟他抵死缠绵的那个冷媚女子。

在春光的照耀下，她比昨夜更娇艳明媚几分。

“姑娘可否告知芳名？”

一想起昨夜的销魂蚀骨，他就筋骨酥软，心潮澎湃。

他自嘲地笑，没想到自己也会有这么一日。

“你只需记住，有朝一日，我们会用你的人头来祭旗。”慕容辞似笑非笑，心头落满了冰雪。

“那是本王的荣幸。”慕容彧的眼眸中迸出猎鹰般的凶光，“你是东楚国人？”

“是又如何，不是又如何？”她明白了，三号先招供出柳叶巷和桃花巷这两个地方，接着说自己是东楚国人，为的是骗取慕容彧的信任。

“姑娘何不考虑一下，成为本王的……”

“你献上自己的人头，我或许会考虑一下。”

慕容彧低沉地笑起来，说：“若你怀了本王的骨肉，可来御王府找本王。”

慕容辞讥诮地冷笑，“即使我有了你的骨肉，你应该去阴曹地府找寻。”

他从容地说：“果然非一般女子，本王越发喜爱了。”

她正要飞奔离开，忽然看见他如箭离弦似的飞来，不由得惊怒交加，提气飞奔。

只是，她低估了他的轻功，不多时就被他追上了。

慕容彧扣住她的右肩，把她揽在怀里，然后落在一条僻静的街道。

“放开我！”被他当街调戏，慕容辞气得快吐血了。

“姑娘不留下芳名，今日是走不了了。”他捏住她的下巴，邪恶魅惑的目光犀利如剑，“昨夜没看清楚，今日让本王好好看个究竟。”

她蓦然抬腿踢向他的腰腹下方，力道劲猛。

他轻巧地后退一避。

“下流！无耻！”慕容辞羞恼地骂道。

咻咻！

凭空出现两枚暗器袭向慕容彧，他一闪身避开，又听砰的一声，烟雾弥漫，笼罩了一切。

他暗道不妙，立即飞身而起，然而待烟雾散去，已没了那姑娘的踪影。

他冷笑，原来那姑娘还有同党。

用了几种酷刑，那个女刺客才招供，不过行刺的人真的是东楚国派来的吗？

难道行刺真的跟太子没半点关系？

是琴若及时赶到，救了慕容辞。

然而，她一回到东宫，如意就迎上前，眉间布满了慌张，“殿下，清元殿内侍来报，陛下呕血病重。”

“什么？”慕容辞心神大震，脑子里有瞬间的空白，接着说：“何时的事？”

“半个时辰前来禀告的。”

“速速为本宫更衣。”

此时的清元殿外，一众内侍、宫女在候着，六个太医在大殿紧急会诊，萧贵妃坐在北首主座饮茶，却是安之若素。

“太子驾到。”清元殿外的内侍拉长声音通报。

所有宫人、太医纷纷屈身行礼，萧贵妃在近身宫女桃枝的搀扶下，慢悠悠地站起来，一张美艳的鹅蛋脸慢慢染上焦虑担忧的神色。

慕容辞匆匆说一声“免礼”，便焦急道：“父皇现下如何？”

“陛下昏迷未醒……”沈太医躬身回道。他是太医院院使，在宫中医术最高。

“你不是太医院医术最精湛的大夫吗？父皇究竟身患何症，为什么还不苏醒？你尽力了吗？”

关心则乱，她劈头盖脸地一通斥骂，疾言厉色。

沈太医吓得额头冒出汗珠，回道：“殿下少安毋躁，臣等正在会诊。此次陛下呕血昏迷，是因为脏腑虚耗，心肺虚弱……”

实际上，陛下的身子已经被那号称能够长生不老的仙丹掏空了，此时非常虚弱，能否渡过这一关，要看天意了。

“废物！饭桶！”慕容辞异常震怒，怒斥声如惊雷劈下。

六个太医纷纷下跪，伏地叩首道：“臣等无能。”

萧贵妃冷目旁观了一阵，忽而娇滴滴道：“太子息怒。他们已经尽力了。”

慕容辞冰冷地瞪她一眼，拂袖进了寝殿。

萧贵妃不以为意，反正这东宫太子是个胆怯无能的草包，不会碍事。

“父皇……”慕容辞看着龙榻上面色灰白、毫无生机的父皇，热泪潸潸。

都怪那些仙丹。

也不知道萧贵妃给父皇灌了什么迷魂汤，父皇竟然想长生不老，多方寻找会炼制长生不老仙丹的得道高人。四年前，萧贵妃不知从哪里找来一个所谓的得道高人献给父皇，此人自称天风道长，此后开始为父皇炼制仙丹。

从此父皇沉迷于仙丹，整日跟萧贵妃在一起，做着长生不老的美梦。

无视朝政，昏庸无能，荒淫无度，各种各样的责骂在朝廷大员中悄然流行，若非有摄政王总揽朝政，大燕国早就岌岌可危了。

慕容辞不知道父皇还能活多久，可是她绝不能让父皇再这样下去。

“太子殿下，陛下呕血之前服用了天风道长的仙丹，说是归元丹。”内侍元顺低声道。

“当时萧贵妃也在吗？”她森冷地问。

“贵妃也在。天风道长说，只要服下归元丹就能龙精虎猛，胜似年少。”

“然后呢？”

“陛下服了归元丹后，想与贵妃独处……此后奴才就退出大殿了。”元顺低下头。

“原来如此。”慕容辞的眼眸浮现出一丝杀气，厉声怒喝，“侍卫何在？”

清元殿的侍卫里，她早已安插了自己的人，当即，一列侍卫奔进来，其中为首的头目问道：“太子殿下有何吩咐？”

“天风道长居心叵测，谋害父皇，其心可诛，斩！萧贵妃妖颜惑主，致使父皇荒废朝政，扰乱朝纲，乃当世妖妃，罪不可恕，斩！”她洪亮的声音传扬开去，清俊的脸布满了阴霾。

所有人都大惊失色，懦弱的太子殿下竟然发威了。

一半侍卫领命去缉拿天风道长，一半侍卫冲向萧贵妃。

萧贵妃略显惊慌，不过很快就冷静下来，施施然起身道："太子，你凭什么下令杀本宫？"

"就凭本宫是太子！"慕容辞徐徐转身，英气的脸庞紧绷着，"拿下！"她厉声喝道，这个妖妃再留不得了。

"站住！你们胆敢动本宫一根毫毛，待陛下苏醒，定要你们人头落地！"

两人对峙，皆是气场十足，侍卫不敢再上前，面面相觑。

这几年，皇上唯一宠爱的妃嫔就是萧贵妃。后宫皇后之位暂缺，她其实就是皇后，打理后宫的同时，把皇上伺候得也好，皇上自然护着她、宠着她，从来不让她受半分委屈。近日，皇帝老迈，神志不清，她的旨意就成了陛下的旨意。

萧贵妃冷笑道："宫里谁都知道皇上不喜欢太子。太子懦弱无能，难堪东宫大任！"

所有人都震惊得头皮发麻，萧贵妃也太胆大妄为了，竟敢说出这种大逆不道的话。一个宫妃也敢废太子？不过，这几年陛下和太子的关系实在是不好，父子俩大吵过几次，宫人都听见了。陛下废黜太子，也不是不可能。

慕容辞似笑非笑道："倘若萧贵妃能生养一个皇子就好了，就可以哄骗父皇册封你的儿子为太子。只可惜你的肚子不争气。"

"本宫若是争气了，你就该寝食难安，彻夜难眠了。"

只听唰的一声，慕容辞突然抽出一个侍卫腰间的利剑，径直刺向萧贵妃的雪颈。

"啊……"萧贵妃惊骇地瞪大双眼，只见剑尖距离她的颈部只差微末时，一枚暗器不知从何处飞来，击中剑尖，剑尖被弹开了。这枚暗器所携带的内力强猛无比，慕容辞的长剑瞬间脱手而落。

生死一瞬，千钧一发。萧贵妃剧烈地喘着，脸庞布满了惊恐。

慕容辞愤恨地朝暗器飞来处瞪去，有胆量阻止她杀人，且能做到的，只有一人。

果不其然，是他！

慕容彧缓缓走来，不怒自威。

"拜见王爷。"所有宫人侍卫纷纷下跪，六个太医也屈身行礼，十分恭敬。

慕容彧摆手让众人起身，然后沉声问沈太医道："皇上如何？"

"皇上还未苏醒。"沈太医慌张地用袖子拭去冷汗。

"这位是薛神医。"慕容彧客气地向众人介绍身后老者，并恭敬地对这位老者说，"有劳薛神医。"

慕容辞心里惊喜，这位老者就是当世神龙见首不见尾的薛神医？

传闻，没有薛神医救不活的人，只有他不想救的人。他不想医治的人，绝不会出手相救，而且每年他只医治三个人。

"薛神医，您一定要救醒父皇。"太子的心头燃起一丝希望。

"你们去外头候着吧。"薛神医步履缓慢地来到皇帝榻前。

而此时，萧贵妃一直望着慕容彧，痴迷的目光温柔得能挤出水来。

慕容辞看见此情此景，深感传闻无误，慕容彧和萧贵妃之间定有私情，不然，他就不会救萧贵妃一命。

"王爷，太子要杀本宫。"萧贵妃柔弱委屈地说着。

"太子殿下，为何要斩杀萧贵妃？"慕容彧转向太子，冷漠地问道。

"萧贵妃勾结天风道长，谋害父皇，谋逆之心昭然若揭，罪大恶极，难道不该死吗？"太子据理力争。

"王爷，本宫怎么可能谋害皇上？本宫冤枉。"萧贵妃娇嗔道，摆出一副受害者的无辜可怜模样，"以往陛下也是这么服用仙丹的，不曾有事，今日陛下呕血昏迷，本宫也不知何故，也很焦心啊。"

"太子殿下，此事应该与萧贵妃无关。"慕容彧蹙眉道。

慕容辞气得要吐血，却又无可奈何。如果慕容彧想保住一个人的命，今日她无论如何也杀不了这个人。

这时，侍卫们把天风道长押了过来。天风道长看见萧贵妃，眼珠一转，恳求道："贵妃，您要救救小人呐。小人怎敢谋害皇上？小人忠心耿耿，一心为皇上龙体安康而炼制仙丹……"

"你炼的仙丹令皇上呕血昏迷，还敢狡辩？"萧贵妃为表示自己没有跟他勾结，疾言厉色地怒斥道，"你究竟在仙丹里加了什么东西？"

道长自知大祸临头，下跪求饶道："王爷饶命，太子殿下饶命，小人真的没有谋害陛下，小人不曾加入任何有伤龙体的东西……"其实，他知道皇上迟早会有今天，仙丹只能暂时让皇上有回光返照之势。原本他打算择日就逃离皇宫的，反正也赚到足够的黄金了，今日本是最后一次进献仙丹，没想到出事了，此时此刻想跑也跑不了了。

萧贵妃满脸阴沉，不予理睬。

天风道长自知必死无疑，只恨她的无情与背信弃义，索性道："贵妃，是你说只要小人进宫炼丹，就可以享受荣华富贵……"

"你胡说八道什么？你进宫之前，本宫根本不认识你！"萧贵妃双目圆瞪，气急败坏。

慕容彧忽然挥手，一个侍卫腰间的银剑猛地出鞘，朝天风道长飞去。寒光一闪，天风道长被刺死于殿内。

慕容辞冷笑，慕容彧迫不及待地杀人灭口，还不是为了萧贵妃？

她对这个摄政王的憎恨又深了一层。

薛神医，良心神医！

御王发现太子诸多反常

心疼太子殿下，被逼叫仇人“皇叔”

光明正大地挖墙脚

天下第一痴情男子——御王

两人同乘一骑，温香软玉在怀

第二章
寻遍天下也要找到她

薛神医用一盏茶的工夫，总算把北燕皇帝慕容承救醒了。

他颤巍巍地来到大殿外对众人说："陛下脏腑受损严重，心肺虚弱，老朽会多留三日，为陛下调理身子，倘若三日后陛下病情好转，便能转危为安。"

慕容辞心下欣喜，忍不住欢欣雀跃道："多谢神医，有劳神医。"

慕容彧见太子突然喜悦的样子，甚是可爱，突然有些恍惚，等他回过神来，恭敬地对薛神医说道："神医，本王已安排了，这几日您暂住在偏殿，稍后宫人会带您过去。"

"老朽开了药方，找个宫人带老朽去抓药煎药。"薛神医声音苍老缓慢，他毕竟七十有余了，须发已花白。

慕容辞连忙道："煎药这种小事怎能劳烦神医呢？太医院的太医煎好了药会送过来的。"

神医摆摆手道："老朽治病从来不假手于人，抓药煎药都是自己来，这才万无一失。"

太子很满意，如此，即使有人想从中做手脚也再无可能。

"你们两个陪神医到太医院。"慕容彧吩咐清元殿内两个可靠的内侍，"无论神医做什么，任何人不得干扰。神医的话就是本王的命令，记住了吗？"

几人随后进入皇帝寝殿，只见龙榻上的慕容承眼睛微睁，清瘦的脸庞呈现出病态的白，好似病入膏肓。

"父皇……"看见父皇变成这副样子，慕容辞很难受，声音哽咽 。

慕容承的眼珠缓缓地转了一下，虚弱地说："你们……都来了……"

发出的声音混浊低缓，气若游丝。

“皇上，是臣妾的错。臣妾错信了那个天风道长，臣妾愿领罚。”

萧贵妃扑通一声跪下。

慕容辞，心想，真会装腔作势，你就继续装吧。

“起来吧……朕怎么会怪你呢……”慕容承慢慢地伸手示意她起来，萧贵妃连忙起身，把纤纤玉手递过去，让皇帝握住。

慕容辞暗暗咬牙，父皇啊，你都这样了还惦记着妖妃，真是红颜祸水。

“太子，往后你要长进一些……不要让朕操心……”慕容承拉着妖妃坐在床边，语重心长地看向“儿子”。

“父皇，儿臣知道了。”慕容辞闷声道。

“御王，朕把燕国和朝政交给你……把太子也托付给你……望你不要辜负朕的希望……”

“陛下放心，安心静养，臣不会辜负陛下的嘱托。”慕容彧沉沉道。

慕容辞内心泛起一阵恶心之感，他说这种冠冕堂皇的话可真溜，背地里不知藏了什么心思。

慕容承又道：“太了，你要听御王的话……御王对朕、对朝廷忠心耿耿……这几年为朕打理朝政，更是殚精竭虑……”

慕容辞在心中呐喊：“父皇，睁开你的眼睛看清楚你所欣赏的御王，他的狼子野心昭然若揭！”

“御王，你是朕看着长大的……朕信得过你……”慕容承看见慕容彧就好像看见了过世多年的老友，微微一笑道，“说起来，你是太子的长辈……太子，你应当尊称御王一声‘皇叔’。”

“臣不敢当。”慕容彧语声轻淡。

“皇叔？”慕容辞低着咬唇，眼白一翻。

这个俏皮的表情却被慕容彧看在了眼里，他心想，这太子着实有趣，蹙眉之间还有几分娇美之色，似曾相识，此前皇上一直声称太子多病，常年在东宫养病，近日才较多露面。

“虽然御王的祖上不是皇家宗室，不过二十年前因军功被御赐皇姓，御王这一脉也算是宗室了。”萧贵妃娇媚地笑道，“如今御王是摄政王，太子尊称他一声‘皇叔’也不为过。”

“太子，叫一声‘皇叔’。”慕容承的目光里有所期盼。

慕容辞攥紧拳头，迟迟不肯开口，心中暗暗埋怨父皇。

萧贵妃好不容易抓到这个刺激太子的机会，又劝道：“太子，我不是你的生母，本不该说什么，不过我相信你母后在天有灵，一定会希望你能够听从皇上教诲。摄政王监国摄政，日夜操劳，殚精竭虑，你身为太子，理当感谢摄政王，叫一声‘皇叔’就这么难吗？”

慕容辞捏紧拳头，咬唇半晌，艰难地说道：“皇叔。”心里想的却是，有朝一日，本宫定把这个耻辱百倍讨回来！

“为皇上、太子分忧是臣的本分。”慕容彧依旧冷漠地说，心里却想着，这个太子越来越有趣了，明明气得咬牙切齿，却依然装得若无其事，能屈能伸，着实与他之前对太子的印象有出入。

从清元殿出来，慕容辞愤懑难消，不过回到东宫，他冷静下来，深知身为没有实权的东宫太子，本就应该经历常人所不能忍受的磨难，想到定有一日能够翻身报仇，她才慢慢平静下来。

过了一日。

慕容辞正要用午膳，琴若步履匆匆地赶来，面色沉重。

“出事了？”慕容辞心一颤，面色慌张。

“三号被吊在朝阳大街门楼，暴尸三日。”

“慕容彧！”慕容辞握着银箸的手青筋暴凸，明眸迸出寒光。

“殿下，不要冲动。”如意劝道。

“本宫要出宫，更衣！”慕容辞步履迅速地走向寝殿。

“殿下，摄政王这么做就是为了引同党出现，这是引蛇出洞。殿下切不可意气用事。”琴若苦口婆心地劝道。

慕容辞冷冷地回道：“放心，本宫自有分寸。”

虽然三号是她训练的女杀手，只是诸多下属里的一个，平时交流也不多。然而，她们把性命交托给她，她就要为她们负责到底。她暂时没法为那些丧命的下属收尸，她会寻找机会，可是不是现在。

朝阳大街是洛阳城最繁华热闹的街市，今日更是汇聚了全城百姓来此围观。所有人都仰着头望着吊在门楼上的姑娘，议论纷纷。

那姑娘已经死了，一身破烂的衣裳沾满了发黑的血迹，明显生前遭了不少罪。

“听闻这个姑娘就是那日行刺摄政王的女刺客。”

“不知道这姑娘是什么人，为什么行刺摄政王。”

“听说是东楚国人。你想啊，摄政王要是死了，咱们燕国不就大乱了吗？东楚国就可以发兵来袭，侵犯我们燕国。”

“东楚国皇帝这一手太狠了。好在咱们的摄政王福大命大，什么事儿都没有。”

“咱们的摄政王怎么会有事儿？他的武艺独步天下，刺客近不了他的身。”

“摄政王不仅战功赫赫，而且长得俊美，是多少闺秀小姐的春闺梦里人呐。倘若我可以去御王府当个小丫头伺候摄政王，这辈子我就没什么遗憾了。”

“嘁，你有什么资格进王府？我才有资格。”

“这有什么好吵的？反正我们都没有机会去伺候摄政王。我听说摄政王满身煞气，他身边的女子都不会有好下场。”

“你意思是，摄政王身上的煞气会害死身旁的女子？”

“你想想啊，摄政王十岁就效力军中，多少人死在他手里，而且他还坑杀过敌寇十万，东楚国、南越国和西秦国送给他一个称号，叫‘战魔’。我还听说，别国士兵一看见摄政王的旗幡，就吓得屁滚尿流，闻风而逃。”

“我才不怕呢，摄政王是战魔又怎样？他又不会平白无故地杀人。”

慕容辞站在人群里，听着这些绘声绘色的议论，不禁挤出一句：“妇孺之见！”

她转身离开，片刻看见前面走来一个面熟的伙计。伙计靠过来对她说道：“公子，得月楼二楼雅间有位公子想见你。”

“太子殿下，请坐。”慕容彧似笑非笑，摆手相邀的姿势很优雅。

“王爷是在这儿守株待兔？”慕容辞怎么也没想到竟是他，但既来之，则安之，便掀袍坐下。

他斟茶递水，颇为殷勤。

她一边浅饮茶水，一边打量他。他依然身穿一袭玄袍，不过无纹无饰，却丝毫不减风采气度，反而添了几分惬意闲适。

“殿下对这个女刺客也有兴趣？”慕容彧唇角滑出一抹狐狸般的冷笑。

“轰动洛阳城的女刺客，本宫当然有兴趣。”慕容辞长眉轻挑，“王爷想用这个女刺客引蛇出洞，不知可有收获？”

“不急。”

“那王爷这三日都会在这里守着？”

“若殿下来陪本王，本王就不会那么寂寞了。”慕容彧也不知自己为何对太子生出了一种奇特的好感，就想看着他和自己吵嘴时的俏皮模样。

“本宫要在东宫当一个称职的太子。”自从昨日在清元殿发威之后，她决定不再伪装。以摄政王的狂妄跋扈，怎会对她这个太子心存忌惮呢？无非是想刺探，顺便羞辱自己罢了。

慕容彧沉缓地抬起头，盯着太子说道：“本王一直在想，东楚皇帝不至于这么蠢，派几个女刺客来行刺本王。”

慕容辞听了这话，茶水正好卡在嗓子眼儿，差点儿呛到。

她被他犀利的目光盯得心里发毛，不动声色地问道：“那你怀疑另有主谋？”

“主谋是谁，本王不在意。国人也好，身边人也罢，抑或是他国国君，又有什么区别？”

“王爷的想法真是特别。”

“本王在意的，是一个女子。”

“女子？”她错愕道，端起茶杯。

慕容彧唇角的笑意若有若无，“本王遇刺那夜，偶遇了一个女子。本王要引出洞的是她。”

慕容辞水中的茶水一下子都喷了出来，她意识到自己过于失态，连忙擦拭，却掩饰不住慌乱。

慕容彧眼中闪过一丝讶异，道：“殿下为什么这般惊讶？”心想，太子定与那女子有关联。

她扬眉冷笑，语气充满了讥诮道：“本宫只是觉得，像王爷这般经天纬地的男子，竟然会在意一个来历不明的女子。那个女子是女刺客之一吗？”

“本王不知。”慕容彧总觉得殿下的反应过于激烈，不过一时还看不透太子的意图。

“倘若王爷喜欢的是那女刺客，洛阳城那些未出阁的女子会心碎的。”慕容辞难掩讥讽之情。

慕容辞总觉得慕容彧的目光怪怪的，好像猜到了什么，又好像在试探她，于是眼神慌乱地闪躲，又想到那晚被迫的缠绵，脸上漾起一丝红晕。为了掩饰，她走到窗前，望向喧哗热闹的门楼。

看到慕容辞故意闪躲，慕容彧坚定了自己的猜测，他站到她身旁，语声低沉道：“本王忘不了她身上那独特的幽香，这辈子都忘不了。再者，本王觉得，那种幽香似曾相识。”

太子心里一紧，双腿软得站不住，慕容彧眼疾手快地拦住她的腰部，说：“殿下这是怎么了？”

“今日起身早了，头有点晕。”慕容辞面不改色，蓦然发觉腰间的那只大手特别炙热。

她本能地推开他的手，说：“本宫没事。”

他为什么对她说这么多？莫非他已经知道那个女子是她？一时之间，她心乱如麻。所幸，她一向不用熏香，他所说的幽香应该是体香。

慕容彧从容地缩回手，发现太子英气的脸庞染了一圈粉红，竟有几分娇艳之色。再者，殿下的腰部特别柔软，不像男子般硬挺，倒有点像女子，莫非是因为整日待在东宫，身体孱弱？

此前很多人都说太子清秀俊雅，肌肤白皙，身形纤弱，像极了故去的继皇后，有六七分女子的阴柔之美，今日近观，确实如此。

“王爷不缉拿刺客，反而费尽心思地寻找那女子，该说王爷是性情中人，还是说王爷沉迷于女色？王爷总揽朝政，日理万机，还有闲情思虑风月之事吗？”气氛有些尴尬，慕容辞连忙岔开话题。

慕容彧望着湛蓝长空，说道：“风月之事不就是朝政之事吗？”

“若王爷找到那女子，又当如何？杀了她还是纳她为妾？”她回到桌前坐下。

“将来之事，本王也不知。”他坐在她身旁，似笑非笑的眉宇间暗藏锋利，“倘若有一日本王落在你手里，你会如何折磨本王？”

“摄政王于家国、于社稷功劳卓著，本宫怎么会对王爷下手？”慕容辞觉得荒唐得很，竟然在一家茶楼的雅间跟死对头说这些没半点用处的话。

慕容彧付之一笑，斟了两杯茶。

她起身告辞道：“天色不早，本宫先行回宫。”

直至太子消失了，慕容彧才收回目光。太子越来越有趣了，之前都在伪装，他一直在养精蓄锐，终有一日会反击夺权，慕容彧心里泛起一丝不安。

夜色深沉。

御王府书房内。

慕容彧坐在书案前，落笔如风，运笔稳健，如行云流水一般流畅。

所勾所画，皆是心中所思所想，是在他脑海里盘旋多日的音容笑貌。不多时，画就了一幅清简的画像。

画中是一个女子，五官媚而不妖，艳而不俗，如朝霞般灿烂，又似秋水般冷冽。美人在骨不在皮，那女子冷媚倔强，好似天人。

他久久地凝视着画像，可惜佳人已远，竟寻不到了。

不！即使是寻遍天下，他也要找到她！

从来没有他慕容彧做不到的事！

咚咚咚……咚咚……咚咚咚……

这敲门声有着独特的节奏，慕容彧扬声道：“进来。”

一个黑衣人推门而入，禀报道：“王爷，属下已经传令搜捕，洛阳城内外都没有那个女子的踪影。”

“东楚国可有回音？”

“方才东楚国的探子回报，也没有那个女子的踪迹。”

“继续找。”

“是！”黑衣人退出去，转瞬之间融入了无边的黑夜。

洛阳城靠近西郊有一座占地极广的宅院，号称天下第一庄。五年前，天下第一庄就向全天下发出广罗名士的通文：凡是觉得自己有所特长的，凡是勇于挑战的，都可以来报名。经过庄内考核，在某行某业首屈一指的，便可以成为天下第一庄榜上名士，第一庄将收为门人，无条件供养。

初五是考核日，每逢这日，天下第一庄热闹非凡，来自五湖四海的人汇聚于此，人满为患。

庭院中，应试者有擅长杂耍的，有擅长举鼎的，还有能够飞天遁地的，五花八门，稀奇古怪。

内苑却是清幽宁静，花木扶疏，亭台楼阁，恍似阆苑仙境。

“庄主，这个月报名考核的人似乎都没有多大本事。”天下第一庄的管事容湛百无聊赖地说道。他素喜白衣，风度翩然，颇有几分浊世佳公子的气质。

他身旁的公子也是一袭白衣，眉目更为俊秀雅致，虽身姿略显清瘦，但比他多了几分潇洒飘逸。此人正是慕容辞。

“无妨，原本我创建天下第一庄的目的也不在于此。”慕容辞说着，却听见外面传来嘈杂声。

容湛摇着雪白羽扇，嬉皮笑脸地说：“庄主想去前院看看？”

慕容辞点点头，说：“我们分开走。”

慕容辞来到前院，混入围观的人群观看。忽然，她察觉身旁多了个人，压迫感很强，此人必定是武艺精深，才会有如此气场。她不着痕迹地往旁侧挪了几步，悄然转头。

摄政王！他怎么也来这里？

她连忙掩饰震惊慌乱的情绪，平复心情。

“太子殿下好雅兴。”慕容彧低沉的声音包含打趣道，“咱们可真有缘分，到哪里都能撞见。”

“王爷不会是跟踪本宫吧。”慕容辞没好气地说。

“莫非殿下想来网罗奇人异士？”

“莫非王爷也是？”

“闲来无事，凑凑热闹。”慕容彧云淡风轻地说。

不知怎么，她觉得越来越燥热，脖子和耳根隐隐发烫。或许是夏季来临的缘故。

他沉缓道：“殿下很热？不如到那边吧，那边人少一点。”

慕容辞还没回答，就被他扣住手腕拽着往外走。

她恼怒地想甩开手，竟甩不开，生气道：“放开本宫！”

慕容彧终于松开手，表情随意，“这儿凉快一些。”

可是，换了个地方，她还是觉得不够凉快，被他握过的手腕烫得吓人。

那夜屈辱不堪的一幕不时地在她脑海里闪回，挥之不去，使她更加心烦气躁，若有可能，她必定立即砍了慕容彧的人头！

“本宫还有要事，先行一步。”慕容辞想逃离，却因为转身太快而崴了脚。

她疼得龇牙咧嘴，正要慢慢蹲下，却不想被一双铁臂抱起。

“脚崴了？”慕容彧无视她的讶异，将她抱到有台阶的地方，让她坐下来。

这一抱，让慕容彧觉得非常诡异。太子的触感柔软，身姿轻盈，他只觉得他身上的每一处地方都柔软如女子，再加上他眉眼清秀，剪水双瞳春波流闪，薄唇好似染了嫣红，桃腮粉颊，身骨纤弱，一个可怕的念头从他的脑海闪过：莫非太子其实是女儿身？

看见他要查看自己的右脚，慕容辞连忙把脚缩回来，说：“不用了，只是小事。”

“脚崴了可不是小事，倘若伤到筋骨，要至少休养半个月才能正常行走。”

慕容彧握着太子的右脚，虽隔着白色罗袜，依然能够看到太子的脚像女子的巧足般纤巧。

“疼疼疼……你轻点……”她倒抽一口冷气，眉心蹙得紧。

“回头到本王府里上点药，过几日就没事了。”

“已经不那么疼了。”她匆忙地套上锦靴，这举动慌乱无措，好像在躲避什么。

这时，考核结束了，天下第一庄的管事容湛站在北首中央扬声道：“多谢诸位莅临，今日的考核到此结束。有三人通过考核，成为天下第一庄的名士。他们分别是天下第一神偷白公子，天下第一幻术师杨公子和天下第一口技师苏姑娘。今后，三位将享受天下第一庄为你们所提供的一切。”

庭院内响起热烈如潮的掌声。

白公子、杨公子和苏姑娘抱拳向众人示意。

慕容辞颇为安慰，幻术师正是她想网罗的人才，神偷也不赖，说不定以后能派上用场。

然而慕容彧忽然走上前去。他想做什么?

众人的目光都落在他身上，一看此人就知颇有来头。

“白公子、杨公子、苏姑娘，在下十分仰慕你们的才干。”慕容彧客气地说道，并没有摄政王高高在上的架子，“在下求贤若渴，诚恳地邀请三位到御王府做客。”

“原来是摄政王，小人失礼了。”杨公子立即屈身行礼，十分恭敬。

白公子和苏姑娘面面相觑，不知所措。

该死的慕容彧！竟敢挖她墙脚！

诚然，他往那里一站就自带光环，令天地失色，日月无光。

“三位名士，今夜御王府设宴，本王恭候大驾。”他的声音朗朗，令所有人好感顿生。

民间百姓对昏庸荒淫的皇帝怨声载道，却对总揽朝政、勤勉政务的摄政王赞誉有加。此时他摆出一副礼贤下士、求贤若渴的姿态，足以让天下所有名士为之倾倒。那三位奇人异士，自然点头答应。

慕容辞捏紧拳头，恨不得一脚把他踹到天边。

容湛走下来，冷着脸说：“王爷这样做，似乎有点不妥吧。”

“本王十分仰慕贵庄庄主，容公子不知可否引见一下？”慕容彧已摆出一副光明正大挖墙脚的姿态。

“这……”容湛迟疑的目光转向慕容辞，“王爷，敝庄庄主今日不在庄内。”

“其实，跟容公子协商也是一样的。”慕容彧的眼中闪过一丝兴味。

“王爷，请。”容湛摆手邀请。

“哦，本王还有一位好友，稍等。”

慕容彧走回来对慕容辞道：“你不是对天下第一庄也有兴趣吗？一起吧。”

她还没发表自己的想法呢，他就霸道地揽着她往前走。

慕容辞体内燃起怒火熊熊，又要面不改色，摆出一副受人照顾的模样。

不过，她总觉得他是故意的，想趁机占便宜。因为他揽着她揽得相当地紧，好像怕她摔了，几乎把她提离地面，恨不得把她抱起来似的。

众人看着摄政王搂着一个俊秀的少年，举止亲密，不由得瞪大双目，议论纷纷。就这样万众瞩目下，慕容彧揽着一位白衣少年从容离去。

慕容辞暗暗叫苦，却又没有理由推开他，毕竟脚踝那么疼，根本走不了。

到了内苑，他不知哪根筋不对，索性抱起了她，而这样抱着一个人丝毫不影响他前进的速度，不仅步履沉稳，而且大步流星。

容湛不由得侧目，心里偷乐，这画风有点清奇。

慕容辞真想找个地洞钻进去。

“王爷，放本宫下来。”她恨得几乎要咬碎自己的牙齿。

“马上就到了。”

其实，慕容彧是有目的的，再次真切地感受了一番太子的身躯，可以用一个词来形容——温香软玉。不过，或许太子的容貌和体格遗传了故去的皇后，才长了一副女子之相?

容湛把二位贵客请进大厅，吩咐下人奉茶。

慕容彧把她放在一张椅子上，接着坐在一旁，说：“不知庄主何时才会回来。”

倘若目光可以杀人，慕容辞早已杀死他千百次。

“王爷来得不巧，庄主刚刚外出，没有说何时回来。”容湛眼光闪烁，不着痕迹地看了她一眼。

“传闻庄主喜欢云游四海，当真如此？”慕容辞明白了他的意思，问道。

“确是如此。”

下人端上茶水，他请贵宾用茶。

慕容彧说道：“本王一向仰慕庄主的头脑与胸襟，不知庄主有没有出让天下第一庄的打算？”

容湛问道：“王爷的意思是……”

慕容辞被震惊得脑仁疼，该死的慕容彧又想做什么？

“只要贵庄归顺本王，本王保证，庄内一切如旧，而贵庄将有一个依靠。有了御王府的支持，贵庄无须担心钱银方面的短缺，前途将更加光明，成为名副其实的‘天下第一庄’。”

“这……”容湛不由自主地看向慕容辞。

他竟然要收了天下第一庄！她辛辛苦苦经营了五年的天下第一庄，他动动嘴皮子就想夺去?

“待庄主回来，还请容公子禀告一番。本王恭候佳音。”慕容彧剑眉飞扬，意气风发。

“王爷，我可以肯定地跟您说，天下第一庄是庄主的心血，他不会轻易地出让。”容湛客气道。

“本王相信，本王开出的条件，庄主会有兴趣。”

“不知王爷开出什么条件？”

“待庄主回来，本王亲自跟他说。”

“也好。”

再闲聊几句，慕容彧告辞。

容湛道：“这位公子似乎受了伤，敝庄有药酒，我让下人去取来。”

慕容辞连忙道：“好好好，劳烦容公子。”

很快，下人取来一瓶药酒。她正要倒出一点在手心，却被一只手夺了过去。

慕容彧拿过药酒，说：“本王帮你吧。”

她咬牙切齿，恨不得打爆他的头，谁要他多管闲事！却故作平静地说道：“不用了，我自己来就行了。”

“乖乖坐好。”他霸道的语气不容抗拒，他把药酒倒在掌心，接着解下慕容辞白色的罗袜，白皙如雪、纤巧如玉的脚就这么展现在两个男子面前。

慕容辞冷厉地瞪向容湛，容湛忍俊不禁。

慕容彧把掌心的药酒擦抹均匀，用了三成力道揉着，心想，太子这纤足的确很像女子的，揉起来细嫩柔滑，手感异常美妙。

慕容辞心里如何不哀号，片刻便叫道：“好了，不疼了。”

“多谢。”慕容彧起身，把药酒还给了容湛。

即使脚踝还是很疼的，她还是坚持自己走，然而走出天下第一庄时，她忽然发现一个严重的问题：如何回城?

摄政王在旁，她不能坐天下第一庄的马车。

“王爷，你先回城吧，本宫还想在附近逛逛。”慕容辞道。

“殿下，你不宜行走，本王送你回宫。”慕容彧深沉的眼睛像是一个无底深渊，让人捉摸不透。他好像并未发现太子没有乘自己的马车前来这个疑点。一心只想多与太子独处。

“真的不用了。”她坚持道。

此时，一个黑衣大汉牵来一匹骏马，慕容彧道：“你骑马回城吧！”

骑马貌似不错，她有点犹豫。忽然，她发现自己腾空而起，原来是他抱着自己，将自己送上了马背。

刹那间，她的耳根再次烫了起来。

她又羞又恼，抓住马缰，冷着脸道：“本宫不喜欢别人为本宫拿主意。”

骏马微晃，身后多了一个人。

慕容辞转头，看见是他，气不打一处来，“你不是让本宫骑马回去吗？下去！”

“本王只有一匹马，殿下不会要本王徒步回城吧。”

慕容彧握住她的双手，她好像被开水烫到似的，惊慌地松了马缰。

“本宫不喜和别人共乘一骑！”她语声冷厉道。

“本王也不喜欢，不过殿下还是将就一次吧。殿下与本王这个皇叔正好可以培养一下叔侄感情。”他语笑从容，还带着三分轻佻。事实上，他一直想着怎样创造机会和太子多相处，失去了平日的严谨缜密。

慕容辞怒得快把牙齿咬碎了，以往，她从来不觉得摄政王这么地无耻、无赖、下流，以前真是看走眼了。

慕容彧踢了踢马腹，催马前行，骏马步履缓慢，他把速度控制得恰到好处。

忽然，她察觉自己的后背贴着御王火炉似的胸膛，他这姿势完全是把她抱在了怀里。

“你往后坐一点。”她压抑着怒火道。

“殿下，你我都是男人，有什么打紧？”慕容彧在她耳畔低语，嗓音喑哑。

慕容辞冷不丁地打了个寒战。

听到这暧昧的嗓音，再加上他炽热的呼吸在她的耳朵四周扩散，她全身僵硬，不敢动弹一下。

他绝对是故意的！

“本宫不喜欢和别人靠得这么近！”

“其实本王也不喜欢，不过也就这么一次，殿下还是忍耐一下吧。”

“你……”慕容辞恨不得用胳膊肘狠狠地撞他。

“本王怎么觉得，殿下脸红的时候像极了未出阁的女子。”慕容彧含笑打趣，发现太子的耳珠并没有女子常有的小洞，“殿下的脖子为什么这么红？”

“本宫觉得热……你坐后面一点。”她快气炸了。

他不再出言挑衅，专心策马。

好不容易熬到回城，慕容辞感觉生不如死，道：“本宫要去那家铺子看看，放本宫下来。”

慕容彧松开马缰，扶她下去。

看他策马离去，她大大地松了一口气，一张生无可恋的脸才逐渐恢复生机。

对了，他要挖走她的三位名士！

她绝不会让他得逞！

果不其然，华灯初上，御王府设宴款待三位名士。

主宾欣赏歌舞之际，殿外传来通报声：“太子到！”

三位名士连忙起身迎驾，慕容彧嘴角一牵，依旧优雅地饮酒。

慕容辞踏进大殿，一袭缃色绣蟒锦袍，头戴赤金簪冠，长身玉立，面目极是清俊玉秀，整个人英姿勃发，神采飞扬。

那三人大吃一惊，原来天下第一庄的那个少年竟是当朝太子。

“免礼。”她好像进自家寝殿，霸气地摆手。尔后，她在空的宴案前坐下，静色一笑，“本宫不请自来，摄政王不会不欢迎吧。”

慕容彧剑眉一挑，“为太子殿下上菜。太子光临寒舍，本王倒屣相迎。”

那三人尴尬地坐下。

很快，侍婢奉上美酒佳肴。

“白公子、杨公子、苏姑娘，你们当真要进御王府，成为摄政王的入幕之宾？”慕容辞问。

“这……小人雕虫小技，混一口饭吃罢了。”白公子仔细斟酌，慎重道。

“倘若日后摄政王要你去东宫偷本宫的东西，你自是义不容辞了？”

“太子殿下，小人纵有天大的胆子也不敢入东宫行窃。”白公子大骇道。

“白公子无须介怀，殿下喜欢说笑，嬉戏之语罢了。”慕容彧沉缓道。

“本宫对行窃、幻术、口技颇有兴致，三位高人可否收本宫为徒，教授本宫？”慕容辞又道，似笑非笑。

“这……”杨公子、白公子和苏姑娘面面相觑，最后齐齐看向御王。

“莫非你们不愿教本宫？”她挑眉问道，把“不怒自威”这四个字拿捏得恰到好处。

“这类市井之技，殿下堂堂东宫太子，学来做什么？莫要贻笑大方。”慕容彧心知太子来抢人，倒想看看他的招数。

慕容辞道：“本宫整日闷在东宫学习经国治世的道理，闲暇之余学学市井之技，也无伤大雅。”

“本王担心殿下玩物丧志、不务正业。”他剑眉邪气地一挑道。

她扬眉冷笑道：“王爷无须担心，本宫自有分寸。”她站起身，朝那三位名士行了弟子之礼，“三位师父，请受徒儿一拜。”

白公子、杨公子和苏姑娘连忙起身，“太子殿下客气了，小人不敢当。”

“那就这么说定了，稍后本宫带你们回东宫。”慕容辞看向摄政王，目光颇为挑衅，“王爷胸襟若海，不会与本宫置气吧。”

“既然殿下喜欢他们三位，本王割爱便是。”慕容彧意味深长地说，“天下第一庄有那么多能人异士，待本王接手，殿下可有兴趣与本王一同前往，去看看那些名士？”

“自然有兴趣。”慕容辞觉得被人打了一闷拳，上一秒还占了上风，下一秒就输个精光。

“殿下年已十八，肩负延绵子嗣的重任，然而东宫只有两个良娣，两年来一无所出。”他站起身，挥手示意那三位名士退下，接着道，“本王已经吩咐下去，不日将在宫中设百花宴，广邀名门闺秀进宫，殿下可以在其中择选中意的女子当太子妃、侧妃。”

“本宫的婚事无须王爷费心。父皇尚未痊愈，本宫身为太子，应当侍奉在侧，此时择选太子妃，实乃大大的不孝。”她直言拒绝，“再者，本宫尚未弱冠，大婚一事为时尚早。”

该死的慕容彧还真是想一出是一出。

他要给她选妃，无非是想往东宫塞人，如此东宫的一举一动都逃不过他的眼睛。

慕容彧道：“殿下年纪不小了，是时候为大燕国尽责，延绵子嗣了。再者，陛下卧榻静养，殿下大婚可以为陛下冲喜，这不是两全其美吗？”

“王爷不必再说，本宫绝不会在父皇龙体欠安的时候选妃。”

看着殿下神色坚决，慕容彧不再多言，露出轻笑。

出了御王府，慕容辞怒气冲冲地上了马车。

琴若见殿下这般气愤，只得小心翼翼地问道：“殿下，那三位名士真的被摄政王抢走了？”

慕容辞摇头，说：“明日你吩咐下人把那三位名士安置在一个妥当的地方，天下第一庄不能再去。”

“奴才明白。”

“本宫担心慕容彧要往东宫塞人。回头你把东宫清理一遍，凡是可疑的，一律逐出去！”

琴若应道：“是。”

慕容彧，别想摆布本宫！

她靠着柔软的高枕揉了揉眉心，没想到慕容彧如此老谋深算。

这日黄昏，得知天下第一庄的庄主还未回来。慕容彧沉着脸进了书房。入夜，一个黑衣人进来回报道：“王爷，属下打探到一些事。”

“说。”

“天下第一庄的庄主是香无尘，人称‘香公子’。此人尚未弱冠，素喜白衣，常年不在庄内，据说是神龙见首不见尾，庄内的人没几个见过他。那些名士更没人见过他，大多数人只知道管事的容公子。”

“香无尘的来头查不到？”慕容彧眉宇略沉道。

“查不到。”

“继续查。”慕容彧不相信，一个人真可以做到雁过水无痕，“东楚有传回消息吗？”

“刚刚传回来，还是没有王爷要找的那女子的踪迹。”

“继续找。不要放过东楚的任何一个地方。”

“是。王爷，属下不明白，那个女子……”

“无影，你的话有点多。”慕容彧的俊脸寒了几分道。

“属下多嘴。”无影转身似一只夜鹰般，融入黑夜里。

慕容彧起身抽出一幅画卷，慢慢展开，冷厉的脸庞浮现几缕柔和。

回想那日在桃花巷相见，她沐浴在璀璨的春光里，明媚艳丽，却清冽冷淡，比那夜的模样更加撩人心怀。

即使掘地三尺，本王也要把你找出来！

太子殿下百花宫宴上出洋相

慕容彧：确认过眼神，你就是太子

御王收获众多迷妹

众人表示诧异：御王拉着太子离席

慕容辞女扮男装，又男扮女装

御王第一次夜闯东宫

史上最不受待见的侄女——端柔郡主上线

第三章

这个太子有点怪

假戏真做：太子殿下被扇耳光，御王快住手

太子殿下第一次被逼上御王马车

这日午时刚过，慕容辞的内侍来报，说摄政王慕容彧差人来传话，请她一个时辰后前往御花园。

细细一问，才知萧贵妃今日在后宫摆百花宫宴。

她气得攥紧了拳头，百花宫宴上向来名门闺秀无数，依照慕容彧那霸道张狂的性情，要她去，必定是要在宫宴上乱点鸳鸯谱。他这是铁了心要往东宫塞人，部署耳目。

见慕容辞满目阴郁，“殿下不如称病不去？”琴若提议道。

“若殿下称病，摄政王必会派太医来诊治，那不就露馅儿了？”如意道。

“殿下大大方方地去赴宫宴，到时候摄政王要乱点鸳鸯谱，殿下可说自己有隐疾，让那些大家闺秀知难而退。”琴若又道。

“这样行吗？”如意质疑道。

“如意，为本宫更衣。”慕容辞走向寝殿，眉间落满了阴霾。

御花园有一片空地，今日用作百花宫宴的场地。

虽是酉时开席，不过外命妇与名门闺秀在午时就已进宫，这地方奇花异卉环绕，香气袭人，装扮入时、衣香鬓影的大家闺秀们在园中穿花拂柳、赏景闲谈，欢声笑语随着初夏的风传扬开去。

宫宴由萧贵妃督办，所有的大小事务都交给近身宫人去办，此时她坐在妆台前，由着近身侍婢梳妆打扮。

虽然她已二十五岁，不过跟那些二八年华的青涩少女相比，却更多几分妩媚风韵。今日，摄政王也会来，她自然要打扮得娇艳些，好把那些风华正茂的少女们比下去。

她看着铜镜里那张鹅蛋脸，忽然一叹，可恨这次皇上竟然渡过一劫，病情还日见好转。她原本想着皇帝一命呜呼，摄政王若能登上帝位，她就可以成为他的女人，甚至是皇后，母仪天下。

可惜了这次机会。

正在这时，清元殿的内侍来传话："贵妃，皇上要见您。"

萧贵妃恼怒地眯眼，这个老皇帝这个时候不歇着，要她去做什么？

"你替本宫回禀陛下，本宫督办百花宫宴，诸事繁杂，抽不开身，晚点再去看望陛下。"

"是。"内侍恭敬地退下。

御花园内。

外命妇、名门闺秀已落座，萧贵妃的宴案在众妃之首，北首两台宴案分别是摄政王和太子的。

名门闺秀，尤其是四大世家的女儿，对这百花宫宴充满了期待。

丞相府宫家，太尉府杨家，庆国公唐家，荣国公方家，这四大世家是昌盛数百年的钟鸣鼎食之家，为朝廷培育了不少人才。他们的女儿，尤其是嫡女，都被精心培育，琴棋书画样样精通，个个出落得如花似玉。

谁家少年郎娶了四大世家的女儿，便能平步青云，荣华富贵享之不尽。

当然，她们大多眼高于顶，若非天底下最优秀的儿郎，她们是看不上的。

这时，传来内侍的通报声："摄政王到！太子到！"

众女原本是三三两两地交头接耳，此时纷纷起身，翘首以望。

萧贵妃的心，也是扑通扑通地跳着。

当先那人是身穿缃色绣蟒锦袍的太子，后面那位是身穿玄色滚金蟒袍的摄政王。

只见太子身形娇小纤瘦，略略佝偻，毫无气度；而摄政王俊伟挺拔，龙行虎步，气度卓绝。

太子面目俊秀，却嬉皮笑脸，还朝闺秀们眨眼挑逗，轻浮放荡。

摄政王则目不斜视，从容刚毅，比太子多了几分强悍铁血的男人味，令人一见难忘。

一时间高下立判。

这太子不仅文弱猥琐，据说还胆怯懦弱，名副其实的草包一个。

而摄政王，十岁便跟随兄长，也就是上一任御王效力军中，十四岁一战成名，十八岁统率二十万大军打败敌寇四十万大军，二十岁统率三军，战功彪炳，他的兄长过世后，便由他承袭了“御王”之名号，被赐皇姓。五年前，他奉召回朝，得陛下亲封摄政王，总揽朝政。他睿智英明，勤勉政务，经天纬地，即便他取“燕”而代之，相信臣民都不会太反对。

如此，亮相之初，摄政王就收获了所有迷妹。

见到那些闺秀不知羞耻的痴迷嘴脸，萧贵妃气得手指扣案。

“诸位免礼。”慕容辞在左侧的宴案坐下，笑嘻嘻道。

慕容彧好似洞悉了一切，扬声道：“陛下龙体欠安，今日宫宴由太子与本王主持。太子不拘礼，诸位也不必拘束，尽情吃喝。”

之后，宫宴正式开始。

萧贵妃举杯向他遥敬，他冷淡地点头，饮了半杯。

王爷看向自己的目光那么冷，她心里很失落。莫非她今日的装扮不好看？跟那些青春少女在一起，显老了？那些贱蹄子真是不知羞耻，这青天白日的，一个个明目张胆地勾引王爷。

“太子年纪不小了，理当择选几个妃子在东宫伺候，这也是陛下的心愿。贵妃，你有什么好主意？”

“王爷，听闻京里的名门闺秀个个才华横溢，不如请她们献艺，让太子好好瞧瞧。”萧贵妃妩媚轻笑。

“好主意。”

“那就从宫家、杨家、唐家和方家女儿开始吧。”她娇滴滴地看向他，眼神里尽是风情。

“好！”慕容辞忽然拊掌大笑，“要为本宫择选太子妃吗？太好了！无须献艺，现在你们都到本宫这儿来，伺候本宫饮酒。本宫觉得哪个最合心意，就选哪个。”

慕容彧的脸一黑，他当然知道太子是故意的。

但那些闺秀们已面面相觑，太子这般荒淫无耻，无视宫规，真跟皇上一个德行。

“你们都过来呀，一起才好玩儿嘛。”慕容辞轻佻地邪笑。

“殿下！”慕容彧语声冷厉，“勿要胡闹！”

“好吧，本宫不要她们伺候了。”她一嬉笑，忽地起身走下来，眼睛亮晶晶的，“哟，果然个个如花似玉，本宫都不知道怎么选了。”她忽然从衣襟里掏出一方丝帕，自顾自地绑住双眼，“本宫想到一个妙绝的办法，你们在这儿闪避，不能走出去，本宫抓到哪个，哪个就嫁给本宫。”

一众闺秀欲哭无泪，这也太儿戏了！她们宁死也不嫁这样昏庸荒淫的太子！

“本宫来了啊！”慕容辞张开双臂，只听得一阵阵惊声尖叫，她便朝那些声音扑去。

闺秀个个花容失色，仓皇逃奔。百花宫宴演变成了一场闹剧。

慕容彧心想，殿下，你可真会玩儿。

这么一来，不仅她们不愿意嫁，她们的父母定也不希望让这样的太子当女婿。

这招够狠！

慕容辞演得卖力，用力地扑，可惜一个都没抓到。

萧贵妃掩嘴偷笑，这个太子跟他老子一个德行，迟早要把这江山断送了，正合她意。

忽然，如意惊讶地捂嘴——

只见慕容辞双臂一合，终于抱到一个人，她大笑道：“本宫抓到你了！”

可是这人好像跟寻常女子不太一样，身躯硬邦邦的。

她一把扯下丝帕，面前的人竟是摄政王！

“王爷。”她触电似的松了手，后退三步。

慕容彧冷厉的声音扬起：“太子贪杯，神志不清，言行有失，本王会代陛下好好教导太子。诸位继续品尝美食、欣赏歌舞。”说罢，他拽着她的手扬长而去。

余人皆是愣在原地，摄政王拉着太子跑了？

走在宫道上，慕容辞甩开他的手，理也不理他，径自回东宫去了。

她早想好了还击之道。

慕容彧，祝你今夜有一个香甜美梦。

夜色深沉。

慕容彧推开房门，看见房里站着六个女子，不禁愣了一下。

这六个女子都面遮薄纱，容貌令人浮想联翩。

“王爷。”她们齐声道，语声清脆。

“谁让你们进来的？”他面寒如铁，林管家死了吗！

“王爷，是太子殿下让奴婢来伺候您沐浴就寝的。”六位女子再次齐声道。

果然是太子，速度够快。慕容彧唇角噙着一抹邪魅的冷笑。

六个风华绝代的女子倏地摘下薄纱，向他一眨眼。

天啊！慕容彧猛地后退两步，扶着门框。

这六个女子奇丑无比，丑到他看一眼就似受了极重的内伤，脏腑里翻江倒海。

“不想死就立即滚！”慕容彧沉厉的言语中充满了杀气。

谁不知道摄政王手段毒辣？六个女子惊慌地逃了出去。

沐浴更衣后他躺下来睡觉，却辗转反侧，那几个女子的奇葩容貌不断地在脑海里闪回，他越来越心烦气躁。

突然，他弹身而起，穿上外袍往东宫疾行而去。

片刻，慕容彧便站在太子床榻前，他的脸色越来越黑，这太子竟然在睡梦中笑！做的什么美梦！

他一把将太子拽起来，掐住她的嘴。

痛！慕容辞忽然惊醒，正要呵斥，究竟谁这般胆大妄为，却看见一张令人毛骨悚然的脸。

摄政王！摄政王竟然三更半夜地跑到她床前！

她彻底清醒了，怒不可遏地说：“你做什么？你要谋害本宫吗！”

“若本王要杀你，何须叫醒你？”慕容彧冷哼，“把衣袍穿上。”他把衣袍扔在床上，转身走到窗前。

慕容辞手忙脚乱地把衣袍穿上，好在她连睡觉也伪装成男子，否则有人闯进来不就露馅儿了吗？不对，他出入东宫竟如履平地，神不知鬼不觉，要杀她岂不是易如反掌？

想到这里，她冷汗涔涔。

“眼下已是子时，王爷究竟想做什么？”她穿戴完毕，懒洋洋地问。

他一声不吭，上前将她手腕一拽便往外拖，此时宫人都歇下了，她想挣脱，却根本无济于事。

忽然，她觉得腰间一紧，接着腾空飞起，稳稳地落在琉璃屋顶上。

她故意摇晃了两下，假装自己弱不禁风，根本没有修习过武功。

上屋顶做什么？赏月？看星辰？吹风？她想起今日所为，不禁暗暗一笑。

“王爷为本宫的婚事操劳多日，本宫为表谢意，送去六个女子伺候王爷，不知王爷是否满意。”

“满意，很满意。”慕容彧一字字咬牙道。

“你是专程来谢本宫的？”

“本王的确是专程来谢殿下的体恤之心的。”

“王爷满意就好。”慕容辞心里乐开了花。

慕容彧从一侧的琉璃瓦间取出一小坛早已备好的美酒，拔开盖子就往嘴里灌。

她暗暗思索，他三更半夜来找她，就为和她一起坐在屋顶赏月饮酒？可惜今夜月黑风高，星光暗淡，并非良辰美景。

他把酒坛递给她，她连忙摆手，说：“本宫今夜不想饮酒。”

“本王从西北边境带回来的烈酒，不喝你会后悔的。”

“好吧，就尝一口。”

慕容辞一向向往北境的割喉烈酒，饮了一口，果然辛辣无比，简直要把咽喉割断了，不过十分劲爽。

她忍不住又饮了两口，慕容彧劈手夺过去，她不满地抗议：“还没喝够呢。”

“这酒后劲很猛，你这小身板受不住。”

“谁说本宫受不住？”

“莫非你想醉倒在本王怀里？”他举起酒坛饮酒。

慕容辞恼恨地瞪他一眼，她弄不懂他为什么总是调戏自己。而且他明明是那么刚毅冷厉的男人，那张瑰美绝伦的俊脸却总是给人一种温柔的错觉。

她望着夜色下起伏连绵的宫殿，才发现偌大的皇宫是这样的静谧而诡谲。

这是从未有过的感受。

慕容彧搁下酒坛，看着远处宫殿静色道："或许今夜有事发生。"

他侧过头看向太子，影绰间，太子的脸庞显得格外白皙，似是清雪堆砌，线条柔和，弧度优美，一双眸子水汪汪的，黑白分明，清亮秀绝，像极了女子。

"什么事？"她打着呵欠道。

"本王把那些女刺客的尸首放在一个隐蔽的地方。"

"什么地方？为什么这么做？"

直觉告诉她，他必定有所图谋。

咻——死寂的深夜响起一道诡异的声响。

她知道，那是信号弹。

慕容彧兴致盎然，说："殿下想知道答案？跟本王去瞧瞧就知道了。"

"好呀。本宫倒是挺好奇的，王爷究竟在做些什么。"慕容辞扬眉一笑，琴若说过，今晚有行动。

"抱紧本王。"他的长臂搂在她腰间，提气飞下去。

她挥散那些纷乱的情绪，不去想也不想在意他的举动。

他是骑马来的，此时慕容辞只能与他共乘一骑。

这一路，慕容辞相当不自在，还好他策马疾驰，急着赶路，也没有心思戏弄她。

来到东郊，他们下马藏身在隐蔽处，见不远处一户民宅前，双方人马似已激战多时。

慕容辞的心揪得紧紧的，这次抢尸首，琴若没有带队，只负责策应。但没想到，慕容彧准备得这般充分。

虽然她早猜到他会有精密的部署，但抢回下属的尸首是她的执念。琴若说，她们做了充分的准备，即使有损伤，也会降到最小。

慕容彧握住她的肩头，"殿下，你在发抖。"

“哦，本宫……有点害怕……”慕容辞焦虑不已，紧紧盯着前方，只希望她们能全身而退。

“有本王在，怕什么？”慕容彧嘴角一扬，太子到底没见过世面。

“这些来抢尸首的黑衣人跟行刺你的人是一伙的？”

“毫无疑问。”

“倘若抓到那些黑衣人，你会不会把他们全部杀了？”

“那些黑衣人很狡猾，想抓他们，不容易。”

“哦。”慕容辞望着那边的动向，手心冒出冷汗。

忽然，天空几声巨响，在这死寂的午夜格外惊心。

是冲天炮，一时满目白烟滚滚。

待浓烟散去，黑衣人已不知去向。一队人策马去追。

慕容彧的表情高深莫测，只带着她走了过去。

见摄政王亲临，留守的人十分恭敬，禀报道：“王爷，他们抢走了所有尸首。”

“无妨，本王原本便是如此打算。”

“为什么？”慕容辞心里惊诧，火把燃烧着，慕容彧的脸庞流闪着艳红的光影，五官深邃，似笑非笑，越发神秘。

他侧首，在她耳畔低语：“本王布这个局，只是为了那个女子。本王相信那个女子会来抢她同伴的尸首。”

听得她心神一动，真可笑，又荒唐。这个铁血毒辣的摄政王一再布局守株待兔，还真是痴心呐。

“方才那些黑衣人里，你看见她了吗？”

“没有。”慕容彧笃定道。

“那么远那么黑，又都身着黑衣，你这么确定？”

“她的身形，本王记得一清二楚，绝不会认错。”

慕容辞收不住唇角的讥笑，真是自负狂妄。倘若他记得她的身形，不是应该早就怀疑自己了吗？

约莫过了半个时辰，刚刚去追的分队回来了，说他们追到洛河，那些黑衣人带着尸首乘船离开了。

“王爷，这是属下在河边捡到的。”有人奉上一样东西，是一枚薄薄的金镶玉片，上面有狼首的浮雕。

“狼首浮雕……狼……西秦国建国之初，以狼为部族的保护神。”慕容辞斟酌道。

他点点头说：“狼一直是西秦国的保护神，在西秦国，狼拥有至高无上的地位，上至国君，下至贩夫走卒，都以狼为保护神。”

“你不是说生擒的那个女刺客自称是东楚国人吗？”

“看来，本王也被她骗了。”

慕容彧眯起眼，怪不得探子在东楚国寻找多日都一无所获。原来，那些女刺客，包括那冷媚女子，是西秦国人。

慕容辞的唇角滑出一丝冷笑，找遍了东楚国，接着把西秦国翻个底朝天，你们也真够忙的。

次日，她睡到晌午才起身。

用膳的时候，琴若来报：“昨夜的行动算是顺利，但大部分人都受伤了。”

慕容辞颔首道：“你吩咐下去，这些日子都乖乖地养伤。”

“是，殿下。”琴若浅浅一笑，“奴才按照殿下的吩咐，故意把那金镶玉片遗落在现场。”

“其实昨夜本宫在场，只是她们没看见本宫。本宫和慕容彧在一起。”

“啊？”琴若和如意惊讶得失声叫道。

昨夜殿下不是早早地歇下了吗？什么时候出去的？怎么会和摄政王一起前往抢尸首的地方？

慕容辞继续地进膳，并不打算解释。

清元殿。

经过薛神医的三日诊治，慕容承度过了危险期，只要慢慢养着，便可享天年。但薛神医特别叮嘱，如今他这身子再也碰不得女色，否则便是自寻死路。他亦是接受了现实。

这日，慕容彧探望了皇帝后刚从清元殿出来，便有一个小内侍走上前，说贵妃有要事与他相商。

此时夜色迷离，月辉倾洒，慕容彧思虑片刻，跟着小内侍走了。

来到一处水榭，小内侍自行退下。

近处的绢纱宫灯的灯光流泻进来，水榭里幽暗而迷离。萧贵妃站在临水的美人靠前，身穿一袭娇红色金线绣春睡海棠纹饰的华美宫装，乌黑的宫髻上插着两支镶着红玛瑙的金步摇，宝光流转。鹅蛋脸已精心妆饰，艳若桃李，媚色天成。

“王爷……”这一声娇媚的低吟，能令所有男人筋骨酥软。

慕容彧面冷如秋水，语声亦寒，说：“贵妃有何要事？”

“王爷好不容易来一次，不如先坐下。”说着，她扶着他的手臂将他拉到美人靠上坐下。

“贵妃若没什么事，本王要出宫了。”他冷冷地抽出手，脸上没有半分暖色。

“王爷，当初是你要本宫进宫伺候陛下的，如今王爷想要弃了本宫这颗棋子吗？”萧贵妃神色一黯，凄楚动人。

“你在后宫要风得风、要雨得雨，就差一个皇后的名分，你还不满足吗？”

“本宫要皇后的名分做什么？王爷不知吗？本宫要的，从来都只是王爷。”她一双美目含着泪光，泪滴盈盈欲坠，惹人怜爱。

世间男子都有保护欲，看见娇弱含泪、楚楚动人的女子都会产生呵护之情。她深谙男子的心理。

然而慕容彧的脸色冰寒，“记住你的身份，不该想的，不要惦记，不该做的，千万不要做。这次本王不予追究，若有下次，本王绝不姑息！”

“本宫这么做，是想助王爷一臂之力。只要陛下驾崩，这大燕国不就是你的？”萧贵妃难以置信，凄然后退两步。

“若本王真有那心思，也不会靠女子铺路。”他漆黑若夜的瞳仁冷酷地收缩，全然不在意她的反应。

她看着他那双似夜空寒星的眸子，轻咬下唇，心更深地沦陷了。

她没看错人，她看中的男子拥有非凡的才干与睥睨众生的气度，拥有远大的鸿鹄之志，虽然自负狂妄，却胸怀万壑，不需利用女子踏上至尊高位，让人敬佩迷恋。

“我知道了。那王爷要我进宫，究竟想要我做什么？”

“时机未到。没有本王的指示，你最好不要轻举妄动，否则，本王也保不住你！”

慕容彧撂下一句冰冷的话，未曾看她一眼，扬长而去。

夜浓如墨，凉风习习，书房里的烛火明明暗暗，飘摇不定。

慕容彧坐在案前，案上是一张画像，画中女子纤眉如远峰，一双眼如凌晨芙蓉花瓣上的朝露，清澈纯净，似含清香。

看着看着，他觉得这双明眸好似活了起来，流露出几分倔强，气恼地瞪着他。

想起那日在桃花巷遇到她，他的薄唇不由勾起一抹愉悦的浅笑。

虽然派往西秦国的探子终日寻访一无所获，但他早决意掘地三尺亦要将她寻到。

不多时，无影来报，说他们盯了许久的凤凰楼逢三、六、九日开门营业，而今夜却灯火通明。

“去瞧瞧。”慕容彧剑眉飞扬，来了兴致。

位于一处偏僻街巷里的凤凰楼，此时灯火辉煌，光色旖旎，欢声笑语。

宽敞的大堂里有一座圆形高台，八名舞伎和着悠扬的丝竹声跳着柔媚的舞，水袖飞旋，舞腰如柳。

窗边角落里坐着一个白衣翩然的公子，戴着一张精巧的面具，悠然品茗，清冷的目光扫来扫去。

一个红衣女子袅袅婷婷地走来，鬓边簪着一朵小红花，更添几分艳色。忽地，她就抬腿坐在了桌上。

“公子独自品茗，是否有烦忧？”红衣女子嗓音妖媚，媚到了骨子里。

这公子正是慕容辞。

慕容辞纤眉微挑，轻抚红衣女子的纤纤玉手，暧昧至极，“若有烦忧，美人可否为我排解？”

“在凤凰楼，任何烦忧都会烟消云散。公子看上哪个了？”

“没熟透的，不解风情，像美人这般知情识趣的，才是我心头好。”慕容辞边说边站起身，勾起对方的下巴，邪肆地盯视她。

红衣女子妖娆地笑，“得公子赞誉，愧不敢当。可惜我已淡了那心思，不如我找个妙人儿伺候公子，可好？”

“也好，那就劳烦美人了。”

“公子请跟我来。”

慕容辞随着她上了三楼，走进一个雅间。

她们没有发现，一个眉清目秀的少年跟随她们上了三楼，站在角落里，水汪汪的眼睛滴溜溜地转。

少年打听过，这红衣女子是凤凰楼的鸨母容澜，那个白衣公子似曾相识，好像在哪里见过。

琢磨了片刻，这个少年轻手轻脚地走向那个雅间。

昏暗的房间里，慕容辞斜坐在书案前，雪白广袂流垂如碧蓝长空中的流云。

慕容辞几年前买下了这凤凰楼，想从来这里的各色人马口中获取各路消息。不想竟有不少京官常常光顾，让慕容辞深感朝纲待整。

“近来可有收获？”

“那些豪富、官员都上了瘾，隔几日就要来，无意间透露了蛛丝马迹，我派人暗中查访，查到了一些。”红衣女子容澜把三张纤薄的纸张递给她，“楼主先收起来吧，回去再看。”

“嗯。”慕容辞把薄纸折好，放入衣襟里，“近来没什么麻烦事吧。”

“你还不相信我吗？若有麻烦事，我也能解决。”容澜嫣然一笑，“那些少女训练了三四年，个个都是拔尖儿的人精，手段圆滑，谨慎得很，不会出事的。”

慕容辞点点头，忽然纤眉冷凝，轻声道：“外面有人！”

容澜打着手势，二人心领神会。接着，她们进了屋中隐秘的暗室。

那小少年正戳破窗纸，使劲地望向里面。

咦，一个人都没有？

方才明明看见那个戴着金色面具的公子和鸨母容澜进去了呀。

“你在这里做什么？”一道冰冷的声音在那少年身后炸响。

那少年惊得身躯一震，转身见站在面前的，正是容澜！

少年瞠目结舌，不敢相信自己的眼睛，“你怎么在这里？”

“鬼鬼祟祟，你来做什么？”容澜厉声喝问。

“我……我……你这么凶做什么？来者是客，你怎么可以这样对待客人？”

少年实在只是好奇，想看看这些男子来这里做些什么。

呵，生气了也这般女气，容澜一眼瞧出她是女扮男装。

她只扬手向少年侧颈一击，少年便晕倒在地。两个青衣大汉蓦然出现，架着少年离去。

刚刚慕容辞与容澜看似从雅间进去，实则慕容辞转身进了里面的暗室，非启动机关不可见到，因此慕容辞此时悠悠然地待在暗室，丝毫不怕被人偷听去了什么。

她倒是对那小姑娘有点儿好奇，因为她忽然觉得，似乎在哪里见过这姑娘。

“那如何处置她？”容澜问。

“先关一夜。”两人边说边往关押少年的暗房走去。

“放开我！你们怎么可以绑着我？”暗房里传出声音，容澜和慕容辞对视一眼，冷笑道：“那姑娘醒了。”

“你们知道我是谁吗？我是端柔郡主！我三叔是御王！若我告诉我三叔，你们都要人头落地！这什么凤凰楼也会被夷为平地！”

“速速放了我，听见没！”

“我三叔是当朝摄政王，若我有任何损伤，你们都要被诛九族！”

端柔郡主？

慕容辞恍然大悟，慕容彧有两位出自同一娘胎的兄长，大哥是已过世的御王慕容扬，二哥是个不学无术的纨绔子弟。好些年前，慕容承为了嘉奖慕容扬的卓著功勋，赐封其胞弟的嫡女慕容诗为端柔郡主。

五年前，慕容彧回朝没多久，那纨绔子弟便带着女儿慕容诗离京回祖籍了。

那么，慕容诗是什么时候回京的？因为一个无关紧要的端柔郡主而招惹摄政王查到凤凰楼，实在不值当。

“稍后把她扔到街上。”

容澜颔首，就一路陪着楼主往大堂走去，忽然，她看见一个男子沉步上楼，楼主亦停步。

那男子伟岸挺拔的身躯拢在玄袍里，冷峻而瑰美的五官棱角分明，目光锐利如猎鹰。

她从未见过这般俊美的男子，连女子和神仙都会妒忌。也从未见过犀利得可怕的目光，好像他看一眼就能洞穿别人的所思所想。

她抬头盯视楼主，楼主也在研究判断，但似乎楼主已经知晓此人是谁了。

容澜打理这么大的凤凰楼，应变的本事自然不在话下，当即对楼主笑道："公子，方才您见过的那几个可是我们这儿最红、最受欢迎的，您都瞧不上吗？"

"你把别人挑剩下的塞给我，以为我眼瞎吗？"慕容辞收回视线，面色恢复如常。

"我怎敢糊弄公子？那几个真的是顶尖儿的，是我们凤凰楼的招牌。"容澜一个劲儿地赔笑，"要不我再介绍几个给您？"

"不必了，小爷我再也不会来了。"慕容辞匆匆往下走，跟慕容彧擦身而过的时候，冷不丁手腕被一只大掌扣住。

该死，还是被他认出来了！那人正是慕容彧！

"你抓我干什么？"她恼怒地甩开手，改变声线粗声粗气道。

容澜暗道不妙，站在一旁不发一言。只见慕容彧只用眼角余光扫她一眼，拉着楼主就往二楼走去。

容澜看着他们走远，眼珠转了几圈，那个男子是什么人？应该是楼主相识的人，而且应该颇为熟悉，不然楼主不会让他拉着手。若是旁的人，楼主早就卸了他的手臂。

慕容彧拽着她进了雅间，右掌往后袭出一道白色气劲，房门砰的一声关上。

慕容辞满心愤懑，终于把手挣脱出来。

"想不到太子殿下也有这种癖好。"他调侃的声音里含了几分讥诮。

"摄政王不也是吗？"她反唇相讥。

"王爷来凤凰楼做什么？"

"本王和你一样。"

鬼才信！

不想慕容彧竟走到她身后，按住她柔削的双肩，把她的小脸掰到侧面。略微粗糙的修长手指轻抚她的柔腮，带起一丝丝异样的触感。

他邪恶得令人发指，却又有一点点的暧昧在空气里流淌。

她气得攥紧拳头，几乎把自己的贝齿咬碎，该死的慕容彧究竟想做什么？

“以为戴着面具，本王就认不出你了吗？”

慕容彧冷笑，一把掀起她的面具扔在案上。

“本宫只是方便行事。”慕容辞胸腔里已燃起了熊熊怒火。

“京城淫邪之风盛行，虽然没有摆到台面，但暗地里的勾当香艳得很。凤凰楼专营此道，听闻不少官员来这里寻欢作乐。你是来瞧瞧有哪些官员喜好此风？”

“难道王爷不是？”她反问。

“那殿下看到了什么？”

“那些官员都在雅间里，本宫刚来一会儿，还没查呢。”

“想知道有哪些官员，本王倒是有一法子。”

听完他的计划，她虽在心里骂了一万遍，也只得答应，她只担心自己再推辞几句，会被他瞧出端倪，只是让她穿成女装，会不会使慕容彧看出什么端倪呢？然而此刻已容不得慕容辞细想了。

当即，慕容彧招来鸨母容澜，低声吩咐了一番。

容澜心里不免惊骇，只怕楼主是被胁迫的，但面上依然笑道：“公子请随我来。”

“不必，在这儿便可。”他语声轻淡，口吻却断不容违背。

她笑了笑，躬身离去，不多时就拿着衣袍等物回来，与楼主进了内室。

慕容辞木然地坐在铜镜前，心里骂遍了慕容彧的祖宗十八代，眼睛眯了又眯，戾气满满。

容澜搀扶着她从里间出来，眉开眼笑道：“公子俊俏，稍微打扮比我们凤凰楼的姑娘俏丽十倍。”

慕容辞知道她说的是场面话，但心里还是别扭。

慕容彧转头看去，确实，只是淡淡匀妆，就把殿下的俊俏秀美展现得一览无余。五官精致如玉雕琢，尤其是那双顾盼生辉的眸子，宛若清晨碧色荷叶上的一滴清露，光华清澈，明净如初。

这样一张脸，真是雌雄莫辨。

他恍然回神，暗暗自嘲竟然被殿下给迷住了心神。不过，他好像看见了一张女子秀绝的脸庞。

见他神色有异，慕容辞不由得雪腮一红。

“公子，这样可好？”容澜问慕容彧。

“甚好。”慕容彧的声线出奇地低哑暗沉。

“稍后要怎么做？”慕容辞冷着脸问。

他挥手示意容澜退下，尔后在她耳畔低声说了几句。

“要不要这么演！”她愕然不已。

他见她精致的耳朵越来越红，忽地呼吸急促起来，生起一股吻那小巧耳珠的冲动。

只是一瞬间，他就打消了这念头，直起身子粗着嗓子低吼道：“听本王的没错，开始吧！”

真是见鬼了！怎么会有那种念头？

啪——一道响亮清脆的巴掌声，紧接着是凄厉的叫声。

隔音效果并不好，雅间里的人都听见了外面嘈杂。

“别打了……我错了……我求求你别打了……”慕容辞尖着嗓子凄惨地哀求，演得还挺逼真。

“竟敢敷衍我！你不知道我是谁吗？”

这怒斥饱含雷霆怒火，又是啪的一掌。

只不过，所有耳光都是他右手打左手。但这叫骂声也当真刺耳，要不是在演戏，她早就一拳把他的嘴打歪了。

然而还是没人从雅间里出来看热闹。

两人对视一眼，慕容辞起身撞开一扇房门就闯了进去，伏地哭喊道：“救救我……他会杀了我……”

此时这雅间里一位三十来岁的官员正与另一人饮酒谈心，情到浓时抱在一起。

那官员吓了一跳，凤凰楼本就是洛阳城最隐秘之地，刚刚恰逢火热时刻，被人突然打断何等扫兴，他盯着已吓得滚到一边的少女，朝门外喊道：“老板，发生了什么事？”

“大人，救救我……”慕容辞向他爬过去，卑弱地哭喊道，“他要打死我，求大人救救我……”

“贱货！”慕容彧厉声喝道，跨步进去揪住她的衣襟，抬手抽去一掌。

啪——

如此清脆响亮！

她懵了，傻掉了，他竟然真的打她！而且使了那么大的力气！

脸颊火辣辣地痛，心头冒起怒火，可是她只能继续演，呜呜地哭求：“救救我……”

演戏演全套。慕容彧再次狠厉的一掌，将她抽得跌倒在地。她嘴里顿时涌起一股腥甜，血溢出嘴角，她几乎气疯了，恨不得把他千刀万剐！但依然伏在地上苦苦哀求，此时早有其他雅间的官员来看热闹，其中不乏三品、四品之级，不过慕容彧背对着他们，并不见真面。

“不要打了……我会听话……呜呜……”她一边抽泣一边凄厉地喊。

“敬酒不吃吃罚酒！”慕容彧暴戾地怒骂，俊脸寒如冷铁。

“哎哟，公子你这是做什么？”容澜适时地赶来，媚声赔笑道，“有话好好说嘛，动手总归不好。”

看见楼主倒在地上的凄惨模样，她心疼死了。

慕容彧怒哼一声：“此人惹恼了我。鸨母，你说我怎能放过她？”

她卑躬屈膝，却笑得魅惑人心，万种风情地说：“是是是，我一定会好好教训她，保证不会再发生这样的事。不如这样吧，公子今夜的酒水花费全免。我找个妙人儿伺候你，保你消气，可好？”

“本王一旦动怒，可不是随便什么人就能让本王消气的。”

他一边说一边缓缓转身，面对那些官员，似笑非笑。

凤凰楼的客人非富即贵，围观的官员都知少管闲事为妙。然而，当他们看见那张熟悉的脸，完全惊呆了。

摄政王！

摄政王怎么会来凤凰楼？莫非他也有这上不得台面的癖好？

他们面面相觑，表情各异，十分精彩。

摄政王怎么可能来凤凰楼？他是来查访他们的？他必是来查访他们的！

所有官员面如土色，低着头一声不吭，恨不得找个地洞钻进去。

“原来我大燕国朝堂有这么多官员有此癖好。”慕容彧声线温和，好似在说一桩闲事。

慕容辞不由得冷笑，在摄政王面前，这些官员一个个都跟龟孙子似的，大气不敢出。

不过，慕容彧确实气场太强，似一座高山压得人喘不过气。

“明日早朝，诸位大人应该起得来吧。”

慕容彧清寒的目光随意扫去，却好似一支支利箭凌厉地射出。

官员纷纷躬身道：“下官先行一步。”便落荒而逃。

从凤凰楼出来，慕容辞脸颊红肿，牙龈出血，她恨自己真是脑子抽了才会答应他演一场戏，平白受了这屈辱。

他想查那些官员，还需要演戏？借口！

他必定另有目的。然而现在她懒得细想，只愿快快骑马回宫。然而她还没到牵到自己的马，就听到一人在耳边低沉道：“夜深了，殿下，本王送你回去。”

回头一看，一辆马车已在身边，慕容彧正一脸玩味地看她。

“无须劳烦王爷。”她冷冷道，只一瞬，她的手腕就再次被扣住，接着不由分说将她推向马车。

“你做什么！”

太可恨了！

她反抗无果，只得气恼地坐着，街边檐下的灯笼洒出昏黄的灯影，从小窗漏进来，使得慕容彧的英俊脸庞忽明忽暗，阴晴不定。

“殿下可是怪本王方才打了你两巴掌？”他哂笑，“本王向你赔罪。”

她心里讶异，嚣张跋扈、心狠手辣的摄政王也会向人赔罪？

“如何赔罪？”

“你想要本王如何赔罪？”

慕容辞愣了半晌，冷冷地说：“等本宫想到了再跟你说。”

慕容彧给太子温柔上药

端柔郡主情定太子殿下

太子殿下：一定要砍下慕容彧的人头祭旗

求御王同款蛇头金戒

端柔郡主：我要当太子妃！借我本《太子妃升职记》看看

太子殿下发现新技能——破案

大燕国“法医秦明”沈知言登场

第四章

天降血玉引人疑

走了一段路，她发现马车行驶的方向不是皇宫，却貌似是御王府。

“车夫，走错了吧，去东宫。”她往外喊道。

“太子殿下，没错，是去御王府。”车夫道。

她狠狠瞪向慕容彧，却见慕容彧闭目假寐，低声说：“你的脸肿了，莫非你想肿着一张脸回宫？”

“这大晚上的根本看不清楚，不打紧，本宫要回东宫！”

他蓦然睁眼，“莫非殿下怕本王把你吃了？”

她气得暗暗磨牙，只得一路随他抵达御王府，又来到内苑，再进了他的寝房。慕容彧示意她坐下，接着取出一只白瓷瓶，将瓷瓶里的药倒在手心，就坐在了她身边。

慕容辞瞧出他的意图，连忙道：“我自己抹药便可。”

他要为她上药？她冷不丁地打了个寒战。

“安分点儿。”说着，他用食指和中指蘸取些许伤药，抹在她的左脸上，举止笨拙，却很轻柔。

她竟然从他的语声里听出一丝温柔？

想起前不久就是在这个寝房里，他把她扣在床榻……刹那间，滔天的羞愤与屈辱填满了心间，使得她的柔腮浮现出一抹诡异的红晕。

那红晕使慕容彧心间一笑，他一边抹药一边凝视太子，殿下的眼睛如美玉明润，似明珠莹然，光华流转，焕发出动人的情致，生生地逼退了烛辉与月色。

近看之下，更甚女子的阴柔之美。

他的心忽地揪起来，竟有一种想要亲他眼、吻她唇的冲动。那种太子身上散发的光让他想想就心旌摇荡，这种感觉将他逼得周身紧绷，不能自已。

“自己抹吧。”陡然，他生硬地将药瓶丢在她眼前，往后一退。“这是上好的伤药，明日便可消肿。”他故意把声音提高了些，不似刚刚反应过激。

慕容辞“哦”了一声，其实方才靠那么近，她好像听见了自己的心跳声，也听见了他的心跳声，那么清晰、激烈，好像快跳出胸腔了。

但一定是错觉。他怎么可能对身为太子的她有别样的感觉呢？再说胡思乱想什么？摄政王是她的头号敌人，是她整肃朝堂最大的绊脚石，她怎么可以在他面前有一丝一毫的失神？

气氛有些沉闷。

她在脸颊匆匆抹了几下，然后把白瓷瓶收好，道：“多谢王爷赠药。本宫先回宫了。”

对了，莫非他提出在凤凰楼演那场戏的目的就在于此？他会不会这么无聊？

正这时，只听得几声尖利的叫声由远而近地传来，含着滔天的愤怒。

“三叔……三叔……三叔……”

慕容辞觉着这声音跟慕容诗有点像，算算时辰，容澜应该是放了她。

果然，慕容彧刚打开房门，慕容诗就一阵风似的冲了过来。

“三叔，他们欺负我……”她声音哽咽，却没有泪水流下来。

“谁欺负你？”他淡漠地问，她偷偷回京，他还没问责呢，自己倒跑上门来了。

“那个鸨母……凤凰楼的人都欺负我……”慕容诗拉着他的玄色广袂，可怜兮兮地说，“凤凰楼的鸨母把我关在一间暗房……还绑住我的手脚……那暗房很黑，我叫得声音都哑了，他们就是不放我出来……”

“现在不是放你出来了吗？”

“可是，他们欺负我……你看我的手腕和脚腕都受伤了……凤凰楼的鸨母连我端柔郡主都敢囚禁伤害，太无法无天了……三叔你一定要为我出口恶气，把凤凰楼查封了，让他们在京城再也无法立足……”

她娇媚的小脸狠厉起来，大颗大颗的泪珠滚落，好不悲愤。

慕容彧反问道：“你一个姑娘家去凤凰楼做什么？再说没有本王的指令，谁让你回京的？”

慕容诗畏惧地垂头，这才意识到这招对三叔根本不管用。

慕容辞见她局促不安，在心里冷笑，看来这个端柔郡主只怕一个人——她的三叔。

“王爷何必发这么大的脾气？”慕容辞缓步走出去，“端柔郡主年少贪玩，回京玩玩也没什么大不了的。”

慕容诗抬眼看去。

这位是……太子？

五年不见，殿下越发玉树临风、风度翩翩了。她突然有些慌乱无措，心怦怦直跳。

“三叔，我乏了……我的手好痛，先回去歇息了……”说完，她飞奔离去，一溜烟儿就没影了。

随即，慕容辞回宫，寝殿里烛火幽明，琴若站在床边，看着殿下的脸绷得越来越紧，眼里的怒火越来越旺。

看来容澜查到不少事情。

“这些都是关于四大世家的事情？”她低声问。

“嗯。”慕容辞把薄纸一甩，“天子脚下，朝堂之上，竟敢作奸犯科，这四大世家的胆子真肥。”

琴若接过薄纸匆匆扫了一眼，也是震惊非常，“丞相府宫家，太尉府杨家，庆国公唐家，荣国公方家，每一家所犯下的罪不止一两桩，虽然不足以诛九族，但足以抄斩。”她沉思踌躇半晌，“以摄政王的本事，不可能一点风声都收不到。”

“慕容彧怎么可能不知道？五年前他回朝没多久就总揽朝政，四大世家个个都是狡诈的老狐狸，岂会轻易地把朝政大权拱手让人？本宫猜想，慕容彧抓到了四大世家的把柄，握着他们作奸犯科的罪证，那四个老匹夫才不敢轻举妄动，任由他把持朝政。”慕容辞一边思索一边分析。

“殿下分析透彻，句句在理。”琴若深以为然地点头，又不解地问，“可是，都五年了，为什么摄政王还让他们胡作非为？毕竟四大世家所做之事不少都危害到了朝廷。”

“一来，四大世家根基深厚，势力盘根错节，在朝中威望甚高，倘若他们连成一线，沆瀣一气，慕容彧也没有十足的把握将他们连根拔起。二来，此事牵连甚广，牵一发而动全身，或许慕容彧根本不想动他们。只要他坐稳摄政王的位置，对他没有威胁，他何必去动他们？”

“话虽如此，卧榻之侧岂容他人酣睡？假若四大世家暗中部署除掉摄政王，摄政王也是孤掌难鸣。”

“说不定四大世家早就出手过，只不过摄政王依然站在丹墀之上傲视群雄，摄政为王。”慕容辞冷笑。

慕容彧，无论你有什么企图，本宫一定会砍下你的人头祭旗！

次日。

用过午膳，她正要去书房，却听如意说端柔郡主在外求见。

她来做什么？

不多时，慕容诗进殿。她打扮入时，穿着华美的桃红色宫装。只是此时她螓首低垂，羞答答的模样跟昨夜判若两人。

“拜见太子殿下。”她敛衽下拜，盈盈楚楚，颇有种动人的情致。

慕容辞盯着她，到底是经宫里老嬷嬷调教的宗室女子，正经起来礼仪周全。

“免礼。”

“谢殿下。”

慕容诗站起身，缓缓抬起水灵妙目，直视太子。

太子着实俊美！比她昨晚在烛光中看见的更加俊美，真是如芝兰玉树般不可方物。

“你要是没什么事就回王府去吧。”慕容辞懒得应酬她。

“殿下……我……”慕容诗深深地吸气，鼓起勇气道，“殿下，我要做你的太子妃。”

慕容辞差点儿噎住，但看见她神色坚定，不像开玩笑，便忽地起身朝她走去，步步进逼。

慕容诗步步后退，直至后背贴着大殿的朱门才止步。她心如小鹿乱撞，又羞又怕，还有点兴奋。

“你想当本宫的太子妃？”慕容辞的左臂按在朱门上，把她锁在狭小的空间里，邪气地挑眉，“只怕你三叔知道了，会大发雷霆。”

“三叔管不到我，我的姻缘我自己做主。”慕容诗更坚定了。

“你有什么本事让本宫另眼相看？”慕容辞勾起她的下巴。

慕容诗含娇带怯地看着太子，心跳加剧，心快要蹦出胸腔了。

“我……殿下要我做什么，我就做什么……”她垂下纤长的眼睫，脸腮浮现薄薄的红晕。

“是吗？本宫倒是想看看你的本事是不是比本宫的两位良娣强。”慕容辞放开她，移步门槛望向外面明媚灿烂的日光。

“殿下大可考验我。”她看着太子玉朗如明月的侧颜，目光越发痴迷。

慕容辞眼神示意，即有宫女去请叶良娣和卫良娣，不多时，两人来到大殿，看见一个娇媚的姑娘陪着太子，颇为诧异，两位良娣也是太子为掩饰身份而培养的死士，心知殿下必不会引这人入府。

“殿下有何吩咐？”施礼后，她们恭顺地问道。

慕容诗看向那二位良娣，心中轻轻一笑。这两人不过中人之姿，难登大雅之堂。倘若日后她真的成为太子妃，她必定会成为太子身边最受瞩目的女人。

“御王府的端柔郡主想要当本宫的太子妃。”慕容辞纤眉轻挑，卷翘的睫羽如蝶翅般眨动，“你们伺候本宫已有时日，就跟郡主说说伺候本宫最基本的功夫。”

“是，殿下。”叶良娣和卫良娣捕捉到殿下的暗示，向慕容诗见礼。

大殿内，慕容诗抬着下巴，端着皇家公主的倨傲架势。

“本郡主很快就会成为太子妃，日后必不会亏待你们。如何伺候殿下，还请二位不吝赐教。”

叶良娣温柔道：“赐教不敢当。郡主金枝玉叶，今日我等便与郡主交流一番。”

随后，她吩咐宫女上茶，抿唇一笑道：“郡主请坐，我先说吧。殿下对膳食极为讲究，尤其喜欢吃鱼。而东宫的厨子虽说厨艺了得，殿下却更喜欢家常口味，我姐妹二人进东宫后，花了一个月的时间学了几种鱼的家常做法，这才让殿下稍微满意。”

“殿下对膳食颇为挑剔，为殿下亲自做鱼、煲羹汤是伺候殿下最基本的功夫。”卫良娣莞尔笑道，“日后郡主成为太子妃，也要这般伺候殿下。”

不就是学做鱼吗？慕容诗咬着下唇，自打出了娘胎她就十指不沾阳春水，可是她向来聪明，这应该难不倒她。

“还有什么？”她问道。

“殿下喜静，比如此时殿下在书房看书或是看折子，我们也要在书房伺候着，但我们不能出声，更不能离开，只能静静地站着。”

“不能出声又不能离开，那不是要憋死吗？”慕容诗惊诧道，殿下的怪癖怎么这么多！

“殿下会随时要我们伺候，因此我们不能离开。在殿下身边伺候，要当自己不存在，站也要笔直地站着，大多数时候要站一到两个时辰。郡主，我示范一次给您看。”

叶良娣站得笔直，目视前方，用左手握着右手放在腰间正中。

卫良娣温和道：“这个不难。既然郡主钟情于太子，今日便试一试，用这个姿势站上一个时辰。”

这还不简单吗？宫里的老嬷嬷教过她宫里的礼仪，她欢喜地站起来，做好姿势站得笔直。

叶良娣与卫良娣相顾一眼，叮嘱道：“郡主切记，不要东张西望，不要说话，站着便好。”

慕容诗点点头，一脸坚决。

还不到一盏茶的工夫，慕容诗就受不了了。

“多久了？”她不耐烦地问。

“郡主，还早。”叶良娣善良地提醒，“郡主不记得了吗？陪侍在殿下身边，不能出声，殿下不喜欢的。”

“一个时辰很快就过去了。我们陪着殿下看书，每次都要站一个多时辰呢。”卫良娣低头饮茶，一丝轻淡的冷笑从眼里闪过。

慕容诗闭了嘴，用最小的幅度扭动身子，太子妃的位置触手可及，怎能轻易放弃。

然而，全身的酸痛越发厉害了。她眉心紧蹙，咬牙坚持，后背和额头起了一层细密的薄汗。又不知过了多久，她小脸苍白，眼睛无神地半眯着，身躯轻轻地摇晃，好似随时会倒下。

叶良娣看向卫良娣，掩嘴道："她不会出事吧。"

卫良娣压低声道："是她心甘情愿的，跟我们无关。再者殿下会护着我们的。"

砰！声音低闷，慕容诗晕倒在地。

叶良娣、卫良娣连忙招呼几个宫女把她搀扶到椅子上坐下，她幽幽转醒，这才知道自己晕倒了。

"郡主贵体有恙，不如先回府歇着。"叶良娣劝道。

"若郡主贵体出了事，我们可担待不起。"卫良娣道。

千求万劝，在几个宫女的搀扶下，慕容诗打道回府。

书房里，慕容辞听了如意的禀报，冷笑一声之后继续看书。

今夜月黑风高，屋檐下悬挂的素骨灯笼被冷风吹得打横飞起，昏黄的光影摇曳如醉。

慕容彧凝视着那个低着头的男子，这位天下第一庄考核出来的天下第一幻术师，此前慕容辞安排他和白公子、苏姑娘住在一个安全的地方，不过还是被慕容彧找到了。

"不知王爷有何差遣？"等了许久，杨公子忍不住开口询问，态度恭敬。

"听闻你的幻术出神入化，本王倒想见识见识。"

慕容彧坐在书案前，手指轻扣案几，他的拇指戴着一枚造型奇特、风格粗犷的蛇头金戒。

"能为王爷献艺，是小人的荣幸。"

杨公子说罢，取出一块约莫一人高的方形黑布，两只手提着两端伸展开来，先展示这面，再反过来展示另一面，表示这块黑布只是寻常布料，并无特殊之处。

"王爷，小人将会在您面前消失。"

话音方落，那块黑布飘扬而起，黑布再缓缓落下时，书房里只剩了慕容彧一人。

只是一眨眼的工夫，人就不见了。慕容彧清寒的目光在房里扫来扫去，继而薄唇一勾，向房梁上说道："杨公子，下来吧。"

杨公子一跃下来，略有窘意，"王爷火眼金睛，被王爷一眼识破了。"

"你这不是真正的幻术，你所使的只不过是障眼法。借助那块黑布的遮掩，你施展轻功跃上房梁，凭借的不过是奇快的身法罢了。"

"王爷睿智，看破了小人的雕虫小技。没错，小人所学的便是这些比戏法玄妙一点的障眼法，只不过小人修习轻功已有多年，因此能够瞒过寻常人。"

"你师承何人？"

"小人师父跟小人一样，打着幻术的旗号招摇撞骗。"杨公子惭愧地低头。

"你倒有自知之明。"慕容彧高深莫测地眨眨眼，"你可曾听说过江湖里哪个人懂得真正的幻术？"

"王爷所说的可是珈蓝古国失传的幻术？小人未曾听说过。"杨公子道，"珈蓝古国已经湮灭六十载，其幻术必然已经失传。"

慕容彧挥挥手，杨公子躬身退下。

不多时，无影进来，问道："王爷，杨公子的话能当真吗？"

慕容彧沉思半晌，道："幻术是珈蓝古国三大秘术之一，即使幻术传人尚在人间，也不会轻易施展幻术。继续查。"

奉天殿是供奉慕容氏皇族列祖列宗神牌的宫殿，有宫人守护打理。

平日，奉天殿庄严肃穆，鲜有人来，只有祭祀的时候才会热闹一些。

这日早间，却有不少宫人聚集殿前，团团围成一个圆圈。

"好吓人啊！那些东西究竟是什么？"一个宫女靠着同伴瑟缩着身子，满脸惊恐。

"好像是玉。"一个内侍猜测道。

"应该是血玉。"另一个内侍道，"我在贵妃的昭阳殿库房当差，见过血玉。"

"血玉极为珍稀，为什么奉天殿有这么多玉？而且这些血玉好像正在流血。"宫女怕得瑟瑟发抖，不敢再看。

"总管大人到了！"不知是谁喊了一句。

围观的宫人立即散开一个缺口，纷纷躬身拜见。

内侍总管刘安挽着拂尘大步流星地走来，他五十来岁，头发花白，一张布满细纹的脸气色红润，眉眼板着，流露出几分威严。

他看着地上散落的血玉，亦是大惑不解。

“这究竟是怎么回事？哪个最先发现的？奉天殿供奉何在？”

一个年约五十岁的内侍疾步走来，躬身道：“总管大人，奴才是奉天殿的供奉晋升，这位是小银，跟奴才一起在奉天殿当差。今日一早，奴才和他打扫奉天殿，打扫完了就发现这些东西。”

小银年约十八岁，长得眉清目秀，唇红肤白。虽然低着头，依然可见其刚柔并济的脸部轮廓。

刘安身边正得宠的小内侍小英子在他耳边低声道：“总管大人，这事儿了不得。若是在别的宫殿出现这些不吉利的东西倒还好说，这里可是奉天殿，是供奉祖宗的地方。这些血玉凭空出现，还流了这么多血，必定不是小事。慎重起见，奴才觉得应该向萧贵妃和摄政王禀报。”

“你终于机灵了一回。”刘安拍拍他的肩，立即差人去禀报萧贵妃和摄政王，顺便也派人去禀报太子。

不多时，太子匆匆赶来。

这几年老皇帝荒淫昏庸，朝堂政事都交给摄政王，内宫事务由萧贵妃和内侍总管打理。因此，刘安在这五年里势力坐大，自成一派，并且与萧贵妃暗地勾结，对草包太子一向不那么尊重。

眼见太子来了，他只是象征性地行了个礼。

慕容辞盯着那摊猩红的血水，二十多枚形状各异的血玉躺在血泊里，骄阳当空，血水被日头一照，开始凝固发黑。

她蹲下来，指头沾了些许鲜血，凑近鼻子闻了闻。

这是人血！

“什么时候发现的？”慕容辞问。

“奴才打扫完奉天殿，大约是辰时三刻发现的。”晋升回道。

巳时刚过不久，就是说距离血玉发现还不到半个时辰。

琴若问道：“这之前，你们有没有发现奉天殿附近有什么不寻常的事？”

两人皆摇头。

奉天殿前为正殿，后为寝殿，甚是宏伟。慕容辞仔细地看了一遍，没有任何发现。

慕容辞从奉天殿里走出来时，正看见慕容彧立于初夏灿烂的日光下，整个人笼罩在一圈淡淡的金色光晕里，恍若天人。

他朝她望过来，那刚毅俊美的脸宛若初晴云岚般明净清透，倾绝众生。

他转头吩咐刘安："派人去大理寺，请大理寺卿顾大人来。"

慕容辞本想过去看看，但还是忍住了，折往东侧。奉天殿没有东西配殿，因此东西两侧都是树木草地。慕容辞慢慢走着，不放过一寸角落。

忽然，她在西侧草地上发现了几个浅浅的脚印。

她把自己的脚轻轻地放上去对比，这脚印比她的脚大一些，应该是男子的脚印。

或许，这组脚印是犯事者留下来的。那么，犯事者是男子？

此外，再没有其他发现。

慕容辞回到事发现场，大理寺卿顾淮带着大理寺少卿沈知言匆匆赶来。

"下官拜见太子殿下，拜见王爷。"他们边屈身行礼边说。

"免礼。顾大人、沈大人快瞧瞧。"慕容彧道。

顾淮蹲下来察看，沈知言却走向慕容辞，清俊的脸庞浮着一缕清风般的笑意，"殿下有何发现？"

"做正事。"慕容辞瞪了他一眼。他立即收敛笑容，认真地察看那摊血迹。

慕容彧见他们言笑随意，忽然觉得日光有点刺眼。这沈知言是太子太傅沈青桐的嫡长子，比太子年长四岁，自小便是太子的伴读，二人交好，情谊甚笃。

他虽年仅二十二，但偏好侦破凶案、验尸追凶，四年前帮京兆府侦破了五起要案，顾淮赏识他的才干，破格录用他，这几年他步步高升，如今已经是大理寺少卿。

太子太傅沈家的嫡公子，相貌堂堂，清湛温雅，玉树临风，招惹了多少闺阁女子的青睐。然而，那些女子听闻他有查验尸体的喜好都吓得花容失色，纷纷退散。因此，他至今未娶。

“这是人血。”沈知言笃定道，徒手拿起一块血玉对着日头研究了一番，“这的确是血玉。血玉极为罕有珍贵，奉天殿怎么会突然出现这么多血玉？”

“即便是宫里的库房也只有五枚血玉。”慕容彧剑眉微蹙。

“殿下方才在四周察看了一番，不知有何发现？”沈知言问道，取出一块黑布把两枚血玉包了起来。

“奉天殿内外都没什么发现。”慕容辞的小脸在日光下越发光彩夺目，“这血水极为新鲜，可见是刚从人身上弄出来不久。从血水量来看，至少是两个人的血量。”

“殿下分析得透彻，下官佩服。”他拊掌而笑，马屁拍得太明显，与他清湛温雅的形象非常不符。

慕容彧有些讶异，太子的头脑竟还不错。

顾淮拱手道：“王爷放心，下官定当查个水落石出。”

“是天降血玉……真的是天降血玉……”远处突然传出尖厉的声音，所有人的目光都望向那边。

“何人喧哗？若有发现，站出来跟本官说个明白。”顾淮扬声道。

一个宫女瑟缩着走过来，对着众位高位者行礼，然后道：“奴婢是六尚局宫女，两日前，奴婢跟着印尚宫出宫采办，无意间在街衢听见几个七八岁的孩童吟唱歌谣，歌谣里便有血玉……”

“那歌谣你还记得吗？唱出来给我们听听。”沈知言道。

“奴婢记得。”那宫女清唱起来，“月光光，照地堂，血玉现。月光光，照地堂，雨漫天。月光光，照地堂，鱼食人。月光光，照地堂，玉窃国。奉天殿出现这么多血玉，不就是歌谣里唱的吗？”

宫人闻言，纷纷附和。顾淮摆手下压，威严道：“这些血玉的来历还需彻查，再者宫内发生的事和城里的歌谣并不相干，只是巧合罢了。你们休得胡言乱语，扰乱人心。”

说罢，顾淮和沈知言绕奉天殿走了一圈，但未找到其他线索，于是离开。

慕容彧政务繁重，自也回去处理政务。

宫门处，慕容辞的马车徐徐前进，却忽然停下来。

琴若打起竹青色车帘，见宫门外站着一个身穿雪白锦衣的清俊公子。

未看清人，便能感受到他春风般的微笑。

“殿下，是沈大人。”琴若含笑道。

“本宫知道。”离开奉天殿时，慕容辞给他使了眼色。

沈知言躬身进马车，笑着坐下，姿态清湛风流，“殿下怎么忽然有了雅兴查这诡异的事？”

慕容辞纤眉一扬，“你猜。”

他心领神会，笑而不语。

“对了，殿下，这些日子我研究出一种牛肉的新鲜吃法，有空我亲自下厨让殿下尝尝鲜。”

“好呀，就今日吧。”慕容辞的玉手轻扣矮几，那些血玉还萦绕在脑子里。

“怎么个新鲜的吃法？”琴若的八卦心被勾起来，好奇地问，“上次沈大人的烤鸭，让奴婢至今还回味无穷呢。”

是的，那次他花了两个时辰制作烤鸭，出炉后，他用一种巧妙的刀法，顺着烤鸭的肌肉纹理和各部位的特质，把烤鸭的皮和肉一片片地削下来，接着用新鲜菜叶把鸭肉片裹起来，再沾上酱料，然后放进嘴里……

不过，在她们享受美味之时，他说：“其实削下烤鸭的刀法和解剖验尸差不多，手要稳，要温柔细腻地对待烤鸭，不要破坏烤鸭或尸体……”

他一边沉浸在自己的世界里兴奋地演说，乍然回头，见殿下和琴若已经冲出去，扶墙而吐。

“沈大人，这一次殿下尝鲜，能不能不要再说验尸那些事……”琴若苦着脸求道。

“验尸查案是我终身的极致追求，已经融入到我的吃穿住行、歇寝沐浴……”

慕容辞看向窗外，琴若无语地捂着半边脸。

独角戏唱不下去了，他嘴巴张了张，并不觉得尴尬，因为每次他高谈阔论时，身边人总会默默地转身，或是离开。

“奉天殿天降血玉，殿下可有什么发现？”他自觉地换了话题。

“你有什么发现？”慕容辞反问。

“我和顾大人都没有发现。”沈知言眉宇微动，“不过我在奉天殿西侧的草地上发现一组脚印。”

"本宫也发现了，应该是男子的脚印。"

"不过这组脚印也不能代表什么，奉天殿有供奉守着，平常有宫人前往奉天殿并不稀奇。"

她点点头，凝眸道："本宫觉得，这件事不是那么简单。"

一路探讨着，太子和沈知言很快来到洛阳城五大玉商之一的锦记玉器。

掌柜见他们锦衣华服，非富即贵，便十分热情。慕容辞取出两枚清洗干净的血玉，这玉形状如鹌鹑蛋，玉内暗红如血，纹路如树枝般清晰可见。

"掌柜，近来你见过这种血玉吗？或者你铺子里可有这种血玉？"

掌柜接过那玉，对着外面的天光仔细地瞧，"这枚血玉极为罕见，虽然本铺曾卖过血玉，不过从不曾卖过这样的血玉。"

"就你所知，其他玉器铺子有卖过这种血玉吗？"沈知言问道。

"其他铺子我倒是不知详情。"掌柜回道，"这两枚血玉是上乘货，价值不菲。"

"你瞧得出来是哪里出产的吗？"

"这……我还真不知道哪里盛产血玉。"掌柜目光闪躲，不欲多言。

沈知言从怀里掏出大理寺的腰牌，在他面前一晃，喝问道："大理寺查案，你知道什么便说什么，不可虚言。"

掌柜吓了一跳，这才说道："我们这行很少卖血玉，一来血玉极为罕见，二来血玉乃不祥之玉。若有贵客想要血玉，我们东家才会去搜罗。"

"为什么说血玉不祥？"慕容辞眉心微蹙。

"血玉的由来与尸体、陪葬有关。"掌柜压低声音，"富贵人家的主人死了，玉器陪葬，其家人把玉器塞入死人口里，此为衔玉。"

"死人落葬，衔玉这种做法颇为普遍。"沈知言眉宇微紧。

"听闻那些死者嘴里的玉有些会落入咽喉，进入体内。数百年、上千年过去，尸体的死血把玉浸透，血丝慢慢流入玉心，如此便形成色泽暗红的血玉。这种尸骨里的血玉最为珍贵，但也最为不祥。"

"那玉里面的血有可能在后来流出来吗？"慕容辞斟酌着再问。

"一般不会。我自小跟着东家做玉器买卖，从来没听说过。"掌柜回道。

从锦记玉器铺子出来，慕容辞和沈知言又走访了几家大的玉器铺，都差不多是如此回答。

此时午时已过，骄阳当空，日光毒辣。

慕容辞站在炎炎日头下，光洁的额头布满了细密的汗珠，小脸被日光晒得晕红一片，娇艳如桃夭灼灼，无比动人。

沈知言见她这般姣好颜色，忽然间就移不开目光——眼前好像浮现出一张精致瑰美的小脸，女子装扮，美得令人屏息。

蓦然，他心头一震，甩了甩头，怎么会冒出这样的念头？

一定是被日头晒得头晕眼花了！

“殿下饿了吧，不如去附近的得月楼歇歇脚。”他提议道。

她口干舌燥，十分赞成。

到了得月楼，车夫把马车驾到一旁，慕容辞正要进得月楼，忽然听见几个孩童的吟唱声：

“月光光，照地堂，血玉现。月光光，照地堂，雨漫天。月光光，照地堂，鱼食人。月光光，照地堂，玉窃国。”

几人停步细听了一会儿，来到二楼雅间坐下，慕容辞点了一壶茶和六样热菜，吩咐伙计快点上菜。

沈知言端起茶盏一饮而尽，“查到这儿，好像线索都断了。不过我已经吩咐大理寺的衙役去玉器行探查，晚点我回大理寺问问。”

慕容辞沉吟须臾，道：“你有没有觉得那首歌谣很古怪？”

“你是说，那首歌谣可能有预示的作用？”

“若真如我们猜测，那接下来还会发生事情。”她沉吟道，“雨漫天……鱼食人……”

“先吃饱饭再想，我饿得都前胸贴后背了！”他哀号道，“这几日天清气朗，怎么可能会下雨？”

吃饱喝足离开得月楼，慕容辞决定回宫去问问老玉匠。

沈知言说回大理寺问问下属情况，继而笑得如朗月清风，“黄昏时分我带上牛肉去东宫，洗手做牛肉给殿下尝鲜。”

她回到东宫，差人去传来老玉匠，这老玉匠已在宫中侍弄玉器大半辈子，手艺堪称洛阳城顶尖。

他翻来覆去瞧着血玉，皱纹横陈的脸庞弥漫开惊喜。

“殿下，这是极品血玉，可咱们燕国产不了，这血玉从何处所得？”老玉匠犹自兴奋。

“这个你无须理会。城里的玉器铺子掌柜说血玉是从数百年、上千年的墓地尸骸里挖出来的……”

“他只说对了一半。”老玉匠严肃道，“血玉里的暗红色泽，实则被称为红沁，也叫血沁。血玉有两种，一种便如那掌柜说的，是从久远的尸骸里挖出来的。另一种是玉石埋在地下，土壤里的铁慢慢沁入玉里，经过成百上千年，整块玉里的暗红越来越多，就变成了血沁。”

“原来如此。”她微微点头。

老玉匠离去之后，如意道：“殿下，不如先歇歇？”

慕容辞躺在锦榻上，阖上双目，恍惚间，只觉得外面暴风骤雨，她一路狂奔冲向清元殿……

是父皇，他躺在龙榻上，任她怎么叫唤，就是不睁开眼睛，好像去了另一个世界。

她焦虑无比，蓦然看见父皇身边有十几枚血玉，那些血玉都流着鲜血，已弥漫了整个龙榻。她惊骇地发起抖来，血水不断流出来，流到宫砖上，好像要蔓延整个寝殿，整个清元殿……

“父皇——”她凄厉地叫喊，忽地睁开眼，见如意正在眼前焦急地看她。

“殿下，是否发噩梦了？”

慕容辞喘得厉害，口干舌燥，说不出话。

“只是噩梦，不是真的。殿下，喝杯茶吧。”如意端来茶盏，伺候她饮茶。

慕容辞看向殿外，此时日薄西天，晴艳的夕阳为宫墙抹上一层金艳艳的血色。

晚风徐来，凉意拂面，清爽极了。

“殿下，沈大人已经来了，正在膳房下厨呢。”如意笑道。

“哦？本宫去瞧瞧。”慕容辞来到膳房外，看见厨子和宫人都被沈知言赶到外面，只有他一人在忙活。她问道：“大理寺可有查到什么？”

他摇摇头，把两块牛肉放入锅里。

她无奈叹气，虽说犯案之人最有可能是宫里的，可没有线索，也并不好搜查。

“殿下，你也别太灰心。这件事也没有涉及人命，咱们以静制动。”

慕容辞知道，这件事暂时没什么可怕，可宫里已经传遍了，不少人都在暗地里议论天降血玉一事。又想起刚才的噩梦，她不觉忐忑，总觉得要发生什么事。

不多时，他端着两只青花瓷碟出来，明朗地笑道：“殿下，来吃牛肉。”

焦香扑鼻，她顿时有了食欲，说道：“你这做法是煎牛肉？”

沈知言神秘地挑眉却不语，径直前往大殿。

慕容辞坐在案前，看着青花瓷碟里一块热气腾腾的牛肉，她拿起银箸举棋不定，疑问道：“这么大一块，怎么吃？”

“来，我帮你。”他举起一把精巧的小刀，说道，“我这么聪明，当然会发明一种有趣的吃法。”他用银箸按住牛肉的一侧，用小刀把肉切成一个个小块，然后，就把那碟牛肉推给她，“会了吗？”

慕容辞先夹起那两小块牛肉吃了，“嗯，香嫩爽滑，风味独特，妙极妙极。”

“其实做法很简单，不过牛肉要腌一下，还要我独家秘制的孜然香料。这种香煎牛肉既有牛肉最本真的味道，又能把我独家秘制的香料融入牛肉里面，色香味俱全。”他一边切牛肉一边手舞足蹈地说，“殿下，你知道我是如何发明这种吃法的吗？有一次，我在验尸的时候，发现女死者的小腿肚被烧得通红的铁片烫了……”

“你再说半个字，本宫把牛肉扣在你脸上。”慕容辞低着头切牛肉，不紧不慢地说道。

“沈大人你还是专心吃吧。”琴若笑道。

沈知言不以为意地笑道：“下次我多做两块给你们尝尝。”

这时，一个内侍疾步来报：“殿下，端柔郡主求见……”

话音未落，后面就冲上来一人。

“太子殿下——”待慕容诗冲进去才看见沈知言也在，有点错愕，不过很快就恢复如常，向慕容辞行了个礼。

“你们在吃什么？”她看向那碟牛肉，吞了吞口水，说，“这是牛肉吗？好奇怪的牛肉呀，不过好像挺香的。”

“郡主，下官正与殿下商讨要事……”看见殿下那张脸如寒冰般冷彻，沈知言就知道殿下现在心情不大好。

“你们不是在用膳吗？正好我也饿了。”慕容诗坐下来一望，直接用银箸夹起整块牛肉，咬一口便十分惊喜，“嗯，殿下，这牛肉好好吃。”

“郡主，这牛肉是下官的。”沈知言全身僵硬，笑得干巴巴的。

“郡主，这里不是御王府，是东宫。”慕容辞终于开口，一字一句，声音清冷。

慕容诗幸福地吃着牛肉，娇憨地笑道：“我知道这里是东宫。”

沈知言紧紧握拳，低声道：“你擅闯东宫，没有经过殿下的同意，就在这儿享用膳食。也只有你端柔郡主有这样的胆量！”

“殿下不会责怪我无礼的，因为从现在开始，我是殿下的伴读。”

慕容诗笑眯眯道，眉目笑成一弯月牙儿。

郡主成了太子伴读？慕容辞的内心好像有一万匹骏马奔腾而过，她这个太子怎么不知道？

见慕容诗一脸的笃定，沈知言正色道：“郡主，伴读贵精不贵多，殿下有我一个伴读就够了。”

慕容诗扬起下巴，看向沈知言道：“太子伴读当然是贵精不贵多，但沈大人身兼大理寺少卿，事务繁忙，哪有空闲陪伴殿下？”

慕容辞不置可否，清冷地看向沈知言。

他明白殿下的意思，眼里闪过一丝狡黠，继而说道：“郡主出身御王府，贵不可言，自然有资格当太子伴读，只是敢问郡主，您熟读四书五经吗？要当太子伴读，首要的是将四书五经倒背如流，不如您先将《孟子》背一遍给殿下听。”

“这……”慕容诗挠挠头，面露几分尴尬，“几年前我跟师傅学过，但时隔多年，忘了。”

“郡主，不如您先回去请个师傅教授四书五经，待您把四书五经背熟了，再来求见殿下。”

慕容彧变身霸道总裁

剧情悬念迭出，好害怕……

太子殿下欲拒还迎

沈知言：原来我是多余的

辣眼睛！御王公主抱太子？

慕容彧要黑化？

太子夜探乱葬岗

第五章

所有线索都指向他

东方的长空浮现一抹鱼肚白，最初的天光似一把利箭刺破浓重的黑暗。

万籁俱寂里，一声闷雷从遥远的苍穹滚滚而来。

片刻，殿外响起淅淅沥沥的清响。初夏的第一场雨如豆子般撒下来，敲打在黄琉璃瓦上。

东宫里，慕容辞思虑甚重，被雷雨惊醒，就翻来覆去再也睡不着了。忽地，她听到外面匆匆的脚步声。

“清元殿内侍来报……”如意用莲花金钩把玉色纱帐卷起，尽量用平静的语气说道，“元顺等内侍亲眼看见，清元殿下血雨。”

血雨？慕容辞心里一紧，那歌谣里的第二件事果真应验了。

来到外面，冷气、水风直扑而来，清元殿殿前站着不少宫人，惶然不知所措。

刘安挽着拂尘站在殿廊下，望着一地的血色雨水，精明的面目掩不住忧色。

看见太子来了，他隔着雨帘施礼道：“殿下，奴才不敢破坏现场，就在这儿给您行礼了。”

如意为她打着伞，慕容辞看过去，殿廊阶下地面的水比较红，像是被雨水洗刷过的凶案现场。而从殿檐落下来的雨水已经恢复原本的透明，偶尔才有一丝丝血色。

“殿下，天蒙蒙亮的时候，元顺起身，看见从殿檐流下来的都是猩红的雨水。”刘安面色沉重地说道。

“派人到屋顶看过了吗？”慕容辞的心倍感压抑。

“稍后雨小了，奴才派几个人到屋顶看看。”刘安道。

“父皇醒了吗？”她看向元顺，边说着边往殿内走。

“陛下醒了，不过时辰还早，他尚未起身。”元顺在前面引路，进了寝殿。

龙榻上，慕容承闭着眼，看似睡着了，面目安详。

慕容辞不愿惊扰父皇，低声问元顺：“果真如刘安所说？”

元顺点头道：“奴才不敢隐瞒。”

外面传来刘安指挥侍卫上屋顶察看的声音，她来到殿外阶上，这时，萧贵妃亦匆匆赶来，看见地上那些淡红色的雨水，吃了一惊，她冷淡地扫了慕容辞一眼，进了寝殿。

不多时，闻讯赶来的慕容彧和顾淮、沈知言同时抵达。

三把木梯架在殿檐，由于地上湿滑，侍卫只能站在木梯的顶端往上看，屋顶并无异样。

慕容彧看着满地的淡红色血水，面目沉郁。雨水打湿了他的玄色蟒袍，衣袂尽湿，可见这一路赶得匆忙。

他温淡的目光不由自主地扫向站在一旁的太子，慕容辞原本是等着沈知言来禀报，忽然察觉一道目光注视着自己，转身看去，又赶紧移开视线，不觉心神微乱，有点不自在。

她也不知道为什么会这样。

沈知言察看过现场，半个身子已被雨水洇湿了，“血水溶于雨水，已经分辨不出是人血还是其他什么动物的血。”

慕容辞点点头，说：“这件事不同寻常，和昨日的天降血玉一样，本宫觉得是人为的。”

聚集在东侧廊下的宫人都在窃窃私语。这件事确实古怪，其他宫殿都不下血雨，偏偏陛下的清元殿下血雨，莫非真应了那歌谣？

慕容辞问：“排查了宫里有宫人失踪或死亡吗？”

“臣吩咐底下的人排查，据回报，宫里无人失踪或死亡。”顾淮皱着眉回答。

“那就是说，这两件事所用的血并非来自宫里。”沈知言道。

“顾大人，尽快查出真相。”天地间潮湿灰濛，慕容彧的眼睛明亮，好似唯有他一人清醒。

“下官遵命。”顾淮拱手施礼，心里开始焦灼。这血雨下在哪里不好，偏偏下在天子寝殿，试想这事倘若是人为，那么犯事者布局时出入清元殿如入无人之境，谋害陛下岂不是易如反掌？

他越想越心惊，看见御王与赶来的禁卫军统领低声协商，部署宫里和清元殿的巡守事宜。不久雨停，众人也渐次散了。

慕容辞刚跨出大殿，只听得后面一声："殿下，借一步说话。"

这声音再熟悉不过。

"在这儿不能说吗？"说着，她直视他，摒弃那些混乱的思绪。

他径自往东侧殿廊走去，她只得跟上。

他乌黑的头发沾染了一两滴细小晶莹的水珠，那张俊脸格外寒沉。

"殿下可有发现什么？"他语声清凉。

"暂时没有。"慕容辞淡漠道，殿檐上落下一滴滴雨水，宛若断了线的珍珠。

慕容彧转身看她，轻声说："这几日殿下最好不要外出，在东宫好好待着。也请殿下放心，本王已经吩咐禁卫军蒙统领加强清元殿布防和宫内巡防，确保陛下安然无虞。"

慕容辞讥诮道："王爷还是花点儿时间管教端柔郡主，以免她三天两头地往东宫跑。"

他目送她离去，剑眉一扬，郁色消散了些。

回到东宫，慕容辞更衣用膳，然后从密道离开东宫。

漱玉轩是城中风景秀绝、私密性最佳的品茗庄园，青砖灰瓦，亭台楼阁，雅间亦是私密得很。

容湛早已煮好茶水，见慕容辞推门进来，便起身相迎。

"这天儿真诡异，刚还是雨，竟然出日头了。"容湛嬉笑着倒了两盏茶。

慕容辞将茶水一饮而尽，"我让你查的事，有结果了吗？"

"庄主你先缓口气。"他的眉宇堆满了灿笑，"我把天下第一庄的人手都派出去了，没打听到哪户人家有人失踪了或是死了，不过有意外收获。"

"是什么？"她心里着急，瞪他一眼。

"有五只狗死了，而且死法奇特，血都被抽干了。"

"狗血……"慕容辞的眉心蹙得更紧了，五只狗被杀，血被抽干，这和今早的血雨有关吗?

然而，那么多狗血，如何带进宫？又如何避过巡守宿卫的耳目，让清元殿下血雨?

“庄主，庄主……”容湛见她呆呆愣愣，叫了两声。

“我没事。”慕容辞回过神，拿起樱桃毕罗轻轻咬了一口，风味还挺独特。

“庄主，最近宫里发生了什么事吗？”他见她今日魂不守舍，觉着一定是发生大事了。

“嗯。”她忽然想到什么，眼睛一亮，“这两日你听闻京城里孩童吟唱的歌谣了吧？那首歌谣应该是人为流传的，你派人查查从何处传出来的。”

他点头道：“我会派人去查，不过倘若幕后之人有意行踪隐蔽，相信不容易查到。宫里发生了什么事，我能帮得上忙吗？”

她寻思了一瞬，“今日凌晨时分下雨，从清元殿殿檐流下的雨水是红色，如下血雨，几个内侍架梯察看过殿顶，没发现什么异样。”

容湛含笑的脸庞严肃起来，“竟有这种诡异荒诞之事。你觉得此事是人为？”

慕容辞颔首，面色凝重地说：“先有天降血玉，后有清元殿下血雨，与那首歌谣暗合，我觉着那首歌谣有预示之效。接下来或许会发生鱼食人？”她端着青瓷茶杯，茶水的袅袅热气在她面前氤氲成雾，使得她的小脸迷离而恍惚。

“庄主，血玉，血雨，鱼食人，玉窃国，那首歌谣应该在暗示一个人。”容湛总是嬉皮笑脸，此时却是难得的一本正经，眼神犀利。

慕容辞平静的心湖荡起波澜。

原来他也想到了。

清元殿下血雨事发之后，她的脑子里就盘旋着那首歌谣和一个人的面容。

那首歌谣，明显地指向一个人。

她不敢深入地思索，担心会变成血淋淋的现实，担心天河倾泻，长空骤变，山河倾覆，而自己什么都做不了，无法力挽狂澜。

“庄主早就想到了，只是不敢深入去想。倘若这首歌谣当真指向那人，那么，幕后之人便是那人的仇敌？”

慕容辞默然不语，端着青瓷茶杯的右手悄然用力。

“那人的势力已然坐大，你想与他对抗，或者想要将他连根拔起，无异于以卵击石、自取灭亡。”

“眼下我的实力还不足以跟他对抗，我不会轻举妄动。”她将茶杯放下。

“这两年你暗中联络朝中重臣，培植势力，不过那些官员实力微弱，实在不值一提。若能得到四大世家的支持，尚可一搏。不过庄主，眼下之事最要紧。”

慕容辞点点头，“我先回宫。”

“对了，御王府的人每日都来询问你回来了没，每日来两次，也是够了！庄主，你总不能一直避而不见吧。”容湛愁苦道。

“他又能如何？就让他查去。”

她冷笑，告辞离开。

马车已经停在漱玉轩门口，她正要走过去，却看见一辆外面装饰十分普通的马车缓缓停下。

那辆马车好像是御王府的。

她立即低下头，三步并作两步地走向自己的马车。

“殿下。”一道声音传来。

慕容辞不得不止步，看见慕容彧朝自己走来，披着一身日光，踏着一地斑斓。

雨后长空明净如洗，湛蓝如汪洋，白云悠悠，似棉絮被初夏的风扯着时舒时卷。

“王爷日理万机，也有闲暇来漱玉轩消磨时光？”她挑眉冷淡道。

“本王路过罢了，看见殿下在这儿，便过来打个招呼。”慕容彧说道。

“这个时辰，王爷不是应该在宫里批阅折子吗？”

“殿下在漱玉轩会友？”

慕容辞直接无视他的问题，道：“时辰不早了，本宫该回宫了。”说罢边登上马车。

忽而马车轻轻一震，慕容辞感觉一晃，就见一人弯身进来，堂而皇之地坐在她左侧。

“殿下的马车镶金嵌玉，舒适之外还有一股淡渺的清香，本王逐香而来。”慕容彧拿起矮几上的茶壶，斟了一杯茶，

清香？慕容辞心头一凛，眉心微皱，他察觉到了？一时之间，她脊背僵直，纤纤素指悄然握紧。

他悠然品着茶水，一时无话。只觉得方才艳阳下那一眼，无比惊艳。她穿一袭白纱无绣饰衣袍，纯净的白色纱衣在晴灿日光的照射下，宛若千山落雪，又似白芙蓉纤薄柔软，那白瓷般的脸庞灵透明艳，染了轻微的桃花颜色。

此时，她安静地坐在那儿，仿若清雪砌成。窗外流光偶尔流射进来，从她漆黑纤长的睫羽流闪而过，平添几分艳丽。

他怎么越来越觉着，殿下太过柔秀。

“那首歌谣，殿下有何想法？”他低缓道。

“眼下发生的两件事，暗合歌谣里的前两件事。不知王爷有何高见？”她心知他在试探自己，把球踢回给他。

“你我想到了一处。”他微眯着眼，“可以断定的是，那首歌谣是冲着皇宫来的。”

“王爷觉得，能查到歌谣的来源处吗？”

“有心之人散布歌谣，必定不会让人查到。”

“换言之，我们处于被动的劣势，而且不知布局者的真正用意。”

“查不到不等于不查。这件事本王会命人查到底，殿下外出还请注意安全，多带几个人。”

慕容彧看着他，似有关心之意。

慕容辞漠然道：“下次我会带几个侍卫。”她其实如坐针毡，很想把他赶下车。

正这时，只听得外面一片嘈杂的喊叫声：“出事了……洛河出大事了……死人了……”

慕容彧从车窗往外看去，不少人往河边跑去。慕容辞的纤眉蹙起来，洛河发生命案，莫非是鱼食人？

“去洛河瞧瞧。”慕容彧转头道。

街上百姓越来越多，马车行驶极慢，他一握她的纤细手腕，跳下马车。

她试图甩开手，无奈他握得很紧，几次都没挣脱。

“人多，别走散了。”他看也不看她，只拉着她疾步而行。

洛河是洛阳城的主干河道，从城中靠南的地方穿越而过，两岸风光秀绝，垂柳依依，画舫艘艘，店铺林立，是文士墨客、寻常百姓游玩之胜地。

河畔杨柳下，百姓团团围成一个圈，京兆府的四个衙役已经赶来。

“后退，后退。”一个衙役大声呼喝道，“都说了不要挤进来，你怎么……”衙役看见一个男子挤进来，劈头盖脸地斥责。

慕容彧拉着慕容辞，脸上犹如覆了一层薄霜。

“我说的你没听见吗？”衙役凶光毕露。

慕容彧从怀里取出一枚令牌，在那尽职的衙役面前一晃，“让开！”

金光一闪，那衙役只见那枚令牌黑底金字，写着一个大大的“御”字。

御王府的人！

再看那挺拔男子身穿一袭玄色滚金锦袍，头戴紫玉冠，以及他那迥异于芸芸众生的卓绝气度，那衙役吓得双腿发软，御王府的侍卫他都得罪不起，更何况眼前这人必不是寻常人物。

好在慕容彧没再理他，只和慕容辞蹲下来查看尸首。

死者是一个三十岁左右的妇人，从她所穿衣裳的质地来看，家境颇为富裕。然而，她湿透了的衣裳破了好些洞，一身血迹斑斑，脸上也有几处明显的伤口。

这是一个船夫在河道上看到，打捞上来的，完全暗合歌谣，围观百姓早议论纷纷。

“世上竟有鱼食人这种荒诞可怕的事！不知是什么样的鱼才能吃人。”

“一定是洛河里的水怪，鱼精！好吓人啊！”

慕容彧看过尸首，站起身将目光投向慕容辞。

她转身站在柳树下，望向潺潺向东流的洛河，河水碧清，天光云影的琉璃世界，却沾染了肮脏血腥的命案。

他站在她身旁，看见细碎的日光在她白瓷般的小脸上闪烁，从她纤长的睫羽滑过。

“粗粗看来，似是鱼食人。”他压低声音，嗓音沙哑。

“还要等仵作验尸后才能确定死因。”慕容辞的心揪得紧紧的，寒气自脚底漫延而起，迅速传达到四肢百骸。

倘若那死者真的是被鱼杀死，那么接下来将应验的是不是玉窃国?

那将是社稷劫难，万劫不复。

想到此，慕容辞几乎站立不住，头疼欲裂。水风送凉，她只觉得冰寒刺骨，眼前一黑……

臂弯里的身躯怎么这么烫?

慕容彧方才那一揽，她正正地软倒在他怀里。然而这体温高得异常，他摸摸她的额头，立即把她横抱起来，挤出人群。

马车上，她幽幽转醒，看见他近在咫尺，精致而冷峻的五官在眼前放大。

方才她好像晕了?

“殿下染了风寒，发着高烧，自己竟然没有察觉？”

慕容彧斟了一杯尚且温热的茶水，递到她唇边想要喂她喝，语气似有薄责。

慕容辞默默接过茶杯，悉数饮尽，“或许是今早淋到雨，没及时更衣，染了风寒。”

四肢酸疼，寒气阵阵，她抱着双臂，面色发白。

他解开外袍，体贴地披在她身上。

这玄色滚金锦袍沾染了他的气息，那是一种夹杂着沉水香与盛年男子阳刚之气的气息，很好闻。她想到那个暗夜的痴缠，如梦魇似的纠缠着她，让她不得安生。

“还冷么？”他温柔地把锦袍拉了拉。

“好点了。”她头痛得有点恍惚，竟觉得他如春水般温柔。

“你先睡会儿，到了本王叫你。”

“嗯。”

闻着他的衣香，她阖上双目，好似倦极了。

“快到宫门了吗？”半晌，她迷迷糊糊地问。

“就快了。”他温柔地答。

马车终于停下来，慕容彧搀扶着她下去，她看见匾额上三个金光闪闪的大字：“御王府”。

不是说送她回东宫吗！她气得心头冒火。

“本宫要回东宫。”慕容辞冷着脸转身，不想他强硬地将她一拽，打横抱起就朝里走。

“这么多人看着，殿下还是安静些为好。莫非殿下今日不想去了解洛河那桩命案？”

慕容彧大步流星地往府门走去。

该死的御王，太霸道了。她狠狠咬唇，不再开口。

从府门到厢房这一路，他的感触一如既往，怀里的太子更像二八年华的女子，柔软似水，好似春日里的娇花在神秘的月夜绽放在他怀里。

这一路，御王府那些下人不是瞠目结舌，就是惊得眼珠下巴都快掉了。当朝摄政王抱着太子一路招摇而过，这奇葩的一幕不能更辣眼睛。

直至躺在床上，侍婢进来，慕容彧离去，慕容辞的心才落回原位，接着府医很快就来把脉诊治。她服了汤药睡了一觉，吃了小米粥，出了一身汗，感觉没那么难受了。

“王爷在府里吗？”她问侍婢。

“王爷回来后一直在书房。”侍婢答道，“但王爷吩咐了，您还要多多休息。”

“我去书房。”慕容辞根本不理会侍婢的劝阻，穿了外袍就走，只刚离开那院落往府门，她就忽然止步。

不远处，慕容彧沉步走来。

初夏熏风，繁花盛开。

那张美玉雕刻般的俊脸寒如薄冰，那道身影如浓墨般清冽而来，令人无法忽视。

“殿下不好好歇着，往哪里去？”慕容彧沉声问道。

“本宫好些了，该回东宫了。”慕容辞疏冷道，“多谢王爷照顾。”

“殿下不想知道洛河那桩命案的内情吗？”

“王爷知道？”

“走吧。”他转身离去。

不多时，马车停下，到了大理寺。

“来大理寺做什么？”她诧异地问。

慕容彧还是不答，下了马车便往里面走。

大理寺的官员见到摄政王和太子驾临，连忙恭迎，顾淮和沈知言在停尸间，听见通报声连忙出到门口迎驾，“拜见王爷，拜见太子殿下。”

只是沈知言默默思忖，殿下怎么会和御王在一起？

摄政王驾到，亲自问询这桩命案，顾淮心有点慌，不过不露声色。

摄政王需要处理的国家政务，可比这命案更迫切更多，他竟然亲自来大理寺，有点儿不可思议。

除非，是这命案跟那首歌谣有关，而那首歌谣的前两件事都发生在宫里。

沈知言的双手还戴着纤薄的手套，笑如清风徐来，“殿下，我查验过尸首了。”

“死者的致命伤是什么？”慕容辞径自走向尸首，单刀直入地问。

“死者是什么人，查到了吗？”慕容彧站在她身旁，盯着死者脸部的伤口。

“王爷，殿下，死者三十岁左右，身份暂时不明。她的面部、四肢有不少被咬的伤口，有几处伤口还被咬掉了肉。”沈知言收起不正经的微笑，严肃地说着。

“那死者是被咬死的？当真是被鱼咬死？”她只觉得一股血气往上涌起。

“殿下别急。死者的伤口应该是被某种牙齿尖利的虫兽所咬，但不一定是鱼。”他继续道，“有几处伤口颇深，死者应该流了不少血，可见当时她还没死。不过，这些咬伤并不是致命的伤。”

“那死者的致命伤在哪里？”慕容彧问。

“死者的致命伤在脏腑，脏腑破裂而死。”沈知言清润的声音如涓涓细流，缓解了他们的焦灼，“从验尸结果看，下官可以断定，死者先被凶手的内力击碎脏腑，接着凶手让某种虫兽啃咬死者，死者在重伤之下看见几只可怕的虫兽啃咬自己，不死也吓死了。死者死了之后，凶手把她扔进洛河，布局成鱼食人的假象。因此，杀害死者的凶手应该是一个内力修为颇高的人。”

慕容彧疑惑道："若是脏腑破碎，应该会七窍流血。死者有七窍流血吗？"

沈知言回道："下官最初见到尸首的时候，并没有发现死者七窍流血，但下官方才验尸时发现，凶手应该处理过尸首，因此才没有七窍流血的表征。"

慕容彧点头道："倘若鱼能食人，那么必定是体形非常庞大、牙齿非常尖利的鱼。不过洛河应该没有这种鱼。"

慕容辞寻思道："凶手有意布局成鱼食人，那么就是要暗合那首歌谣里的鱼食人。这已经是第三件事了。"

这时，外面有衙役来报，说有个名为冯科的男子来认领尸首。

顾淮让衙役把人带进来，那冯科看见死者的面容立即号啕大哭，"玉梅……玉梅……"他趴在尸首上杀猪般地号哭，悲痛欲绝。

慕容彧面冷如寒水，无动于衷。

慕容辞的心里弥漫起悲伤，看见他这般表情，不由觉得他冷酷无情。

随即，衙役把冯科带出去问话，慕容辞亦移步聆听。

冯科擦去泪水，说他与妻子一向感情很好，育有一双儿女。今日，妻子说要去街上为儿女裁布料做夏衣，顺便买菜回来。然而午时了还未归，他又急又气，担心妻子有什么万一，于是上街去找。

他在妻子经常买菜的地方找了两圈，都没找到她。他也问了几个熟识的摊贩，都说今日没看见她来买菜。这时忽然听见街边几个人在说洛河鱼食人一事，他心下一沉，又听说那被鱼咬死的人是三十岁左右的女子，他的心跌倒谷底，往洛河事发地狂奔而去。

到了事发地，他才知道尸首已被衙役抬走，于是他辗转来到大理寺认尸。

慕容辞和沈知言离开那房间，他一边走一边说道："冯科应该没有说谎。"

她点点头，"死者孙玉梅应该是在去买布料或是买完布料的时候被人掳走，接着被凶手杀害。"

"凶手选择孙玉梅应该只是凑巧，若不是孙玉梅，也会是其他的'孙玉梅'。"

“看来凶手是随意选人来杀。凶手身怀武艺，扛着尸首到洛河抛尸并非难事。”她的眼中蓄满了寒光。

“又是一桩无头公案。”沈知言的眉目微锁，“死者的指甲、十指整洁干净，没有挣扎的痕迹，可见凶手一击即中，杀人手法干脆利落。若非我着重检查了死者的脏腑，只怕无法发现死者真正的死因。”

慕容彧沉步走来，玄色滚金广袂无风自拂，不容置疑地说：“殿下，本王送你回东宫。”

慕容辞最厌被人安排，扬眉冷冷道：“时辰还早，本宫晚些时候再回东宫。若王爷有急事，无须理会本宫。”

“殿下需要歇息。”他语气温和，却有不容置疑的气势，好似他是她人生的主宰。

“要你管？”她差点儿脱口而出，强忍着换了句话，“若本宫觉得不适，自然会歇息的。再者，知言会照顾本宫，有他送本宫回东宫，本宫很放心。”

慕容彧眼神冰凉彻骨，静若深渊，凝视着她，好似要将她吞没。

沈知言本是眉宇含笑，这会儿微笑凝固成霜花。

他是太子伴读，理当时刻陪着太子，因此他从未觉得站在太子身边有什么不妥。

此时此刻，他忽然觉得自己不太适宜，不对，好像是非常不适宜。他觉着太子和摄政王之间似有一个无形的战场，攻城掠地，刀光剑影，而他再不走就会成为炮灰。

他正要迈步，却见慕容彧转身离去，广袂疾飞，翻卷如战斗旗幡。

见慕容彧终于走远，慕容辞轻声道：“本宫有话跟你说。”就与沈知言来到厢房，关好房门。

“这么说，孙玉梅一案无从查起？”慕容辞喝了口茶，蹙眉问。

“凶手没有留下任何线索，但凶手故意让世人以为这桩命案是鱼食人，与歌谣相合，那么我们可以从歌谣入手，凶手布这么大的一个局，不是一人就能办得到，必定有不少同谋。”

“从歌谣如何入手？”她揉了揉眉心。

“殿下，这首歌谣……你是否瞧出什么？”他小心翼翼地问。

看他谨慎的神色，她就知道他想说什么。

慕容辞望一眼窗台，警惕道："本宫早就想到了。接下来便是玉窃国……"

歌谣里的事一件件地变成事实，倘若歌谣当真指向那人，那么这两日是不是会发生天翻地覆的骤变？

宫廷惊变，血流成河，江山易主，燕国不复存在。

她早已让琴若传令下去，所有人戒备，听令行事。

"殿下有什么打算？"

"本宫唯有万般谨慎，暗中命人保护父皇。"

这几个时辰，慕容辞感受最深的是力不从心。

以往她在东宫韬光养晦，暗中联络朝臣，经营天下第一庄和凤凰楼，斗志满满，而如今才发现，在慕容彧面前，她的力量根本微不足道。最重要的皇宫禁卫军、京城防卫司和京畿四营的兵力大半都掌握在慕容彧手中，只有京城防卫司有可能听命于她。

而就在今日，慕容彧还把她带回王府，吩咐府医为她诊治，还带她到大理寺问询命案情况，使她越发看不透他。

或许他只在做戏？

黑暗的潮水步步紧逼，家国倾覆的危机感无时无刻揪着她的心，让她喘不过气来。

"本宫一直在想，如何让清元殿下血雨。"慕容辞眼中，满是苦恼。

"殿下，你还好吗？"他发现她面色发白，似是畏寒模样，便用手背探她的额头，这才大吃一惊，"殿下，你发着高烧呢。"

慕容辞在沈知言的护送下回到东宫，她服了汤药，睡了一觉，出了一身大汗，方才好些了。

然而，只不过两日，晓月池便死了个内侍。

慕容辞听到消息一阵风似的赶去，不顾如意与琴若在后面追赶。

晓月池位于御花园的西北侧，碧清的池水上浮着绿萍，一支支荷叶如圆形翠盖亭亭而立，金灿灿的日光下，整个世界宛若琉璃，迷离得似幻如梦。

只是池岸此时聚拢了不少人，刘安也正在等摄政王和顾淮来，一眼望见慕容辞，便不紧不慢地上前几步，施礼道："老奴拜见太子殿下。"

慕容辞摆手示意他起身，边走边问：“怎么回事？”

“死的是浣衣所的奴才，名为小鹿。是一个宫女发现的。”刘安的眼角眉梢布满皱纹，方正的脸庞抹了一层薄薄的白粉，泛出一种死白的光，让她觉得他平和谦恭的面容下，满是精明阴毒。

“通报大理寺了吗？”

“老奴差人去通报了，想必顾大人快来了。”

慕容辞在尸首旁蹲下来，见这死者跟孙玉梅一样，脸部残留着血丝，也有被虫兽啄过的伤口，深紫色衣袍残留着血迹。

忽然，她察觉到一种夹杂着凛冽与强悍的气息从身旁袭来，心神一寒，她警惕地转头，却是慕容彧。

慕容彧看她一眼，随即将目光投在尸首上。

那是一双幽深至极的眼睛，流光溢彩，吞人魂魄。

另一边，沈知言匆匆赶来。

“跟孙玉梅一案颇有相似之处。”慕容彧沉沉道。

“初步看来，极为相似。”沈知言戴着纤薄的手套按压死者的胸膛，“脏腑破裂是致命伤，死者的四肢和脸部都有被咬的伤口。”

“什么时辰死的？”慕容辞问道。

“应该是五更天左右。”他站起身，对刘安道，“劳烦总管大人派人把尸首送到大理寺。”

“沈大人放心，老奴会吩咐下去。”刘安当即吩咐几个内侍将尸首抬走。

围观的宫人窃窃私语，皆是惊骇神色，他们几人都知道，惶恐不久就会在宫中弥漫开。

“不如去死者的住处看看。”慕容辞靠近沈知言，压低声音在他耳畔说。

眼见他们这般亲密姿态，慕容彧忽然觉得一缕灼热涌上胸口，骄阳越发毒辣，日光刺得眼睛非常不适。

那两道身影渐行渐远，最终被朱墙碧树淹没。

死者小鹿是浣衣所干粗活的宫人，住在浣衣所北苑的通铺房。

通铺房有两种，一种比较大，可住十二人，一种比较小，只能住八人。小鹿住的是八人的小通铺。

房间不大，两尺高的石炕从东到西共有八个铺位，西墙有一个衣柜，分割出八个小柜子让宫人放东西。石炕前有两张斑驳的桌子，桌上堆放着一些杂七杂八的东西。

沈知言走到小鹿的铺位前，目光一寸寸地扫过，接着又去察看柜子。

“有发现吗？”慕容辞问。

“没有。”沈知言看了一圈，走出房间。

这时，王嬷嬷已经让小鹿的七个小伙伴挨个儿站成一排，“太子殿下和沈大人要问话，你们务必一五一十地回答，知道吗？”

七个内侍齐声道：“是。”

沈知言唇角微斜，噙着一丝笑意说：“你们无须紧张，本官只是例行问询。你们可知昨夜小鹿是什么时辰歇下的？”

“奴才们一般过了亥时整就要歇下。”一个内侍道，“奴才记得，小鹿是跟奴才们一起躺下的。”

“奴才想起来了，奴才中途起夜，去了一趟茅房。”一个小眼睛内侍道，“回来后看见小鹿的床铺是空的。”

“你还记得，你出去时小鹿在房里吗？”沈知言连忙问道。

“不太记得了。当时奴才憋不住了，匆匆跑出去，没有多加注意。”

“当时是什么时辰？”慕容辞问道。

“奴才也不太清楚，大约是四更天吧。”小眼睛内侍的面上颇有歉意。

“昨夜临睡之前，小鹿可有什么不同寻常的举动？”沈知言又问。

“没有，小鹿和往常一样，冲了澡就回来睡觉了。”一个内侍回道，“睡之前还跟奴才们闲聊了几句。”

如此看来，小鹿与那孙玉梅一样，可能只是凶手的随机人选。而选在宫中发案，大概是想造成更大的恐慌。

“或者要向我们警示鱼食人、玉窃国的迫切？”沈知言补充道。“可即便我们知道那首歌谣和这些事件都指向那个人，我们又能如何？”

艳阳高照，夏风微熏，枝叶繁茂，洒下一片片浓荫。

一首歌谣，天降血玉，清元殿下血雨，鱼食人，简单的布局，却没有任何线索。

她不知道，若没有及时参透这些事，会有怎样的可怕后果。

“本宫想去清元殿看看。”慕容辞道。沈知言颔首，与她同去。

虽然宫里宫外传言满天飞，人心惶惶，然而她对清元殿下了封锁令，若有人胆敢对父皇泄露一点，必从严处置。

父皇的身体缓慢地康复，今日精神不错，还问起她的功课来。

“父皇放心，儿臣会当一个称职的太子。”她明朗地笑，“父皇也要答应儿臣，安心静养。”

“好好好，朕再也不相信那些道长的鬼话，不再追求长生不老。”慕容承慈爱地笑，“你也要向御王多多学习，学习治国安邦之道。”

“儿臣会的。”

又说了几句，慕容辞告退。父皇尚好，她稍稍安慰，然而一想到那幕后之人未必收手。那么下一步就是，玉窈国！

宫廷惊变，血流成河，尸体成山，繁花似锦、金碧辉煌、巍峨壮丽的皇宫将成为血腥的修罗地狱。父皇倒在血泊里的那一幕，若变成现实，她将如何承受？

她双腿微曲，行将跌倒，一把拽住沈知言的手臂，勉强稳住身子说：“接下来出事的……会不会是父皇……”

“殿下不要胡思乱想。”沈知言温言道，“这几日发生的事，文武百官皆知，其中不乏议论与揣测，不少人都猜到了我们所猜到的。不过，父亲说，虽然他权倾朝野，但近来宫里和京城、京畿并没有异动。”

“沈太傅当真这么说？”她盯着他，心里终于安下几分。是啊，琴若早已派人盯着御王府和城内城外的动向，一有异动，她不可能不知道，是她太过紧张了。

沈知言郑重地点头，陪伴殿下这么多年，他还是第一次见殿下的眼中写满了深切的忧惧。

宫墙深红，宫道深长，夏风漫卷而过。

慕容彧从一扇宫门转出来，望着前方那两人慢慢走远。熏风拂去慕容彧脸上的冷意，却拂不去他眼里的一层清霜。

洛阳城万家灯火，宫里灯火辉煌。

夜风吹拂，摇曳的枝影在朱红的宫墙留下森然乱影。

琴若从外头回来，一直低着头，似有心事。

“琴若，怎么回来这么迟？”慕容辞坐在案前问道，琴若一向有主见，很少这样神不守舍，有点不对劲。

“殿下，奴才去六尚宫取衣袍的时候听说一件事，有点不寻常。”

宫里主子的衣袍并不是由浣衣所浣洗，而是由六尚局下设的尚服局浣洗，东宫太子的衣袍也是尚服局负责。而六尚局位处后宫内苑，与东宫相距甚远。

今日琴若想走走，便亲自去六尚局取殿下的衣袍。

“什么事？”慕容辞的兴致被勾了起来，琴若觉得不同寻常的事，必定有古怪。

“奴才听尚服局的宫女说，春芜院死了两个人。”琴若回道。

“哦？什么人？”

“奴才不知。奴才取了衣袍便赶去春芜院，正好看见四个内侍拖着两只麻袋出来，要把尸首拖出宫丢去乱葬岗。”

春芜院位于皇宫西北，是最偏僻、最肮脏、最暗无天日的一处院落。犯事的宫人，被贬为庶人的妃嫔都关在那里。只要踏入春芜院的门槛，就意味着他们的人生已经结束，再也没有半分希望。

“春芜院每日都会死人，不是很正常么？”

“奴才听那几个宫女说，那两人死了三四日，全身惨白，跟寻常的死人不太一样。”

全身惨白？慕容辞好像突然想起什么，立马说：“如意，为本宫更衣。”

从密道出宫，骑上两匹骏马，慕容辞和琴若直奔太傅府，找到沈知言。

简略一说，沈知言立马猜到殿下的意图，问道：“殿下想去乱葬岗？”

“对，我们去找那两具尸首。”

琴若吓了一跳，她原本以为殿下只是找沈知言商量案情，然而，太子这么晚要去乱葬岗，连沈知言都吃了一惊。

“不要劝本宫，本宫心意已决。”慕容辞坚决道。

“殿下……”琴若还想再劝，却被慕容辞打断。

“琴若，如意一人在东宫，本宫不放心，你回去后装成本宫睡觉，以往怎么做，今夜就怎么做，知道吗？”慕容辞拍拍琴若的肩头，“稍后你骑马回去。”

琴若欲言又止，不过殿下的性子她知道，再说有沈知言陪着，应该不会有事。

乱葬岗在北城门外十里处，宫里的内侍通常把尸体拖出皇宫，用牛车拉到乱葬岗，一扔了事。此时城门已经关闭，不过他有大理寺令牌，一路畅通无阻。

墨蓝色的夜幕如锦缎铺展开来，稀疏几颗星辰散发出璀璨的光芒，明月皎皎，为夏夜披上朦胧迷离的薄纱。

抵达乱葬岗，一眼望过去，夜幕下高低不平的乱葬堆似一座沉寂千年的坟墓，阴森诡谲，笼罩在青蓝色的光雾里，两只乌鸦忽地扑腾飞起，令人毛骨悚然。

沈知言以死尸为伍，墓地、乱葬岗什么的好比他的家，他有些亢奋，一身干劲。

慕容辞虽自诩胆大，但第一次目睹尸骨累累，还是头皮发麻。空气里弥漫着浓烈的尸体腐臭味，那是死亡的味道，是地狱的味道。

沈知言打开小箱子，取出两条布巾，说：“这是我特制的，浸泡在独家秘制的药水三日三夜，用上它，挖坟验尸、给尸体开膛剖腹都不会有事，殿下，你也戴上。”

她接过来，闻到一股姜醋味，问：“怎么有姜醋的味道？”

“我这秘方里有姜醋，还有几种药材。”

说着，沈知言用布巾蒙住口鼻，再把纤薄的手套戴上，说：“殿下，你留在这儿等我。”

既然来了，就豁出去了，慕容辞道：“本宫和你一起找，这样会快一些。”

“那殿下当心点儿。”他捡了一根粗树枝递给她，“殿下切记，不可用手去碰触。”

她点点头，看见他熟门熟路地往乱葬岗走去。

所幸今夜有月光，月华如水银般倾泻，只是一点儿也不美好，照亮的是正在腐烂、令人作呕的尸骨。

“殿下第一次来这种地方，自然会有些……我第一次去挖坟，也是吓得魂不附体。”他看见她紧张的神色，体贴地安慰。

月辉流光在他清雅精致的眉宇流淌，这么清雅俊秀的男子，玉人之姿，竟对查验尸体有着谜一样的痴爱。

慕容辞不那么害怕了，两人继续找。

“知言，这边有两只麻袋。”她欣喜地叫，“这麻袋有皇家标记，是这个了。”

“我们看看。”沈知言麻利地割开麻袋，果然是两具尸体。接着，他就娴熟地将尸体拖到一块空处，让尸身平躺。

她蹲在一旁盯着那两张脸，说：“本宫不认识她们，不知是宫女还是被贬为庶人的妃嫔。”

他开始验尸，从头部开始检查，有条不紊地说：“这位死者大约四十来岁，从尸斑来看，应该死了四日左右……身上没有伤，致命伤是颈项这道三寸的伤口。死者的脸部、全身白得吓人，因为血被放干了。”

“这个也一样？”慕容辞指着另一具尸体。

“一样的致命伤。”沈知言察看尸首的四肢，“这两位死者颈间的伤口又细又长，可见凶手犯案手法娴熟，干净利落，一刀毙命。”

“咦，她这手紧紧蜷着，有点古怪。”

“我看看。”他把那只手拿起来，对着乳白色的月华仔细看起来。

那只手蜷得很怪异，尤其是拇指和食指，好像捏着什么东西。

“是一根头发，银色。”他将头发取了出来，仔细端详。

“死者死了这么久依然捏着这根头发，或许这根头发是凶手的，死者临死之际从凶手身上取得的。”慕容辞惊喜道。

“嗯，先留着。”沈知言将头发包入一方丝帕收起来。

接着他又仔仔细细地察看了一番，除了那道致命伤和那根头发，没有其他收获。

松风阵阵，乌鸦叫声凄厉。

他们骑马回城，沈知言把殿下送到东宫宫门外，方才回去。

爱睡懒觉的太子

被遗忘的春芜院

后宫嫔妃被杀，案情更加迷离

太子殿下和沈知言需要一块黑板来推演案情

御王第二次闯东宫

安贵人熬的一手毒鸡汤：“人活在这世上原本便是最艰辛的修行”

第六章 执意查案受阻

“安贵人的双腿……废了吗？”——太子殿下好耿直

第二日，她睡到快午时才起身。

用过膳食，她想起那根银色的头发，就是说凶手可能是上了年纪的人？

“琴若，陪本宫去春芜院。”慕容辞说完便动身。

琴若连忙跟上去，劝道：“春芜院那地方藏污纳垢，殿下千金贵体，还是不要去了，奴才跑一趟便是。”

“乱葬岗都去过了，还有什么地方是本宫不能去的？”

沈知言说过，查案必须亲力亲为，只相信自己的双目，因为即使是同一个凶案现场，每个人看见的会有所差别，甚至是天渊之别。

春芜院是一个大院落，慕容辞站在院前一丈处，望着那扇朱漆掉落、厚重斑驳的门。

琴若声音幽幽地说：“跨进这道门槛，便是走入另一个世界，天堂与地狱，光明与黑暗。”

夏日熏风扑面而来，夹杂着刺鼻的霉味、腐朽味将人笼罩，使他们几乎窒息。

慕容辞缓步往里走，迎面是一间横向开阔的大厅，只是年久失修，到处是风雨侵蚀、岁月腐蚀的斑驳痕迹，结满了蜘蛛网。

廊下坐满了人，似乎都在乘凉。

那些或年老或年轻的女子身穿脏兮兮的破旧衣服，蓬头垢面，有人的脸部和双手生满痘疮，令人见之作呕；有些人不停地挠着，应该是身上爬满了虱子。

慕容辞小脸发白，脏腑翻江倒海，似有一股酸流极欲冲出来。然而，她克制住了。

这里的人，可以说已经不存在于这个人世，等待他们的只有暗无天日，只有恶疾缠身，只有无尽绝望。他们被世人遗忘，连一粒微尘都不如，连“卑贱”这样的词用在他们身上都是奢侈。他们的眼睛空洞涣散，他们的面容憔悴，他们的破旧衣服如同裹尸布，即将裹着他们堕入黑暗深渊。

慕容辞自幼锦衣玉食，所见所用皆是世间最好的，此时看见这肮脏、污秽、黑暗的人间地狱，不觉感慨万千。

“殿下，不如找管事的宫人问问。”琴若提议道。

慕容辞点头，不多时，琴若找来管事宫人李嬷嬷。

春芜院是被世人遗忘的阴暗旮旯，偶尔有人前来，身份最高的也不过妃嫔身边的宫人。今日太子亲临，李嬷嬷又惊又喜又忐忑，毕恭毕敬地说道：“这儿脏污不堪，太子殿下您千金贵体犯不着身涉这污浊之地。还请殿下移驾，到奴婢歇息的房间，奴婢自当竭尽全力伺候。”

“不必了。”琴若代殿下回道，“听闻日前春芜院死了人，可有此事？”

“春芜院不比外头，这里的人恶疾缠身，死人是常有的事。”李嬷嬷恭敬地回答，滴水不漏。

“昨夜有内侍拖了两具尸体出去，那两具尸体……”

“殿下想问的可是二十年前被贬为庶人的白才人、莫贵人？”李嬷嬷屈着身，低眉顺目地说。

“白才人和莫贵人可是父皇以往宠幸过的妃嫔？”

“回禀殿下，白庶人、莫庶人的确侍奉过陛下，关在这里已经二十年了。昨日，两个宫人在春芜院的后院发现她们死了，而且死了几日。奴婢得知此事，立即向内侍局禀报，昨日黄昏时分，几个内侍来把尸体拖走。”

琴若问道：“死了几日，为什么这么迟才发现？”

李嬷嬷语塞，其实无须解释，慕容辞也了解，春芜院里的人是生是死，谁会在意？

“近来这里是否有什么不一样的人或事？”慕容辞问道，看见一个人坐在简易斑驳的轮椅上被人推了出来。

“近来……除了白庶人和莫庶人死了这件事，没有其他事，和往常一样。”李嬷嬷回道。

轮椅上那个中年妇人身穿洗得发白的灰黑色袍子，同色的长布巾包着头和脸，只露出光洁的额头和一双黑白分明的眼睛，形容颇为整洁，像是断井颓垣里盛开的迎春花，也像污浊烂泥里摇曳的白芙蓉。

推着轮椅的是和她差不多年纪的妇人，梳着整洁的堕马髻，发色乌黑，也是一身灰黑色粗布袍。

这么热的天，那个中年妇人为何用长布巾包着头和脸？慕容辞觉得，她们是春芜院的异类。

眼见太子殿下看着那二人，李嬷嬷连忙介绍道："殿下，轮椅上那位是十五年前进来的安贵人，不对，是安庶人。"

"推轮椅的人呢？"

"推轮椅的那人……应该是安庶人带进来的近身侍婢。"

慕容辞对安贵人有点印象，不过当年她年纪还小，是事发几年后听宫人提起的。

她出世后，母后血崩而亡，父皇本想把她托付给某个妃嫔抚养，不过选来选去，觉得后宫十几个妃嫔都不可靠，又有着不能为人所知的秘密，于是亲自抚养她。那阵子，安贵人时常去看望尚在襁褓里的她，父皇见安贵人和太子颇有亲缘，便多次宠幸安贵人。

慕容辞三岁那年，忽然腹泻不止。父皇彻查，最终查到安贵人头上，此后父皇把安贵人贬为庶人，打入春芜院。

当年，安贵人意图谋害年幼的她，并嫁祸给其他妃嫔。

今日，在这样艳阳炽烈的夏日相见，安贵人是不是满目仇恨？

慕容辞遥遥地望着安贵人，在那双乌黑清亮的眼睛里看见了平静无波，与世无争。

"带本宫到白庶人、莫庶人的房间。"慕容辞冷冷道。

"殿下您也知道春芜院不比外面的宫殿……殿下千金贵体，实在犯不着去那种脏污之地。"李嬷嬷为难地劝道。

驾临春芜院已经是开天辟地，殿下竟然还要进内苑去看住处。春芜院内苑有三间大通铺，一间住二三十人，空气污浊得可怕。

"奴婢代殿下去瞧瞧。"琴若向殿下使眼色，内苑的环境更恐怖，殿下这种身份的人不应该进去。

“本宫亲自进去，你们都跟着来。”说罢，慕容辞率先前行。

白庶人、莫庶人住的是第二间通铺房，人体的臭味和饭菜的馊腐味交融而成的气味盘旋在这里，经久不散。通铺房三面墙都是石炕，一张草席便是一个铺位，随处可见蟑螂老鼠，一束日光从屋顶的瓦缝漏下来，脏灰尘粒肆意飞舞。

“白庶人和莫庶人的铺位在哪里？”

“这里。”李嬷嬷走进去，指了两个空的铺位说。

慕容辞用丝帕掩着口鼻，见灰黑色的薄被堆在草席上，落满了灰，靠墙的地方放着一只朱漆斑驳的妆奁，妆奁已空，想必里面的东西都被这里的人抢了，除此之外，再无其他。

她细细地察看，没有看见暗红的血迹之类的。

琴若取来一根木棍，挑起破旧的薄被，

日光一晃，慕容辞站在石炕前，见薄被下面有一根长长的头发，跟昨天那根花白头发一样。

而白庶人和莫庶人的头发都是黑的。

……

夜幕下的皇宫如一只形体巨大的猛兽蛰伏假寐。

轰隆隆——轰隆隆——

惊雷从天边滚滚而来，霹雳从苍穹劈下，如阴森树枝般张牙舞爪，幽深地闪烁。

瞬间狂风大作，响雷不断地轰炸，似要将死寂的人间唤醒一般，暴怒的霹雳要把天空撕裂。

不多时，雨点如豆子般倾泻而下，暴雨来袭。

这场雷阵雨持续了一个多时辰，渐渐转为小雨，天色渐亮，宫人起来伺候主子。

“啊——”一个内侍凄厉的叫声刺破了繁急的雨帘。宫道的左侧那株辛夷树上，吊着一个宫装女子。

那袭紫红色宫装绣着富贵的牡丹花纹，华贵无匹，美得张扬艳丽。

真是流年不利，宫里接二连三地出事，这究竟是怎么了？

太子匆匆赶来，琴若为她打着绘着竹叶的素骨宫伞。

“老奴拜见太子殿下。”说着，刘安行了个虚礼，“这一大早的，有个内侍从这边经过，看见赵嫔吊在树上。”

“通报大理寺了吗？”

“老奴一来到这儿就立即差人去通报大理寺了。”

风雨渐歇，偶尔的凉风吹来细细雨丝，湿凉了广袂。

赵嫔依然吊在树上，头耷拉着，华美的宫装滴着水。

慕容辞吩咐宫人把死者弄下来，暂且放在地上。

赵嫔姿容不俗，此时那张脸像开了染坊，雨水将胭脂冲刷下来，露出本真姣好的面目。

一瞬间，电光火石般，慕容辞的脑子里闪过一道白光，好似想到了什么……

“殿下在想什么？”这道低沉的声音让她心神一颤，蓦然回过神来。

“殿下这般胆大，也会被吓到？”看见太子吓了一跳，慕容彧嘲弄道。

慕容辞默默地咬唇，不想搭理他。

“殿下觉着她是自缢还是被人杀害？”他又问，好似想考考太子。

“若要自缢，何必跑到这儿？赵嫔的景福殿离这儿不近呢。”她指向死者的脖子接着说，“可是，她的颈间只有一道勒痕，为深紫色。”

确实可疑，赵嫔没理由跑到这儿自缢，然而，她脖子上那条深紫色的勒痕却是自缢的明证。

慕容彧见她蹙眉沉思、面露疑云，“赵嫔眼合唇开，舌抵其齿，颈间只有一道深紫色的勒痕，看似自缢身亡。”

慕容辞心里惊异，他竟然也懂验尸。

“或许赵嫔真的是自缢，只不过不是自愿的。”他语声低沉温醇，以只有她听得见的声音说道。

“不是自愿的……”她恍然大悟，那就是赵嫔被凶手带到这儿来的。

这时，顾淮和沈知言匆匆赶到。

二人行礼后并不多言，沈知言开始初步验尸。

他的验尸结果和慕容彧的推测差不多，初步断定赵嫔是自缢身亡，身上没有其他伤痕。

“死者赵嫔大约死于今日寅时前，在下雷雨之前。她的青锦绣芙蓉履簇新洁净，连半点尘泥都没有。”他冷玉般的眉宇神采飞扬，“不过，也有可能被雨水冲刷掉了。”

“她的指甲涂抹了蔻丹，食指指甲断了。”慕容辞补充道。

“应该是死者在最后一刻挣扎时双手抓着麻绳而折断的。”沈知言推测道，双手放在脖子上做示范。

“殿下说赵嫔不可能跑到这儿来自缢。”慕容彧站起身来说，玄色滚金锦袍的袍角被地上的雨水染湿了，“再者赵嫔为什么自缢？”

“殿下提出的疑问正是下官疑惑之处。赵嫔究竟是自缢还是遭人杀害，还需侦查。”沈知言看向顾淮，“大人，下官想去赵嫔的景福殿看看。”

顾淮点头，刘安连忙道：“奴才指个人引沈大人过去。”

慕容辞看着赵嫔被内侍抬走，忽然想起什么，对刘安道：“刘总管，此案彻查之后再将赵嫔落葬。”

他为难道：“这夏日炎炎，多放三日只怕就会发臭腐烂。”

沈知言道：“无妨，今日我会把赵嫔的尸首仔细查验一遍，然后宫里可即时治丧。”

慕容彧沉缓道：“就按照殿下的意思办，彻查之后再落葬。先用冰块将尸首封存。”

摄政王都发话了，刘安不再多说。

赵嫔是慕容承十年前纳的妃子，住在景福殿，膝下无子。

她的寝殿满目琳琅，宝光流转，简直要闪瞎了人的眼。

各种造型的金玉摆件随处可见，珠宝首饰摆满了妆台，那些衣裳一套套地用木架挂起来，令人大开眼界。

自从六年前萧贵妃进宫，赵嫔就失宠了，一个月难得见到慕容承一次。

赵嫔寂寞难耐，用陛下赏赐的这些宝贝寻得安慰与满足，获取陛下依然宠爱她的心理暗示。

慕容辞为后宫的女子悲哀，她在皇宫长大，见惯了后宫妃嫔的沉浮荣辱、生死变迁，因此，自懂事起，她就发誓绝不成为后宫可悲可怜的女子，绝不会让任何一个男子操纵自己的命运。

沈知言察看了一圈，目光微凉道：“寝殿整洁有序，没有打斗的痕迹，一切如常。我去传赵嫔的近身宫女元芳来问话。”

慕容辞站在床榻前，清冷的目光一寸寸地扫过去。

而后，她来到大殿，沈知言已开始问询：“你是赵嫔的近身宫女元芳？”

元芳点点头，双目哭得红肿。

“昨夜是你伺候赵嫔就寝的吗？”

“回禀殿下、沈大人，是奴婢。”元芳哽咽道。

“昨夜就寝前后，赵嫔可有什么不寻常的言行？”沈知言接着问。

“赵嫔和平常一样，沐浴后便歇下了。”她悲伤地抽噎道。

“就寝前赵嫔可有饮茶或者……”慕容辞的脑子里蓦然闪现一个念头。

“赵嫔每日就寝前都会喝一盏羹汤。”

“什么羹？”

“昨夜是杏仁酪，以往有玫瑰露、芙蓉羹、燕窝粥等。”

“杏仁酪是谁做的？”慕容辞问。

“赵嫔不愿劳烦御膳房的厨子，便让奴婢们在景福殿支了个小膳间。赵嫔喜欢吃什么，都是元秋在做。”元芳回道。

“昨夜赵嫔吃了杏仁酪便歇下了？”沈知言看殿下一眼，心有灵犀似的问，“是你守夜吗？”

“赵嫔吃了杏仁酪便歇下了，是奴婢守夜。”元芳哭得越发伤心，泪水涟涟，“奴婢夜里一向警醒的，可是不知为什么，昨夜竟然什么都不知……奴婢每日天蒙蒙亮就会醒来，可是今日一早元秋叫了奴婢好一会儿，奴婢才醒来……”

慕容辞和沈知言对视一眼，让她去了，接着传唤元秋。

元秋也是悲伤难抑，双目微肿，低垂着头。

她语声平缓：“赵嫔进宫后，奴婢和元芳便在旁伺候，有不少年头了。”

慕容辞问：“听闻赵嫔就寝前喜欢喝一盏羹汤。”

元秋答道：“是的，赵嫔就寝前吃的杏仁酪、芙蓉羹、燕窝粥都是奴婢做的。”她蓦然抬起头，凄绝地哀求道，“太子殿下，沈大人，赵嫔不会自缢的。赵嫔一定是被人害死的，奴婢求你们为赵嫔讨回公道。”

沈知言看了殿下一眼，不动声色地问："你为什么断定赵嫔不会自缢？"

"前日赵嫔还说，过两日要去看望陛下，得到陛下的心……"元秋的语速很快，"赵嫔又怎么会自缢？这不是很奇怪吗？"

"本宫会彻查清楚。昨夜你做好杏仁酪后，是你送到寝殿，看着赵嫔吃完吗？"慕容辞问。

"每夜都是奴婢做好了送到寝殿，不过昨夜元芳说赵嫔正在气头上，她端过杏仁酪便进去了。奴婢想着小膳房还没收拾，便去收拾了。"

慕容辞和沈知言又问询了其他两位宫女，供词和元秋、元芳的差不多。

查看小膳房亦是一无所获。

二人出了景福殿，慕容辞一边走一边寻思道："赵嫔的指甲为什么断裂了一截？倘若她是自缢，临死之际不会去扯绳索。"

他赞同地点头道："这是一个疑点。第二点，赵嫔为什么轻生自缢？若她当真有轻生之念，为什么昨夜还吃杏仁酪？第三点，若赵嫔真要自缢，为何不在景福殿自缢？"

"倘若赵嫔是被他人杀害，本宫觉着应该是这样的：昨夜她吃了杏仁酪便睡下，杏仁酪可能被人做了手脚，下了迷药之类的东西，因此她不省人事，任人摆布。夜深人静之时，凶手潜入寝殿，先把守夜的元芳弄晕了，再给昏迷不醒的赵嫔穿好宫装，把她扛到案发地，吊在辛夷树上。许是迷药的药效过了，赵嫔在最难受的时候苏醒，于是她垂死挣扎，用手去抓绳子，不过很快她就窒息而死。"

"对，而且赵嫔那身宫装是最华美的，平常很少穿，为什么凶手给她穿上那身宫装？"沈知言剑眉紧锁，"还有那盏杏仁酪，只有元芳和元秋接触过，她们都有嫌疑。"

"元秋想在杏仁酪里做手脚，再容易不过。元芳接过杏仁酪之后就送到寝殿，下手必须手脚麻利，也不是不可能。"

"殿下有没有发觉，元秋的供词有什么不妥？"

"虽然元秋不像元芳那么悲痛欲绝，不过元秋的供词并没有不妥，她断定赵嫔是被人害死的，求我们为赵嫔讨回公道。"慕容辞回忆元秋作供的时候的模样，不觉得有什么破绽。

“我们并没有说赵嫔是自缢还是被人杀害，为什么元秋一口咬定赵嫔是被人杀害？还有，我总觉得元秋的悲痛是装出来的，作供时的一言一行是演出来的，虽然看着完全没有破绽，但越是完美无瑕就越有问题，说明她预先想好了供词，只等我们问询。”沈知言清俊的面容在日光下熠熠生辉。

“你这么一说，本宫想起来了。她明明不像元芳那么悲伤，却求我们为赵嫔讨回公道。这么说，元秋的嫌疑大一些。可是，她为什么这么做？”

“除非元秋身怀武艺，不然，她没有那么大的力气把赵嫔扛到案发地，并且把赵嫔吊在辛夷树上。”

“元秋看着不像身怀武艺，还有一种可能，她被人收买了，只负责下药。”

“元秋和凶手里应外合，合谋害死赵嫔。凶手能够把赵嫔扛出景福殿而不惊动宫人、巡守宿卫，可见对后宫内苑颇为熟悉，应该轻功甚好。然而，凶手为什么杀害赵嫔？缘由何在？殿下觉得赵嫔之死跟近来发生的事有关吗？”

慕容辞凝眸道：“赵嫔死得突然，跟那首歌谣完全对不上。”

沈知言再次颔首，二人一边说着一边走往东宫。回到东宫，慕容辞坐在书案前，与沈知言喝了半杯热茶。

“昨日本宫去了一趟春芜院，扔到乱葬岗的两具尸体是白庶人和莫庶人，她们是父皇的妃嫔，十几年前被贬为庶人，打入春芜院。”

沈知言赞赏地笑道：“在春芜院有什么发现？”

“在她们的床上，本宫找到一根花白头发。”她把那根头发轻放在案上说，“上一根来自于尸体手上，这一根来自于死者床上的被子下，本宫觉得，这两根花白头发应该是凶手无意中留下来的。”

“若头发真是凶手留下来的，那么凶手年纪颇大，起码五十岁以上。”他点点头，寻思着说，“凶手有可能是春芜院里的人吗？”

“白庶人和莫庶人死亡的时间跟奉天殿天降血玉一事很接近，本宫觉着，幕后之人应该是先杀白庶人和莫庶人，取了她们的血，然后在奉天殿布局‘天降血玉’。”

“这就解决了奉天殿‘天降血玉’的人血从何而来的问题。”沈知言道。

“清元殿下血雨，本宫觉着应该是狗血。本宫得知，前几日城里有五只狗死了，血被抽干了。”

“不如我们从头理理案情。”

沈知言坐在她的对面，搁下茶盏，拿起狼毫在一张宣纸上画了一道短横线，“最初是那首歌谣的散播，接着是奉天殿天降血玉。天降血玉发生在辰时，血是人血，极有可能是白庶人和莫庶人的血。那血玉的来源还没查到。天降血玉跟歌谣里的‘血玉现’暗合。”

慕容辞在那道短横线旁添上一道，接着道：“接着是清元殿下血雨，那日正好天亮之际下雨，几个内侍亲眼看见清元殿的殿檐流下来的是血雨。所用的血很有可能是从城里杀死五只狗得到的狗血。不过，布局之人如何知道那日会在天亮时分下雨？如何精确计算做出这等恐怖的效果？这件事跟歌谣里的‘雨漫天’暗合。”

他添上第三道短横线，说：“再接着是鱼食人。洛河死者孙玉梅，脸部和四肢有被虫兽咬的伤口，致命伤是脏腑破碎。死者与丈夫冯科婚后感情很好，育有一双儿女，已经排除家人杀害的可能。宫内晓月池死者小鹿，致命伤和孙玉梅一样，脏腑破裂而死，被凶手扔到池里，布局成鱼食人。能够震碎一个人的脏腑，可见凶手内力深厚，武艺不凡。不过，至今我还想不到是什么虫兽咬伤两位死者的脸部和四肢。”

她接着添上一道短横线，清冷道：“今早，内侍发现赵嫔被吊在后宫宫道旁的辛夷树上。赵嫔极有可能吃了下有迷药的杏仁酪，之后昏迷不醒被杀害。凶手似乎……有意布局成赵嫔自缢，可又暴露出明显的破绽，这一点，令人捉摸不透。再者，凶手神不知鬼不觉地把她带到案发地，可见轻功极好。不过赵嫔一案好像跟歌谣没有明显的关联。”

她的脑子里忽然闪现出一丝火花，惊喜道：“鱼食人的两个死者孙玉梅和小鹿，震碎他们脏腑的凶手内力深厚，而杀害赵嫔的凶手轻功极好，也是武艺不凡。这三起凶杀案的凶手会是同一人吗？”

“赵嫔一案应该区别开来，或许只是巧合。”沈知言道，“天降血玉所指向的凶手年纪偏大，头发花白，或许是春芜院里的人。若凶手是春芜院里的人，又是如何离开春芜院行事的？或许幕后之人只是随意抓了春芜院的白庶人和莫庶人杀害取血，如此一来，杀害白庶人和莫庶人的凶手出入春芜院如履平地，该是轻功不凡，跟杀害孙玉梅、小鹿的凶手一样武艺高强，对应得上。”

“这些事错综复杂，千头万绪，一人难以完成，本宫觉得幕后必有主谋或是首领，并有属下若干人。”

“殿下分析得极是。”

“我们还没有破解的关键点是：极其珍贵的血玉，是从何处来的；清元殿下血雨是如何巧妙地布局的；孙玉梅、小鹿脸部和四肢的伤口是什么虫兽咬的，接下来还会发生什么事。”

“而归根结底，这整个局是什么人部署的，有何企图？是冲着皇家来的，还是向我们警示那个人的野心？”

慕容辞和沈知言的目光从那一道道短横线移开，投向对方，面色忧重。

他们最担心的是那三个字：玉窃国！

只要慕容彧想，就没有不可能。

慕容辞的心口好像压着一块巨石，压得她喘不过气，小脸发白，纤长浓密的睫羽微微发颤。

书房里沉重的空气好像凝固了，如意又送来两杯热茶，在外面恭候。

从窗台斜照进来的日光照亮了半个书房，半阴半阳，半是暗沉，半是斑斓。他们所在的地方恰是昏暗，看见那一地明耀光鲜，微尘流光飞舞，华光滟滟。

静谧里，慕容辞忽然道：“赵嫔一案暂且不管，现在唯一能查的线索是这两根花白头发。”

沈知言沉吟半瞬才道：“我去一趟春芜院。”

“本宫和你一起去。”

自从太子离开，春芜院的管事宫人李嬷嬷就心里忐忑，总觉得太子还会再来，若再看到这般肮脏，怕是她职位不保。于是咬咬牙，吩咐宫人把整个春芜院彻底打扫了一遍。

太子果然又来了，春芜院焕然一新，她倍有面子，赔笑道：“太子殿下有什么吩咐，奴婢听候差遣。”

“你把春芜院清扫了一遍？”慕容辞觉得空气清新了不少，那股会把人熏晕的味道消散了。

“殿下离去之后，奴婢深觉惶恐不安，和宫人们里里外外清扫了一遍。不如奴婢引殿下到处瞧瞧？”李嬷嬷谄媚地笑道，带殿下到处转转，便可证明她不是做表面功夫。

“也好。”慕容辞看向沈知言，使了个眼色。

“这位大人是……”李嬷嬷抬眼瞧了沈知言一眼。

“大理寺少卿沈大人。”慕容辞介绍道。

“奴婢拜见沈大人。”李嬷嬷心有些慌，大理寺掌刑狱案件审理，大理寺少卿特意来春芜院，必定是为了白庶人和莫庶人之死。

那两位庶人，死了就死了，还给她招惹麻烦。倘若这事牵连到她，这份差事还能保住吗？

雨后空气清新，日光耀目，因为凌晨下雨而起的潮湿已经晒干了。

此时是日头最烈的时候，暑热郁燥，大多数人坐在大厅檐下乘凉。沈知言和慕容辞缓步走过，目光从他们的头上扫过。

虽然有几个头发花白之人，不过都年事已高，身躯佝偻，相信没有作案的本事。

“李嬷嬷，你先去忙吧，本宫和沈大人随处走走。”慕容辞支开李嬷嬷，与沈知言穿过通铺房往后院走去。

后院不大，种植了两株松树、两株桂树和几株参天古木。参天古木枝繁叶茂，绿盖如伞，绿荫下凉爽无比。

风过处，沙沙声响，襟袖生凉意，似有一股阴森之气袅袅浮现。

树下有人，轮椅上坐着一个中年妇人，另有一人在侧，从李嬷嬷那里得知，她们是安贵人和她的近身侍婢柳眉。

与之前慕容辞看见的一样，安贵人身穿灰黑色布袍，同色的长布巾包着头和脸。

她们察觉到动静，转头望来。

“你是安贵人？”慕容辞走过去，淡漠地问。

“老身并非安贵人，是安庶人。”安贵人嗓音很低，粗糙沙哑。

“安庶人在春芜院十余年了吧。”沈知言清雅的面容弥漫着清风般的微笑。

“是有十余年了，”近身侍婢柳眉回道，“二位贵人是……”

他正要表明身份，慕容辞抢先道："我们是东宫的宫人，来这儿看看。你们有什么需要，尽管跟我们说。"

安贵人那双溪水般清澈的眼睛半眯着说："看你们的衣袍，不像是东宫的内侍。"

沈知言状似玩世不恭地笑道："安庶人真是火眼金睛。其实我们不是宫里的人，不过我们恳求太子殿下相助，让我们来春芜院看看。"

柳眉面容一缓，说："这春芜院与世隔绝，是人间地狱，贵人来这儿做什么？"

慕容辞盯着形容整洁干净的安贵人，她不施粉黛，额头光洁，一双眼睛漆黑幽深似千年古井，仿佛看透了红尘俗世，参透了生死阴阳，只剩下这静好从容的光阴。

大厅那些人的眼睛里写满了绝望和死寂，而在安贵人的眼里，慕容辞看见了从容。

"春芜院是一座可怕的坟墓，埋葬了多少人的青春年华与希望，二位贵人还是尽快离开吧。"

安贵人的语声沙哑幽凉，似一条阴毒小蛇从脚底蜿蜒爬上来，慕容辞感觉寒气直冲后背。

慕容辞蹲下来，把手放在她的膝盖处，问道："安贵人的双腿……废了吗？"

柳眉的眉目染了微怒道："还不是因为太子殿下……"

"柳眉。"安贵人低缓地阻止侍婢说下去，幽深如古井的眼睛溶尽人生的荒凉，"这是我的命，怨不得人。"

"听闻当年安贵人双腿被打残了丢进春芜院的。"沈知言轻声道，"这十几年安贵人必定吃了不少苦。"

"人活在这世上原本便是艰辛的修行，苦或甜，悲或喜，皆是过眼云烟，转瞬即逝。"

安贵人语声淡漠，平静无澜。

从繁茂枝叶间漏下来的日光，在她苍白的眉目间映下一缕清滟的华光，宛若在破旧腐烂的白锦上描画斑斓人间的秀绝美景。然而即将腐烂的白锦无法承受这华之锦绣，反而衬得那眉目有种深入骨髓、透彻灵魂的荒芜枯寂。

慕容辞静静地看着她，五味杂陈。

“二位贵人自便。”柳眉心领神会，说罢，推着主子离去。

沈知言目送她们进了房间，低声道：“殿下是否觉得安贵人古怪？”

“说不清道不明，不过她双腿已废，不可能出来作恶。”

他在后院看了一圈，院墙是土墙，大约有半丈高，很容易翻越。翻过院墙便是宫道，高高的宫墙近在咫尺。

“从此处出入皇宫，再方便不过。即使附近有三班宿卫巡守，轻功不凡的人也能做到神不知鬼不觉。”他分析道。

“杀害白庶人和莫庶人的凶手从这里出入倒是方便。”慕容辞颔首，望着宫墙若有所思。

这一趟，没有找到疑凶，但安贵人的眉目印在她的脑海，久久挥之不去。

从春芜院回来不久，慕容辞觉得头昏昏的，便去躺着，没想到又烧起来了。

原本她的风寒就没断根，这几日奔波劳累，今早又淋了雨、吹了风，便又病倒了。

病来如山倒，病去如抽丝。

她躺在床榻上，一会儿冻得如三九严寒，一会儿燥热似三伏，冰火交织，痛苦不堪。好在服了汤药，出了一身大汗，再一觉醒来，才感觉好些。

夏夜寂静如斯。

她全身汗津津的，索性起来沐浴，如意连忙伺候她穿上素纱中单，再披上玉色披风。

“殿下，奴才去把汤药端来。”如意说着，却见殿下止步不前，好像见到鬼似的。如意疑惑地顺着殿下的目光看去，倒抽一口凉气——

寝殿里有人！

站在案前拿着一册书看的男子赫然是摄政王！

慕容辞死死地盯着慕容彧，小脸发白，转瞬变青，青了又白，白了又青……

慕容彧搁下那本册子，低沉道：“退下。”

如意看一眼殿下，心中默念：“您自求多福。”便躬身退下。

寝殿只点着两盏灯烛，光线昏黄，他站在那里，滚金玄袍上的金色蟒纹绽放出金光，似要扑出来将人吞噬。

他望着她，眉宇无波无澜。山川江河，天下美景，都在那双眼里。

他冷峻瑰美，偏生长了一双好似会吞噬天下的眼睛。从这双眼中，她看见了他的心——野心。

他来做什么？这里是她的东宫，他自由出入，堂而皇之地进入她的寝殿，没人来通报。

侍卫和宫人都是吃干饭的吗？

所以，倘若他有心杀她，有心窃国，那么，她早已无声无息地死了。

两人对望，短短一瞬好似一年那么漫长。

“夜深了,王爷还没出宫回府吗？”慕容辞不假辞色地说道,声音冷凉。

“听闻殿下又染风寒，本王特意来看望。”慕容彧冠冕堂皇道。

“本宫只是偶感风寒，已经好了，多谢王爷挂心。眼下时辰不早了，王爷请便。”她下了逐客令，可不想这副模样跟他单独相处，更不想跟他在这不合时宜的光景里唇枪舌剑。

好在方才沐浴之时没有弄散头发，否则此时必定是说不清了。

他好像没听明白她的意思，掀袍坐下，优雅闲适地说：“这几日宫里宫外发生了不少事，殿下对侦破疑案也有兴致？”

慕容辞暗暗咬牙，“本宫做完功课之余尚有闲暇，觉得侦破疑案颇有意思，便琢磨一番。再者，这些事颇为诡异，本宫希望尽快彻查清楚。”

“大理寺的疑案，殿下私下揽来侦查，那大理寺的人岂不是很闲？”

“这些事错综复杂，千头万绪，本宫只不过是为沈少卿助一分绵薄之力。倒是王爷日理万机、政务繁多，还是早点回去歇息的好。”

“本王从来不会误了政务，即便是奋战三日三夜，也不知疲倦。”

慕容彧犀利如猎鹰的目光落在她身上，朦胧迷离，她的身子纤柔瘦削，更像女子的娇弱之躯。她披着玉色披风，颈项肌肤如雪如玉，那张小脸清妩绝丽，似一朵盛开在月夜下的娇花，凝着冰清玉洁的露珠。

她整个人单薄如纸，却柔软馥郁波光滟滟，绽放在暗夜迷离的光色里。

他的心湖，忽然荡开一圈圈涟漪。他纤长的睫羽，不可抑制地轻颤。

那种情不自禁的感觉如藤蔓般爬满胸膛，刹那间，那个妖娆缠绵的夜晚，那张冷媚的小脸与眼前这张脸重合……

慕容辞见他眼中灼热一闪而过，忽然忐忑起来。

他会不会发现了什么？想到了什么？

那一夜……

“本宫要歇下了，还请王爷……”

“殿下抱恙，那些疑案让大理寺去查便好，殿下安心养病吧。”慕容彧眼中浮现出一片乌沉沉的阴云，似崇山峻岭压下。

“本宫自有分寸。王爷忙于国事，本宫这点小事就不劳王爷费心了。”她克制着怒气，冷冷道，“王爷是不是担心本宫查到什么？”

慕容彧将茶盏的盖子拿起来，缓缓地刮着杯沿，说：“本王的确有点担心。”

青瓷相磨的轻响并不尖锐，却也令人不适。

她盯着他的手，他的右手拇指戴着一只蛇头金戒，昏黄暖光里，蛇头散发出刺目吞人的金光。

以他的睿智，必定早就猜到那首歌谣影射的是他。

现在他这般分明地说出来，用意何在？是试探，还是警告她？

“若殿下当真查到什么，会怎么做？”慕容彧语声沉缓，目光转向她。

“王爷大可揣测一番。”慕容辞纤眉微扬道。

“本王觉着，殿下聪慧绝顶，不会轻举妄动。”

“王爷天资英明，应当明白‘狗急跳墙’这四个字的深意。”

“本王奉劝一句，庸人自扰只会多生事端。”他眼底的笑意似有似无。

“本宫也奉劝一句，多行不义必自毙。”她轻笑，讥讽满满。

“本王在想，继皇后风华绝代，竟然生养了一个俊秀艳绝的太子。”

话音未落，慕容彧握住她的小手，缓缓揉着说：“这双手光滑细腻，不知底细的人会觉得这是个娇滴滴女子的双手。”

慕容辞一张俏脸涨得红彤彤的，怎么用力也也抽不出自己的手。

“放开！”她怒斥，疾言厉色道。

“这双手……真是令本王爱不释手，好像在哪里见过……”他非但不松手，反而坐到了她身旁，灼热的气息喷洒在她的耳际。

她刚刚沐浴完，清香馥郁，似初夏盛开的蔷薇花。他炽热的气息烫着她如雪的肌肤，转瞬就染了一抹艳红，宛若朝日云霞铺就长空，艳丽无比。

她猛地推他，然而他纹丝不动，还紧紧盯着她。

唇如花瓣娇软，那抹艳红似苍茫雪原里迎风摇曳的一朵嫣红夏花，他心弦颤动，似有什么勾着他朝那抹艳红靠近。

哗啦一声轻响，温热的茶水淋了他一脸，细碎茶叶糊在那张冷峻的脸上，要多惨有多惨。

活该！

她终于抽回手，站起身，眼底眉梢寒气森森。

“给本王丝帕。”他用低哑的声音克制着怒火。

慕容辞取了一方丝帕放在他手里，好心道：“本宫叫如意来伺候你。”

慕容彧抬眼看她，似笑非笑地说：“谁犯的错，谁来收拾。”

她愕然，半天没找回自己的声音，暗暗磨牙。

“那么，本王勉为其难在殿下的寝殿留宿……”

“无耻！”她利落地抽了丝帕，眼中闪过一抹狡黠的光。她先是轻柔地擦，温柔得能滴出水来。忽然，她用力地擦，竭尽所能地下狠手，好似要搓下他三层皮。

慕容彧紧紧扣住她的手腕，不怀好意地说：“若本王觉得殿下没有诚意，本王就勉为其难在殿下的寝殿……”

慕容辞咬咬牙，把烧到脑门的怒火压下去，仔细擦拭他脸上的碎茶叶和茶渍。

他饶有兴致地盯着她，纤眉细长乌沉若羽，玉色披风和素纱中单遮掩了她的身躯。他清楚地记得，曾有几次他抱着太子，那身段纤细，那触感无与伦比地美妙。

“好了。”她冷淡道，退开三步。

慕容彧怅然若失，起身沉沉道：“本王的话，希望殿下牢记，在东宫学习如何安邦治国。”

“本宫自然会刻苦学习，不过王爷也该记得收收心，太野了总归不好，说不准会遗臭万年。”慕容辞针锋相对。

“殿下是执意要任性到底了？”

“本宫不觉得侦查疑案有什么不好……”

“本王说不好就是不好。”想起太子和沈知言一起查案，语笑举止亲昵，他就觉得格外生气。

慕容辞讥嘲地冷笑道：“王爷请便。”

慕容诗痴缠太子殿下

太子殿下水泼慕容诗

求萧贵妃同款雪兰果

昭华公主闪亮登场（剧透党表示，要格外关注此人）

太子殿下误吻御王

宫宴上花式撒狗粮

太子殿下：慕容彧，我们只能是敌人

第七章

慕容彧殿上弑君

慕容辞的病情有点反复，在床上躺了两日，总算不烧了，便决定出去走走，找沈知言问问进展。

用膳的时候，端柔郡主慕容诗求见。

看见慕容诗，慕容辞再好的胃口都没了，可惜了满案精致可口的膳食。

慕容诗看见琳琅满目的珍馐美味，不由得吞了吞口水。

“郡主还没用膳吗？一起用膳吧。”慕容辞忽地眉宇含笑，灿然生辉。

“谢谢殿下。”

慕容诗不客气地坐下，先吃了一口琉璃盏里的羹，没看见慕容辞意味深长的微笑。

今日，慕容诗身穿桃红织金夏衫，下着同色绣芙蓉花百褶纱裙，一身的柔软娇嫩；乌光水滑的朝云髻插着蝴蝶珠钗，宝光流转；那五官精致如玉如琢，唇红齿白，明艳娇媚。

“郡主有事找本宫？”慕容辞淡淡含笑道。

“殿下，我把《三字经》背下来了，要我倒着背也可以。”慕容诗眉开眼笑地说。

“哦？《三字经》倒背如流不算什么，郡主可要多加努力。”

“我每日都跟先生学功课呢，殿下，我没有偷懒。”慕容诗一本正经地说着，“稍后我就背给殿下听。”

“本宫有一件事，很重要的事，只有郡主可以帮本宫。”慕容辞笑着看她。

慕容诗兴奋不已，连连说“好”。

用膳后，慕容辞让她坐好，如意取来胭脂水粉。

“殿下想要我做什么？上妆吗？”慕容诗不由得诧异。

“稍后郡主就会知道。”

如意遵照殿下的意思为慕容诗上妆，不一会儿，妆镜里映出一张浓墨重彩的小脸，眼似秋波，唇如含丹，面如桃夭，颜色风流，能够瞬间惊艳了世间男子的目光。群芳盛放，繁花葳蕤，却不及她美貌。

“殿下，我从未上过这么浓的妆。”慕容诗又惊又喜又迷惑，“殿下想要我做的就是这件事吗？”

原来，殿下是想看看她盛装的模样。

她悄悄地斜眼瞟向殿下，只见殿下似笑非笑，也正在看着自己。

目光相撞，她窘迫地移开目光，心如小鹿乱撞。

慕容辞起身往外走，如意搀扶着慕容诗道：“郡主，跟着殿下到外面吧。”

慕容诗心里喜悦，殿下让如意为她打扮，这会儿肯定是带着她在宫里走走，或者去御花园赏花。

殿前阶下，慕容辞止步。

夏日炎炎，毒辣灿烂的日光笼罩寰宇，晒在慕容诗娇嫩的肌肤上，有点疼。

“郡主，本宫要你帮本宫，你可是心甘情愿？”慕容辞扬眉问道。

“我心甘情愿，殿下要我做什么我就做什么。”慕容诗立即表明心迹。

“稍后，无论发生什么事，郡主都不要吵闹，更不能动，乖乖站着便是。”

“我知道了。”

两个内侍提着两桶水过来，放在一旁，木桶里放着一只葫芦瓢。

“郡主千万不要动，切记。”

慕容辞再三嘱咐，拿起一只葫芦瓢，吩咐琴若道：“本宫做什么，你便做什么。”

琴若领命，拿起另一只葫芦瓢。

只见慕容辞舀起水，高举手臂将清水浇在慕容诗头上。

琴若和如意都目瞪口呆。

“啊……”

这实在太过意外、太过惊悚，慕容诗被惊得失声尖叫，抖开丝帕来擦。

“郡主忘记本宫说的话了吗？不能擦，不能动。”慕容辞冷着脸。

“可是我身上都湿了。”慕容诗哭丧着脸。

“这就是本宫要郡主做的事。莫非郡主想反悔？”

“不是……可是为什么要往我头上浇水？”慕容诗欲哭无泪。

慕容辞凉薄道：“若郡主不愿意，本宫不会勉强。郡主请便。”

水珠从额头流下来，慕容诗咬咬牙，“反正……湿都湿了，我愿意。”

“郡主切记，不要动，更不能用手去擦拭脸，知道吗？”慕容辞给琴若使眼色，琴若开始一瓢一瓢地把水浇在慕容诗头上。

清水从头顶流下来，不多时，慕容诗的衣裳就湿透了。好在她闭着眼，只是那张涂抹了厚厚脂粉的脸可谓色彩斑斓，脂粉顺着水流，如泥石流般倾泻而下。

慕容辞盯着她的脸，饶有兴致地研究着。

“殿下，好了吗？”慕容诗凄惨地问。

浇了两桶水，她脸上的脂粉基本被水流冲下来，只剩下些许残余。

慕容辞点头，如意连忙带慕容诗去偏殿更衣。

琴若跟着殿下来到书房，问道：“殿下已经推测出清元殿下血雨的布局关键点了？”

慕容辞坐在书案前，眸子明亮得仿佛能照亮半间昏暗的书房，对琴若说：“你派人去传知言来东宫一趟。”

清元殿内。

慕容辞去看望父皇，恰巧萧贵妃也在。

慕容承依然卧榻养病，不过精气神儿好一些了。

近来发生的事，父皇一无所知，慕容辞也决定继续瞒下去。

萧贵妃端着琉璃盏进来，笑靥如烈日下的火红夏花，“陛下，这是臣妾亲手做的金丝雪兰果，陛下尝尝。”说着，她便坐下亲自喂慕容承吃。

“陛下觉得味道如何？喜欢吗？”

“好好好，细滑爽口，甜而不腻，朕喜欢。”他笑眯眯道，“这是什么做的？”

“雪兰果，是西秦国雪山山巅万年不化的积雪孕育出的果子，十年开花结果一次，一株雪兰只结出七八颗果子，西秦国皇室想吃也要等十年呢。每颗雪兰果大如鸡子，果肉晶莹剔透，是清热解毒的圣品。臣妾派人去西秦国秘密寻访，费了不少功夫才得到三颗果子。”

“贵妃真有本事，连西秦国皇室都难以吃到的贡果都能寻到。”慕容辞一笑，略含讥讽地说。

“为了陛下能尽快康复，本宫做什么都愿意。”萧贵妃的眼梢斜了一下，转瞬之间欢颜如花，“陛下，臣妾担心御膳房的厨子不会做，浪费了这珍贵的雪兰果。因此臣妾在御膳房从昨夜忙到今日才做好金丝雪兰果呢。”

“你对朕的心意，朕明白。”慕容承拍拍她滑嫩的手说，分明有些动容。

“陛下日见好转，昭华又回京了，臣妾心想，宫里好些时候没热闹了，不如在文华殿设宴，宴请宗室和朝中重臣，热闹一番。若陛下精气神好，便在宴上多留会儿，和众妃、众卿家闲话家常。”

慕容辞立即反对道：“父皇龙体尚未康复，薛神医嘱咐了，父皇必须静养。贵妃你让父皇赴宴，乱吃膳食，倘若父皇病情有所反复，你担待得起吗？”

万一哪个不长眼睛的宫人或者哪个嘴巴漏风的大臣把近来发生的事说出来，父皇知道了，可如何了得？

萧贵妃语声娇软，不紧不慢地说：“殿下有此忧虑，也是人之常情。不过陛下在寝殿闷了这些日子，久了对精气神也不好，应该到外面走动走动。再者，陛下养病这些日子，诸多重臣求见，御王以陛下静心养病为由婉拒大臣求见，引致朝中颇多揣测。”她媚然一笑道，“陛下，此次设宴可让那些大臣看看，陛下日渐康复，那些揣测自然就烟消云散了。”

慕容承沉缓地笑道：“朕卧榻这些日子，骨头都软了，是应该到外面走动一下。”

“倘若陛下在宴上不适，臣妾立即陪陛下回来歇息。再者，臣妾会注意的，陛下不能吃的膳食，不会出现在案上。”她乌滑高髻上的凤凰金步摇微微一晃，金光流转，映衬得皇帝的脸庞更加苍白。

或许，总是闷在寝殿，对父皇的病情也没有益处。慕容辞想了想，便不再反对。她告退离去，刚走到大殿前便听见身后急促的脚步声。

“殿下留步。”是萧贵妃冷凉的声音。

“贵妃有事？”慕容辞转身清冷道。

“眼下天气炎热，赵嫔的尸首已停放多日，倘若大理寺一直侦破不了，那赵嫔岂不是一直不能入土为安？”萧贵妃直视眼前的太子，“赵嫔之死，无论是自缢还是被杀，本宫以为，尽早安葬为宜。”

“那不如宫宴后治丧，贵妃以为如何？”慕容辞道。

萧贵妃没想到太子这么好说话，愣了一下才道：“本宫会吩咐下去。”

离开清元殿，琴若问道：“殿下为什么答应贵妃让赵嫔安葬？”

慕容辞莞尔道：“赵嫔的尸首该验的都验了，即便下葬了也可以把尸首挖出来验，沈知言不是喜欢挖坟吗？”

宫宴定在后日，萧贵妃已如火如荼地操办起来。

昭华公主名慕容裳，乔妃所出，比慕容辞小一岁，颇得父皇宠爱，养成骄纵蛮横的性子。

她喜欢偷偷溜出宫玩，吃过不少教训。半年前，她又带着近身宫女元秀出宫，竟离开帝京南下，乔妃和慕容承多次派人寻找，都没有找到她。

这次她回宫，乔妃狠狠地训斥了她，命她去向父皇请罪，然后面壁思过五日，不得出寝殿半步。

很快到了宫宴这日，还没到酉时，三品以上的朝臣已携着女眷进宫，与众妃嫔在文华殿等候开席。

盛世风流，繁华葳蕤，此时大殿里锦衣华服，衣香鬓影，满堂欢声。

今日，皇朝公主昭华身穿华美繁复的宫装，一身的柔嫩娇红，纤腰如束，肤光胜雪，如迤逦长空的千丈云霞，盛世之花。

乔妃和众女眷闲话家常，言笑晏晏，众人纷纷赞美昭华公主，说她是帝京第一美人。

见那么多人围着昭华公主，慕容诗不由得心里涌起妒忌。她也知道，昭华公主慕容裳是真正的皇朝公主，是万千宠爱的金枝玉叶，万众瞩目、受人仰慕是理所应当的。而她慕容诗，出身御王府，说出来也可以震慑不少人，可是整个洛阳城的人都知道，御王府再权势滔天，再荣宠风光，再锦绣风华，也只不过是异姓王，根本不是真正的皇族。

然而，她就是不甘心。

本以为今日是她回帝京后第一次亮相，是要大出风头的日子，没想到被昭华公主抢走了众人的目光。那么，她要把昭华公主比下去，只有一条捷径，就是嫁给太子，成为太子妃。

正想着，只听内侍响亮地通报："陛下驾到！萧贵妃到！太子到！御王到！"

众人纷纷起身迎驾，见皇帝慕容承尚且体弱，萧贵妃搀扶着他慢慢踏入大殿，后面跟着的是太子和御王。

慕容承身躯微弯，佝偻之态，身穿明黄色龙袍，那明艳的颜色衬得他的面色更加灰白。

御王依旧风采卓然，倾绝众生，吸引了无数名门闺秀思慕的目光。

而太子，俊秀之姿暗藏犀利，一袭缃色银绣蟒袍明雅清透。

帝、妃落座后，众人也跟着坐下。

"朕静养这些日子，全赖御王与众卿打理朝政，朕心甚慰。如今朝局稳固，四海升平，国泰民安，朕要多谢御王与众卿……咳咳……"

皇帝慕容承低缓道，气息不畅，忽然咳起来。

他这一咳，众臣无不担忧，之前御王只说陛下龙体微恙，没想到皇帝似乎病得不轻。

"陛下忧心国事，日夜思虑，这才加重病情。陛下请放心，臣与诸位大臣定不辱使命，尽心尽力为君分忧，陛下安心养病便是。"慕容彧扬声道，声音似有安定人心的魔力。

"陛下放心，臣等定当尽忠职守，为君分忧。"众臣齐声道。

"陛下明白御王与众卿对朝廷忠心耿耿，因此今日宴请众卿，与众卿同乐。"萧贵妃知道陛下说不出话来，娇声道。

"谢陛下。"众臣又齐声道。

慕容承终于缓过气来，示意开宴。

慕容辞松了一口气，却忽然感觉到有人看着自己，目光一扫，原来是端柔郡主，那目光痴迷得令人心惊肉跳。慕容辞连忙收回目光，不过她发现，昭华公主也目不转睛地盯着一个人，是慕容彧。

慕容裳好似第一次见到慕容彧，一贯跋扈骄横的她此时含羞带怯，欢喜与惊艳交织在那双美丽的眼睛里。

慕容裳看上慕容彧了？慕容辞不由得心思一动。

酒过三巡，丝竹笙管奏响，水袖徐转，舞伎跳起柔软的舞。

萧贵妃与皇帝同坐御案，为慕容承舀了半碗雪霞羹，眼波流转间，她看见昭华公主时不时地瞟向一个人，炽热的目光时而含羞时而期盼，顺着她的目光看过去，不由心神一凛。昭华公主竟然盯着御王！她出宫半年，心竟野了，竟然直勾勾地盯着一个男人！不知廉耻！

左列首席尊贵无匹，向来是燕国除了御案之外最重要的席位。若首席是太子，则表示位高权重的摄政王被草包太子压了一头，这燕国江山还是草包太子的。若首席是摄政王，则表示摄政王一人之下万人之上，取代草包太子指日可待。皇帝年老病弱，不理朝政，太子草包无能，这燕国大位早已落在摄政王掌心。

席位如何安排，刘安思前想后，左右为难。最后去请示陛下，决定太子和摄政王同案。

二人同案。

一个身子端正，神采飞扬，颀长轩昂的风姿倾绝众生，透着一股武将的凌然霸气。

一个曲着身子，手支着下巴，手肘搁在案上，不仅瘦弱纤细，而且猥琐无礼，毫无太子的威严。

那些名门闺秀越发对太子嗤之以鼻，嫌弃厌恶，对御王更加钦佩思慕，一道道热切敬仰的目光落在他身上。

为什么御王回京五年，还不迎娶御王妃？为什么陛下不给他赐婚？看着那么多崇拜的目光，慕容辞心思一动，慕容彧那些奇奇怪怪的举动，那些对她这个太子不该有的暧昧举止，是不是都因为没有爱情的滋润？若是他迎娶御王妃，是不是就不会再轻薄她这个太子了？

那昭华公主看上慕容彧，岂不是一箭双雕？

想到此，慕容辞的唇角微微翘起。

“殿下在想什么？说来听听？”暗沉低哑的声音，如同暗夜里的恶魔之音，近在咫尺，她心尖一颤，蓦然直起身子。

然而转头一看，让她全身僵冷的是——慕容彧倾身靠来，与她仅有微末距离，她这一转头，刚刚好，唇对上他的薄唇。

他分明也全身僵住，柔软的唇袭来，停留于他的唇上，仿佛蝴蝶栖居于花叶，清晨的露珠在碧叶上悠悠滑动。

清香隐隐，触感柔软，娇嫩得令他血气奔涌，胸口腾起一股灼热。只是极为短暂的一瞬，两人迅速分开，皆是心头俱震。

大殿济济一堂，这么多双眼睛看着，她不能捂脸，她是太子。可是她实在羞臊，双腮滚烫滚烫的，直烧到耳根脖子，烈焰吞噬了她整个人。

那一瞬间，她依稀记得，阳刚的男子气息温热湿润，沉水香里含着淡淡的酒气。

慕容彧回味无穷，忽然发现殿下的耳根、侧颈红艳得诡异，他的薄唇似笑非笑，将半盏羊羹放到她面前，说："殿下似乎还未吃过，尝尝。"

"不用了，本宫不喜欢羊羹。"慕容辞正襟危坐，目不斜视地说。

他再次倾身，在她耳畔低语道："为什么殿下的脸这么红？可是方才……"

"本宫贪杯，酒色上脸罢了。"她急急地解释道。

"原来是这样？"慕容彧坐直了，蓦然握住她的柔荑，用指腹在她的手心轻轻挠着。

该死的慕容彧！

"放手！"她抽了几次也没逃出魔爪，不由得血液奔涌，低声切齿道。

他的轻挠似羽毛轻拂，丝丝的痒，绵软的温，却似细长的银针刺入她指尖，折磨着她。

"方才殿下调戏本王，本王不过是讨回一点。"慕容彧手下不停，却是语笑湛湛，面不改色。

"那也够了！"慕容辞暗暗磨牙道。

"殿下的手柔若无骨，不知内情的人还以为这是风华绝代的女子之手。"

她的气息渐渐不稳，索性化被动为主动，在他那只大掌里灵活地一转，轻挠他的掌心。你不是让我不自在吗？我也让你不自在！

慕容彧愕然，身子亦震了震。

慕容辞揉搓他的中指片刻，正想突然抽出手，让他防不胜防，哪知道他好像料到了，扣住她的小手，五指相扣，紧紧相握。

犹如耳鬓厮磨，仿佛相濡以沫。

如此情势，何等旖旎，何等香艳。

宛若在一个无人察觉、迷离风流的春夜里，绽放在月华织就的朦胧轻纱里的昙花惊艳盛放，清泉叮咚流淌，令人心旌摇荡。

她全身僵硬火热，他心里惊涛骇浪。

整个世界已经远去，眼前的盛世华彩、锦绣繁华俱化成一个虚无缥缈的景象。

她下意识地转头，眼睛清亮灵透，却又宛若蒙着纤薄的轻纱，目光蒙眬迷离。

他没想到，无意间的逗弄，竟然演变成连他自己都无法预料的结果。

四目相对，兀然清醒。慕容辞连忙缩回手，坐得端端正正。

舞伎换了一拨，柔纱飘舞飞旋，舞姿如流风回雪，如云如雾，如仙如飞。

乔妃和昭华公主同案，察觉到女儿不动银箸，顺着女儿目光一望，不由心里惊诧：裳儿在看太子还是御王？裳儿与太子是兄妹，那么，女儿看中了摄政王！

"昭华，你还没向父皇敬酒呢。"她拉拉女儿金线绣凤羽的广袂说。

"哦。"慕容裳端起白玉杯，遥尊御案，恭敬道，"父皇，儿臣不懂事，擅自出宫半年，向父皇请罪。"

"知错而改，是好孩子，朕心甚慰。"慕容承慈爱地笑道，"昭华，以后不可再任性，要听从你母妃的教诲。"

"儿臣遵命。"她笑得温软，"儿臣不会再任性，会待在宫里好好侍奉父皇。"

"陛下，昭华年十七了，到了赐婚的年纪了。"萧贵妃的声音娇若莺啼，风韵缠绵，"陛下可要好好思虑，给她指一个如意郎君，这驸马须文武双全，相貌英伟，才智卓绝，才能配得上昭华。"

乔妃心头一跳，连忙道："多谢贵妃关心昭华，但昭华虽到了赐婚的年纪，却是任性妄为，骄纵得很，臣妾日后会多多教导她，先让她好好学宫规，收收心，多多孝顺陛下，过两年赐婚也不迟。"

萧贵妃一笑，乌滑发髻上的凤凰步摇金光闪烁，似剑光戾戾，看似说笑地说道：“妹妹呀，过两年昭华就十九了，可不小了呢。陛下觉得呢？”

她这般提议，只是瞧出了昭华的心思，一来迅速把昭华许配给名门公子，慕容彧留给自己；二来趁机剪除对手乔妃的一臂——这些年，昭华颇得父皇宠爱，乔妃母凭女贵，分薄了圣宠。

“昭华的确年纪不小了，不过朕要好好挑选驸马。”慕容承慈祥地笑道。

慕容辞瞧见对面的妹妹眼里只有身旁的男子，思慕热切的目光不断投过来，不由得心情大好，唇角噙着一抹若有若无的轻笑。

“笑什么？”低沉醇厚的声音在她身旁响起。

“良辰美景，帝女韶华。王爷名动帝京，这一朵朵娇艳风流的桃花纷至沓来，王爷应当欣然接纳才是。”

慕容彧搁下金樽，轻笑微凉，不作回答。

慕容裳看着他那张冷峻瑰美的雪颜似笑非笑，越发痴迷。她端起白玉杯，扬起娇软的声音道：“御王为父皇打理朝政，日理万机，殚精竭虑，本宫甚是钦佩，敬王爷一杯。”这一笑，仿若春风吹绿了万物，又似万丈雪巅的第一道霞光。

“谢公主。”他举起金樽，一饮而尽。

萧贵妃气得心肝儿疼，“本宫也敬御王一杯。御王身系家国重任、社稷安稳，为陛下分忧，本宫代陛下敬王爷。”她举起白玉杯，娇滴滴道。

慕容彧举起金樽，气定神闲地饮尽。

暗潮涌动，慕容辞心想，这些女人的心思可真好玩。

忽然，案前一暗，她看见面前站着一人，竟是端柔郡主慕容诗。

“太子殿下，我敬你。”慕容诗手持白玉杯，浅浅含笑。只得喝了，慕容辞举杯一饮而尽，随后见父皇已昏昏欲睡，由萧贵妃搀着先回寝殿歇息，她就与沈知言使了个眼色，两人一前一后地出来。

文华殿偏殿廊下，茜纱宫灯在夜风里轻摇。

“这几日可有查到新线索？”

慕容辞沐浴在昏红的光影里，肤光胜雪的小脸流光溢彩，沈知言一时看呆了，似是看到一张娇艳明媚的女子脸庞……

“知言？”

“没有新线索，我正愁着呢。”他微窘，连忙收敛心神说道。

“好在这几日没发生什么事。”她纤长的睫羽轻轻一眨地说着。

“殿下，近来发生的疑案是我验尸断案以来最难捉摸的。”沈知言面色沉重，“无论是幕后之人，还是犯案之人，手段都极为高明，不留蛛丝马迹。不过我相信，幕后之人不会收手。倘若他们再犯案，暴露的会更多，我们侦破就容易一点。”

慕容辞点点头，二人再聊几句，沈知言提议回大殿。

然而距离大殿还有一丈远，她看见一个人出了文华殿，大步流星地离去。

那背影……很像一个人。

“殿下，怎么了？”

“本宫去茅房，你先进去。”慕容辞扔下一句话，匆匆离去。

她疾步如飞，终于赶上那个人，悄然跟在后面。前方那个人，身穿玄色金绣蟒袍，前行的方向应该是清元殿。

他去清元殿做什么？

脑中一阵电光火石，接着她忽然冒出一个可怕的念头：玉窃国！

趁此良机将父皇杀害，再以禁卫军的武力控制皇宫，改朝换代轻而易举。萧贵妃和他里应外合，难怪会提议设宴宫中。

绝不能让他们得逞！慕容辞心神凛凛，加快脚步。

清元殿灯火通明，却静谧如死，想来父皇已经被控制了，或者濒临生死一线。

父皇！

她疾步奔进寝殿，只见那天子龙榻被青纱遮掩，一道黑影正从父皇身上缩回手。

“你对父皇做了什么？”她的心提到了嗓子眼儿，满心惶惧地喊出了声。

“殿下不来看看陛下吗？”慕容彧撩起天青纱帐，从里面走出来，言语冰凉地说。

她一步步地走过去，双腿似灌了铅般沉重，距离龙榻四步远，她看见父皇躺在那儿，面目安详，好像是睡着了。

“你杀了父皇？”她的声音暗哑缓慢，一字字从齿缝里挤出来，带着刻骨的仇恨与彻骨的冰寒。

“是，又如何？”

昏光暗影里，她的明眸迸出杀气。

银光骤然闪过，迅疾无比。

直刺，这是最笨拙、最简单的招式，她藏于广袂的精巧匕首直冲向他的胸口。他安之若素，面不改色，只悠然伸臂，电光石火间，她已经被他锁了喉。

她根本没有看清他是如何出手的，神速无比。不过，她的匕锋也指着他的心口。

“看你的匕首快，还是本王手快。”慕容彧低醇的声音在暗夜里流淌，似美酒窖藏千年般绵长醇香。

对，在她把匕首刺进他胸膛的时候，自己的脖子也会筋骨齐断。

她看着他，此人面如寒玉，五官冷峻，那双幽黑的眼森寒冷酷，可吞噬人的灵魂，亦可吞噬天下。

他盯着她，眼前之人明明是男子，却色若春晓之花，颈间肌肤嫩滑，那双明眸如凌晨花瓣上的清露，明澈灵透，似能照亮人的灵魂。

可她此番刺杀，招式凌厉而直接，当真令他惊艳，此时她不惊惶，也不哀求，着实令人赞赏。

“你最好杀了本宫！否则本宫总有一日会削了你的脑袋！”慕容辞一字字狠绝道。

“若你跪下求本王，说不准本王会给你一次求生的机会。”慕容彧剑眉飞扬道。

“做梦！”

“你一心求死，本王便勉为其难地送你一程。”

“那首歌谣的预言果真应验了，你狼子野心，弑君篡位，窃国者遗臭万年”

“若你甘心无名无分留在本王身边，本王可留你一命。”

“莫非你也有如此癖好？你就不怕本宫在你酣睡之际割下你人头？”

“本王倒是颇为期待那一刻，不过本王相信你不会有那样的机会。”

然而，慕容辞的唇间忽然弯起一个绝美的弧度，慕容彧不解她这谜一样的明媚微笑，正迷惑时，她却抬手猝然一动，直刺血肉之躯。

她快，他更快。

他两指夹住她的手腕，只听得哐啷一声，匕首落地。

银光清冷地晃动。

不待反应，他右手一滑到她的后颈，将她揽到怀里。

“放手！”慕容辞反应过来时，惊觉自己已经被他结结实实抱在怀里。

天子寝殿奢华而庄重，此时昏光暗红，暗影绰绰，唯有一丝丝暧昧在流淌，在暗寂夏夜蔓延开去。

慕容辞挣了挣，根本无法动弹。二人身躯无缝贴合，面面相对，极其暧昧亲昵，令人遐想万千。

这个该死的慕容彧究竟想做什么？

忽然，她想到一件可怕的事：万一他认出她的体香，那怎么办？

“放开本宫！”怒火烧到头顶，她全身似有烈焰在烧，云霞艳光铺染她的桃腮耳鬓，连雪颈也绯红一片，却格外地娇软动人。

这一切落在他眼里，是一种无声无心的诱惑。

温香软玉在怀，触目皆是女子娇羞柔艳的风情，慕容彧心旌摇荡，莫名一股灼热，似惊涛骇浪，拍打他的意志。

“殿下越是挣扎，越是旖旎如春。”温醇如酒的声音如春水涟漪般荡开。慕容辞不动了，反正也是无法挣脱。

可他们在这里弄出这么大的动静，父皇毫无反应。

父皇驾崩了吗？

慕容彧见她呆呆地望着龙榻，又见她绯红的侧颈、精致嫣红的耳珠宛若万丈雪地盛开的一朵嫣红花朵，心中满是火热。

烘热里一丝微凉。

滚烫里一线柔软。

慕容辞惊骇地转头，他温凉的薄唇不动，随着她的动作一一吻过。

父皇生死未卜，她竟和杀父仇人当着父皇的面耳鬓厮磨，慕容辞蓦然惊醒，悲愤从心里涌出。

“你是不是杀了父皇？”

“是或不是，有何区别？你逃得出本王的手掌心吗？”

慕容彧似笑非笑，掐住她的双颊，似猎鹰般凌厉森寒的目光锁住她。

他骨节分明的修长手指一用力，她柔软的脸腮凹下去。

她气得全身发抖，怒喝道：“放开本宫！”

“只要殿下乖乖地留在本王身边，本王可以放过慕容氏一族。”他微微一笑道，那是属于王者的凶残与锋锐，炙热的气息含着酒气，阳刚而霸道。

双手被制，无法动弹，她心念一动，狠厉地一口咬下去……

舌尖锐痛，血的腥气弥漫开来，他稍稍松懈，她趁机当胸一掌，凌厉至极，他侧身避开。

原来，殿下并非弱不禁风。

从他怀中逃脱，她立刻扑到父皇身边，一直悬着的心落回原处，父皇的身体还热着，还有气息，他还活着。

忽然，她整个人被一双铁臂捞起，扔在龙榻尾部，并把她紧紧锁住。

“原来殿下并非手无缚鸡之力，本王真是小看你了。”

慕容辞暗道糟糕，表面上却冷笑道：“本宫只是三脚猫功夫，如何比得上王爷武功盖世？”

这张俊颜近在咫尺，面面相对，鼻尖相抵，令人脸红心跳。

“你对父皇做了什么？”她愤愤地问。

“本王只是让陛下睡得香一些。”他邪笑。

她索性不再伪装，手指直插他双目。慕容彧只轻轻扣住她的手，凝视她。

敌不动，我不动。

可他为什么这样盯着自己？

从他那双深黑如子夜的眼睛里，她看见了自己清晰的倒影。

其实，这个时候他完全可以确定她是男是女。然而，他不想这么做。他不急着去验证，只觉得这件事越来越有趣。趁他心思游走，慕容辞猛然一推，慕容彧顺势而起，整整衣袍。

他为什么没有加害父皇？为什么故意说那些让她误会的话？父皇昏睡不醒，莫非他点了父皇的睡穴？

该死的慕容彧！

“未免有人起疑，殿下还是尽快回文华殿为好。”慕容彧意味深长地看了她一眼，离去时眼角含春，唇角含笑。

慕容辞看着他的背影，狠狠地剜一眼，然后试图解开父皇的睡穴，可是点来点去，根本解不开。罢了，一般两个时辰后就能自动解穴，最迟明日一早父皇就能苏醒。

她坐在榻边，回想之前发生的点点滴滴，希望从中推测出他引她来这里的用意。可不由就想起方才的情景，内心有些激荡。

不不不，不管他是什么用意。

慕容彧，只能是她的对手、仇敌！

昭华公主对御王的执念

老皇帝不同意昭华与御王的亲事（此处有伏笔？）

今日皇宫特讯：草包太子遭袭击，无还手之力

案情牵安贵人的旧事

最神秘燕国膳食之碧涧羹

第八章 霸道皇妹恋上慕容彧

惊鸿殿内。

慕容裳坐在妆台前对镜抿唇，唇色鲜红娇艳，似烈日下红花绽放。

“昭华，你离京半年才回来，你父皇不怪罪你便也罢了，眼下你父皇龙体抱恙，需卧榻静养，你却急着出嫁，实在是不懂事。”

“正因为父皇卧病在榻，儿臣才要大婚为父皇冲喜。”慕容裳看着菱花铜镜里那张美艳动人的鹅蛋脸，“说不准儿臣大婚，父皇一开心，就好得快了。”

“什么冲喜，那都是骗人的。”乔妃站在女儿身后，双手搭在女儿肩头说道，“昭华，听母妃的话，明年再议婚事不迟。”

“拖到明年，说不准儿臣的意中人就娶妻了，儿臣还怎么嫁人？”

“告诉母妃，你的意中人是谁？”乔妃看着铜镜里如花似玉的女儿说。

慕容裳嫣然一笑，说：“母妃，儿臣喜欢的自然是咱们燕国最出色的男子，战功赫赫，气度超凡。”

果然是他！乔妃一惊。

“母妃，你怎么了？”慕容裳从铜镜里看见母妃神色有异，索性说个明白，她继续道，“儿臣的意中人是御王慕容彧，儿臣的驸马只能是他，儿臣这辈子只会嫁给他。”

“你之前又不是没有见过御王，为什么……”

“以往儿臣一心想着出宫游玩，如今游玩过了，见识了宫外的斑斓人间，这次回京，儿臣发现，天下人都比不上御王的俊美与气度，一分都比不上。”慕容裳眉飞色舞地说着，语声清脆如明润的珍珠落入玉盘。

“昭华，听母妃一句劝，御王并非良配，而且你父皇尚在静养，你急着去求你父皇赐婚，不侍奉父皇，这是不孝！”

“母妃，御王文武双全，是宗族里最出色的王爷，怎么不是良配？父皇在静养，那可以先赐婚，等父皇龙体康复了再举办大婚之仪。这不是两全其美吗？”

“昭华！”

“母妃你好啰唆，儿臣不想听！反正儿臣就是要嫁给御王！”

慕容裳捂着耳朵，一跺脚就往外走。走到大殿，却忽见慕容辞迎面而来。

“太子哥哥，你怎么在这儿？”

慕容辞云淡风轻道：“本宫到毓秀殿看望你母妃，宫人说你母妃来皇妹这儿了。”

乔妃听闻声音赶出来，慈和道：“殿下可有要事？”

“也不是什么要事。方才无意间听见皇妹说有了意中人，想为父皇冲喜，这是好事，也是皇妹对父皇的孝心。本宫以为，皇妹的确到了赐婚的年纪，再者御王总揽朝政，权倾朝野，父皇倚重他，信任他，倘若皇妹下嫁御王，父皇必定放心将皇妹托付给御王，也必定满意这桩婚事。”

“太子哥哥也这么认为？”慕容裳惊喜连连，笑靥如花地说。

“你放心，本宫必定向父皇禀明此事。父皇很快就会为你赐婚的。”

慕容裳喜不自禁，而乔妃眉心紧蹙。

“乔妃，可否借一步说话？”慕容辞对乔妃一使眼色，慕容裳只当两人要商议婚事细节，便欢天喜地地先回避了。

二人来到后苑的五角凉亭，宫女奉上茶水，躬身退下。

“殿下，昭华是本宫的女儿，还请殿下不要插手这件事。”乔妃缓了面色，虽然温柔慈和，但眼里的冷意格外刺目。

慕容辞端起茶盏浅浅抿着，乔妃进宫二十余年，是后宫十几个妃嫔里资历最老的。虽然她年已四十，不过保养得宜，面目姣好，风韵犹存。

“乔妃，本宫明白你担心什么。”慕容辞笑了笑，“昭华一向骄纵任性，乔妃越是阻止，昭华就越是要嫁给御王。哪一回昭华不是这样？如此性情，您身为她的母妃还不了解吗？”

“确实如此。”乔妃点点头道。

“其实，御王是良配，昭华嫁给他，于公于私都是一桩好姻缘。”

眼前的太子笑意浅浅，乔妃仔细琢磨太子的暗示之语，忽然心惊，原来太子并非草包。

一切只是伪装。一瞬间，冷气从她脚底漫起。

“殿下找本宫有什么事？”

慕容辞一笑，“是这样的，近来宫里发生了那么多事，大理寺也未查出头绪，沈少卿央求本宫来问你一些旧事。”

乔妃笑道：“殿下请说。”

“之前沈少卿去过春芜院问询，他注意到安贵人和她的近身宫女，跟院里的人不太一样，便想问问。”

“安贵人和那些事有关？”

“其实没有关联，只是实在没有线索，例行问询罢了。”

乔妃点点头，望向琼庭开得正艳的蔷薇，目光悠悠而柔软，仿佛回到了如诗如梦的青春韶华。

“安贵人比我早进宫两年，后宫美人三千，她貌不惊人，能得圣宠，靠的是柳条儿般纤细的小腰以及艳惊四座的柔舞。那两年安贵人颇为得宠，陛下时常传召她献舞侍酒，一时间宫内宫外皆以柔舞为尚。那年中秋佳节，继皇后，也就是你母后，安排安贵人在宫宴献舞。安贵人为了博得陛下欢心，新创了一种舞，舞于荷叶玉盘。”

慕容辞惊叹道：“人若舞于玉盘，必定身姿轻盈，飘然欲飞。”

乔妃颔首道：“安贵人这手绝技无人能及，为保持轻盈的体态，她每餐进食甚少，中秋宫宴上，她一支荷叶玉盘舞名动帝京，陛下龙颜大悦，封赏无数。然而，盛极必衰，乐极生悲。”

“发生了什么？”

“中秋深夜，安贵人腹中的孩儿没了。事实上连她自己都不知道怀了陛下的骨肉，她进食甚少，本就体弱，中秋宫宴前又连日练舞，孩儿如何保得住？”乔妃长长地叹息道。

“之后她失宠了吗？”

慕容辞忽然想到是母后安排她在中秋宫宴献舞，那么她后来滑胎，会不会对母后心生怨怼？若是如此，安贵人对年幼的慕容辞下手也在情理之中了。“安贵人郁郁寡欢，无心侍奉陛下，陛下也就不传召她了。”乔妃望着那一丛深红的娇艳蔷薇，神色悲悯地说，“她也是个可怜人，她那近身宫女柳眉是她父母从教坊买回来的舞伎，年纪颇大，教安贵人柔舞。安贵人颇有悟性，几年就学成了那绝技。”

“原来是柳眉教安贵人习舞的。”

“柳眉是扬州教坊最出色的舞伎，若非容貌被人毁了，再无前程，也不可能入安家为奴。”

“哦？”慕容辞心神一震，她记得安贵人的侍婢脸庞完好无瑕，并无毁容，“那柳眉的容貌何处毁了？”

“十几年了，本宫想想……对了，柳眉左脸有两道交叉在一起的伤疤，那伤疤颜色浅淡，但照面之下，十分清晰，是两条粉红色的疤痕。”

“乔妃，你当真没有记错？”

“本宫不会记错。柳眉因为那两道伤疤毁了容，免不了被人取笑羞辱，时常戴着面纱。”

慕容辞心里一震，但亦是不动声色辞别乔妃，回到东宫，便差人去大理寺请沈知言。

“殿下有新发现？”

慕容辞并不解释，拉着他匆匆赶往春芜院。

午后，万道日光如利剑直插巍峨皇宫，黄琉璃瓦反射出刺目的烈芒，而春芜院静谧得好似空无一人。

慕容辞和沈知言踏入院门，大厅廊下寥寥几人，李嬷嬷匆匆忙忙地赶来。

“奴婢拜见殿下、沈大人，不知殿下有何吩咐？”

这太子三天两头地来春芜院，难不成又出了事？

慕容辞冷冷道：“本宫和沈大人随处走走，你且忙你的去。”

李嬷嬷躬身退下，自然也不敢回去乘凉，便找个地方候着，时刻醒着神儿。

慕容辞和沈知言前往后院，三间通铺房有不少人，还有些在后院阴凉如水处闲坐。

他们要找的人，站在角落里。

安贵人坐在轮椅上，拿着一册发黄的书看着，暑热难忍，她依然用灰黑色长布巾包着头和脸，柳眉站在一旁，梳着堕马髻，神色宁静。

她光洁的脸，在日光下被照得清清楚楚。

安贵人察觉到有人注视着她，转头望来，神情却无半分惊讶。

“太子殿下想将春芜院修葺一番，吩咐我等来看看哪些地方需要修葺。”慕容辞朗声道。

“殿下还说，改日会送来新鲜的粮食蔬菜。”沈知言笑道。

安贵人淡淡道：“殿下仁善宽厚，乃社稷之福。”

“我们再去别的地方看看。”

安贵人略略点头，算是恭送。

慕容辞和沈知言离开春芜院，她忽然止步，寻思道：“乔妃应该不会记错，应该也不会欺骗本宫。倘若现在这个柳眉是假冒的，那么她为什么要假冒柳眉？真的柳眉又在哪里？”

“还有更重要的一点，安贵人不可能认错自己的侍婢。那么只有一个可能，安贵人也有问题。”沈知言断然道，时至今日，千头万绪的诸多疑案、命案终于有了新线索。

“本宫也觉得安贵人很有问题。这炎炎夏日，她还用长布巾包着头和脸。”

两人略一思索，决定问问掌事宫人。

李嬷嬷倒了茶，垂手站着赔笑道：“殿下、沈大人想问什么，奴婢知无不言。”

慕容辞单刀直入地问道：“你可知安贵人……安庶人为什么在这么热的天还包着头和脸？”

“大约五六年前，安庶人就整日包着头和脸，她说她患了头疾，时常觉得头疼，还觉得后脑勺凉飕飕的。”

“安庶人的侍婢柳眉一直跟着主子吗？从安庶人进春芜院的那日就跟着了？”

“奴婢想想……十几年前的事了，奴婢记性不大好。”

面对太子和大理寺的人，李嬷嬷有些紧张，两只手绞着衣角，安庶人十几年前进春芜院是不是带着柳眉，她真的不记得了。

正巧，宫女小桃端着两杯茶进来，李嬷嬷灵光一现，“小桃，你在春芜院二十多年了，你可记得安庶人……就是那个安贵人进春芜院的时候是不是带着柳眉一起进来的？”

小桃歪着头想了一瞬，道：“殿下，沈大人，奴婢记得清楚，安庶人进春芜院的时候是只身来的。”

“为什么你记得这般清楚？”沈知言看向殿下，这事儿有古怪。

“犯事、被贬的妃嫔进春芜院一般都会带近身侍婢进来，安贵人没有带侍婢进来，当年奴婢还觉得这事有点古怪，就打听了一下。原来安庶人的近身侍婢柳眉，因为犯事被安庶人逐出宫了。”小桃回道。

“你们见过柳眉吗？”慕容辞不动声色地问。

李嬷嬷和小桃都摇头。

“那现在这个柳眉是几时来的？”

李嬷嬷觉得这件事越来越蹊跷，太子问得这么详细，保不准安庶人和柳眉犯了什么大事，她越想越心惊肉跳，不敢有所隐瞒，“就在五六年前安庶人患了头疾没几日，她带着柳眉来跟奴婢说，柳眉会留在春芜院照顾她。春芜院与世隔绝，是收容犯事的宫人、妃嫔的地方，多一人不多，少一人不少，奴婢没有在意，就让柳眉留下来照料安庶人。”

慕容辞颔首，又问了几个问题，然后离了开春芜院。

她不知身后，从另一条宫道转出来一个人，望着他们的背影，目光阴冷如毒。

“柳眉明明离开了皇宫，为什么后来又回到皇宫，并且心甘情愿进春芜院伺候一个没有半分希望的庶人？”

沈知言点点头，继而道：“更奇怪的是，那个突然回宫的柳眉并不是原先毁了容的柳眉。安贵人和柳眉这对主仆相处那么多年，不可能认错。还有，安贵人忽然患了头疾，以此为名包住头脸，分明是不想让人看见她的容貌。”

“柳眉不是那个柳眉，那么安贵人……”她脑中似有一道闪电炸裂，“安贵人也不是原先的安贵人！”

“对！可是这对主仆又是什么人？为何假冒安贵人和柳眉？她们潜伏在春芜院有什么企图？”他皱眉道。

“是啊，”慕容辞眉心深蹙，“白庶人和莫庶人之死，跟她们有关吗？”

“好在这几日宫里总算太平，这件事我们可以慢慢查。”

清元殿内。

慕容辞来向父皇请安，两人说了好一会儿话，慕容承吃了燕窝粥，服了药，她扶着他躺下歇息，准备告退。

正这时，有人衣带当风地进来，娇柔倩影靠向天子龙榻，“父皇，儿臣来向父皇请安。”

这般女儿之态，让慕容辞心头泛起微微的苦涩，这辈子她永远不可能以娇蛮的女儿之态向父皇撒娇。

“昭华乖，有孝心，朕心安慰。”慕容承拍拍慕容裳白皙如雪的手，慈爱地笑着。

“父皇，今后每日儿臣都来向父皇请安。之前儿臣出宫半载，父皇病重也没能及时赶回来侍疾，是儿臣任性，今后儿臣每日都陪着父皇。”慕容裳甜甜地说着，小脸上的微笑甜美如花。

“好好好。”他乐呵呵地，十分愉悦。

她看向慕容辞，暗中使了个眼色，道：“太子哥哥越发俊秀英朗了。”

慕容辞朗声道：“父皇，皇妹年纪也不小了，到了赐婚的年纪了。不过父皇还要静养一阵子，不如先择选驸马，为皇妹赐婚，待父皇龙体康复后再办大婚之仪。父皇以为如何？”

慕容裳的声音越发娇柔道：“父皇，儿臣不想嫁，儿臣想多陪父皇几年呢。可是不知道为什么，儿臣走到哪里，都能听见有人嚼舌根，说儿臣……”

“谁敢议论朕的昭华？不要命了吗？”

慕容辞向来知道昭华演技满分，于是配合地问：“皇妹，是什么人议论你？议论你什么？”

慕容裳的双手绞着丝帕，可怜兮兮道：“那些宫人、妃嫔说儿臣……骄纵蛮横，任性无礼，这样的皇家公主，哪个名门公子敢娶回家？她们还说儿臣会成为老姑娘，老死宫中……”

这么夸张的话，也只有父皇会信。

“混账！”慕容承重重一捶床榻。

“父皇息怒，”慕容裳连忙道，“其实他们说得没错，儿臣的确骄纵任性……”

“父皇，宫人、妃嫔胡说八道，确实也因皇妹年十七却未赐婚。”慕容辞道。

“昭华，你别急，朕马上为你择选驸马。”慕容承安慰道。

“父皇，若儿臣要嫁，就要嫁一个儿臣喜欢的，他必定文武双全、气度超凡，是朝中最出色的那个人。”慕容裳扬起下巴，小脸似南海珍珠，明润莹然。

慕容承爽朗地笑道：“这么说，你已有意中人了？”

慕容辞一笑道：“让本宫猜猜，朝中最出色的，文武双全、气度朝凡……那除了御王，还有哪个男子当得起如此盛赞？”

她斜睨慕容辞一眼，含羞不语。

慕容承面上的微笑消失无踪，眉头微蹙道：“昭华，父皇一定为你择选一个文武双全的驸马，让你满意。”

“可是父皇……”她急急道。

“朕乏了，你们退下吧。”说完，他的神色和声音都冷了几分。

“儿臣告退。”慕容辞躬身道。

慕容裳再不甘心，也不敢公然违抗，亦是告退离去。

二人出了大殿，慕容裳拉住慕容辞的广袂，恳求道：“太子哥哥，你要帮臣妹。父皇是不是……不赞成臣妹嫁给御王？”

“你放心吧，本宫会帮你。父皇虽然有自己的考量，但是毕竟最宠爱你，本宫会想办法的。”

慕容裳点头，这才回惊鸿殿。

回东宫的路上，慕容辞百思不得其解，满朝文武，父皇最信任、最器重的便是慕容彧，把最宠爱的公主嫁给他，不是理所应当，水到渠成吗？

莫非父皇也有如乔妃那般的担心？

这么看来，父皇对慕容彧并非完全信赖？可是，父皇又为什么让慕容彧总揽朝政？

慕容辞不解，径直往回走，却不想拐到一条僻静的宫道，忽觉一股冷风在四周缭绕，她心神一凛，就见一道银光迅捷如毒蛇，袭向她的心口。

明晃的日光自长空倾泻而下，逼出她一身冷汗，她侧身一避，还没稳住身子，那银锐的光再次逼来。

这刺客并没有武艺，只是靠着一股蛮力，慕容辞不想暴露武艺，接连闪了四次，只守不攻。

这刺客身穿绛红色衣袍，是内侍！

她伸手去抓刺客面上蒙着的黑布，那刺客似是一惊，狠厉地一挥短剑，银光一闪，慕容辞才觉得左臂吃痛。

远远四个侍卫疾奔而来，慕容辞奔向他们大声疾呼道："有刺客！快救本宫！"

刺客眼见不好，掉头逃奔而去。然而另一头早有侍卫等候，几下便将他擒住。

"扯下他面上的黑布！"慕容辞无视左臂的伤口，冷冷盯着刺客。

呵，黑布下那张脸眉清目秀，唇红肤白，真是年轻。

这张脸，似乎在哪里见过？

对！奉天殿！小银！

"把他押到东宫，本宫要亲自审讯！"

东宫里，慕容辞匆匆让太医给自己包好伤口，又安抚了因不在场而自责不已的琴若，用过午膳，便由琴若、如意陪着去审讯那刺客。

东宫没有牢房，因此小银被收押在一间窄小的殿室，重兵把守。

房门推开，一线日光射进来，小银坐在一张椅子上，被麻绳绑得严严实实。他缓缓抬起头，冷眼看着她们。

"为何行刺本宫？"慕容辞长身玉立，昏暗的光影中露出一张雪白如瓷的脸。

"因为你该死。"小银微抬下巴，五官扭曲得甚是骇人，"我要送你去见阎罗王。"

"老实点！"琴若冷声喝道。

"谁指使你行刺本宫？"慕容辞又问道。

小银只是桀骜地冷笑，眼角分明有一丝得意。

“本宫没猜错的话，指使你的人跟奉天殿天降血玉有关。”慕容辞平静地说。

小银惊诧地瞪大眼睛，不过很快镇定神色。

“天降血玉这件事是你做的？”

“是又如何？”小银冷冷一笑，“月光光，照地堂，血玉现。月光光，照地堂，雨漫天。月光光，照地堂，鱼食人。月光光，照地堂，玉窃国。”

“是御王指使你的？”慕容辞问道。

“全部都是我做的，哈哈哈……”他放声大笑，“变天了……天降英明仁君……燕国有救了……一将功成万骨枯，我死又何妨？那些人为英明神武的新君赴死，是他们的荣耀……”

昏暗里，小银清秀的眉目慢慢收敛，目光平静而虚无，唇角噙着谜一样的微笑。

慕容辞不紧不慢地问：“奉天殿天降血玉，你如何布局的？血玉从何处来的？那么多人血，又是从何处来的？”

“殿下这么聪明，怎么会想不到呢？”小银望着黑暗处痴痴地笑着说，好似完成了某件事，再无任何遗憾。

忽有敲门声，原是沈知言匆匆赶来，他进来看一眼小银，微有惊诧。

怎么是他？

慕容辞冲他点点头，即把小银的招供复述了一遍，正这时，却听到琴若一声惊叫。

“殿下，他自尽了！”

琴若冲过去掰开小银的嘴，却已经来不及，他的嘴角流出暗红的血，面色发黑，可见毒已进脏腑。

“他早已在齿缝藏了剧毒。”沈知言上前查验，摇头叹息道。

“本宫总觉得他行刺本宫，是抱着必死之心。”慕容辞低沉地说道，“其一，他没有武艺，只靠一股蛮力行刺本宫；其二，他应该是预先打听到本宫的行踪，在那儿守株待兔；其三，他在宫里当差多年，应该知道在那地方行刺本宫很容易被侍卫当场擒住，而且他也知道，在宫里行刺本宫很难得手。”

“但是，他为什么行刺殿下呢？”沈知言百思不得其解，俯身开始查验小银的尸首。

慕容辞在一旁看着，目光在小银身上一寸寸地扫过，忽然，她目光一紧，手伸进他的衣袖里，竟取出一根头发。

一根银白头发。

“这根银白头发跟我们之前得到的那两根很像。”慕容辞高举着这根头发，对着光亮处看。

“是很像。”沈知言道，“小银此人是个谜，传奉天殿供奉晋升问问。”

听闻太子在宫里遇刺，刺客还是自己手下的人，晋升吓得面如死灰，来了就扑通一声跪下，涕泪并流。

“殿下明鉴，奴才真的什么都不知道。那小兔崽子竟敢行刺殿下，就该身首异处，奴才真的什么都不知道……”

砰！沈知言猛地拍案，吓得晋升身子一颤，不敢再出声。

“小银是不是与你同住？”慕容辞冷声喝道。

“是。”

“你与小银每日都在一起，他做什么，你怎会不知？”

晋升双臂撑在地上，吓得浑身哆嗦，结巴道：“虽然奴才每日都跟小银在一起……不过他跟平常一样，奴才叫他做什么，他就做什么……奴才真的不知他为什么行刺殿下……倘若奴才瞧出一点苗头，也一定把他扭送到殿下面前……”

“你仔细想想，近来小银可有什么不寻常之处？你最好想仔细了再答话，否则殿下绝不轻饶。”沈知言端起茶盏冰冷地一笑道。

在晋升看来，沈知言那冷笑是嗜血冷酷的邪笑，晋升好像看见了大刑下奄奄一息的自己，只得拼死一搏冥思苦想起来。

忽然，他惊喜地抬起头说：“奴才和小银同住一屋，有一夜，奴才起夜，回来时看见小银从外头回来。当时奴才以为他去茅房，并未多想。现在想来，他回来的方向并不是茅房的方向。”

“这是什么时候的事？”

“就在奉天殿发生天降血玉的三四日前。”晋升回道。

“你再仔细想想，他从外头回来时还有些什么异常？”她又问。

“奴才想想……”他心虚地垂眼，“因为是起夜，奴才迷迷糊糊地，看得不是很清楚……对了，奴才想起来了，奴才躺下来接着睡，听见细微的抽噎声，第二日，奴才看见小银的双目红肿如核桃。”

沈知言与殿下对视一眼，接着问道：“你可知小银是哪年进宫的？起先是在哪个宫殿当差？家乡何处？家里还有什么人？”

晋升又为难又惊惧地说：“奴才只知小银三年前因犯事被分到奉天殿，至于他的家乡、亲人，奴才真的不知。”

当即，琴若遣了晋升先回去，马上去内侍局调取档案。

慕容辞来到书房，把三根头发摆放在书案上。

此时斜照的阳光正好照来，她的手和一截皓腕沐浴在日光里，纤细精致，如玉如琢。沈知言本是看着那三根头发，忽然看到那玉雕似的手臂，不由得凝目。

这是巧夺天工的极品，天底下最出色的老玉匠也不可能雕琢出这样完美无瑕的珍品。男子再纤细，再阴柔，也不可能有这样的手。

他好似入了迷，呆呆地盯着那只玉手。

“知言……”慕容辞叫了一声，发现他眼睛发直，目光落在自己手上。

她忽然意识到什么，心神一动，不动声色地大声道：“知言。”

沈知言终于回神，又尴尬又窘迫，脸颊飘起一抹红云。

“小银必定与血玉案有关，他趁晋升不注意，把人血和血玉倒在奉天殿前，十分可行，而以他的身份，拎着那么多人血和血玉在宫中行走，也并无难处。”

“他死也不说出人血和血玉从何处来，应该是要保护同谋。”慕容辞接着分析，“以他的本事，不可能悄悄潜入春芜院杀害白庶人和莫庶人，再把人血带出来。因此，杀害白庶人、莫庶人的凶手不是他。”

“白庶人、莫庶人的身上有花白头发，小银的衣袖里也有花白头发，那么，小银应该有一个同谋，同谋杀人取血，再把人血和血玉交给他。”沈知言道。

她点点头，那么，小银的同谋会是谁呢？

燕国皇宫内。

慕容承尚在养病，御王总揽朝政，虽也在上书房批折子，不过并未坐在御案上，而是在大殿东侧支了个书案。

暗卫无影进来，没有任何声响，轻声道："王爷。"

"西秦国有消息了？"慕容彧沉声问道，眼中兴起一丝波澜。

"潜伏在西秦国的探子回报，没有任何踪迹。"无影低头道。

一抹失望从慕容彧的眼中一闪而过，"本王要你们暗中查访珈蓝古国，有进展吗？"

无影黯然道："属下等人一直暗中查访，不过没有半点线索。"

慕容彧低沉道："继续查。宫里近来发生的事，你派人暗中追查，可有查到什么？"

"查不到蛛丝马迹。"无影皱眉道，"说来也奇怪，布局之人手段高明，行事隐蔽，没有留下任何线索。"

"太子和大理寺查到什么？"

"这些日子，太子和沈少卿时常一起查案，想来有些进展。但属下不敢太过靠近，因此并不清楚他们查到了什么。"

慕容彧点点头，无影无声无息地退下，随之进来的是小英子，是内侍总管刘安差他来的。

小英子的声音尖细而柔软："禀王爷，今日太子殿下在宫内遇刺，还受了伤。"

"哦？"慕容彧剑眉微压地问，"太子伤势严重吗？可有捉到刺客？"

"当场抓到刺客了，总管大人说太子殿下的伤势并不严重。"小英子回话。

话刚落地，小英子就觉得眼前一阵玄风扫过——一团玄色的风，似是金蟒腾空飞去。

而此刻上书房空荡荡的，只剩下他一人。

落日熔金，此时皇宫，琉璃瓦粲然流光。

慕容辞和沈知言刚从书房出来，就见如意来报，说是御王在大殿等候。

而她方才又传了膳，打算与沈知言一起用膳。

他来干什么？

慕容辞示意沈知言，一起踏入大殿。

殿内，慕容彧坐在一张雕椅上，由于殿外的夕阳余晖金紫辉煌，殿内显得幽暗，他被暗影笼罩，脸上是何神色，分辨不明，只觉得冷峻如浮雕。

沈知言躬身道："下官拜见王爷。"

慕容彧起身，并不看他一眼，淡漠的目光落在慕容辞面上，说："听闻殿下遇刺受伤，本王代陛下来看看殿下的伤势。"

"王爷有心了。本宫没事，皮外伤罢了。"慕容辞冷淡道，"天色将暗，王爷还不回府吗？"

"沈少卿可是在查案？"慕容彧云淡风轻地问，言外之意是，他还没出宫，本王急什么？

"本宫还有事要与知言协商。"她坦荡荡地看着他，亦是坦荡荡地下逐客令。

沈知言在一旁赔笑，尴尬得两颊笑得快抽筋了。他明明觉得御王那双深黑如渊的瞳眸好似要吞噬自己，空气里似乎飘着淡淡的酸味。

这感觉来得莫名其妙，无从捉摸，却很真实。

"殿下，不如明日一早我再进宫。"

慕容辞含笑看他道："等等吧，琴若很快就回来。"

这一笑，宛若朝阳破晓的第一缕霞光，慕容彧心生不甘，她面对自己时，不是剑拔弩张，就是冷言冷语。

正这时，如意带着一众宫人捧着晚膳走到大殿前，香气袅袅，随着晚风飘进大殿。

"沈少卿要在东宫陪殿下进膳？本王早就饿了，也在东宫随便吃点儿吧。"

慕容彧饶有兴致地看着她，那眼神似笑非笑。

她的唇角抽了抽，道："王爷赏脸，本宫求之不得，就怕东宫的膳食不合王爷口味。"

"本王不像某些官家子弟，自幼锦衣玉食，锦绣堆里长大，吃得精细，穿得绵软，出门有香车软轿，骨头都软了。"

沈知言一窘，王爷指桑骂槐骂的是自己？

"王爷自幼效力军中，练就一副铮铮铁骨，下官钦佩，也一直神往边境军旅的铁血与风沙。”他言语有度，笑意清浅。

“如意，布膳。”慕容辞冷声吩咐道。

如意带着一众宫人鱼贯而入，很快便把一碟碟美味佳肴摆满膳案。

三人入席，慕容辞笑道：“王爷，知言，无须客气。”

这声“知言”，和方才那一声，一样的清脆温柔，慕容彧听在耳里，觉着格外刺耳。

沈知言喝了一口芙蓉羹，含笑赞叹道：“这芙蓉羹风味绝佳。”

慕容彧手持一碗白米饭，盯着笑意盈盈的沈少卿，眉宇冷如寒霜。

沈知言的眼神立即从明媚春日沉入瑟瑟深秋，低头扒饭。

慕容辞舀了三勺羹，放在他面前，说：“知言，尝尝这个碧涧羹。”

“多谢殿下。”他受宠若惊地品尝了一口，胆战心惊，赞叹连连。

慕容彧把白瓷碗递给她，却不说话，只是看着她。

“做什么？”她皱眉问。

“碧涧羹。”他低沉道。

夕阳坠落，整个皇宫笼罩在黛青色的天光里。

殿内昏暗，宫人掌灯，绘着凤尾竹的茜纱宫灯散发出昏红的光影。

他俊颜冷冷，几抹红光流闪，似添了几分暖色。

慕容辞把整盅碧涧羹向前一推，不再理他。

沈知言如芒在背。

慕容彧脸色沉了几分，自己舀了两勺碧涧羹，优雅地喝了。

“太子哥哥……太子哥哥……”只听得一道清脆如银铃的声音远远地传来。

眨眼间，慕容裳提着曳地纱裙一阵风似的奔过来，上气不接下气。

“太子哥哥，王爷……”她盯着慕容彧，忽然觉得有些冒失，便娇羞地垂下头，腮边桃红，颜色更深了。

慕容辞明知故问道：“皇妹，你这会儿来，有要事吗？”

她如何不知，昭华必定是得知慕容彧来东宫“探病”，就也跟着跑来，只为能跟他同在一个屋檐下。

“听闻……太子哥哥遇刺，受了伤，臣妹来看望太子哥哥……”慕容裳痴迷的目光终于从慕容彧身上移开，也缓过气了，摆起了皇家公主端庄矜贵的风范来，“太子哥哥，你的伤势没大碍吧。”

“本宫没事。”慕容辞微微一笑道。

“好香啊！太子哥哥，臣妹还没用膳，可以一起吗？”慕容裳客气地问着，若是以往，她早就不客气地坐下了。

慕容辞颔首，慕容彧悠然吃着，优雅迷人，周遭发生的一切对他没有任何影响。

慕容裳坐在他身旁，宫人连忙为她添了碗箸。

慕容辞与沈知言对视一眼，看懂了彼此的眼神。

虽然慕容彧没有看他们，但眼角余光扫去，看见了他们的眼神互动，更觉得这膳食味同嚼蜡。

“王爷，行刺太子哥哥的是什么人啊？”她娇柔地问。

“公主应该问你的太子哥哥。”慕容彧淡漠地答。

她好似第一次听见这么迷人的声音，不禁沉迷。

“王爷，那个刺客为什么行刺太子哥哥？”慕容裳眨巴着水汪汪的眼睛，微笑甜美得腻死人。

慕容彧并未回答，修长的手指端起白瓷碗喝汤。

“王爷，那个刺客行刺太子哥哥，是不是宫里不太平？本宫的惊鸿殿会不会有事？会不会也有刺客行刺本宫？”慕容裳卷翘纤长的睫毛如蝶翅般一扇一扇的，柔美动人，“稍后天黑了，王爷能否送本宫回惊鸿殿？”

“本王会多派几个侍卫护送公主回去。”慕容彧并不生气，冷冷道。

“这个碧涧羹本宫最喜欢，王爷你多吃点。”她拿过他的白瓷碗，把剩下的碧涧羹悉数倒在碗里递给他，笑得明媚灿烂。

慕容彧接过白瓷碗，却站起身放在慕容辞面前，道：“殿下吃得少，把这些吃了吧。”

沈知言用食指摸摸鼻子，有些尴尬。

慕容辞不动声色道：“本宫饱了。皇妹，不如你吃了吧。”

慕容裳堆满甜美微笑的脸终于有了一丝改变。因为他竟然把她的心意送给别人！

只是……这是御王用过的碗。

想到此，她端起白瓷碗，一小口、一小口地喝起了碧涧羹，好像这是人间极品珍馐，是仙界的千年珍露。

慕容辞无语地低头，当她悄然抬头时，看见慕容彧目光如利剑，直刺自己的脑门。

问：小银和太子是什么血亲关系？

慕容彧：我就想拉着你奔跑

十九年前的七王之争

第九章

御王心生别样情愫

西天燃尽最后一线流火云霞，夜幕如墨蓝色锦绸铺展无垠，星辰渐次亮起。

宫人奉上茶水，把杯盏碗碟撤下。

四人在大殿分宾主落座，一时无话。

慕容裳端着茶盏，潋滟含情地看向旁侧的慕容彧。

沈知言坐在他们对面，暗中打量昭华公主。她上身穿海棠红织金荷叶袖夏衫，下系同色绣海棠春睡莲百褶纱裙，将她婀娜纤细的身段展露无遗。那双灵气四溢的眸子斜斜瞟向慕容彧，卷翘的睫羽一扇一扇，更添几分灵动之美。

这么干坐着也无趣，慕容裳笑得眉目飞飞，“王爷，太子哥哥，不如我们手谈几局吧。”

“本宫还有要事与知言协商，皇妹，改日本宫再陪你手谈。”慕容辞站起身，客气道，“近来宫里不太平，王爷可否护送皇妹回寝殿？”

“也好。”

听见这话，慕容裳喜上眉梢，只想象着稍后他们一起回到惊鸿殿，她邀他进殿品茗手谈，他们一边品茗一边眉目传情，或是一边手谈一边郎情妾意……

慕容裳正在做美梦，却见慕容彧神色淡淡，招来侍卫吩咐道：“你们几个护送公主回去。若有差池，提头来见。”

什么？他不护送自己回去？他这是什么意思！不能失仪，不能失仪。

“太子哥哥遇刺，没有御王护送，本宫实在忐忑不安。”她弱弱地看向慕容辞，凄楚可怜地说，“太子哥哥……”

昭华的意思，慕容辞自然明白，然而慕容彧霸道自负，怎么可能听别人的?

果不其然，慕容彧起身，冷冷道：“殿下、沈少卿，到书房去。”俨然他才是东宫主人。

慕容辞心中暗骂一句，也只得对惊得花容失色的慕容裳摊手，“皇妹，你且先回去吧。”

书房灯火如昼，慕容辞看着坐在书案前的慕容彧，暗暗磨牙。

他把这里当作他的御王府吗？坐得很自在吗?

如意奉上茶水，躬身退下。

沈知言打破僵局，问道：“王爷也想了解一下行刺殿下的刺客？”

“本王顺道听听也无妨。”慕容彧眉宇舒朗，颇为闲适，“刺客在何处？”

“刺客已服毒自尽。”沈知言看向站在一旁的琴若，“琴若，可有找到记档？”

“找到了。”琴若将一本发黄的册子递给慕容辞。

慕容辞接过来，找到关于小银的记档，“小银五岁时，由内侍局的长清带进宫。册中记载，长清是从一个人贩子手里买下小银，然后带进宫的。”

沈知言眉头一压，说：“这么说，小银的家乡与亲人无从寻起。”

琴若适时道：“奴才在内侍局找记档之时正巧碰到长清，就把他带来，眼下他在外面候着。”

慕容彧的手臂放在雕花扶手上，右手的蛇头金戒在暖光里散发出熠熠金光，冷冷地说：“传他进来。”

慕容辞面上不动声色，心里气闷得血气翻涌。该死的慕容彧，真当自己是东宫的主宰吗?

她迎上沈知言安抚的目光，极力压下怒火。

琴若带长清进来，长清低头下跪，双手撑在宫砖上，十分恭敬。

“奴才拜见王爷，拜见太子，拜见沈大人。”

“把你知道的一五一十地说出来。”琴若道。

“小银是你带进宫的，并且是你带大的？”慕容彧沉声问道。

慕容辞无语地看向沈知言，慕容彧一开口，他们就沦为陪衬。

“是的，王爷。多年前奴才出宫采办，看见人贩子在卖孩童。当时刘总管提起宫里缺人，奴才见那小银颇为机灵懂事，便把他买下，带进宫净身，小银在奴才身边五年，他十岁那年去伺候刘总管了。”

慕容辞总觉得有点不妥，却又说不清哪里不妥。

“奴才把小银带进宫，又拉扯他长大，与他相依为命五年。奴才是个没根儿的，因此把小银当作儿子养。”长清说着就哽咽了，老泪纵横，“后来他伺候刘总管，事多忙碌，慢慢地跟奴才见面的机会越来越少，感情便淡了。三年前，他犯了事惹怒刘总管，刘总管罚他到奉天殿思过。这三年里，奴才很少见到小银，只有过年的时候才见着一面。”

没想到小银行刺太子一案又牵扯到内侍总管刘安。

“小银行刺太子殿下，罪大恶极，即使他已服毒自尽，但与他有关的人与事，都要严查。”慕容彧声音冷沉，不怒自威。

“奴才数月没见过他，对他的事一无所知，王爷明鉴。小银胆敢行刺太子殿下，实在是罪该万死。”长清恐慌地磕头。

他的回答条理分明，把自己从小银行刺一事里摘了出来，摘得干干净净，毫无破绽。

再问也问不出什么，慕容彧挥手让他退下。

沈知言看向殿下，不知道是否要当着御王的面讨论案情。慕容辞微微点头，端起茶盏浅浅地抿了一口。

他才明白了，于是开口道：“长清的供词，王爷觉得可信吗？”

“你们觉得呢？”慕容彧反问道。

“下官觉得，长清的供词条理清晰，从他买下小银带进宫开始说起，这么多年的事都记得清清楚楚，对小银的感情也颇为真切。”沈知言道，“他好像早已料到我们会传召他，预先准备了这些供词。”

“按理说，小银犯了这么大的事，他跟小银关系密切，我们审讯他，他应该恐慌惧怕。他想表现出恐慌害怕，实则并不是那么害怕。”慕容辞接着道，“他事先准备好供词，把他和小银之间的事说得那么清楚，反而有问题。”

“本王也这么觉得。”慕容彧沉声道，“事出反常必有妖。长清此人有问题，不过他的供词没有破绽，若强行将他收押，只会打草惊蛇。”

“不如派个人盯着他？”沈知言提议。

慕容彧颔首道：“此事本王来安排。”

慕容辞忽然道：“小银伺候刘安多年，要传刘安问话吗？”

慕容彧剑眉微沉，对琴若道：“去传刘安。”

几人都知刘安是老狐狸，必定早备好供词。但即便如此，也要例行问问。

果不其然，刘安态度恭敬，供词完美，把小银行刺的事与自己撇得一干二净。不但如此，他还向御王和太子保证，明日开始严查所有宫人，有可疑的一律收押待审。

小银的同谋究竟是谁？刘安，长清，还是晋升？或者是其他人？

慕容辞受了伤，理应多多休息。

沈知言与她约好明日一起去小银的住处看看，便告辞回府。然而慕容彧闲适悠然，丝毫没有要走的意思。

她真佩服他的定力与城府，这些日子宫里谣言满天飞，那歌谣传唱得越来越凶，酒肆茶楼的说书先生也不约而同地讲这些事，他是传言的主角，却淡定从容，依然是那个令臣民敬仰的铁血摄政王。

盯梢他的探子回报，他如常地朝议，如常地批阅奏折，如常地回府，没有任何改变，好似任何事、任何人都不能影响到他，泰山崩于前也不会有丝毫动容。

他真的不在意吗？

他不会暗中派人侦查那些命案吗？

“本宫乏了，要去歇息了，王爷自便。”她冷淡地说，想赶他走。

“殿下，明日再去小银的住处，虽然只是一个夜晚，但也足够他的同谋毁掉可能留下的线索。”他站起身，身姿昂然，宽敞的书房立即变得逼仄。

“王爷想现在去？”

“本王现在去，殿下去不去，随意。”慕容彧往外走，步履如风。

她有点纠结，既不想跟他单独行动，又不想失去可能会发现的线索。

沈知言在的时候他不说，偏偏现在才说！太可恶了。但还是跟上吧。

慕容彧站在东宫门外，长身高颀，昏红的光影照了他一身，玄色蟒袍流闪着幽暗之光，越发神秘。

“走吧。”

整个皇宫点亮宫灯，灯火通明。

宫道笔直，左右灯影流泻漫卷，仿佛铺陈出脚下的一条漫长人生路，刀光剑影，血雨腥风。

她不是一个人，他也不是一个人。

她是他的眼中钉肉中刺，他是她的最大阻碍、死对头，他们却步行在同一条宫道上，且行且相杀。

慕容辞忽然觉得不可思议，这么一个夜晚，她和慕容彧在宫里并肩而行，身边一个宫人也没有。

她目不斜视，他步履稳健。

不知怎么回事，走着走着，他那金线绣蟒纹的广袂碰到她的银线绣夔纹的缃色广袂，在夏夜微风的吹拂下，撞到一起，摩擦交缠，分离后，又缠在一起，彼此交融，分分合合，离离散散。

宛若一段缠绵悱恻的男女之情，从情愫的萌芽到缠绵热恋再到相濡以沫天荒地老，人的一生也就走到了黄昏。

慕容辞惊觉靠得太近，往另一侧移了两步。

他的心，有淡淡的空落。

小银曾跟着晋升看守奉天殿，和晋升住在一处非常偏僻的窄小殿室，晋升住一间，小银住一间。

此时晋升不在，他们进了小银的房间，点起了油灯。

房里整齐干净，一张木板床，一个矮衣柜，一只木箱，一张小桌，两把凳子，再无其他。床上放着薄被和枕头，叠得整整齐齐，小桌上是空的，连茶壶都没有。

“一个男子的住处不应该这么干净整齐，好像被人收拾过了。”慕容辞打开衣柜，里面只叠放着几套内侍衣袍和一条棉被。

“我们来晚了。”慕容彧拉起床上的薄被和枕头，寻找可能遗落的蛛丝马迹，“小银抱着必死之心行刺你，或许他事前收拾了房屋，把所有相关的罪证毁掉了。”

一无所获。

苍穹无垠，夜幕如墨蓝色的丝绸延展至天际，星辰渐多，星光璀璨。

与来时一样，他们信步而行，一路无言，只有夜风拂过耳际。

忽然，慕容彧的眼睛突然发亮，说道：“沈少卿可有验过小银是否真的净身？”

“王爷为什么提起这事？”她的脸颊微微发烫，“知言应该没有查验这个。”

“小银的尸首放在何处？”

“东宫。”

慕容彧步履如飞，慕容辞快步跟上。

小银行刺一事非同小可，因此她吩咐宫人把小银的尸首暂时放在东宫最偏僻的一间殿室。按照沈知言的吩咐，棺木里放了冰块。

得知太子和御王要查验尸首，侍卫立即掌灯，打开棺盖。

“你看看小银是否真的净身了。”慕容彧吩咐侍卫。

侍卫目瞪口呆，只颤着双臂去解下小银的裤腰带。

慕容辞悄然转头，慕容彧望了一眼，嘴角含笑。

二人离开殿室，昏暗飘摇的光影将他们的身影拉得长长的。

慕容辞不解地问：“王爷为什么猜到小银没有净身？”

“只是直觉。”昏影里，慕容彧的眼神越发深邃，“看来，长清隐瞒了一些事。”

“事不宜迟，命人去拿人，连夜审讯。”她当机立断。

书房里灯火璀璨，慕容辞坐在书案前，随手拿了一本书翻着。

不过，这么一尊大佛在这儿，她怎么可能看得进去？

慕容彧饮尽茶水，起身走到她身后——他或许要找书看？

把后背完全暴露给对手，真是心惊肉跳。

“王爷，长清没有给小银净身，是疏忽了，还是故意如此？小银的身世有没有可疑？”她找了个话题，打破沉闷的气氛，也吸引他到前面来。

“小银的身世的确很可疑，应该并非长清说的那么简单。”慕容彧手里拿着一本书，坐在书案一角。

慕容辞只想踢他下去，此时只得硬着头皮问："倘若小银的身世并非如此，那么长清就是刻意隐瞒。长清是同谋吗？"

他居高临下地盯着她，说道："很快就会有结果。"

暗红的光影烁烁，她玉颜如清雪织就，那双明眸如盛夏荷叶上冰清的朝露，晶亮莹澈。他忽然入迷似的，凝视那双能照亮人灵魂的眼睛。

慕容辞看见他的目光变了，好似被烈焰烫着了，双腮一热，窘迫地低头看书。

想起那夜在清元殿一幕，她不由得心神一荡，面红耳赤。

正这时，只听得侍卫来报："王爷，殿下，长清死了，死在他的住处。"

这么巧!

他立即起身往外走去，她疾步追去。

他也不习惯坐肩舆，在宫内都是徒步而行，这会儿他疾奔出东宫，猛地想到后面还有个人，回头一看，她正气喘吁吁地追来。

没再犹豫，他一把拖住她的手，步履如飞地前行。

浩瀚苍穹，星空璀璨，月华如纱。

灯火辉煌，光影迷离，宫道深长。

奔过宫道，穿过小花苑，拐过抄手游廊，转过亭台楼阁……

慕容彧拽着她的手几乎横穿整个皇宫，狂奔多时，终于赶到长清的住处。

慕容辞剧烈地喘着，小脸红彤彤的，双腿发软，半个字也说不出来。

"还好吗？"慕容彧眼疾手快地扶住她，一时有些自责。而此时，前院聚集了不少宫人，众目睽睽，她连忙挣脱开。

刘安从房间出来，快步过来躬身行礼，慕容彧摆手让他起身，慕容辞觉得稍好了些，便一起进去。

这个院落是内侍局的宫人住的，有通铺房也有单间，长清住的是双人间。他的同屋长庆今夜当值，因此现在不在。

房里齐整干净，没有打斗痕迹，长清躺在硬木板床上，姿态颇为平静，然而，他的脸庞呈现为青黑色，嘴唇为乌紫色，嘴角有乌血，十指发黑，应是中毒的迹象。

慕容彧拿起桌上的茶杯，凑近鼻子闻了闻，“是砒霜。”

“他应该是服毒自尽。”他放下茶杯，森冷目光在尸首上一寸寸地扫过。

“长清为什么服毒自尽？莫非他猜到了我们会发现小银没有净身？”

“长清自尽有两种可能，其一他知道自己逃不掉，小银行刺一案他脱不了干系；其二，他死了，守护十几年的秘密就不会公布于世。”

慕容辞吩咐两个侍卫将把尸首抬到东宫，和小银的尸首放在一起，用冰块保护起来。方便明日沈知言查验。

刘安一挑拂尘，把那些围观的宫人驱散，把那间死过人的房间暂封了。

慕容彧问道：“刘总管，长清年纪比你小，他何时进宫，在宫里当差如何，你应该有所了解。”

“王爷真是问对人了。”刘安挽着拂尘，死白的脸庞在昏红的光影里格外森然，“奴才亲自挑他进宫的，当时他才十七八岁。”

“那他在宫里二三十年了。长清家乡何处？家里还有亲人吗？”慕容辞问。

“长清的家乡是……庆州，对，是庆州。”刘安面色一喜，忽然又想起什么似的，“对了，奴才想起来，当年挑选长清时，正巧瑞王也在，瑞王说长清手脚麻利，人还机灵，奴才就挑了长清。”

瑞王。

慕容彧的眼中暗影流闪。

刘安好像意识到说错了话，惊慌之色急闪而过，赶紧说：“奴才说错话了，王爷恕罪。”

慕容辞听人说起过，在她还没出世的那些年，慕容承未立太子，七个皇子明争暗斗，为争夺太子之位互相攻讦，置对方于死地。其中，以老三瑞王和老六景王的斗争最为激烈，朝中也分成两大阵营，瑞王党和景王党。

十九年前，瑞王、景王以清君侧为名带兵闯宫，落得被当场射杀的下场。其余皇子，废的废，残的残，慕容承伤心欲绝，下旨将没死的皇子逐出皇宫，永世不得回京。从此以后，瑞王、景王等封号成为皇宫的禁忌。

慕容辞没想到，长清会和瑞王扯上关系。

“内侍局有长清的记档，不如奴才派人取来？”刘安心虚地提议。

“不必了。本王亲自去内侍局。”慕容彧看向殿下，使了个眼色说。

“刘总管，这里的事你处置吧。”说完，慕容辞率先前行。

“恭送太子殿下，恭送王爷。”刘安躬着的身子慢慢起来，面目在昏影中越发诡谲。

在内侍府看过了长清的存档，两人再出来，已是星光漫天，月华如纱。

“殿下觉得，长清有被杀的可能吗？”他忽然问。

“倘若长清被人毒杀，他不会躺在床上那么安详宁和，他的衣袍不会那么齐整。”慕容辞仔细回想当时的情形。

“凶手并没有逼迫长清，也没有下毒，凶手只是去见长清，对他说了一些话，放下砒霜，然后离去。本王觉得这是一种可能。”他温醇的声音在暗寂的深夜流淌，别样的暗魅迷人，“长清之所以心甘情愿地服毒自尽，或许是因为凶手对长清有恩，也或许是因为长清要保护凶手，长清知道凶手的秘密，而只有他死，才能保住这个秘密。”

慕容彧不紧不慢地说：“或许我们可以从一些蛛丝马迹推测出部分事实。当年长清十七八岁，刘安挑人的时候，正巧瑞王也在，堂堂王爷，初次见面，竟然赞美一个卑微的毛头小子。”

慕容辞陡然心惊，自己怎么就没想到呢？

“长清是瑞王安插在宫里的一个耳目。”她断然道。

“极有可能。当年瑞王、景王被杀，陛下下令将所有宫人清查一遍，半数宫人或杀或逐，但总有一两个漏网之鱼，长清可能就是其一。”

这推测非常大胆，连她自己都倒抽一口冷气。

“小银先布局奉天殿天降血玉，后抱着必死之心行刺你，接着服毒自尽。他自尽，极有可能是为保护幕后之人。”

慕容辞听得心惊肉跳，冷气从四面八方袭来，手足顿时凉了几分。小银若与瑞王有关，那么他幕后布局之人极有可能是瑞王余孽？而整个布局都指向御王慕容彧，又是为什么？

想到此，她惊觉后背凉飕飕的。

今夜，慕容彧赖在东宫不走，带她去察看小银的住处，接着发生了那么多事，他们跑了大半个皇宫，花了半夜推测这千头万绪的疑案。

他是要把自己从那些诡异疑案里摘干净？

“这只是本王的推测，明日看看沈知言的验尸结果吧。”星光落在慕容彧眼里，像一个神秘的深渊，会把人吞噬。

慕容辞侧目偷看他，恰巧他也转过头来，目光相撞，她的心有点慌，却是不知怎么回事，忽然眼前黑漆漆的，半点星光也不见了……天旋地转，晕乎乎的……

“殿下……殿下……”慕容彧将她揽在怀里，星光下这张脸苍白如纸，唇没有半分血色，再一看，她包扎好的左臂又流血了，衣袍尽染，慕容彧打横抱起她，往东宫疾步而去。

刚走两步，又折回近处的存墨阁。

存墨阁古朴幽静，有时政务繁多，他批完奏折晚了，夜里便在这里歇下。因为不常来，便只留了两个内侍。此时，这两个内侍也睡着了。

他把慕容辞放在自己的床榻上，低唤两声，她依然没有反应。

宫灯光影摇曳，照得她的小脸极白润。

他从来都觉得“秀色可餐”这个词太过夸张，现在真真切切感受到，确实如此。

渴望触碰的那种感觉，那么清晰。

修长的手指轻轻摩挲他娇嫩柔滑的雪腮，那种无以言表的柔软触感令他的血脉顿时加速运行，胸口蓦然涌起一团灼热……

这怎么可以。

慕容彧暗暗叹气，掐她的人中。

眼前一团深黑，慕容辞缓缓睁开眼，万籁俱静，昏暗死寂，这是哪里？不，有一张雪色俊颜散发着暖玉般的柔光，她感觉一条有力的长臂正紧紧揽着自己。

刹那间，她脸一热，慌张地推开他。

“这茶水是宫人每日备好的，喝点儿吧。”他把茶杯递到她唇边，动作笨拙而生涩。

她尴尬地端过茶杯，暗暗四下打量，莫非这就是他在宫里夜宿的存墨阁？

他把她带到这儿做什么？

想到这些日子发生的种种疑案、命案，想起之前在清元殿的惊心销魂一刻，想起今夜他处心积虑地制造他们单独相处的几个时辰，她不得不怀疑他的用心，再度警惕和防备起来。

“此处是存墨阁。”慕容彧瞧见她眼底深重的戒备，面色冷了几分说，“方才你晕倒了。”

“多谢王爷。本宫没事了，先回东宫。”

慕容辞站起身，仓皇地往外走。

他快步追出去，“此时夜深人静，你一人回东宫不安全，本王护送你回去。”

“不必了。”她疾步如飞，头也不回地答道。

存墨阁外就停着肩舆，她愣了一下，默默坐上肩舆，却鬼使神差地回首一望，他站在阁门下，昏光暗影隐去了他那张雪颜，唯有玄色蟒袍上那些金光在夜风里细碎地闪烁，锋利而刺心。

“死者长清，年约四十七岁，脸部为青黑色，嘴唇为乌紫色，舌头发黑……身上没有明显伤痕，是中毒身亡。”

沈知言仔细地查验长清的尸首，又在长清房里找到一只茶杯，凑近鼻子闻了闻，确定是砒霜。

慎重起见，他将一支长银针刺入死者的咽喉，过了片刻取出来，银针变成黑色。

“砒霜入口，引致毒发身亡。”他取下纤薄白手套，叹道，“没想到昨夜发生那么多事。”

“长清此人可疑，稍后我慢慢跟你说。对了，小银没有净身。”慕容辞面色沉重。

“当真？”他颇为震惊，继而又觉得惭愧，“殿下，是我疏忽了。不过殿下如何知道……”

“是御王想到这一点。”

“这一点至关重要。”沈知言锁眉道，“长清把小银拉扯大，不可能不知道他没有净身。长清服毒自尽，极有可能就是要保守小银的这个秘密。”

她缓缓点头，“内侍没有净身是欺君大罪，轻则杖责一百，重则赐死，不过长清罪不至死。本宫觉得，长清服毒自尽要保住的不是小银没有净身这个秘密，而是小银的身世。”

小银的身世？他清雅的眉宇蓦然闪亮起来。又听她说完昨晚和御王的分析，沈知言心头惊骇，“御王的推测也算合情合理。长清极有可能是瑞王安插在宫中的耳目，现在长清和小银都死了，死无对证，这条线索也断了。”

“瑞王、景王当年事败，宫人尽被清理，想来漏网之鱼只是少数。知道当年情况的，除了长清，可能也只有刘安了。”

“本宫总觉得刘安此人很不简单，小银伺候刘安那么多年，刘安都没发现小银没净身，这不太可能。”

“刘安伺候陛下那么多年，没本事怎么可能在皇宫立足？”沈知言身穿雪色轻袍，银线绣云纹广袂若流云轻垂，整个人飘逸清湛，他继续说道，“虽然小银、长清跟刘安有着千丝万缕的关系，不过刘安城府极深，从他身上下手，容易打草惊蛇。”

悬案又进了死胡同。

琴若的莲花金钩撩起了谁的忧伤?

大燕国也有宠物店

太子殿下的天下第一庄无所不能

答：小银是太子殿下的侄子

“最衷心内侍”获得者——元顺

御王花式拒绝昭华公主 ×1

第十章
案情牵出夺嫡旧事

居家旅行必备良品：御王牌烘干机

太子殿下柯南附体

沈知言又去小银的住处查看，正这时，如意端来汤药，琴若也走进来，面上颇为担忧。

“殿下，吉祥出宫采办，被一只猫咬了，流了不少血。奴才见她伤势颇重，特来请殿下旨，准许她去太医院就医。”

猫也会咬人？慕容辞的脑海闪过一道惊电。

“传吉祥，本宫先看看她的伤势。”

不多时，吉祥进殿，跪在地上，面色发白，粉紫色的宫女衣裳血迹斑斑，尤其是左臂的衣袖，破烂不堪，淡淡的血腥气弥漫开来。

“这猫也太凶猛了，竟然咬成这样。”如意惊得咋舌道。

吉祥痛得垂泪，双唇全无血色，左臂伤痕累累，有爪痕，也有深浅不一的被撕裂的伤口，血污触目惊心。

“你怎么被咬的？”如意代殿下问道。

“奴婢回宫的路上，突然一只猫从一旁飞扑过来……”吉祥哽咽道，“那只猫不知道为什么凶猛异常……咬着奴婢的手臂不放……所幸过路的人好心，帮奴婢打跑那只猫……”

“琴若，稍后你吩咐人送她去太医院就医。吉祥，这几日你好好歇着，不必来伺候了。”慕容辞吩咐道。

“谢殿下恩典。”吉祥叩头谢恩，然后退去。

这时，端柔郡主慕容诗与她擦身而来，看见她的手臂，慕容诗吓了一大跳，下意识地跳开。

“那个宫女怎么了？为什么伤成那样？”慕容诗完全无视太子因她未经通报就进来而摆出的冷脸，八卦地问道。

“被猫咬的。”如意回道。

慕容诗想到今日来的目的，便端庄地向殿下行礼道：“殿下，我背了《孟子》前两篇，现在我背给你听吧。”

“待郡主通篇背下来，再来找本宫。”慕容辞端起茶盏饮茶。

“也好。”慕容诗顿了一下，又问，“殿下，听闻你昨日遇刺，可有大碍？”

“皮外伤罢了，不劳郡主挂心。”一丝狡黠自慕容辞眼梢闪过，“方才那宫女手臂上的伤，郡主可看清楚了？”

“看清楚了。”慕容诗没看到太子眼里闪过狡黠的光，不解地答。

“吉祥是被一只凶猛的猫咬伤的，这让本宫联想到近来发生的命案，郡主聪慧机敏，相信你能为本宫排忧解难。不如郡主先回府，认真地想想，除了猫，还有什么虫兽会把人咬成那样。若想到了，郡主速速来跟本宫说。”

殿下夸她聪慧机敏呢，还说她能为殿下排忧解难，这不是在赞美她吗？慕容诗立马开心地回道：“殿下，我一定会认真地思索这件事，绝不让殿下失望。”她信誓旦旦地说着，欢天喜地回去了。

如意扑哧一笑道：“殿下这忽悠人的本事越发精进了。”

慕容辞呼出一口气，“总算把她打发走了。如意，你差个人去找知言，要他立即来东宫。”

约莫过了半个时辰，沈知言过来，正要见礼，却见殿下兴致高昂道：“跟本宫来书房。”

“当真？”听完慕容辞说猫咬的伤口和孙玉梅、小鹿被咬的伤口有几分相像时，沈知言又欣喜又激动，“猫一向安静，不太会咬人，除非是受了外来的刺激，或是用某种东西诱使猫暴怒发狠。”

“咬孙玉梅和小鹿的未必是猫，能造成那样的伤口，体形应该和猫差不多。不如我们挑选几种虫兽，做个验证。”

“殿下这主意甚好。今日回大理寺我便准备。”沈知言惊喜地笑道。

“不如去街上转转，说不定会有收获。”

他温润地反对道：“殿下昨日受伤，不可奔波劳碌，不如明日再去。”

她只得作罢，约定明日一起去东市。

午后，她睡了一觉，醒来时已是黄昏。

琴若轻手轻脚地进来，用莲花金钩把玉色纱帐挽住，“殿下，春芜院的小桃求见。已等了半个时辰。”

慕容辞刚起来，脑子还有点迷糊，不记得叫作小桃的宫女是哪个。

待看见小桃，她才记起，原是春芜院李嬷嬷下面的宫女。她之前说过，倘若她们想起什么，就来东宫禀报。

如意在大殿布膳，慕容辞坐在北首主座，端起茶盏饮了一口，看着小桃道：“起来吧，小桃，你可是想到什么？”

小桃起身，低着头回道：“谢殿下。这几日奴婢空闲了就回忆在春芜院二十多年的光景。午后，奴婢看见有人在烧东西，就想起一件事。”

“什么事？”琴若问道。

“应该是五六年前，因为暑热重，不少人都在后院打地铺睡。一天半夜，忽然有人身上着火，待大家察觉打水朝那人泼去，那人已被烧得面目全非，无从辨认。”

“有人起火被烧，难道没有喊叫吗？”琴若不解地问。

“奴婢也觉得奇怪。不过当时在后院睡的人确实都没听见叫声。”小桃回道。

“烧死的那人是谁？”慕容辞问，这件事的确有点意思。

“奴婢不敢说。”小桃嗫嚅道，有点惶惧。

“殿下恕你无罪。”琴若道。

“烧死的那人名为翠浓，是……好像是……瑞王府的侍婢。”小桃偷偷瞄了一眼殿下。

又是瑞王。

“这件事是在柳眉进春芜院之前发生的吗？”

小桃想了想，肯定地说：“是，翠浓被烧死这件事之后几日，柳眉进春芜院。”

慕容辞站起身，走向膳案，“翠浓是瑞王府旧人，这是宫中禁忌，以后不可对他人提起。”

“奴婢谨记。”小桃慌乱地垂首，继而琴若用丝帕包了些点心，便打发她回去了。

“这事有些蹊跷，”慕容辞拿着银箸轻敲膳案，“除非先被杀死，再被烧尸。”

“殿下所言极是。春芜院发生这样的事，照理说应该要上报，可翠浓的身份特殊，李嬷嬷必定只敢上报内侍局有人死了，内侍局的宫人根本不会多理会，直接把尸体拖出宫外了事。”琴若道。

“翠浓被烧死，跟柳眉进春芜院一事太过接近。明日你去打听一下，当年瑞王府是不是真的有一个侍婢叫翠浓。”

“是。”琴若回道。

次日，慕容辞和沈知言一起前往东市。

洛阳城的商市集中地分为东市和西市，东市的货品来自天南海北，再古灵精怪、再奇珍的东西都能找到；西市以帝京的民生为主，吃穿住行、珍玩古董，包罗万象。

燕国没有宵禁，茶楼酒肆从早开到晚，街上车水马龙，人声鼎沸。

今日不知道是什么好日子，不少杂耍艺人在街头献艺，有顶碗的，有胸口碎大石的，有变戏法的，百姓围了好几圈，掌声如雷，喝彩阵阵。

沈知言依然是一袭银线绣着竹叶的雪色轻袍，乌光水滑的头发用白玉冠束着，玉人之姿，临风气度，行人皆为之侧目，慕容辞也吸引了不少目光，不过其柔秀的玉容让不少妙龄女子也为之妒忌。

商市的喧闹声里，他们这边转转，那边看看，看到一家卖各种飞鸟的铺子，他们过去问掌柜哪里有卖白兔、小猴的，掌柜说往前走有一家店专门卖小兽给富贵之家当玩宠。

往前走了半条街，果然看见一家卖小兽的商铺。

伙计见他们锦衣华服、气质不俗，热情地招呼着。

“二位公子想买什么？”

慕容辞看向木架上一只只精致的木笼，笼子里都关着一只只小兽，但不过是小白兔、小猴、小狗等。

伙计问道：“公子是买来自己玩的还是送人的？”

“有没有比较少见的玩宠？”慕容辞嫌弃道，“这些太常见了。”

“二位公子来得巧，昨日新到了几只新鲜有趣的玩宠，不如二位到内堂瞧瞧？”伙计自诩精于看人，认定这二位是纨绔子弟，寻常的玩宠都玩腻了，要寻新鲜刺激的玩意儿。

沈知言和慕容辞对视一眼，跟着伙计来到内堂。

内堂地上放着一只形制颇大的兽笼，里面有七八只灰黑色的小兽。

那些小兽正啄食菜叶，发出窸窸窣窣的声音。

“这是什么？跟老鼠很像。”沈知言问。

慕容辞玩味地盯着那些小兽，它们虽然看着像老鼠，体形却跟猫一样大。

“这是西秦国独有的硕鼠。”伙计介绍道，“虽然长得和老鼠很像，不过并不是老鼠，是一种十分温顺可爱的小兽。”

慕容辞道：“硕鼠，白兔，小猴，各来一只，送到太傅府沈家。”

伙计欣喜道：“好嘞。”

付银子的时候，沈知言煞有介事地问：“掌柜，像白兔、硕鼠这么温顺的小兽，不会忽然发狂咬人吧。”

掌柜连连保证，说绝对不会。

“掌柜，有什么办法能让温顺的白兔、硕鼠忽然间狂性大发咬人？”慕容辞随口问道。

“公子问对人了，我们东家经营这铺子二十多年，对各种小兽了如指掌。”掌柜笑道。

大理寺。

内院石案上摆放着三只兽笼，里面分别关着白兔、小猴和硕鼠，七八个穿着大理寺官服的年轻男子围在四周，躬着身盯着三只小兽。此时小兽或饮水或啃食菜叶，眼睛滴溜溜地转，十分可爱。

“沈大人买这三只小兽回来做什么？”有人问道。

“稍后就知道了。”沈知言意味深长地笑，随即，他把三只白花花的大蹄髈分别放入兽笼。

慕容辞目不转睛地盯着，果然不多时，那硕鼠当先变了脸，它在兽笼里上蹿下跳，连续发出几声低吼，灰黑色的眼睛凶光毕露。看见放在一旁的蹄髈，猛地扑过去，张开獠牙愤怒地撕咬。

白兔和小猴也有变化，不过不像硕鼠那么凶猛。

不一会儿，硕鼠把那只蹄髈咬得“伤痕累累”。

那几个男子惊得后退几步，慕容辞和沈知言对视一眼。

果然如此。

过了一盏茶的时辰，白兔和小猴子安静下来，不过硕鼠依然勇猛过人，不知疲倦。

又过了片刻，硕鼠才慢慢恢复正常。

沈知言把三块大蹄髈从兽笼里取出来，对比之下，硕鼠咬的那块蹄髈“伤势”最重，大小伤口比比皆是，几处伤口略深，“血肉”还被撕咬下来。

“是不是跟孙玉梅被咬的伤口很像？”慕容辞一笑，这些伤口一目了然，基本可以确定是硕鼠咬了之前的死者。

沈知言与她相视一笑，今日一行，总算没有白费功夫。

漱玉轩内。

慕容辞在青衣女子的引路下，来到西北处的一幢竹楼。

竹楼两侧种了凤尾竹，微风拂过，碧清竹叶如蝶摇曳，几许森凉，几许清幽。

在那绿意幽森的背景里，容湛一袭白衣，两袖清风，乌黑头发束冠，插着一支碧玉簪。他手持一把素扇，轻轻挑起青衣女子精巧的下巴，问道：“姑娘可否告知芳名？”

轻佻里见几分潇洒，风流里蕴几分倜傥。

慕容辞目不斜视，径自进了竹楼，来到二楼雅间。

青衣女子备好茶水，送来茶点，容湛这才上来。

他掀袍坐下，忽然凑近她，嬉皮笑脸道：“庄主清减了，可要好好补补身子。”

“方才那姑娘，得手了？”她揶揄道，取了一块绿豆糕慢慢吃着。

“庄主取笑了。”他并不觉得尴尬，反而从容有度。

“我让你查的事，可有结果？”

“天下第一庄想查的事，即便是百年前，也查得到。”容湛几口吃完一块绿豆糕，喝了一杯茶，接着说，“当年瑞王与景王是死对头，明争暗斗多年。瑞王备受陛下宠信，不过行事极为谨慎，就算在自己的王府也事事小心，从宫里派来到王府的下人，早暗中清理了几遍。”

“说重点。”慕容辞冷声道。

“庄主少安毋躁。”他笑得满面粲然，“瑞王对发妻瑞王妃甚是敬重，在外人看来，瑞王与王妃伉俪情深，举案齐眉。瑞王没有侧妃，倒是有几个侍妾。我费了九牛二虎之力，才打听到瑞王最宠爱的女子是一个侍妾，不过这件事很少有人知晓。”

“哦？为什么？那侍妾叫什么？”

“瑞王睿智，权衡之下并没有把她提为侧妃，也没有专房宠爱。”

“瑞王宫变事败，整个瑞王府连同那些重要的下人都暗中被杀。那个侍妾呢？”慕容辞焦急地问。

容湛不紧不慢地饮茶，接着道：“瑞王最宠爱的那个侍妾名为翠浓。当年瑞王府的下人差不多死光了，只有几个无关紧要的下人、侍婢被逐了出去。”

翠浓！

没想到春芜院的翠浓是瑞王的侍妾，不是侍婢。

她揉了揉眉心，觉得越来越混乱了，“宫里春芜院有一个女子名为翠浓，好生奇怪，她怎么会进宫？”

“确实奇怪。倘若瑞王有意保住最宠爱的侍妾翠浓一命，让她以侍婢的身份逃出王府，她应该会逃出洛阳城，又怎么会进宫？”

慕容辞推测道：“或许当年发生了一些阴差阳错的事，她不得已进了宫；或许她感念于瑞王的恩宠，发誓要为瑞王报仇，于是千方百计进宫，却没想到困于春芜院？”

“我觉得她是抱着复仇之心进宫，翠浓此人有不少值得玩味的地方，有不为人知的秘密，只是一时之间却说不上来。”

清元殿里。

朝霞似万丈云锦，将清元殿装点得霞光艳艳、金碧辉煌。

昭华公主带着如云宫人踏入清元殿，两个近身宫女跟着她进入天子寝殿。

“儿臣拜见父皇。”慕容裳笑吟吟地施了一礼，接着坐到床边，拉着慕容承的衣袖笑道，“父皇今日看起来气色不错呢。”

慕容承慈爱地抚摸女儿的头，笑道："朕也觉着今日比往日神清气爽。"

"父皇洪福齐天，有上苍庇佑，那些牛鬼蛇神已经退散了。"

"只要你乖乖地待在宫里，朕不操心你，自然就痊愈了。"

"是，儿臣让父皇操心了，今后儿臣会当一个堪为天下女子表率的公主。"她笑得娇靥如花。"儿臣亲自做了杏仁酪，父皇尝尝儿臣的手艺吧。"慕容裳从近身宫女元秀的手里接过琉璃盏。

"哟，你居然为父皇亲自下厨，洗手做羹汤，不容易呀。"他笑呵呵地尝了一口，又喝了一口，眉头微皱。

"父皇，很难吃吗？"慕容裳失望地蹙眉道。

慕容承含笑鼓励道："还好还好，你第一次做，有这手艺已经很难得了。"

这时，一个内侍悄无声息地进来，双手捧着朱漆木案，上面放着陛下的早膳。

"陛下，该用早膳了。"元顺提醒道。

然而那内侍微低着头，就端着朱漆木案上前，元顺察觉到不太对劲，低声呵斥："不懂规矩吗？把早膳给我便可，你退下。"

就在这时候——

一泓银光乍现，惊电般闪过。

一把匕首如厉风般迅速地刺向龙榻上的慕容承。

他震惊地呆住，下意识地一避，电光石火间，那匕首已刺入血肉之躯。

然而，刺入的不是慕容承的心口，而是元顺的肩头——震惊之下，元顺只能用身体来救驾。

血水喷出，飞溅到那内侍的脸上。

"有刺客！来人！有刺客！"慕容承惊骇地大喊，那内侍满目狂烈的杀气，踏上龙榻又直刺慕容承。元顺不顾左肩重伤，死死地拽住刺客，那刺客回身一掌，元顺嘴里涌出鲜艳血水，淋了他一身。

慕容承瑟缩在墙角，满目惊惧，面容惨白如死。

"昏君，受死吧！"刺客狰狞地冷笑道，利落地拍出一掌，一道白色气劲凌厉地袭向瑟瑟发抖的慕容承。

这白色气劲非同寻常，只要被击中，就会脏腑破碎身亡。

“朕命休矣！”慕容承惊恐大叫道，在这千钧一发之时，另一道白色气劲从旁侧袭来，两道气劲相撞，原先那道歪向一侧，击中墙壁。

慕容承晕倒了。

“父皇！”昭华带着哭腔喊道。

幸得元秀出手相助，她是昭华公主的近身宫女，武功高强，就连禁卫军统领蒙毅也无法在一百招之内打败她。

昭华公主出宫半年，江湖险恶，世道艰险，若没有元秀左右保护，她哪回得了京城。

当下，元秀就和刺客在天子寝殿打起来。

外面的侍卫听闻声响，皆涌来护驾。眼见事败，刺客悔恨不甘，抢了侍卫的一把长刀，狠厉地朝元秀刺去。

元秀迅捷地避过，从旁夺过一把长刀，迎击而上。

铮铮声响，银光四溅。

混战之际，刺客抓起一个侍卫扔向元秀，破窗飞跃而下。元秀急追，却见那刺客已被人拦住。确切地说，那人已在窗外等了片刻。

他身穿玄色金绣蟒袍，昂立于天地之间，那双墨玉般的眼睛若秋水初寒，摄人心魄。

是慕容彧！

慕容辞赶到的时候，看见的正是这一幕：慕容彧和刺客对峙。

她忽地一愣，刺客却陡然奔去扣住她的咽喉。

慕容彧的脸色顿时寒了几分。

“别管本宫，擒住刺客！”慕容辞扬声道。

“闭嘴！”刺客厉声道，扣着她咽喉的冰凉手指又加几分力道。

此时侍卫涌来，手持大刀不敢妄动。

慕容彧步步进逼，刺客拽着她步步后退，“不要过来！否则我立即扭断他的脖子！”

他止步，“不如转个方向，你在本王这边更容易逃跑。”

他这是玩什么把戏？慕容辞暗暗寻思。

他没有救自己的意思？

“你避开！”刺客厉声喝道。

他缓步往他们这边走，她朝慕容彧眨眼，他无动于衷，慕容辞气得磨牙，该死的慕容彧，要趁机将她弄死吗？没那么容易！她只是现在不想暴露武功而已。

刺客十分警惕，一边拽着她后退一边注意着慕容彧的动静。

“要么你带着殿下走，被本王擒拿；要么你放下殿下，本王绝不会追。”慕容彧云淡风轻地说着，好似在说一件芝麻绿豆大的事。

刺客不太相信他的话，眉目阴鸷冰寒，若有所思。

慕容辞陡然屈起手肘，狠狠地撞向身后刺客——慕容彧要她死，她只能自救。

刺客吃痛，本能地拍出一掌，慕容辞软软地倒地——她轻功不俗本可闪避，可这众目睽睽之下，只能扮草包太子。

几乎同时，慕容彧袭出一道白色气劲，疾若惊电，刺客闪避不及，只能硬生生地受了。一时脏腑尽碎，连轻功都废了。

侍卫一拥而上，数把大刀架在刺客颈上。

慕容彧箭步上前，俯身抱起慕容辞。

“无须你假惺惺……”她气息不稳地说，刺客那一掌颇为厉害，她这内伤，只怕要十天半个月才能复原。

“若本王方才慢一点，殿下就死在刺客手里了，你应该谢本王。”他沉声低语，混着沉水香的气息温热而阳刚，肆无忌惮地笼罩了她。

“放手！”她气恼地瞪他，一瓣柔软的唇极致地白。

“众目睽睽，殿下还是安分一些罢。”慕容彧霸道地搂着她，“回东宫还是……”

“本宫要去看看父皇。”她暗暗磨牙，脏腑的剧痛一阵阵袭来。

侍卫遵照摄政王的吩咐，将刺客收押在一间宫室，重兵把守。

刘安匆匆赶来，这刺客乔装成内侍混进清元殿，他自然难辞其咎，此时在乱糟糟的清元殿忙里忙外。

御王揽着太子出现，宫人大多惊呆了，然而他依然不松手，长臂如钢铁般锁住她的身躯。

“还不放手？”她气得纤眉紧拧，面腮染了一抹薄红。

“殿下受伤，本王难辞其咎，理当护送。”慕容彧说得冠冕堂皇，无赖得令人发指。

寝殿里，慕容裳本是坐在床边守着父皇，这一转身却惊呆了——御王和太子哥哥在干什么？

“太子哥哥，王爷，你们……”她眨巴着眼睛，十分不解。

“本宫……被刺客打伤了……”这一次，慕容辞再也顾不得其他，用力推开他。

他顺势松了手，慕容辞扑向龙榻，焦虑道：“父皇……”

慕容承双目合闭，面容平静，脸色发白，还未苏醒，而受了重伤的元顺已被内侍抬往太医院就医。

太医院沈大人匆匆赶来，所幸慕容承只是受惊过度晕了过去，并无大碍。

众人松了一口气，慕容裳目露凶光，“那刺客竟敢行刺父皇，应当斩首示众！”

慕容彧沉沉道：“或许刺客有同党，本王已经传令下去，缉拿刺客同党。”

慕容裳凝视他，目光婉转而痴迷。

不过她很快醒过神，眼中充斥着对刺客的恨意。“王爷，立即将那刺客斩首。”

“不行。”他语声冷沉。

“岂能轻易让刺客就死？”慕容辞相当无语，“刺客为什么行刺父皇，有什么企图，还有多少同党，盘问清楚再杀不迟。皇妹，你陪着父皇，本宫去盘问那刺客。”

原来这样，慕容裳点头应了，忽然看见御王也要走，疾步去拉他的广袂，“王爷……”

慕容彧侧过半个身子，不着痕迹地抽出她手里的广袂，“公主还有事？”

她盯着他，眼中泛起水雾，“本宫害怕……王爷可否陪陪本宫？”

他的侧颜如玉如琢，似绝崖峭壁棱角分明，冷峻而充满了男人阳刚的味道，迷人心魂。

“本王还有要事。”他大步流星地离去，毫无留恋之意。

他竟然无视她的请求！

慕容裳气得发颤，又无可奈何，罢了罢了，今日父皇遇刺，或许他真的有要紧的事。

慕容辞站在殿廊，脏腑绞痛，冷汗冒了出来，湿了衣袍。

然而她还是招来一个侍卫问："刺客收押在哪里？"

侍卫正要回答，却见御王从后走来摆手示意，便收了声。

"殿下受伤了，稍后再审讯刺客不迟。"说完，慕容彧握住她的手腕，直往东偏殿走去。

"你带本宫去哪里？"慕容辞甩不开他的手，气得脏腑更痛。几次想暴露身手摆脱慕容彧的钳制，最终打消了这个念头。

小不忍则乱大谋。

来到偏殿，慕容彧把殿前两个宫女挥退，冷沉道："无本王的旨意，谁也不许进来。"

他究竟想做什么？

"王爷，本宫要去审讯刺客。"

他不理，拉着她直往寝殿，又把她摁坐在榻边，神色淡淡，"方才殿下受了刺客一掌，殿下觉得如何？"

"没有大碍，脏腑有点疼罢了。"慕容辞不动声色道，但心里已经兵荒马乱，他是关心她，还是想趁机对她下手？

慕容彧蓦然扣住她纤细的手腕，修长手指搭在脉上，眼色幽深。

慕容辞瞬间明白了他的用意，登时双腮微热，浮现一缕纤薄的红。

"殿下的内伤若不及时诊治，会落下病根。"他在她身旁坐下，剑眉压了压。

他手指轻触她的手腕，微微的凉里更多的是人体的温和热度……那手指的主人是那个气度慑人的男子，那男子对她的态度颇多暧昧，对她的举止不是对待太子该有的，更不是对待她这个"男子"正常的表现。

"稍后本宫会传太医来诊治，王爷无须费心。"她完美地掩饰着心里的忐忑与不安，起身欲走。

然而，不出意外，她的手腕再次被扣住。

慕容彧语声清冷："太医给殿下开的汤药，需连服十日，内伤才能痊愈。"

"无妨，十日就十日，苦口良药。"她用力地挣脱出手，总算得到解放，"本宫已经派人去请大理寺卿顾大人和沈知言，本宫先去看看刺客。"

"顾大人和沈少卿还没到，不急。"他温醇道，强势地拉她坐下，"本王为殿下疗伤。"

"不敢劳烦王爷。"

谁知道他会不会以疗伤为名，中途随便一掌就震碎她的脏腑，要她送了命。他讥诮地冷笑道："殿下是担心命丧本王之手？"

慕容辞心弦一颤，不过依然面不改色地说："王爷为朝廷为父皇殚精竭虑，忠心可鉴，本宫怎么会怀疑王爷有异心？"

"既然如此，为何殿下不敢与本王单独相处？"他笑中微含讥讽。

半瞬无言以对，她只能明媚地笑，贝齿细致如珍珠闪闪烁烁，勉强说道："既然是王爷美意，本宫就领了。"

其实，若他真想下手，机会多得是。

她不想和他单独相处，只是怕再发生那些不堪回首的暧昧之事。

当下，她盘膝而坐，背对着他，全身放松。

慕容彧伸出右掌，掌心与她后背保持微末距离，深厚的内力化作白色气劲汇入她的脏腑。

一股温热的气流汇入，在各处经脉走了一遍，疼痛即刻缓解，通体舒坦。

他盯着她，恍惚间，只觉得紫金冠束着的墨发变成珠翠金钗围绕的发髻……太子的颈项白皙优美，双肩柔削，衣袍裹着的腰肢纤细得仿佛盈盈一握就能尽揽于怀，娇弱如盛开在烈日下的紫薇花。

他灼热的目光似一双无形的手，想要拨开眼前迷蒙的浓雾，似乎那衣袍之下，尽是掩盖不住的秘密。

慕容辞蓦然睁眼，那股外来的气流在她的脏腑左冲右撞，好似失了控，倘若不加阻拦，势必会伤了她。

她早就猜到，他真正的目的是试探她有没有修习内力。倘若她冲动一些，用自己的内力去压制，那才上了当。

她一动不动，毫无所觉一般。

“殿下觉得如何？”慕容彧收了掌，沉声问道。

“不疼了，多谢王爷。”慕容辞落落大方地起身，说道，“王爷武艺卓绝，真乃我燕国宗室第一人。”

“殿下过奖了。”蓦然，他的右掌按在她的后背。

“你做什么？”她心神一跳，本能地避开。然而他的手掌依然按在她的后背，催动内力。

“方才被刺客挟持，殿下的衣袍汗湿了。”他低声解释。

“王爷费心了。”

原来，他是用内力为自己烘干了衣袍。

只是片刻工夫，汗湿衣袍干爽如初，她感觉好多了。而慕容彧没有立刻收掌，却忍不住静静地凝视她。他灼热的目光像万丈阳光，慕容辞窘迫地垂首低眉。

寝殿只开了一扇窗，温光之下，她的脸庞散发着莹润玉色，此时，她的柔腮慢慢浮现水粉薄红，继而嫣红，继而深红，颜色娇艳，好似月夜下的昙花缓缓绽放。

那抹娇红从腮转到耳朵到颈项一路直下，他探究的目光贪婪地追索，巧的是她的衣襟略松，露出一小片旖旎的春色，是引人堕入深渊的艳色。

她忽地看见自己衣襟松了，心神剧颤，大窘，连忙起身把衣襟理好疾步而出。

“本宫去看看那刺客。”

元顺伤势过重，不治身亡。慕容辞感念于他救驾有功，吩咐刘安把他好好葬了。

慕容承苏醒了，震怒之下，要慕容彧领命将此事彻查清楚，务必将刺客的同党都揪出来。

清元殿里，萧贵妃、乔妃和昭华公主在龙榻前伺候安抚，沈知言把慕容辞拉到一旁问：“刺客是什么人？和之前发生的疑案、命案有关吗？”

她冷冷地笑道：“稍后便能真相大白。”

真相大白？沈知言错愕不已，不少疑点他还没弄清楚呢。

在上书房审讯，顾淮等众人都来了，慕容辞走到御案前，一双明眸放出凶狠的光。

“把刺客押进来。”

沈知言赞许地笑，今日殿下，眉宇间确有属于王者的威严霸气。

反观摄政王慕容彧，正悠然饮茶，一副娴雅姿态。

刺客被押进来，逼迫跪地，双手被绳索捆住，却用阴森寒鸷的目光扫向众人，仍是一脸杀气腾腾。

“你为什么行刺陛下？速速如实招来，免受皮肉之苦！”顾淮喝问道。

“昏君荒淫昏庸，人人得而诛之。”刺客阴狠道。

“大胆！”刘安厉声大喝道，“再不老实交代，让你尝尝十八般酷刑的滋味！”

“诸位少安毋躁，且听殿下审问。”沈知言清雅一笑道。

“安贵人，别来无恙。”慕容辞意味深长地冷笑道。

安贵人！这三个字似一块大石投入碧湖，激起千层浪。

那刺客清亮的眼中闪过一丝惊异，却不开口。

“她是安贵人？春芜院的安贵人？”沈知言有点迷惑。

琴若走过去，一把摘掉刺客头上的帽子，一头花白长发散落下来。她昂着头，神色倔强冰冷，没有半分惧色。

这张脸虽布满了细密的皱纹，却依稀可见年轻时的风华美貌。

“安贵人，近来发生的事，奉天殿天降血玉，清元殿下血雨，洛河孙玉梅一案、晓月池小鹿一案，都是你布局安排的，是不是？市井巷陌那首歌谣是你散播出去的，是不是？”慕容辞盯着安贵人，似笑非笑道。

“殿下可有证据？”安贵人冰冷地微笑道，此刻的她却宛若被盛夏的毒辣日光打残的枯萎蔷薇。

“本宫的确没有证据。”慕容辞清冷道，“你的布局高明精妙，不留蛛丝马迹。”

“行刺陛下已是罪大恶极，足以将她五马分尸。”慕容彧浅浅抿了一口茶水，优雅若行云地破解道，“布局精妙，但总有破解之法。殿下指证安贵人乃幕后布局之人，必是已识破那些布局，本王倒是很想听听。”

“还请殿下解说一番。”顾淮颇为惭愧，拱手道。

“首先是奉天殿天降血玉。”沈知言英眉飞扬地说道，“安贵人在春芜院先杀白庶人、莫庶人，抽干她们的血，接着立即把血送到奉天殿，放在一处隐蔽的角落。奉天殿供奉晋升和小银每日早间都会打扫，小银趁晋升不注意，提着那桶人血出去，迅速把人血和血玉倒在殿前青砖上。小银在自尽之前已经供出一切。”

“这炎炎夏日，人血很快就会变色凝固。”顾淮提出疑问，“下官看见那些人血的时候，那些血还没有完全凝固。”

“天降血玉发生在辰时，安贵人趁卯时春芜院的人还没起身，把白庶人、莫庶人带到隐蔽处杀害。”慕容辞挑眉道，“安贵人轻功不凡，提着人血躲过巡守的侍卫来奉天殿，并不是难事。”

慕容彧说：“血玉珍稀罕有，宫中都没有那么多血玉，安贵人从何处得来的呢？”

“这就要问问安贵人了。”慕容辞道。

安贵人嘴边噙着一丝若有若无的讥诮，并不回答。

顾淮琢磨道：“那么歌谣也是安贵人散播的？”

“大人，春芜院的后院院墙外是一条宫道，宫道外便是宫墙。安贵人轻功不凡，出入皇宫和春芜院如履平地，她乔装飞出宫外，散播歌谣，是完全有可能的。”沈知言道。

“安贵人不是双腿被打残了吗？而且她十几年前是后宫妃嫔，什么时候修习了那么厉害的武艺？”

“这些事，稍后再说。”慕容辞盯着安贵人，她依然平静如斯，似老僧入定。

“清元殿下血雨，又是怎么回事？”慕容彧兴味盎然地看慕容辞。

“清元殿下血雨，用的是狗血。安贵人先在城里杀狗取血，在夜深人静时把狗血涂在清元殿的黄琉璃瓦上。次日天降大雨，雨水冲刷琉璃瓦，就变成了血雨。”慕容辞走下御案，神采非凡，“这就好比，一个女子脸上涂抹了厚厚一层的妆粉，倘若被淋了水，脸上的妆粉就会被冲刷下来。”

“她如何料定那日必定会下雨？”沈知言皱眉问道。

“即便她轻功再好，在清元殿殿顶做手脚，难免会弄出动静。”慕容彧剑眉微扬，“清元殿是天子寝殿，重兵守卫，十步一岗，她如何做到神不知鬼不觉？”

“这也要问问安贵人了。”慕容辞看向安贵人，自信地扬眉道。

“太子殿下不是破解了所有布局吗？”安贵人讥讽地反问道。

“没错，清元殿重兵守卫，很难躲过那些宿卫的耳目。再者，在殿顶涂抹狗血，需要不少时间。”慕容辞眼中的冷意袭人，“安贵人很聪明，还有一个帮手，侍婢柳眉。她们上殿顶之前，安贵人用迷药迷晕了所有宿卫，因为她轻功太好，那些宿卫往往刚发现有黑影出没便药性发作。而要想知道哪日凌晨之前会下雨，并不难。”

顾淮赞叹道：“殿下分析得极好。清元殿下血玉暗合歌谣里的雨漫天。那么洛河孙玉梅之死、晓月池小鹿之死，便是歌谣里的鱼食人，安贵人是杀人凶手？”

安贵人面容冷寂，似是火塘里的灰烬，星点火光慢慢熄灭。

沈知言道：“安贵人遇到孙玉梅是偶然，小鹿也是如此，安贵人一掌震碎孙玉梅和小鹿的脏腑，再把他们扔进洛河和晓月池，做成鱼食人的假象。”

慕容辞道：“她分别在洛河和宫里的晓月池布局，引起宫内和洛阳城百姓的恐慌，让所有人对歌谣的预言深信不疑。安贵人，本宫的推测没错吧。”

安贵人面如萧瑟荒芜的深冬，万物凋零，肃杀枯寂。

“那么死者的伤口是如何造成的？”慕容彧沉声问道。

“下官与殿下做过查验，猫发狂咬人造成的伤口虽与死者的伤口有几分相像，不过不是猫。我们到东市转了一圈，最后买了白兔、小猴和硕鼠，用这三种小兽做验证。”沈知言回道。

“近年来京城不少富贵人家喜欢饲养玩宠，而猫、白兔、小猴等都是寻常的玩宠，那些富贵人家玩腻了，便将目光转向硕鼠。”慕容辞接着道，“硕鼠平时是温顺的玩宠，不会咬人。但若受到外来的刺激，便会性情大变。”

“如何让硕鼠发狂咬人？”慕容彧饶有兴趣。

慕容辞冷冷而笑，“若要诱使硕鼠发狂，西秦国有一种火麻果，让硕鼠闻了，不消片刻工夫，硕鼠就会性情大变，本宫和知言在大理寺做了验证，火麻果对白兔、小猴也有影响，不过对硕鼠的影响最大。硕鼠把一只大蹄髈咬得伤痕累累，与两位死者双臂、脸部的伤口有九分相似。”

沈知言清朗道："安贵人先杀人，在两位死者一息尚存之际让放出硕鼠，造成鱼食人的假象。"

"太子殿下破解这些疑案着实精彩，不过殿下似乎没有证据证明是我布局杀人。"安贵人轻缓道。

"你的确没有留下蛛丝马迹，迄今为止，本宫与知言找到的唯一线索，只有三根花白头发。"慕容辞纤眉轻扬道，"白庶人临死之际捏住你的一根头发。再者，你在她们的床上也留下一根，第三根是在小银身上找到的。不过，一开始本宫并没有怀疑你，因为你包着头和脸，本宫不知你的头发已经花白。你遮掩得很好。"

"仅凭三根花白头发就想定我的罪？"安贵人嘲讽地冷笑。

"你少安毋躁，稍后本宫会送你一份大礼。"慕容辞说，"本宫推测，布局'鱼食人'之后你不会再杀人，你布这个局的目的是指向御王，让所有人都怀疑他，警惕他，让他身陷弑君篡位的谣言旋涡，是不是？"

安贵人并不回答，唇角微动。

慕容辞盯着安贵人，目光陡然变得凌厉，喝道："你行刺父皇，是因为你要为一个人报仇。"

安贵人跪在地上，听了这话，空洞的眼睛回魂般眨了一下。

慕容辞站在她面前，清冷的目光逼视着她说："小银自尽，打乱了你的布局，让你方寸大乱。本宫猜想，小银行刺本宫，是为了不让你暴露。本宫之所以断定小银和你有关系，是因为小银身上也有一根花白头发。"

一室俱静。

慕容辞冷冷一笑，"接下来本宫要说一段宫闱秘闻，这是本宫的大胆推测，诸位定会觉得匪夷所思。当年瑞王、景王宫变事败，瑞王府和景王府只有几个无关紧要的下人幸免于难。瑞王与王妃伉俪情深，但很少有人知道，瑞王最宠爱的其实是侍妾翠浓。瑞王事败后，安排翠浓假扮成王府侍婢逃出去保得一命。不过她并未离开京城，而是满怀仇恨进了宫，寻找机会为心爱的王爷复仇。不想当她乔装打扮真进了宫，却因缘际会进了春芜院，根本见不到陛下，她心如死灰，不过到底熬了下来，因为她发现自己有了身孕，是瑞王的遗腹子。"

话到此处，众人震惊。

沈知言提出了疑问：“虽然春芜院与世隔绝，是被世人遗忘的角落，不过产子这么大的事，管事宫人不可能不知道，也不可能不上报内侍局。”

慕容辞点头，接着道：“翠浓担心瑞王最后的血脉也失去，千方百计地不让所有人知道自己有了身孕，直至产下孩子。她知道宫里还有瑞王安插的耳目，便找到那人，将孩子送给他，那人是个内侍，带着婴孩必定会让人发现，因此他把婴孩送出宫交给一户人家抚养，五年后再带进宫当作内侍抚养长大。”

说到这儿，沈知言方才明白，恍然大悟道：“那内侍就是长清，他谎称五岁的孩子已经净身，把他抚养长大。这个婴孩就是小银。”

“就是那个行刺殿下的刺客小银？”顾淮惊异道。

“真真有趣。”慕容彧轻轻眨眼道。

“小银一直以为自己无父无母，只有长清相依为命。后来，他终于知道他的身世，悲喜交织。”慕容辞盯着安贵人，安贵人的眼神如千年古井，死水微漾，“不久，小银发现亲娘陷于险境，为了保住亲娘一条命，他不惜豁出性命行刺本宫，揽了所有罪名。他预先将剧毒藏于齿间，在适当的时候自尽。他以为他死了，本宫就不再追查。”

“那小银的亲娘是翠浓……翠浓就是安贵人？”沈知言骇然，可是安贵人不是翠浓呀。

安贵人死寂空冷的眉目终于有了一丝波动，面容发白。

顾淮迷惑道：“殿下这推测是否过于匪夷所思？翠浓如何变成安贵人？”

慕容彧不紧不慢道：“刘总管，你在宫中这么多年，想必熟知安贵人。依你看，眼前跪地的犯人，是安贵人吗？”

终于被问到了，刘安从容道：“奴才在宫中多年，自然认得安贵人的容貌。眼前这个行刺陛下的犯人，并非安贵人。再者，十几年前安贵人的双腿被打残了扔进春芜院的，此人双腿完好，是一大破绽。”

众人点头。

沈知言恍然大悟，“殿下，你如何猜到安贵人是翠浓假扮的？”

“本王也想知道。”慕容彧道。

“让本宫怀疑安贵人的是她的侍婢柳眉。乔妃是后宫妃嫔里的老人，有一次本宫和乔妃谈起当年安贵人惊艳一时的柔舞，乔妃说安贵人的舞都是近身宫女柳眉教的。柳眉青春韶华时是扬州教坊盛名在外的舞伎，后来因为不慎毁容，日渐潦倒，为了生存，她进安家教授安贵人舞艺，后来安贵人进宫成为天子妃嫔，她也跟着进了宫。”慕容辞说道，“由于柳眉容貌被毁，时常戴着面纱遮掩，宫中无人不知。只是当年的妃嫔大多废的废、死的死，后宫只剩下乔妃记得陈年旧事。本宫去过春芜院，安贵人身边的柳眉，面容完好无损，与乔妃说的天差地别。”

“按照乔妃所说的，安贵人身边的柳眉根本不是真正的柳眉，而是宫中的瑞王党余孽。”沈知言敛眉道，“因此殿下对安贵人的身份起疑。”

“再者，炎炎夏日，安贵人依然用长布巾包着头脸，本宫在想，她必是担心被人识破。可是她忘了，她身旁的柳眉是最大的破绽。”慕容辞盯着安贵人，语声冷凉，“你以为春芜院与世隔绝，没有人会去，因此没有人会识破柳眉。”

翠浓整个人如经历了百年风雨侵蚀的石雕，一动不动，那双眼睛却渐起清亮，说道：“太子殿下说的故事真真曲折动听。”

慕容辞道：“虽然本宫怀疑你的身份，不过你伪装得很好，让本宫联想到你跟翠浓有关的是，刘总管提到当年挑选内侍时瑞王也在，瑞王还夸赞长清。试想，堂堂王爷，怎么可能兀然夸赞一个根本不认识的内侍？只有一个解释：长清是瑞王安插在宫里的耳目。”

一片死寂。

翠浓眉目平和，只是那似古井的眼里本是一片死寂，却因慕容辞的话升腾起烟火。

慕容辞接着道：“小银是长清拉扯大的，二人感情自不必说，小银服毒自尽后，本宫传召长清问话。长清知道自己脱不了干系，当夜便饮砒霜自尽。长清自尽，并非怕被牵连，而是要保住小银的身世秘密，因为死人永远不会开口。再者，这么短的时间，砒霜从哪里来的？”她冰冷的目光扫向翠浓，“有没有一种可能，有人不愿暴露身份，便去交给长清砒霜，让他自行了断。”

翠浓低着眉，眼里风云涌动。

刘安问：“那真正的安贵人在哪里？”

慕容辞语声清亮，“真正的安贵人已经死了。事情应该是这样的，翠浓和侍婢进入春芜院，苦于无法离开春芜院行刺陛下，为瑞王复仇，只能蛰伏。五六年前，她把安贵人烧死，取而代之，坐轮椅，还包着头脸。而那具烧死的焦尸，面目全非，被当作翠浓扔到乱葬岗。接着她让侍婢假扮柳眉，不过柳眉早在安贵人被贬为庶人的时候离开皇宫，所以柳眉也是假的。翠浓，本宫没有说错吧。”

翠浓森冷地抬眼，目光阴鸷无比。

“原本你没有打算行刺父皇，小银死了，瑞王最后一点血脉也没了，你怀恨在心，决定行刺父皇。”慕容辞目光凌厉。

“是！我要昏君陪葬！”翠浓陡然怒喝道，“王爷有什么错？王爷对那昏君忠心耿耿，殚精竭虑，毫无谋逆异心，可换得什么下场？那昏君听信谗言，连自己的亲儿子都不相信，不配为父，不配为君！七个儿子，死的死，废的废，残的残，他满手血腥，他该死！”

“你一介女流怎知真正原委？当年七位皇子为了争嫡头破血流，你又知道多少内情？”刘安唏嘘道，“他们不顾兄弟之谊、父子之情，明争暗斗，互相构陷。其实陛下已经给过他们机会，是他们不知珍惜，以至于酿成悲惨的后果。”

“你胡说！”翠浓声嘶力竭道，“昏君就是昏君！王爷文武双全，睿智贤明，昏君不立他为太子，是有眼无珠！造成那样的后果，是咎由自取！”

顾淮摇头叹息道：“此人入了魔障，心智扭曲。”

“虽然当年本王不在帝京，但也略有耳闻。”慕容彧的声音似一把匕首，“瑞王、景王带兵闯宫，犯下逼宫弑君的死罪，大逆不道，死不足惜。”

她激烈地摇头，眼睛睁得大大地说：“不是的……你胡说八道……王爷明明是进宫护驾……”

“没有圣旨，所有带兵闯宫的皆是谋逆罪。”他神色冰冷，似在冰河里浸过。

“不是的……”翠浓崩溃了，那张平静无澜的面容此时扭曲得狰狞骇人，疯狂地厉声喊道，“小银死了……王爷的最后一点血脉也没了……天地不仁……苍天无眼……我诅咒慕容氏断子绝孙……国祚断绝……”

“疯妇！”刘安上前扬手几掌。

她跌坐在地，嘴角流出污血，犹自噙着一抹凄艳诡异的冷笑。

“本王倒是想知道，她为什么身怀不俗的武艺。”慕容彧眼中生出几许冷凉的笑意。

沈知言也是百思不得其解，“瑞王的侍妾，一介女流，如何修习了那般厉害的武功？再者，她武功不俗，离开春芜院易如反掌，倘若她想行刺陛下为瑞王复仇，为何等到现在？”

对于这一点，慕容辞也无法破解，“翠浓，若你回答，本宫可以让你见小银一面。”

“苍天无眼！天地不仁！”翠浓扬天长啸，千般悲怆，万般怨恨，好似汇聚了天地间所有怨恨，水漫金山似的弥漫了整个大殿。

慕容辞直觉不妙，果不其然，翠浓乌紫的血溢出嘴角，整个人倒了下去。

沈知言立即冲上去掰开翠浓的嘴，可是剧毒已经流入咽喉，“没用了。”

翠浓方才还是狰狞扭曲的面容如今已是冷寂如死灰，双臂下垂。

“刘总管，把翠浓、小银和长清的尸首送到郊外，简单葬了吧。”慕容辞轻声道。

“是，奴才会办好这件事。”

翠浓、小银犯的是死罪，又是瑞王一党的余孽，殿下让他们入土为安，已经是从宽处置。

“殿下，赵嫔是翠浓杀的吗？”顾淮又问，身为大理寺卿，他却什么都没查出来，内心惭愧。

“赵嫔之死应该与翠浓、小银无关。本宫也还没查到凶手是什么人。”慕容辞看向慕容彧，今日侦破了这命案，暴露太多，不知会不会招来杀身之祸？

慕容彧站起身，径自往外走，转身的刹那，冷淡的眼风从她的面上扫过。

她四肢一寒，心间顿时冷瑟。

回东宫的路上，沈知言略激动，眉眼飞飞地说道：“殿下侦查断案、见微知著的本事比我还要厉害，简直是惊天地泣鬼神。殿下是深藏不露呐。”

“少拍马屁。”

他兴奋地笑道：“经过这一次侦办命案，殿下是不是觉得非常有趣？

是不是觉得那寻觅罪证、抽丝剥茧的过程好比品尝美食、品尝美酒那般妙不可言？是不是觉得通过验尸推测凶手如何行凶就像下厨烧菜那般美妙？是不是……”

她白了他一眼，径自快步前行。

“殿下这才干惊天动地，若是传扬出去，必定名动帝京，殿下将成为帝京料事如神、英明断案的第一人！”

“以后大理寺有什么大案，殿下都参与侦破可好？”

“殿下，你有没有听见我说的？殿下你别走那么快……”

回到东宫，她喝了茶、吃了糕点，沈知言皱眉道：“殿下，我总觉得翠浓布这么大一个局，目的好像不是要行刺陛下为瑞王报仇。”

她颔首道：“这也是本宫百思不得其解的地方。还有血玉从何处来的，她如何修习了武功，都很蹊跷。”

“莫非宫里还有同党？她不说出来，就是要保护同党？”

“明日本宫会吩咐下去，清理所有宫人和侍卫。”

“那赵嫔之死，殿下有新的发现吗？”沈知言兴致盎然地问。

“暂时没有发现。本宫乏了，改日咱们再重组赵嫔这一案。”

这几日，慕容辞日夜都在想案情，寝食不安，今日定要好好歇息。

他俊眉飞扬，“对了，殿下，改日我下厨做一样新菜式给你尝尝，保证你尝过后赞不绝口，整日惦记。”

“什么新菜式？”她懒懒地问。

“保密。明日我来东宫做给殿下尝鲜。”

御王又夜闯东宫

北燕天团：御王理政、太子破案

北燕名厨沈知言

看到太子吃东西，自己也会饿……

宫里从来不缺冤死的冤魂

御王花式拒绝昭华公主 ×2

太子殿下情急之下咬耳朵

第十一章

到哪里都能遇见他

寝殿里只留了墙角一盏茜纱宫灯，暗红的光影无声流淌，迷离而朦胧。

慕容辞靠在大枕上看书，不时地打呵欠，这几日真是累着了。

忽然，她的脏腑有点疼。

慕容彧不是为她疗伤、治好她的内伤了吗？莫非他暗中做了手脚？她累得不知所以，只希望一会儿便不疼了，于是躺下睡了。

如意为殿下掖好薄衾，放下玉色纱帐，轻手轻脚地出去，在寝殿入口的宫砖地上坐下，朦胧间，她忽然听见“吱呀”一声，刚要起身，便觉得身上一麻，眼前一黑，什么都不知道了。

“谁？”刚睡着的慕容辞听见轻响，骤然惊醒。

昏红的光影里，她瞪大眼睛盯着前方，一道黑影自昏黑里似浮雕般慢慢浮现，那张棱角分明的俊颜似月下聚雪，莹莹雪光逼退了所有的昏光暗影。

该死的慕容彧！竟然直入她的寝殿！

“吓到了？”他似笑非笑，唇角噙着一缕细微的愉悦，好似很满意他的到来造成的后果。

“御王深夜爬窗，擅闯他人寝殿，这事若传扬出去，御王的美誉不知会不会付之东流？”慕容辞讥诮地冷笑。

“传扬出去，美誉受损的不只是本王。”他剑眉轻扬。

“王爷大驾光临，不知有何指教？”她默默攥拳，问道。

“来看看殿下的内伤是否痊愈了。”他轻轻一笑，“今晚殿下有没有觉得脏腑隐隐作痛？”

慕容辞正想否认，脏腑却适时地疼起来。

他陡然扣住她的手腕，修长手指搭上她的手脉说：“今日为殿下疗伤时，本王不当心伤了殿下的脏腑，特来补救。”

她冷着脸道：“无须王爷费心，明日本宫自会传召太医来诊治。王爷请便,本宫要就寝。”她一字一字,咬着牙说,好似极力压制着巨浪般的怒火。

慕容彧轻然一笑，笑得邪气流转：“殿下少安毋躁。太医治不好殿下的内伤，只有本王的独门手法和内力才能医治。”

看见太子生气的娇俏模样，他非常愉悦。

对！就是娇俏！

她迫不得已地背对他坐着，双手攥得紧紧的，手背纤细的青筋分明凸显，可见她克制着多大的怨恨。

慕容彧修长的手指潇洒如行云地翻转，在她的后背戳了几下，尔后掌心按在她的后背，源源不断如江河滚流的内力汇入她的脏腑。

顿时，她觉得通身舒坦，那股隐隐的疼痛神奇地消失了。

约莫过了一盏茶的时辰，她感觉到他的内力在她的各处经脉试探，试图诱使她深深隐藏的内力暴露出来。

不能上当！

不多时，他收了掌，起身到案前坐下，斟茶自饮。

“殿下大可放心，殿下的内伤已经痊愈。”慕容彧道。

“既是如此，王爷……还有其他事吗？”

“今日在清元殿偏殿，本王为殿下疗伤只是医治殿下内伤的一半，方才再次疗伤，殿下已经好全了。”他优雅地搁下茶杯，似笑非笑。

她气得双手按桌，这个狡诈奸险的慕容彧！

“赵嫔之死，无须再查。”慕容彧淡漠的话一锤定音，不容他人反驳。

“为什么？”她心神一跳，瞪着他。

“没有为什么，再者你也查不到什么。”

“莫非你担心本宫查到什么不该查到的事……”慕容辞的语声里是浓浓的讥讽。

他盯着她，眼中闪着幽暗的光泽，“赵嫔死不足惜，有什么好查的？若殿下想亲政，就勤奋研读，学习如何治国安邦。”

想用亲政诱惑本宫？慕容辞清冷地扬眉道：“虽然王爷在朝中杀伐决

断，不过本宫是太子，并不一定要听命于你这个摄政王皇叔。”

“殿下想查，那就好好查。本王很期待殿下的精彩破解。”

慕容彧站起身，深深地看了太子一眼，拂袖离去。

夏日如墨染，微风吹不散那弥漫的诡谲。

城中一座黑暗的宅院里，一间寝房微光渺渺，昏暗阴森。

角落里一盏灯烛幽幽暗暗，一个身穿灰褐色锦袍的男子临窗而立，有种森凉的气息在暗夜里缭绕。

“吱呀”一声门响，有人进来。

“主子，她服毒自尽了，应该没有供出什么。”

“算她聪明，否则我会挖出瑞王的骸骨鞭尸。”那窗前男子的声音阴冷森然。

“她行刺北燕皇帝，破坏了我们的计划，也该死。东宫太子应该查不到什么。”

“任东宫太子再聪慧，也查不到！她死了，此案就此了结了。”

“是。主子，接下来我们应该做什么？”

“那首歌谣会在京城传唱一阵，先按兵不动。相信这些流言蜚语够慕容彧头疼的了。”

“近来御王府没什么动静。”黑衣男子不解道，“御王府一直在查珈蓝古国，没有间断过，我们要不要设法阻止？”

“不必。我们查不到什么，他也查不到，只是白费劲罢了。”锦袍男子的声音低沉冰冷，“追查珈蓝古国并非一朝一夕的事，不过我相信，慕容彧不会有很多时间了。”

慕容辞坐在膳案前等沈知言的新菜，饿得前胸贴后背，正拿起一块绿豆糕正要往嘴里送，殿外传来一道高扬的声音：“来啦来啦！”

沈知言端着朱漆木案匆忙跑来，一袭雪色轻袍染了烟灰，不过，仍笑如春阳般灿烂。

朱漆木案一放下，慕容辞、琴若和如意眼睛齐齐发亮，猛吞口水。

瓷碗里一片片薄鱼晶莹剔透，色泽鲜亮，配色的香菜碧色葱翠，尖椒红艳，颜色养眼，令人食欲大动。

“这是生滚鱼片。这鲈鱼没有刺，殿下放心地吃。”沈知言端起米饭，“琴若、如意，你们也一起吃，今日我做了两碗，够吃。”

琴若、如意闻到那鱼香早就按捺不住，但下人不能和主子一起进膳，只得摆手拒绝。

“无妨，今日许你们尝尝知言的新菜。”慕容辞笑道。

一众人欢天喜地。

鱼片切得很薄，纤薄如花瓣，慕容辞小心翼翼地夹起放进嘴里。

简直是妙绝!

“太赞了！”她连忙又吃一片，“鱼肉香滑细腻，入口即化，鱼的鲜嫩与调味恰到好处……”

沈知言得意非凡地笑，放下碗箸，兴奋地说：“殿下知道吗？这是河里的鲈鱼，没有小刺，最适合做成鱼肉片。我用一把锋利的菜刀一片片地切下鱼肉，这让我想起有一次为一个死者剖尸……”

慕容辞和琴若、如意自动忽略他的介绍，他滔滔不绝，唾沫横飞，说得天昏地暗、日月无光。

最后，琴若忍无可忍，拿了一块绿豆糕塞入他的嘴里。

沈知言这才回神，低头一看，两碗生滚鱼肉片一干二净，连一点鱼汤都没有了。

“我吃什么？”他错愕地瞪眼，另外四碟宫廷御膳也被扫了个干干净净。

慕容辞吃饱喝足打了个饱嗝，笑眯眯道：“知言，你要么吃几块糕点填填肚子再回府用膳，要么去膳房再做几样菜。”

“哦。”沈知言拿了一块绿豆糕啃了起来。

如意麻利地收拾餐碟，琴若奉上一杯茶水，慕容辞接过来饮下。

沈知言忽地皱眉，才感到雪色轻袍不仅脏了，还有一股烟火和汗臭味，“殿下，我的衣袍脏了，还是去偏殿换一身吧。”他常来东宫，这里常备着他的衣袍，以备不时之需。

慕容辞吃着冰镇过的香瓜，宫女在一旁摇着雪白羽扇，却见琴若快步进来，“殿下，宫人来报，元秋死了。”

慕容辞正伸手去拿瓜果，听了这话，手僵在半空。

过了半瞬，她缩回手，凝眸问道：“怎么死的？”

“宫人说，元秋的尸体是在水缸里发现的。”琴若回道。

赵嫔死后，景福殿的宫人多数由内侍局重新调配，元芳去六尚局，元秋则去了杂役房。之前她命人注意元秋和元芳的动静，总算有成果。

待沈知言更衣回来，两人同去元秋的住处察看。

宫人犯错，大多数会被主子调到杂役房去干粗活。杂役房和浣衣所一样，都是从早做到晚，活多活重，吃食粗糙。一旦进了杂役房、浣衣所，除非主子开口，否则再没有离开的希望。

元秋被调去杂役房，当中内情值得玩味。

据杂役房管事的内侍李天祥和通铺房的宫女回忆，已经不见元秋两日了。

沈知言冷着脸问道：“不见她两日，你身为管事不觉得奇怪吗？”

慕容辞盯着这些人，几个宫女垂头跪着，吓得瑟瑟发抖。

“回大人的话，奴才以为她病了……就让她歇一两日……”李天祥结结巴巴道，“她刚来杂役房没几日就病了，有一次还晕倒了……”

“两日不见人，你没找过吗？”慕容辞沉声问道。

“没有……太子殿下，元秋就是这样，不是病了就是整日不见人……奴才不以为意……”元秋只是不起眼的宫女，真不曾想她的死会招来太子和大理寺的问询，他此刻后悔极了，哆哆嗦嗦道，“奴才必定知无不言，不敢有所隐瞒……”

“是谁发现元秋的尸体？”慕容辞问。

一个宫女略抬起头，声若蚊蝇道：“是奴婢。后院有一口水缸废弃了几年，嬷嬷说把那水缸搬到前院清洗一下装水用，奴婢便去后院找到水缸，谁知……”

她面色惨白，四肢剧烈地发颤，说：“奴婢一看，元秋蜷缩在里面，已经没了气息……”

“元秋不见两日，可见已经死了两日，那后院的水缸没人注意到吗？”慕容辞蹙眉道。

“殿下，后院没人去，因为宫人从早到晚都要干活，没空闲去。再者，那水缸废弃在树下荒草里，有荒草遮掩，更难被发现。”李天祥回话。

“元秋的尸体在何处？”

见太子没有怀疑自己，李天祥吓飞的三魂七魄回归，回道：“奴才把元秋的尸体放在了一间没人住的屋里。”

李天祥在前引路，后院颇大，靠房屋的地方地势平整宽敞，靠院墙的地方有几棵大树，枝叶繁茂，绿荫如盖，树下荒草丛生，墙根下有一只硕大的水缸，不知何故废弃在这里。

慕容辞站在荒草里，冷凉的目光一寸寸地扫过。

蚊蝇满天飞，荒草被折断不少，可见凶手是在这里杀人的。不过也有可能是宫人把尸体抬走时造成的。

走进水缸一看，水有八分满，浑浊不堪，想必是雨水，因为有尸体浸泡其中才变得这么浑浊。水缸四周都没有血迹。

随即，他们去看元秋的尸首，遣散众人，沈知言决定在这里验尸，他戴上随手携带的纤薄手套，从头部开始查验。

“死者是溺毙的。”沈知言笃定道。

慕容辞站在一边，由于尸臭太厉害，又没有准备，她只能捂着口鼻缓解一下，“看看死者身上有没有瘀伤。”

他点点头，解开元秋的衣裳，“殿下你看，死者的后颈有紫红色的瘀痕，是生前造成的。是不是很像五指印？”

“的确像。”慕容辞伸手摆出五指摁住一个人后颈往下压的动作，说：“凶手应该是摁住元秋的后颈，把她摁入水缸，她才溺毙的。”

他继续察看尸体，说道：“死者的双臂有不少瘀伤。”

她颔首道：“宫人被怒骂虐打是很常见的事。”

“死者的指甲有一半断裂了，有几根手指破了皮，应该是死者被摁住头的时候，双臂在水缸壁乱抓乱挠的结果。”

慕容辞道：“方才本宫在水缸里看见有断裂的指甲。”

过了片刻，他验尸完毕，取下手套，吩咐李天祥派人把尸体送到东宫，而且不得破坏尸体。

她来到元秋住的通铺房，询问了几个宫女，她们一致说两日前一早起来就没见到元秋。

“两日前的那个半夜，杂役房可有不寻常的事情发生？”

宫人纷纷摇头，也是，他们白日里忙于干活，多是躺下来就睡着了，一大早又要起来，谁都很难注意到。

她和沈知言离开杂役房，刚出来就遇到一个宫女，像是六尚局来的。

看见两位贵人，那宫女连忙躬身垂首，毕恭毕敬。

慕容辞一瞥眼看见宫女手里拿着的锦盒，心思一动，问道：“你来杂役房找人？”

“是。”那样貌清秀的宫女显然不认识他们，轻声道，“奴婢拜见二位贵人。”

“你叫什么名字？是哪个宫殿的宫女？”慕容辞冷声问道。

“奴婢是六尚局的宫女，贱名常青青，奴婢来找杂役房的朋友元秋。”那宫女回道，倒是颇有胆色。

真是踏破铁鞋无觅处，得来全不费工夫。

引着她来到僻静处，慕容辞问：“你找元秋有什么事？”

常青青恭谨地回道：“奴婢和元秋是同乡，奴婢来找元秋是因为……敢问二位贵人……如何称呼？”

她提着胆子问道，这宫里贵人多的是，总要问清楚才好作答。

“本宫是太子。”慕容辞冷冷一笑道，这宫女做事还挺谨慎。

“奴婢拜见太子殿下。”常青青一惊，猛地下跪叩首，“奴婢该死，冲撞了殿下，殿下恕罪。”

“只要你老老实实回答本宫，本宫可饶你死罪。你手里拿的是什么？”

“是。”常青青低首垂眉道，“奴婢和元秋是同乡，前不久元秋被调到杂役房干活，她得知乡下家里出了事，哥哥被人打死，爹爹气得一病不起，娘亲本就卧病在床，一家子快断粮了。三日前，元秋找到奴婢，要奴婢帮她修这锦盒里的金簪。”

沈知言把那只锦盒接过来，看了一眼递给殿下，说：“锦盒里的金簪坏了吗？”

常青青点头道：“元秋刚到杂役房，不当心跌在地上弄坏的。奴婢是六尚局的宫人，会一点修补珠宝首饰的功夫，元秋家里急需银子，她打算修补好金簪把它卖了换取银子，救济父母。”

常青青手上的锦盒，是紫檀木的，螺钿精美，不过看着年代久远，应是旧物。慕容辞命她打开，就见褐红色丝绒底托着一支金光明耀、形制精美的金簪。

簪头乃松枝造型，挂着几片松叶，几瓣梅花流垂而下，优美典雅。

这是松竹梅金簪。看这精细的制工，是六尚局所出。

慕容辞觉得这金簪好像在哪里见过，却一时之间想不起来。

“这金簪只有妃嫔和外命妇才能佩戴，元秋一介宫女，怎么会有这名贵的金簪？”

“奴婢问过元秋，她说是赵嫔赏赐她的。”常青青回道。

慕容辞细细回想，以往见过赵嫔几次，并未见过她佩戴松竹梅金簪，“你最后一次见元秋是什么时候？”

“是三日前，元秋将这金簪连同锦盒交给奴婢。这三日六尚局比较忙，奴婢抽不开身，直至今日才来找元秋，让她看看金簪。若她觉得金簪没问题了，奴婢便设法帮她把这金簪卖了。”

按照宫规，宫人不能私卖宫中物品，不过若是私人之物，倒没那么严格。

常青青的表现可谓大气，一点也不见慌乱惧怕。慕容辞与沈知言对视一眼，彼此心思了然。

常青青多少有几分嫌疑，杀人动机便是这名贵的松竹梅金簪——她为私吞金簪，暗中把元秋杀害。不过，她今日带着金簪来找元秋，很容易暴露，她大可以悄悄地来，或者打听元秋死后是否被人发现。

这些念头电光火石一闪而过，慕容辞盯着常青青，她低垂着头，面目坦荡。

“你可知，元秋已经死了。”沈知言的目光锁住常青青，观察她的反应。

“什么？元秋死了？什么时候的事？”常青青闻之面色剧变，方才还冷静自持，此时悲伤哀痛，眼里水光盈闪，“怎么会这样？元秋怎么会死……”

慕容辞和沈知言再次对视，问道：“三日前，你见元秋时，她可有什么异样？”

常青青跌坐在地，泪珠滑落脸庞，片刻才哑声道：“她得知家里发生变故，担心父母的病情，心急如焚，要奴婢一定要帮她……除此之外，没什么异样。殿下，元秋是怎么死的？她不可能自尽，她还想出宫回家看看父母，一定是被人害死的……”

沈知言问道：“她因何而死，本官会彻查，你可知她家在何处？”

“奴婢知道，离奴婢家不远。”

他取出两个银元宝递在她手里，“你设法把这银子捎给元秋父母，这锦盒和金簪，本官要留下。”

常青青抽噎道：“奴婢替元秋谢大人恩赏。”

慕容辞望着她的背影，凝眸沉思，“常青青不像是伪装，她骤闻元秋死了，悲伤落泪是人之常情，没有演的痕迹。”

沈知言赞同地点头，拿起松竹梅金簪瞧着，“这金簪真是赵嫔赏给元秋的？”

忽然，她的脑海闪过一幕破碎的情景，惊喜地笑起来说：“本宫想起来了，不是赵嫔，是萧贵妃。”

“殿下的意思是，这金簪是萧贵妃的？”他错愕道。

“本宫见过萧贵妃戴这松竹梅金簪。”她站起身，眉眼飞飞地说道，“本宫觉得是这样：萧贵妃用这支金簪收买元秋，令她在赵嫔就寝前吃的羹里下迷药。元秋为了接济父母，迫不得已答应萧贵妃，赵嫔死后，萧贵妃觉得留着元秋终究是祸害，于是派人暗中杀了她。”

“萧贵妃专宠多年，赵嫔数年无宠，萧贵妃为什么杀害赵嫔？”沈知言提出疑问，“再者，倘若萧贵妃要除掉对手，早几年就可以下手，何必等到现在？”

“萧贵妃杀赵嫔并非为除掉对手，而是要打乱那首歌谣的布局，混淆我们查案的方向。赵嫔只是不幸的阿猫阿狗罢了。”说到这里，慕容辞眼睛变得明亮。

“可是，萧贵妃为什么要混淆我们查案的方向？”沈知言还是不明白。

“因为……”她陡然顿住，这淫乱宫闱的秘闻要不要对他说呢？

嗯，他不是外人，嘴也一向严，应该不会宣扬出去。

于是，她简略地说了原因，即萧贵妃是要把慕容彧从歌谣的布局里摘除出来，做出与鱼食人完全不同的命案，扰乱侦察的方向。

沈知言满目惊骇，结结巴巴道："御王和……萧贵妃有奸情？殿下确定？"

慕容辞郑重地颔首，想起昨晚慕容彧夜闯东宫，要她停查赵嫔一案，也是因为他知道凶手是谁。

沈知言还是无法接受这个铁一般的事实，一额的汗水，问道："那殿下打算如何？"

"即使有松竹梅金簪和常青青作证，萧贵妃也会推得一干二净，她可以说青鸾殿失窃，常青青偷了金簪。"

"那赵嫔岂不是白白冤死？"

"这宫里缺冤死的冤魂吗？"她凉薄地笑道，离开了凉亭。

凤凰楼内。

御王有阵子没来，这里又暗地恢复了以往的习气。

这夜，容澜接待了一个俊俏少年和小厮，这少年十分秀气，一瞧就是女扮男装。容澜猜想着必定是哪个大户人家的姑娘来此寻欢作乐，便不予理会。

可没出半个时辰，这少年便和时常来凤凰楼的纨绔子弟李公子闹上了。

李公子是帝京出了名的阴毒狠辣，仗着姑丈是吏部侍郎和家里金山银山，欺压他人。

容澜站在雅间前，双臂环胸，看着房里双方人隔着一张圆案冷冷对峙。

李公子酒色上脸，两个小厮站在一旁，等候主子一声令下。

另一头，白衣胜雪的俊俏公子，轻袍缓带，明眸皓齿，雌雄莫辨，俊俏公子身后的青袍公子，一张冷面带着煞气。

这等风姿翩跹、貌若琼雪的绝色尤物，难怪李公子看上眼了。

"我奉劝你，不要敬酒不吃吃罚酒。"李公子目露淫邪的微笑。

"本宫……我只是来玩的，你找错人了。"那少年竟是昭华公主。

方才她和元秀在雅间里饮酒，由于房门未掩，李公子看见了，强行拉她去相邻的雅间。元秀本可利落地收拾了他，但被慕容裳阻止了。

“只要你肯对小爷一笑，这些银票就是你的！”李公子掏出一沓银票，拍在案上。

慕容裳一笑，给元秀使了个眼色。元秀手一扬，一个硕大的金元宝稳稳地落在案上。

“只要你滚出凤凰楼，这金元宝就是你的。”慕容裳更加嚣张地说道。

李公子瞠目结舌，他向来极要面子，哪能受这般羞辱。

“本少爷的府里银两十辈子都花不完。你这么个金元宝算什么？”

他给两个小厮一使眼色，那两人便向慕容裳冲去，然而还未靠近，就觉得一阵烈风迎面扑来，砰砰两声，两个肉团从雅间飞出，狠狠地砸在对面的墙上。

容澜兴致盎然，看来这“白衣少年”来头不小，她那个侍从的武功更是非同寻常。

李公子目瞪口呆，震惊得眼珠子快掉下来了。

慕容裳余光一扫廊外，唇角噙着一抹恶魔般的微笑，带着元秀转身便走。

李公子哪肯罢休，几步追去似猛虎跳起擒住她。

她轻微地挣扎，眉心紧蹙，看见元秀飞奔来救自己，她连忙摇头打眼色。

李公子得意非凡，拽着她就在楼廊上撕扯。

忽然，有一队人奔来，犹如茫茫的大漠刮起席卷一切的龙卷风，凤凰楼瞬间逼仄起来。

为首那男子器宇轩昂，玄色锦袍拢住他傲岸的身姿，那张俊颜似极地冰川寒气森凛，目光缓缓地横扫而过。

容澜心神一凛，是他！

“彧……哥哥，救我……”慕容裳又惊喜又惶惧地叫嚷道，模样格外楚楚动人。

慕容彧早已看见她，却好像不想营救，对她的喊叫置若罔闻。

李公子暗暗心惊，这男子气势不凡，什么来头？

围观的正有几个京官，认得御王，此时恨不得找个地洞钻进去。无奈之下，也只能躬身行礼：“下官拜见御王。”

听见这话，李公子好似被惊雷闪电劈中。

御……王……

李公子猛地松手，面如死灰。

慕容辞到凤凰楼的时候，正巧看见李公子与慕容裳对峙。今日她装扮非常普通，戴着一张银色面具，隐身在围观的客人里作壁上观，都没跟容澜打招呼。

直至慕容彧带着侍从赶到，她才明白慕容裳的精心筹谋。

她站在二楼那群客人里，垂着头，余光看见慕容彧剑尖般锋利的目光扫过去，那几个京官的头更低了，脖子几乎要断了，双腿似筛糠抖个不停。

凤凰楼的人，都弓着身子大气不敢出。

“王爷，救救我……”慕容裳惶惧地祈求道，柔婉的眉睫萦着晶莹凄楚的泪珠。

那李公子已两股战战，几乎要跪下了。

却在这时，他看上的绝色少年竟然低声道：“本宫是昭华公主，速速挟持本宫，本宫给你一百两黄金。”

昭华公主？！

李公子再次如被惊雷劈中——他今夜招惹的都是什么人啊？

万千宠爱金枝玉叶的昭华公主！

他怎么就犯浑冒犯了昭华公主！

更奇葩的是，公主竟然要他挟持她？

“还不速速挟持本宫？若不照本宫的旨意做，本宫治你个冒犯本宫之罪，不止把你碎尸万段，还满门抄斩！”慕容裳气急败坏地低声说着。

“哦……”李公子木讷生硬地揪着她，表情比哭还难看。

慕容辞无语地望天，皇妹这把戏，慕容彧岂能看不透？

慕容彧盯着李公子，明明是貌若琼雪、瑰美斑斓的俊容此时却如九幽地狱爬上来的恶魔，明明是一双星辰似的眼却让人觉得戾气如箭。

李公子吓得面如死灰心胆俱裂，扑通一声就跪了，“御王饶命……御王开恩……草民不是有意挟持公主，是公主……”

“混账！竟敢挟持本宫，活得不耐烦了！”慕容裳厉声斥骂道，狠狠地踹了他一脚。

元秀这才出现，慕容裳弱不禁风地走过去，“幸亏王爷及时赶到救了本宫，否则本宫……真不知后果如何……”

整个二层楼的大堂鸦雀无声，死一般沉寂。

原来那个绝色少年是女扮男装，她是皇帝陛下最宠爱的昭华公主。

“来人。”娇弱美人当前，慕容彧没有半分怜惜，对侍从吩咐道，“护送公主回宫。”

“是。”侍从领命。

“王爷，本宫害怕……”慕容裳语声轻轻道，玉秀的小脸苍白如纸，“王爷能否护送本宫回宫？”

“公主的近身宫女武艺不俗，相信她会誓死保护公主安然无虞。”他淡漠地转开目光。

“公主，请。”侍从一板一眼地说道。

慕容裳怎会无功而返？

果不其然，她蓦地咬唇，哀怨地看慕容彧一眼，忽然就整个人往他身上倾去，宛若一片轻薄的花瓣从风中缓缓飘落。

慕容彧只能伸臂扶住她，对元秀道：“还不扶着公主？”

元秀左右为难，倘若这时她出手搀扶公主，事后一定被痛骂，两难之下只好说：“方才奴婢和那几个人打斗，不当心伤了手臂，只怕会让公主摔了。”

慕容裳整个人绵软地晕在他身上，心里暗道：还不算太蠢。

迫不得已，慕容彧搂着她下楼，她的眉睫轻微一颤，心情格外地好。

慕容辞以为他会送她回宫，没想到一出大堂，就把她交给两个侍从，并且吩咐他们仔细护送。

这厮果然心硬如铁。慕容裳佯装晕倒，此时也不能忽然清醒，气得咬牙切齿。

闹剧落下帷幕。

容澜随后招呼道：“没事了，没事了，诸位继续饮酒赏舞。”

哪个京官还敢在此逗留？一个个脚底抹油溜了。

看见戴着银白面具的慕容辞，容澜目光一闪，扭着细腰风情万种地走过来，玉指斜勾她尖巧的下巴，谄媚地说道：“公子……”

媚笑一声，她径自袅袅婷婷地离去，慕容辞一笑，跟着进了三楼的雅间。

“楼主，饮茶吧。”容澜妩媚一笑道。

“近来没什么事吧？”慕容辞端起茶杯浅浅抿了一口问道。

“凤凰楼没事。”容澜微笑道，“不过弟弟那边碰到一件古怪的事。”

数日前，大约夜里丑时，容湛接到下属的传信，赶去东郊十里外的一户宅院，果然见十几个人把一只只笨重的木箱抬进去。待宅院完全安静，他潜进去打开木箱一看，吓了一大跳。

一整箱的兵器，各种兵器都有。从兵器的制式工艺来看，应该是军器监打制的，来不及察看，外面就来了人，容湛只好先行离去。

“楼主想去军器监瞧瞧？”见慕容辞冰冷地凝眸，容澜笑问道。

“什么都瞒不过你。”慕容辞一笑道，“军器监发生这么大的事，我怎么能视而不见？”

“楼主务必小心。对了，那位公主是楼主的皇妹？她为什么来凤凰楼？为何御王来得这般及时？”

“这是昭华的小把戏。”慕容辞一笑了之。

事情应该是这样的，昭华女扮男装来凤凰楼消遣，碰巧还真有人看上她这个绝色少年，李公子要闹起来时，她就暗中派人去御王府通报。为了昭华公主的安危，御王再不想来也会勉为其难地赶来。

时间点掐得刚刚好，御王到的时候，她被李公子挟持，正好装出一副受人羞辱的样子来。

倘若慕容彧是寻常男子，必定会怒火中烧，英雄救美，然后王爷与公主情定终身，然而事实是，他不是寻常男子。

的确英雄救美，但她气得要吐血。

自然，慕容辞没有透露这些，闲聊几句便告辞离去。

慕容辞猜测，按照昭华的谋划，今夜她必定要留宿御王府。

她猜得没错。慕容裳自坐上慕容彧安排的马车，元秀就迅速点了侍从的穴，又逼下车夫，主仆二人一路往御王府的方向狂奔。

门口的守卫哪里认得她，说什么也不让她进去。

为了能在御王府过一夜，她也是豁出去了。亮出彰显公主身份的玉牌，霸道地说道：“本宫是昭华公主，方才在街上遇到宵小之辈受惊过度，现在要进王府歇息一下。”

那两个守卫盯着玉牌,面面相觑,连声道歉,看慕容裳昂着头走了进去。

漫天星辰，月色轻薄如纱，很美，很醉人。

慕容裳哪里知道，慕容彧此刻根本没回府。

从凤凰楼出来，他就一直在隐蔽处的马车里守着。

直到夏夜如幕布低垂而至，一抹白色人影跳上一辆慕容彧一直盯着的马车，慕容彧一抬手，一道黑影飞速蹿出。

那是他的暗卫鬼影。

“殿下，有刺客！”琴若惊叫道。

慕容辞一震，快步奔出马车。

鬼影飞身而来袭出一道凌厉的气劲，琴若迎战而上，亦打出一道气劲与之相抵。

他若出尽全力，哪有琴若应对的可能?

他只使出了三成功力。眨眼间，二人已经交手十招。

慕容辞站在马车上观战，瞧出那黑衣蒙面人不像刺客，不过在耍着琴若玩。

但他是什么人，意欲何为?

果不其然，正主来了。

慕容彧自黑暗里飞身跃起，立在街旁的屋顶上，昂立于天地之间、夜幕之下。

夜风吹拂，玄色广袂飞扬如黑焰。

她愕然，他不是应该回府了吗?难道是故意在这里埋伏等她?

慕容彧如巨鹰般飞下，一道霸道刚猛的气劲当面袭来，慕容辞临风而立，脑海闪过数念，如电光火石，惊雷霹雳。

倘若出招应对，极有可能暴露身手。

他在这里埋伏，就是为了逼她出手?

他早在凤凰楼就认出她了吧?

慕容辞长身玉立，泰山崩于前而不色变。

修长的五指袭上她纤细的脖子，他站在马车上，玄色广袂缓缓落下。

温热的手指烫着她的颈间肌肤，他眼中藏着隐隐的杀气，却落满了星辉，粲然迷人。

他抬手，揭去她的银色面具。

一刹那，一张熟悉的脸浮现在夜色里。

“原来是太子殿下。”他低沉的语声里并没有惊讶，松了手。

“王爷是担心本宫深夜回宫有危险，才来保护的吗？”慕容辞清冷一笑道。

“殿下这是从何处来？”

“凤凰楼。”

“原来不久前殿下也在凤凰楼。那殿下看见昭华公主在凤凰楼发生的事，为什么没有出面营救公主？”

“这英雄救美的戏码当然要让王爷上场表演。”

慕容彧堂而皇之地走进车厢，慢慢说道：“殿下去凤凰楼做什么？”

车厢里暗影绰绰，他那张俊容变成自然的发光体，冷玉般莹然流光。

慕容辞在离他最远的地方坐下，“消遣消遣罢了，没想到会碰到昭华了。对了，昭华回宫了吗？”

他的眼如冰晶般透亮，说道：“本王已经派人护送公主回宫。”

她莞尔道：“昭华难得出宫一趟，想必不会轻易回宫。”

见慕容彧轻轻敛眉，她凉凉一笑道：“夜深了，本宫也该回东宫了。王爷还不回王府吗？”

“不急。”慕容彧语声轻缓道。

忽然，马车前行，她打起车帘一瞧，马车前多了一个车夫。

该死，又是去哪儿！

马车一路疾驰到御王府停下，她正气恼，忽然觉得身旁多了一个人，温热阳刚的沉水香气息笼罩了她。

“殿下最好不要多管闲事，否则……”他的声音，他的身躯，甚至他的气息都充满了侵略性，让她浑身不自在。

她收拾心神，冷笑道：“否则什么？本宫多管了什么闲事？”

他的语声沉缓而邪肆，“若殿下想尝尝本王的手段，本王怎么会吝啬？一定会让殿下满意。”

她往另一侧移了移，他跟着过来，贴着她，她只觉得全身热烘烘，好似四周都是肆意燃烧的烈焰。

暗影迷离，暗火闪烁，在她玉白的脸上流闪，格外诱人。

慕容彧伸过长臂绕过她的身子，从背后将她整个人搂在怀里。

“放开！”慕容辞气得大叫，他却双臂一收，如铁般将她拥入怀里，下巴搁在她肩头，似是沉醉模样。

真想将他撕成碎片！

他略略俯首，一股幽香钻入鼻间。

等等，这清幽淡远的体香，好像在哪里闻过。

她终于忍无可忍，陡然转过头，寻到目标狠狠地咬下去。

那是耳朵最脆弱的地方，如有锋刃掠过，血珠立现。

暗影流闪里，那细小的血珠衬着雪白肌肤，格外刺眼。

耳朵尖锐细密的痛只是一瞬，但他还是松了手，让她逃了出去。

逼得太紧没什么意思，狗急跳墙就不好玩了。

昏光暗红里，他伸手拭了那血珠，凝视指尖的点滴血色，微微一笑。

另一边，等了许久的慕容裳终于听到动静，跟着管家迎到外面。

她一眼看见慕容彧从马车上跃下，正要奔过去时，忽然一愣——太子哥哥怎么会站在一旁。

看见皇妹飞奔而来，慕容辞就明白他带自己来的目的了。

“夜深了，劳烦太子殿下护送公主回宫。”慕容彧沉沉道。

“王爷，”慕容裳小脸顿时落满了寒霜，却在转瞬之间变成饱受惊吓后的凄凉无助，“本宫在凤凰楼受了那么大的惊吓，你不送本宫回宫吗？本宫好害怕呀……”

“相信太子殿下会保护好公主，本王多派几个侍卫沿途护送，不会有事的。”慕容彧冷酷无情地说道。

“王爷……”她娇嗲地叫。

“太子殿下，请。”他淡漠地看向慕容辞。

“皇妹，夜深了就不要叨扰王爷了，咱们回宫吧。”慕容辞给她使了个眼色，拉她上马车。

好在慕容裳不笨，她明白再胡搅蛮缠下去，只会惹他动怒。便不情愿地上了马车，与慕容彧挥别。

御王府内。

慕容彧披着月白真丝中单从浴房出来，寝殿里的光照亮了他额头上的水珠，晶莹如冰晶。

刚喝完一杯茶，就听到咚咚咚的敲门声。

节奏感很强，是无影。

他躬身进来，禀告道："王爷，西秦国的探子回报，依然没有那姑娘的踪迹。"

慕容彧略一点头，好似已经习惯这个答案，默然道："继续找。"

无影领命，又道："关于那血玉的产地，属下去了一趟东楚国，碰到一个与玉相守一辈子的老玉匠，他说那血玉的产地应该是东楚国的玉清山，不过他也无法断定。"

"为什么？"

"传闻一百年前玉清山出产过血玉，不多时朝廷知道此事，便封了玉清山，连方圆十里的农户、猎户都要迁走。自此玉清山有兵士把守，不让百姓出入。"

"东楚国封了玉清山，意在挖掘血玉，"慕容彧微微点头道，"或许奉天殿出现的血玉真是产自玉清山。"

无影不解道："可玉清山出产的血玉，应该都在东楚国皇宫，怎么会出现在咱北燕国皇宫里？"

"血玉极其珍稀罕有，东楚国确实不会轻易让血玉外流。而奉天殿蓦然出现那么多血玉，只有一个解释：有人不惜血本。"

电光石火之间，无影忽然有点明白了，"王爷的意思是，奉天殿天降血玉一事跟东楚国皇室有关？"

"不止，那首歌谣，那些疑案、命案，谜一样的布局，可能都跟东楚国皇室有关。"

"但那些疑案不是已查清楚了吗？布局之人、凶手不是瑞王的侍妾翠浓吗？"无影骇然道。

“翠浓至死都没说出血玉从何而来，更没解释她如何拥有高强的武艺，她死了都不说，或许她只是一颗受人摆布的棋子。”慕容彧沉声道。

无影越听越心惊，没想到东楚国皇帝的手伸得这么长。

慕容彧接着说：“本王在东楚国安插那么多探子，东楚国皇帝睿智有谋，也会在诸国安插探子。”

无影又想不明白了，继续问道：“可是东楚国布这么一个扑朔迷离的局，有何企图？构陷王爷？”

慕容彧森凉一笑道：“那首歌谣是东楚国要本王成为众矢之的，成为臣民唾骂的窃国奸臣。”

无影恍然明白，如此一来，北燕国必生内乱，朝局动荡之际，东楚国挥军来犯。若南越国和西秦国与东楚国结盟联手，那北燕国……

慕容彧冷冷地说：“本王怎么会给他们机会？”

无影点点头，他相信王爷有通天之能，必能安邦定国。

“对了，王爷，属下得到消息，军器监有动静。”

“军器监？什么事？”

听完无影的发现，慕容彧觉得要去军器监走走了。

军器监在东郊行宫的西北，除了军器监的官员和工匠，任何人没有圣旨都不能进去。

这日上午，慕容辞和琴若乘坐马车前往东郊，途经大街时被人拦下了马车。

“殿下去哪里？我也要去。”一道清脆欢快的声音传来，马车前站着一个娇俏的少女，粉紫夏衫，紫红色丝裙，斜飞的发髻插着一支紫玉簪，笑得眉目弯弯。

此人正是端柔郡主慕容诗。

慕容辞的心咯噔一下，勉强道：“本宫有要事在身，改日再与郡主相聚。”

“我也去，我不会耽误殿下事情的。”

“郡主，今日本宫真有要事。不如这样，你去找沈知言，稍后本宫办完事了也会去找他的。”慕容辞道。

“这样啊……”慕容诗歪着头犹豫道。

一不留神，马车如箭离弦似的往前猛冲，从她身前擦掠而过。

她愣了一下，本能地拔腿追上去，喊着：“殿下，等等我……殿下……殿下……”

琴若回到车厢，慕容辞笑道：“做得好。以后郡主再来找本宫，本宫就把她打发到知言那儿。”

“这个主意不错。”琴若笑道。

车行至东郊，只觉得车子一顿，车夫喊道：“殿下，前边有个男子摔倒，好像还流血了。”

慕容辞让车夫放慢车速，从车窗望出去，那个男子躺在官道边，流了不少血。

“停车！”她匆匆跳下马车，琴若也跟了下去。

地上那人年约四十，身穿官服，腹部中了一刀，血水染红了官袍，他气若游丝地喘着，奄奄一息。

“你可是军器监的人？是什么人伤你？”慕容辞面色凝重地说，沈知言不在，她懊恼自己不会止血。

“我是军器监……主事周槐……”伤者费力地说道。

“本宫是太子。”她眉心紧蹙，“军器监是不是发生了什么事？”

“有人作奸犯科……呃……”

寒光如雪！一支飞镖劈空惊电般刺中他的咽喉！周槐脑袋一歪，气绝身亡。

不远处的树影后，一道黑影转瞬即逝。

琴若皱眉道：“殿下，这是梅花镖。莫非是周主事在军器监发现有人作奸犯科，因此遭人灭口？”

慕容辞点点头，“看来军器监的水很深。”

“眼下如何是好？还要去军器监吗？”

“今日不去了，把周槐搬上马车，去大理寺。”

刚刚放妥了周槐，就听到后面传来马车的辚辚声，慕容辞从小窗望去，觉得那辆马车有点眼熟。

那马车从他们面前缓缓驶过，在超过他们半丈处忽然停下来。

一个她熟悉得不能再熟悉的身影从马车跃下，她心神一震。

要不要这么巧？在哪里都能遇见他！

“殿下要本王上去还是殿下下来？”慕容彧冷凉的目光扫过周槐的尸体，沉声道。

慕容辞无奈地叹气，慢吞吞地下了马车，却看见他径自回去上了马车。

什么意思？要她上他那辆马车？

太子殿下：御王的马车是我最不想去的地方

军器监里的秘密

太子与御王夜探军器监

注意：前方高甜

御王隐隐觉出真相

第十二章

安能辨我是雌雄

若不遵循他的意思，他也会逼她，最后还是一样的结果。慕容辞不想再争，叹了口气上了他的马车。

两辆马车调转方向，往城里行驶。

郊外树林十分寂静。

一束纤细的日光流泻进来，慕容彧沉在暗影里的面容顿时一亮。

“周槐怎么死的？”他淡漠地问。

“腹部中刀，奄奄一息，本宫问他时，他又被人用梅花镖割喉毙命。”她简略地陈述。

“看清楚灭口的人了吗？”

“本宫只看见黑影一闪，那人就消失了，轻功不俗。”慕容辞试探地问道，“王爷也去军器监？”

他颔首，眉宇沉凝如水，说：“本王得到线报，军器监有异动。殿下也是收到线报才去军器监的吧？”

她纤眉一沉，语声冷冷道：“可惜周槐还没说出是谁作奸犯科，就被灭口了。”

“你亲眼看见周槐死了，其实已经打草惊蛇，他们会有所防范。”

她克制着怒火，说道：“那就不要再遮遮掩掩了，王爷收到的线报是什么？”

一小片日光在他的眉宇闪烁，宛若夜明珠光莹玉润，他一字一顿地吐出四个字：“私卖兵器。”

她只不过随口一问，没想到他会说出来，倒是愣了一下。

“殿下有什么打算？”慕容彧轻淡地问道。

“没什么打算，本宫要先理理思绪。王爷有什么打算？”慕容辞反问。

“军器监的事不简单，还需时日看看情况。”

她心里一笑，含糊其辞，他俩路数相当。

日光流闪，他冷峻的五官如雕如琢。

来到大理寺，沈知言查验了周槐的尸首，有两处致命伤，一处是腹部，一处是咽喉。

之后，顾淮亲自送慕容彧离去，慕容辞和沈知言来到内苑厢房。

沈知言斟了两杯茶，“殿下觉得周槐是被军器监的人杀死的？”

她点点头，说：“周槐应该是发现了某人的秘密，从军器监逃出来，却惊动了那人，最终被灭口。”

他有些愤怒地说道：“私卖兵器形同通敌叛国，那些人好大的胆子！”

“军器监主管的有万方、王涛以及主事周槐三人。胆敢私卖兵器的，不是万方就是王涛。”

“殿下分析得极是。不过私卖兵器罪大恶极，涉事者绝不会轻易认罪。”

“这事还需暗中追查。不过先来明的，明日本宫去军器监一趟。”

军器监位于东郊行宫的西北处，入口是一座巍峨的门楼。

对从这里出入的每个人，都要进行严格的盘查，一般而言，除了皇上、皇后、太子等皇家重要人物，朝中大臣来此都要携带手谕，当然还有一位例外，那就是一人之下万人之上的摄政王。

守卫查看了慕容辞的令牌，立刻放行。

不过，一个守卫从一旁悄然离开，向里飞奔而去。

“殿下，有人去通风报信了。”琴若冷笑道。

“无妨。就是要看看他们如何接待本宫。”慕容辞坐在马车里，暗影里眉目森冷地说道。

前方是一排房屋，粗犷古朴。房前，万方大人已领着一干人等恭迎太子。

“免礼。”慕容辞玩世不恭地笑道，用故作轻浮的姿态说道，“诸位辛苦了。”

“殿下请进。”在日光的照耀下，万方脸上油光闪亮。

军器监山高皇帝远，这儿的官员每日就是饮茶闲谈、吃饭睡觉，睡醒了就去后面的兵场巡视一圈，只是苦了那些真正干事的工匠，日夜操劳。

慕容辞笑哈哈地跟他们寒暄，扫几眼军器监丞王涛。

王涛瘦骨嶙峋，那张脸也是极度消瘦，只一双眼睛精明地转来转去，一看就是脑子灵活、心术不正的人物。

来到正堂，上了茶，王涛赔笑问道："今日殿下是奉旨来巡查的吗？"

"父皇要本宫没事来走走看看，本宫觉得有万大人和王大人在，有什么好看的？二位大人在军器监也有十年了，本宫再放心不过了。"慕容辞笑道，"本宫来不过是和父皇交个差，本是昨日就来了，可是在半道碰到一个死人，就是你们这儿的主事周槐。本宫觉得晦气，就索性回城了。"

"有殿下这话，微臣老怀安慰，多谢殿下信任。"万方鞠躬拜谢，"说起那周槐，王大人，你可知是怎么回事？他怎么会死在离军器监不远的官道上？"

"殿下，下官倒是知道一点。那周槐最是耿直老实，在军器监这几年勤劳肯干，为军器监立了不少功劳。这两年他不知怎么回事迷上了赌，而且还偷偷摸摸不让家里人知晓。"王涛眉飞色舞地说道，"一个月前，他在赌馆输了三百两银子，不敢跟他家夫人说。下官等人借了他几十两银子，让他先拿去还给赌馆。可是那赌馆的打手还三天两头来追债，昨日竟然在周槐出去时杀了他。"

"哎，天天见的同僚就这么死了，人生无常啊。"王涛重重地叹气道，"周大人嗜赌成命，最后把命给丢了，殿下，虽然周大人糊涂至此，但在军器监效劳了这么久，还望殿下不要把他这些糊涂事说出去，让他死后保有名节吧。"

"本宫想起来了，难怪昨日本宫看见周大人的时候，他满面悔意、老泪纵横，还说了一句话。"慕容辞唏嘘道。

"什么话？"万方和王涛异口同声道。

"他说赌……误了一生。昨日本宫还不明白是什么意思，你们这么一说，本宫就全明白了。"她爽朗道。

"的确是误了一生。"

万方、王涛对视一眼，暗暗松了一口气。

琴若提醒道："殿下，陛下不是说了要去工场看看吗？"

慕容辞一拍脑门，“对对对，本宫险些忘了。父皇非要本宫去工场转一圈。万大人，王大人，不如带本宫前去走一圈？”

万方、王涛哪敢拒绝，自然鞍前马后地伺候，往工场走去。

工场很大，分隔成不同的制造区域，工匠们都身穿短衣短裤埋头苦干，万方、王涛热情地介绍，一副逢迎谄媚的嘴脸令人厌恶。

慕容辞转了一圈，没发现什么不妥的地方。想来也是，表面上哪能瞧出端倪。

刚从工场出来，他们就看见正堂坐着一人，正悠闲地饮茶。

正是慕容彧。

他搁下茶盏，气定神闲地看着他们。

万方和王涛大吃一惊，连忙走过去躬身行礼道：“下官拜见王爷。”

“免礼。”慕容彧目光扫向她，若无其事地问，“太子殿下是奉旨前来的？”

“是啊，父皇非要本宫来看看。其实军器监有万大人和王大人看着，怎么会有事？本宫方才看过了，工场一切井然有序，这二位大人把军器监打理得井井有条。若王爷不信，可以亲自去看看。”

万方和王涛面色严肃，这御王跟太子殿下可是不同，不是几句好听话就能糊弄过去的。

慕容彧站起身，盯着他们的目光意味深长。无形的威压如高山，他们的心咯噔一下，又沉了几分。

“殿下瞧过了，自然没什么不妥。只是既然来了，本王就勉为其难地巡查一番，也算是为人臣子的本分。”慕容彧语笑从容，“殿下不介意陪本王再巡查一遍吧。”

“本宫还有要事……”

然而，她还没说完，他就拽住她的手腕，径自往后面的工场走去。

“二位大人不在前引路吗？”他回头看向站在一旁的万方和王涛。

万方、王涛快步走在前头，只觉得眼睛辣辣的——御王拉着太子的手？

慕容辞想甩开手，却根本无济于事，只能压低声音道：“还不放手？你有断袖之癖，本宫可没有！”

“有断袖之癖不是更好？”慕容彧俯首在她耳畔轻声说，“他们会觉得，本王与殿下来军器监私会……”

这……似有些道理。

慕容彧再次倾身与她耳语，大手下滑，转而握住她的手，说：“如此一来，他们会放松警惕。”

慕容辞转过头去，手是抽不出来了，就这样吧。

忽然，他往左侧走去，在一扇门前止步，问道：“里面是房间？做什么的？”

此处有两扇厚实的木门，被铁锁紧紧地锁住了。

万方笑着解释道：“原先是个房间，不过废弃了多年，故而用锁锁住了。”

慕容彧接受了万方的解释，原路折回去，突然想起了什么，说道：“对了，本王想去账房瞧瞧。”

“王爷，前两日账房失火，险些烧起来，所有卷宗账簿还没整理归档，乱七八糟的。不如王爷三日后再来，下官必定把所有卷宗和账簿整理好，方便王爷审阅。”万方小心翼翼道。

“无妨，本王随意看看。”说完，慕容彧忽然大步流星地往外走。

慕容辞只好跟着他大步走，心里隐隐激动——今日能到账房看看，必定有所收获。

账房里两位主事见御王、太子来了，连忙起身到账房外行礼。他们又看见身后万方、王涛使眼色，立即会意道：“王爷，太子殿下，账房的卷宗和账簿有点乱，下官尽快收拾好，王爷、殿下不如先到正堂歇息，稍后下官把卷宗和账簿奉上。”

“不必了。”话音未落，慕容彧跨步进去，撞歪了一个主事，强势慑人，只留下一句话。

慕容辞偷笑，跟着走进账房。

万方的眼睛闪了一下，殷勤道：“王爷想看哪年的账簿？下官找出来。”

“王爷，这么多卷宗和账簿，实在不好找。王爷想看哪年的，下官几人一起找比较快。”王涛赔笑道。

“万大人，王大人，二位怎么好像有点慌？”慕容辞打趣道。

“殿下和王爷亲自驾临，下官哪能不慌？下官只怕军器监有什么疏漏，殿下和王爷怪罪下来，下官……”万方凄苦道。

“不做亏心事不怕鬼敲门，本宫与王爷只是随意看看。”她笑眯眯道。

她给慕容彧使了个眼色，然后道：“万大人，每次打造多少兵器，兵器用于何处，何人提取，都会记录在案吗？”

王涛回道：“那是自然的。一把刀丢了，都要记在册上。”

慕容辞笑笑，“二位大人尽忠职守，把军器监打理得井井有条，本宫回宫后自当向父皇如实禀报，说不定父皇一高兴，二位会得赏赐呢。”

“下官谢殿下美言。这是下官的本分，下官不敢言功。”王涛立即表忠心。

“听闻王爷喜好书画，果不其然。”万方快步走上前，看着墙上挂着的一幅《远山图》，“这《远山图》是下官在书肆偶然购得，挂在账房，账房也就多了几分高雅之趣。王爷也喜欢这幅画？”

“虽说此画乃无名氏所作，不过意境高妙空灵，笔法稳健而渺远，灵气四溢，值得一赏。”慕容彧赞道。

“王爷喜欢，稍后下官命人送到御王府。”万方道。

“君子不夺人所爱。”慕容彧转身来到案前，随手取了一本账簿翻看。

慕容辞看见万方、王涛等人紧张面色似有缓解，明白案上这些卷宗、账簿都是表面功夫。

她取了一本册子来看，果不其然，记录的每一条都清晰明了，十分正规。

随后，二人在正堂用了茶，便起身告辞。

马车上，慕容辞郁闷得快吐血——慕容彧坐在右侧，喝着她的茶水和吃着她的糕点。

他不是有快马吗？为什么跑到她的马车上？

琴若坐在外头，是被他赶出去的，他俨然把自己当作主人，悠然自得。

“殿下可有瞧出什么问题？”慕容彧漫不经心地问。

“军器监有很多秘密，只是他们藏得好。”她回道。

“殿下有何打算？”

“王爷有何打算？”

“把他们藏着的秘密挖出来。”

“如何挖？”

“本王还没想好。”慕容彧取了一块绿豆糕递到她嘴边，有些轻浮地说道，“味道不错。”

“不吃。”经过他的手的糕点，慕容辞才不吃。

以他的睿智善谋，怎么会没想好对策？无非不告诉她罢了。

他优雅地把绿豆糕放入自己口中，说：“周槐之死，你觉得是万方和王涛做的？”

想起那两人狼狈为奸的嘴脸，她就恶心，轻蔑地说：“极有可能，但没有证据。”

静了半晌，慕容彧忽然道：“军器监的秘密，殿下还是不要查了。”

“为什么？”

“本王担心殿下会丧命于军器监。”

慕容辞气愤不已，这不是咒她死吗？

他不让她插手追查，莫非是担心她查到什么不利于他的事？

想到此，她更是非查不可。

慕容彧悠然自在地饮茶，看斑斓日光下她雪白的小脸闪着光，宛若一片琉璃浸润在冰泉里，纤尘不染。他不知道他对太子这种奇异的情愫缘起于何处，只是仿佛被命运牵着走到了这一步。

进了城，他自是去皇宫处理政务，作为摄政王，他的确勤恳。

慕容辞望着他离去的背影，心里泛起了不一样的涟漪，却只是一瞬间，她按捺住心中的怜悯，暗示自己，权力才是驱使慕容彧行为如此的动力。如今她身为太子，却无法监理朝政，只能在外围维护国本，每想至此，慕容辞就无法不与这个摄政王为敌。

她没回东宫，直接去了大理寺。

她把今日的所见所闻一五一十地告诉沈知言，他震惊道：“殿下怀疑万方和王涛控制了整个军器监？怀疑他们瞒着朝廷私卖兵器？”

她颔首，肯定地说道：“两个主事听命于他们，本宫猜想主事周槐耿直老实，对朝廷忠心耿耿，发现他们私卖兵器才被灭口。”

“殿下决定追查军器监？”沈知言惊骇地说，“万方、王涛为了一己私利胆敢杀害朝廷命官，还有什么事做不出来？此事危险，殿下三思。”

“再危险，本宫也要追查到底！私卖兵器罪大恶极，长此以往，我北燕国军事必然受到重创。本宫一定要将作奸犯科者绳之以法！”

“那我陪殿下去。”他知道劝不动殿下，唯有舍命陪君子，“殿下哪日行动？”

“你武艺不高，只会给本宫添乱。”她笑道，“放心吧，有琴若保护，本宫不会有事。再者本宫习武多年，可以自保。”

“那殿下务必当心。若有危险，便立即撤退，来日方长。”沈知言叮嘱道。

告辞之后，慕容辞去了一趟漱玉轩，给容湛留了口信。

是夜，夜色如墨，月朗星稀。

她和琴若身穿夜行衣策马飞奔到东郊，在距军器监二里的地方下马，徒步过去。

琴若睁大眼睛往四周望了望，气急道：“容公子怎么还不来？他没得到殿下在漱玉轩留下的口信吗？”

“应该不会。除非容湛今日不在城里。”

“那不如改日再来？”琴若提议道。

“今日是最好的时机。”慕容辞正色道，“万方、王涛必定以为今日本宫去过军器监，绝对不会再去。本宫偏偏要今夜夜探军器监。”

“可是只有殿下与奴才二人，太过冒险。”琴若担忧道。

“好啦，先进去再说，倘若有危险，咱们立即撤。”说完，慕容辞率先往前走。

琴若快步跟上，虽觉得这样不妥，但暗下决心倘殿下有性命之忧，她定当拼死保护。

郊野死寂，偶有野兽的怒吼声和大鸟的啼声传来。广袤的夜幕如极品的墨蓝丝绒，一轮明月洒下万千清辉。

军器监西北有一处废弃的小门，虽用铁索锁着，但宫墙较矮，轻功可入。

今夜应该是万方值守，此时军器监内静谧无声，她们潜进正堂后面的房舍，直入账房。

军器监四周重兵巡守，内部却是松懈，来去自如。慕容辞心头冒火，军器监的人都该死，竟然这般疏忽大意，根本不重视防守。

从窗台就进了账房，她吩咐琴若放风，然后直接走到那幅《远山图》前面。

白日慕容彧盯着看这幅图，绝非喜好书画，而是这幅图有古怪。当时她只是看了两眼，也觉得这幅图有点怪。

她在黑暗里端详了一瞬，掀开了这幅巨大的画——果不其然，内有乾坤。

这幅画遮掩的是一扇小门，小门上了金锁，她取出一根细铁丝挑拨锁芯，手法颇为娴熟。

不多时，金锁开了。

她打开小门，里面是一个凹洞，放着不少东西，有几本账簿，还有军器监乃至北燕国的国家机密——火炮的制作秘方，火箭的制作图样，绝世神兵的制作图样，等等。

她立即从衣襟里取出夜明珠，打开账簿。

看一页心就往下沉一分，凉一分，怒火就往上飞蹿一寸。

这才是军器监真正的账簿。

取走会打草惊蛇，不取走又没有证据。索性，拿了一本中间的带走。

主仆俩出了账房，前往工场。

琴若放风，慕容辞潜进工场。夜明珠莹光玉润，她顺利找到白日慕容彧问到的那扇门，取出细铁丝开锁。

打开的刹那，她愣了一下，这是一间空荡荡的房间。里面只有一把藤椅，此外别无他物。

忽然，远处传来嘈杂声，是琴若被侍卫发现了？

慕容辞正要往外冲去，却有一道黑影迅如惊雷地射进来，房门砰地一声关上。

她早已把夜明珠收入怀里，因此根本不知来者何人。

黑影不动，她也不动，冷冷地对峙。

外面有人！应该是四个人！

房门被踹开，外面的人冲进来，在房中寻找击杀的目标。

她蹲在角落里，将存在感降到最低。

那黑影不知是敌是友，忽然银光骤亮！

利刃刺破血肉之躯的轻响，在死寂的暗夜里那么清晰！

那黑影突然蹿起，迅疾如鬼魅，利刃在那四个人之间穿梭，寒光如雪。

四声轻响，四人倒地身亡。

精妙！奇绝！

外面再次传来杂沓的脚步声，砰地一声，房门重重地关上，并且闩住。

那黑影朝她靠近，令人倍感压力。

她步步后退，捏紧拳头。

“是本王。”低沉醇厚的声音，在这暗夜里有一种奇异的安定人心的魔力，竟让慕容辞瞬间心安。

慕容辞生生地被逼出冷汗，所幸方才没有暴露身手。

怎么，他竟然也夜探军器监？

心神未定，他已在地上敲了几下，打开一块木板。

下面似有一线昏光，这是地下通道的入口。

他迅捷地跳下去，稳稳落地伸出双臂，说：“跳下来，本王接着你。”

外面的人已在设法开门，她咬咬牙，纵身跳下去。

一双长臂稳稳地接住了她，将她揽入怀里。

温热的胸膛似烈焰烫着她，她倏地跳脱出来。

短暂的肢体接触让他意乱神迷，他极力压制。

慕容辞举目观望，此处是宽敞的地道，潮湿阴冷，前方有暗红的光，神秘诡谲。

慕容彧对她使了个眼色，便往前走。

脚步声清晰地回响在空荡荡的地道里，每隔一段石壁上就有一盏燃着松油的灯烛。

“这地道好像很长。”他温醇的声音在空旷的地道里响起。

“要走到尽头吗？”她有点迟疑，亦是担心琴若。

“既然来了，就要看个究竟。殿下怕吗？”

若她害怕，就不会来了。

他一笑，继续前行，忽然脑海蹦出一个诡异的念头：眼下只有他们二人，倘若忽然天崩地裂、地动山摇、地道倾塌，他们葬身此处。那么，他甘心吗？

二十载戎马付之流水，五年立身庙堂恪尽职守转眼灰飞烟灭，一世英明，一腔热血，一颗雄心，都要埋葬在这尘烟土灰里。

慕容彧心念至此，侧过头看太子。

昏黄的光影在那雪白的小脸流闪，太子就在他身侧，触手可及的地方。

倘若此刻就要他死，他会在临死之前做什么？

或许会把太子揽在怀里，说那些还没来得及说出口的话。虽有很多遗憾与不甘，但好在，身旁还有太子。生或死，他们都在一起。

这念头古怪，但清晰而强烈。

他不由自主地去握太子的手，然而太子又避开了。

慕容辞瞪他一眼，忽然想起他白日隐瞒不说，其实是算准了自己今夜会夜探军器监吧。

“殿下在账房找到他们私卖兵器、作奸犯科的罪证了吗？”慕容彧忽然问。

“没找到。”她果断地否认。

“找不到证据，就无法将作奸犯科之徒治罪。”

“倘若万方等人当真私卖兵器，就必须探查这条地道的出口。”

“私卖的兵器从正门出去，必定会被盘查，若从这条地道运出去，就神不知鬼不觉。”

慕容彧点头道：“的确如此。想必这条地道是通往荒无人烟的郊野。”

说着，他忽然止步，猛地回身拽住她的手飞身而起。

就在同时，咻咻几声，十几支冷箭凌厉地射来。

生死一瞬，刚刚若不是他，她已被射成蜂窝了。

慕容辞感到一丝后怕。

“没事吧。”慕容彧问，看见太子的小脸有点苍白。

“没事。”她稳定心神，扬起眉睫，要他知道她不是弱者。

“若殿下想回去，本王可以送殿下……”

“不必，走吧。”慕容辞低头朝前走，有些懊恼。

“小心！”一声暴喝，他疾若惊电地飞身掠去，长臂揽住她的腰肢，凌空飞起。

咻咻咻——

冷箭如蝗虫般射出来，漫天如雨。

她紧紧地抓住他，被他带着在地道的上空闪避，时而飞旋时而落地，不知为什么，她竟然没觉得害怕，像是笃定他一定会避开那些拿人性命的利箭。

越过那段路，箭袭总算停歇。

正想往前走，她听见轰隆隆的声音，蛾眉一蹙，问道：“这是什么声音？”

“快跑！”他火速地拽住她的手往前飞奔，甚至使出轻功，化作魅影。

然而，这条竟是死路。

她心急如焚，在墙壁上寻找机关。

“不必找了，我们必死无疑。”慕容彧没有半分惧色。

那轰隆声越来越近，一块巨型圆石滚来，地道随之摇晃。

“快想办法！”她充满了恐惧。

他扣住她的手腕一把将她拽过来，转身护在怀里。

轰隆！

圆形巨石撞到底，终于不动了，地道不再摇晃，天地安静下来。

慕容辞缩在他怀里，以为自己会被压扁，可是身上一点都不痛。

她睁开双目，看见圆形巨石就挨着他们，只是角落空出一丁点地方，正好让他们容身。

他们正相拥紧抱，否则空间不够。

她努力地想往后靠，可是根本纹丝不动。

“太挤了，能不能松开一点……”她的腮边染了红艳的云霞，慕容彧垂目看她，虽然她身穿夜行衣，但黑色更衬得她娇艳。

怀里软玉般温软的人儿，撩拨着他的意志。

他忽地俯首，两个人的气息相互交缠。

她好似被灼热的气息烫着了，身子一颤，不由得气恼地怒斥道：“放开本宫！”

“若殿下是男子，上次在清元殿，为什么主动吻本王？”他似笑非笑。

“那是因为……”慕容辞语塞。

那花瓣般的樱唇无声地诱惑着他，他放纵自己的欲念吻了下去。

她动弹不得。

刚刚经历了生死之劫，此时又羞愤动怒，她血气上涌，慕容辞在他的霸道的攻势下缴械投降。地道好像又摇晃起来，他们像泛舟于狂风暴雨下的汪洋大海，在巨浪里沉浮。

见她神思恍惚，慕容彧轻吻她的蛾眉，拇指悄然移到她的颈项。

然而，他的手指停滞了，没有再往下。

“你做什么？”慕容辞清醒过来，蓦然发现他的手在自己喉间，惊得花容失色。

慕容辞无法确定他究竟摸到自己的咽喉没有，忐忑不已。

倘若他知道自己是女子，他定会在朝堂上揭穿她女扮男装的皇家丑事，废了她这个太子。过不了多久，北燕国就会落入他的掌心，江山易主，改朝换代。

越想越惊，如坠冰窖。

可是，方才他为什么拼死救她、护着她?

“在想怎么杀本王？”慕容彧薄唇斜勾，打趣道。

“方才你为什么护着本宫？”

“想知道？”他笑道。

慕容辞恼怒地瞪他，他低沉地笑，片刻，又沉下脸色，岔开话题，说：“他们私卖兵器应该有一段时日了。”

慕容辞蹙眉揣测道：“他们把兵器卖给什么人？会不会是东楚国、南越国或西秦国？”

“必须找到兵器买家，人赃并获。”他的眼中溢出一缕清寒。

“我们已经打草惊蛇了，近期他们应该不敢明目张胆地把兵器运出去。”

“殿下偷了一本账簿出来？”说着，慕容彧从她身上抽出一本账簿，她想阻止都来不及，气恼地干瞪眼。

他翻开账簿一目十行，得意地说道：“你身子柔软，有一块地方略硬，必定是放了一本书。”

慕容辞闻言大窘，又是一记眼刀子射过去。

“这本账簿记载了私下里买卖兵器的每笔交易，”他的愤怒之气在眼里氤氲，“这般明目张胆，罪大恶极，五马分尸也不为过！”

“可不是？还有好几本呢。”她打量着他，他这动怒的模样好像不是伪装，他对大燕的忠诚让她为之动容，心生敬佩。

“或许万方等人买卖的并非只有兵器，还有其他。”慕容彧的眼里寒光如刀锋凛冽。“火炮的制作秘方，火箭的制作图样，绝世神兵的制作图样，万方很可能出卖了我北燕国最高军事机密。”

她蓦然震骇，咬牙切齿道：“万方实在该死！”

这事若要彻查，还需时日，她静静地凝视他，他棱角分明的脸隐在暗影里，眼神犀利。

狭小的空间里，拥抱的时间长了，已有些透不过气来，二人渐渐觉得呼吸困难。

“本王先送你出去。”慕容彧道。

“可以出去吗？”慕容辞心中一喜。

“这个缝足以容你爬出去。你当心点儿。”

他把她抱起来，她借他的力道爬上圆形巨石，轻松一跃，她跳下去，终于逃出生天，欣喜地问：“你自已能过来吗？”

他摇头道：“殿下你先走吧，或者找人来救本王。”

慕容辞沉默了半瞬，道：“本宫都能过来，你武艺高强怎么可能过不来？”

“殿下还是走吧。”慕容彧淡漠道。

“你当真不过来？”她板着脸道。

“什么都瞒不过你。”他一笑，提气一跃，就从巨石上轻松地跳下来。

“殿下没有舍本王而去，可见殿下是个重情重义之人。”他笑道，这一小小的试探，说明她对他并非只有恨。

两人往回走，在地道壁上忽然发现一个机关，轻轻一触，石门打开了，又是另一条地道。

他们对视一眼，地道很长，越往前走光线越暗，因为没有灯烛了。

忽然，他拉她的手，凝神静听，轻声说：“后面有人。”

她竖起耳朵听还是听不见，可见他的洞察力之惊人。

慕容彧拉着她往前疾走，忽然发现地道的一段转角处黑得伸手不见五指，而且似有一处凹洞，可以藏身。

他一把将她拉进来，拽到怀里。

她气得浑身发颤，每一次他都是这样，看似救她于水火，实则趁人之危。

“嘘——”慕容彧发出警示，从身后抱着她，握着她两只手。

确实，有疾奔的脚步声由远及近地来了，粗略算来，至少有十几个人。

她默默地忍受，事急从权，也罢也罢。她不能暴露身手，只能暂时让他“为所欲所”。

那脚步声越来越近，其实以他的武艺，区区十几个侍卫，何须躲。洞里暗黑如墨，她看不见他是什么表情。

那队人正经过这里，却毫无察觉，快速往前追去。

她刚想站起来，他又嘘了一声，示意她不要动。

极致的寂静，极致的暗黑，只有阳刚温热的沉水香气息缭绕四周。

他的大手握着她的手，掌心的薄茧剐蹭着她娇嫩的肌肤，她整个人缩在他怀里，炽热的气息喷洒在四周，说不尽的香艳销魂。

一切尽在不言中。

不知为什么，她敏锐地察觉到筋骨从未有过的酥软，懒懒地不想动，放下了一切防备，想永远这样赖在一个人怀里，没有血雨腥风，没有风剑霜刀，岁月静好，平安和顺。

只是猛地，她忽然惊醒过来。

怎么可以有这样的想法？

怎么可以对慕容彧产生这种荒唐可笑的念头？

从她懂事起，她这一生的责任与志向就只有一个：当一个称职的太子，登基为皇，统领北燕国，当一个英明神武、爱民如子的皇帝。

他狼子野心，冷酷狠辣，是她最大的敌人。她与他之间只有仇恨与生死，哪有儿女私情？

她霍然起身出去，慕容彧跟随前行，步履无声。

地道的出口以树枝荒草遮掩，十分隐蔽。

郊野死寂，只有夜风吹拂，树叶沙沙轻响，平添几许诡谲。

往前走了半里地，脚下有两条小道，慕容彧沉沉道："往这边走可往东南，往那边走可往西南。不出一里地便是官道，兵器从这里搬出去，非常方便，车驾也可进来。"

慕容辞问道："眼下回军器监吗？琴若还在那儿，她找不到本宫会以为本宫出事了。"

"放心吧，本王的人会告诉琴若你没事，眼下琴若应该离开了军器监。"

"那我们呢？回城吗？"

可是，他们没有马，徒步回城，不知要走多久。

慕容彧没有回答，径自前行。

她跟着走了半里地，来到一条小溪旁。

他捡了一些干树枝，生了火，她口渴得很，便去喝了两口清甜的溪水，然后坐在草地上歇息。

其实她可以发信号弹跟琴若、容湛联络，不过如此一来他会起疑。而他必然也有跟属下联络的办法，只是他为什么不联络属下，不立即回城呢？

"还是回城吧。王爷有办法跟下属联络吗？"她淡淡地问道。

"不急。"慕容彧语声轻缓，在草地上躺下来。

银河浩瀚，星空似一匹无边无际，镶嵌着晶钻的墨蓝丝绒。

夜风微凉，凉爽得恰到好处，月色薄纱在天地之间轻然摇曳。

见他仰面躺着望天，她也忽有倦意，在他的对面躺下。

四周寂静，散落的星辰璀璨流光，不知不觉，她睡着了。

慕容彧起身解了外袍，盖在她身上。

她玉白沉静的容颜似一朵高洁如玉的琼花绽放在无边的暗夜，她侧过身，微微蜷缩，像个渴求安慰的孩子，在他看来，她温软的身躯是世间最神秘、最诱人的。

他在她身旁躺下来，长长久久地看她，修长的手指落在她光洁的额头上，轻轻下滑，停留于她的眉睫。

她精致的眉睫似有一片星光，宛若琉璃光转。

她的眉头、眉峰、眉尾，纤巧得令人爱不释手，又像是人的一生的完整轨迹。他没有参与她的前十八年，她的余生，他能参与吗？想到太子的身份，还有他自己这种怪异的情愫，慕容彧困惑了，但无数次的接触似乎让他已经有了答案，但不想戳破。

慕容辞是被鸟叫声吵醒的，还没睁开眼就觉得日光刺眼。

东方长空铺着万丈晴艳，瑰丽的云霞，壮美得令人心醉。

她有点恍惚，她怎么会在这里？身上有玄色轻袍，应该是他的。

她眯眼望去，他站在小溪前，长身昂立，身上穿着月白中单，嵌在枝叶繁茂、满目碧翠的背景里，如玉如琢。

她心里微凛，昨夜她竟然一躺下就睡着了？毫无防备？

幸好他没做什么，也算正人君子。

慕容辞站起身，挽着他的衣袍走过去，故作镇静地说："什么时辰了？"

"应该是辰时。"

"回城吧。"

她还是想不通，为什么他非要在这里过一夜？而昨夜他并没对她怎么样。

"昨夜本宫没说什么梦话吧。"

他似笑非笑地看她，"殿下忧思过度，说了不少梦话。"

"啊？当真？"她心里微惊，暗暗思忖他说的是真是假，接着说，"本宫说了什么梦话没有？"

"想知道？"他轻指自己的颊边，说，"亲一口，说一句。"

慕容辞大窘，恨恨地瞪他一眼便大步离去。

这男人越来越过分，调戏、轻薄、强吻，各种伎俩轮番上阵，真把她当作姑娘吗？还是他已经识破她是女扮男装，只是没有说破？

心念至此，她冷汗涔涔。

她实在拿捏不准，根本猜不透他的如海心思。

慕容彧快走几步，与她并肩而行，云淡风轻道："殿下，若要人不知，除非己莫为。"

"什么意思？"慕容辞心神大骇道。

"世人不傻，不要当所有人都是傻子。"说罢，他率先前行。

他说的是她女扮男装欺瞒朝廷这件事吗？

她暗暗咬牙，往后他会不会以此事为要挟，胁迫她做什么？

五脏庙唱起空城计，她转眼四望，不远处有一株树，那不知名的野果都红了。

慕容彧几步过去，飞上枝干，摘了几颗果子便飞下来。

“这是什么果子？”

“本王也不知。”说完，他咔嚓一声咬了一大口，声音十分清脆。

“会不会有毒？”她端详着野果，就是不敢下口。

“若本王毒发身亡，记得为本王收尸。”他坐在一块较为平整的石块上，没几下就啃完一个果子。

见他没事，她这才放心地啃起来，坐在他身旁。

把两个野果啃完，她打了个饱嗝，正想站起来，脚踝忽地一痛。

她尖叫一声，见一条蛇在草丛里快速溜走。

他慌忙说：“可能是毒蛇，殿下不要动。”说着，他把她的左腿放在石块上，解下她的黑缎皂靴和月白丝袜，玉白的脚踝处赫然有蛇咬的伤口。

“有毒吗？”

他却蓦然低头，俯身就吸她的伤口，吸一下把毒血吐出来，连吸三口才停下。

她愣愣地看他，他究竟在想什么？

“你这样，自己会不会中毒？”

“不会。”他深情地看着她说，“若是中毒，本王认命。”

她不知是被毒辣的日头晒得头昏脑涨，还是被他的目光烫到了，她雪腮一红。

他转过身，屈膝弯身，说：“上来。”

慕容辞愕然，他要背自己？

其实她可以自己走，只是走得慢一些。

“莫非要本王抱着殿下回去？”慕容彧转过身，又露出似笑非笑的邪笑。

她窘迫气恼地瞪他，爬上他的后背。

他一步一步往前走，步履沉稳，她趴在他背上，思绪万千。

不久之前，她还谋划着要取他的性命、削他的头颅，她无时无刻不记住他们之间只能是仇敌、对手，不是你死就是我亡，而此时，他们在荒无人烟的郊野相依为命。

忽然涌起一股倦怠和疲乏。

倘若有一个宽厚的肩膀让她依靠，倘若有一个安稳的怀抱让她卸下肩上重任慵懒地躺着，倘若有一个对她全心全意、没有半分图谋的男子呵护她、疼爱她，她会心甘情愿地沉沦在男女情爱里。

然而，只是想想罢了。

即使她的秘密被人揭穿，也只会成为困在黄金牢笼里的一只被人圈养的金丝雀。

慕容辞唇角滑出一丝苦笑。

只是当下，太美好。

不!

这是错觉!

她不可以对任何男子有迷恋!

更不可以是慕容彧!

霎时，她的眸子清明如水。

“王爷累了吧，本宫下来自己走。”

“殿下，若你愿意，本王愿背着你，风雨同舟，不离不弃。”慕容彧语声低沉，异常坚定，“无论你是街边乞丐还是华殿贵人，无论是血雨腥风，无论刀剑相向，本王愿陪你看遍俗世红尘纷纷扰扰、恩怨情仇，垂暮之时还能握着你的手。”

这番话似乎饱含令人费解的男女之情。

慕容辞惊骇得僵住，心怦怦地跳。

他这是向她……表明心迹?

不！绝不是!

当朝御王冷酷狠辣，野心勃勃，怎么可能对她说这些绵绵情话?

这一定是他的诡计!

他这么说，无非是诱她自曝秘密，或者是用美男计诱她上当，要她拱手让出山河。

想到此，她稳定心神，却听他轻轻唤了两声。

“嗯？怎么了？本宫好像忽然睡着了。”慕容辞闪烁其词。

“没什么。”慕容彧淡淡的语声难掩自嘲。

走了一里地，终于遇到他的下属。

琴若跟着那两个黑衣男子寻过来，看见御王背着殿下，当即目瞪口呆。

慕容彧放她下来，就势在她耳畔低声道：“方才咬你的那条蛇没有毒。”

“殿下，你没事吧？”琴若迎上来，见她好像很生气，不过安然无恙。

慕容辞摇头，低声道：“回去再说。”

穿过城门，慕容彧望着她一骑绝尘，薄唇勾起一弯优雅完美的弧度。

接下来几日，慕容辞命人盯着军器监和地道的出口，不过没有任何动静。

万方、王涛果然是狡猾的老狐狸。

“琴若，给容湛传个话。”想了几日，慕容辞忽然诡秘一笑，吩咐琴若道。

大燕惊现连环毒品案

故事中一直有一个“黑衣人”

神秘的玲珑轩

御王：殿下，你去破案，我替你和你爸打理朝政（流泪脸）

御王又闯东宫

第十三章 一波未平，一波又起

漱玉轩内。

凤尾森森，绿意盎然。

琴若推开二楼雅间的竹门，里面的中年男子霍然站起，见到来人，极为震惊。

“下官拜见太子殿下。”他哆哆嗦嗦地躬身行礼。

慕容辞悠然坐下，琴若斟了两杯茶，笑道：“许主事坐吧。”

“下官不敢。”

“本宫记得，你是军器监账房的主事。”慕容辞笑语如风，很好说话的样子。

“正是下官。”许主事拘谨地垂着头，太子殿下传召他来这儿，必定是为了军器监的事。

“许主事，本宫没记错的话，你上有双亲、下有儿女，全家人指着你这俸禄过日子吧？”慕容辞清冷一笑。

“殿下说得是，全靠下官一人。”

“本宫听闻你一个月前搬到一座新宅院，虽然不及高门大户豪华气派，但比你先前的五间土房，还是舒适许多。不过，就你那份微薄的俸禄，如何买得起？”

“这……殿下有所不知，下官先前住的房子漏水，实在不能住人……下官咬咬牙跟亲朋同僚借了银两买的这座旧宅院，让父母过得舒服一些。”许主事结结巴巴，言辞闪烁，目光不定。

“许主事，你好大的胆子！”慕容辞陡然厉声怒喝道，“你还不知罪吗？”

他的身子剧烈地震了一下，战战兢兢道：“下官不知犯了什么罪，还请殿下明示。”

她盯着他的目光凌厉如刀，大声斥责道：“你私卖兵器，罪大恶极！本宫已经把你们的账簿送到上书房，御王定会治你的罪，且诛三族！”

砰的一声，许主事重重地跪在地上，央求道：“殿下，下官没有私卖兵器……殿下明察啊……”

琴若冷笑，“许主事，若你没有私卖兵器，如何有那么多银子购置宅院？那宅院虽然不大，但至少要几百两，这年头想要借几百两可不容易呢。若你不说实话，明日诛三族的圣旨就会颁下来。你想让双亲过上好日子，到头来却牵连他们成为刀下魂。”

他焦急又惧怕，煎熬半晌一咬牙道：“殿下，下官真的没有私卖兵器，是别人……”

“是谁？”慕容辞不紧不慢地问，这许主事面目忠厚，为人胆小，虽然与万方、王涛沆瀣一气，但极为孝顺，非常顾家，她才决定以他为突破口。

“是……万大人和王大人。万大人与王大人沆瀣一气，逼迫下官跟他们一起……倘若下官不照着他们的意思做，他们会杀了下官全家……”

“本宫给你一个将功赎罪的机会，把私卖兵器的账簿抄录一份给本宫。”

“这……”想到万方和王涛的狠辣嘴脸，他十分为难。

“他们私卖兵器、作奸犯科，迟早会纸包不住火，但他们比你心狠手辣，很可能把罪责推在你身上，要你当替死鬼。因此你只有一个选择，听命于本宫，本宫日后可保你一命。”慕容辞冷冷道。

“是，谢殿下。”许主事艰难地点了点头。

“本宫问你，与万方、王涛联络买兵器的是什么人？”

“万大人、王大人一向神秘，这么重要的事不会跟下官说的。”

“那近来军器监可有什么不同寻常的事？”

“除了周主事被杀这件事，下官一时想不起来有其他不同寻常之事。”

“你尽快把那些真正的账簿抄录一份给本宫。”

慕容辞示意琴若带他离开，许主事走到门口，忽然道：“殿下，下官想起来了，万大人和王大人喜欢玉，得闲就去玲珑轩看玉。”

琴若送他出去后回来，慕容辞端着青瓷小杯，若有所思，“让容湛查查玲珑轩。”

不多时，慕容辞和琴若从潄玉轩出来，坐上马车回东宫。

途经热闹的大街时，慕容辞忽然听到车窗外有人说有个员外郎死了，正疑惑时，就见沈知言策马飞奔而过。

“车夫，跟着沈大人走。”她大声叫道。

“好嘞。”说完，车夫立马调转马车。

慕容辞寻思道：“知言应该是赶去办案，我们跟上看看。”

一路跟着沈知言，到了一条窄巷子里，车夫只好把马车停在街边，慕容辞主仆跳下车来。

“知言……知言……”沈知言已经进了大门，慕容辞飞奔追上去，沈知言望过来，吃了一惊，立即过来带她们进去，不过并没有暴露殿下的身份。

“殿下是听闻庄大人的死讯才来的？”他揣测道。

“本宫正好在街上，听见路人议论这事，又看见你策马飞奔赶来，就跟着来了。”慕容辞含笑解释，扫了一眼前庭的情况。

“庄家一早发现庄大人死了，立即去京兆府报案。京兆府派人来看了，又派人去大理寺禀报。”他低声道，狡黠地笑，“这是京兆府的命案，我可不想揽事上身。”

“有命案发生，有尸首可验，这不是沈大人最喜欢的吗？”琴若打趣道。

这时，两个衙役走过来，其中一人说：“沈大人，捕头和仵作请您去看看。”

沈知言与慕容辞对视一眼，一起往里面走。

后院，一众女眷跪在地上哭哭啼啼，下人站在一旁，垂头不语。

京兆府的捕快引他们进书房，恭敬地说：“沈大人，您验尸的本领高，因此请您来看看。”

书案、书架、青花瓷等都好好的，一切井然有序，死者庄秦倒在书案前的地上，衣袍尚算整齐。

沈知言戴上纤薄手套，蹲下来查验。

“记：死者庄秦大约死于夜里子时。瘦骨嶙峋，肤表色黑，瞳孔放大，唇发绀，十指为紫青色……”

堂堂工部员外郎，怎么会瘦成这样？

“庄大人应该是中毒身亡。”沈知言站起身，脱下手套后说。

“瞧得出来是什么毒吗？”慕容辞凝重地问。

“眼下尚未可知。”他对捕头道，“此案本是京兆府主理，不过庄大人死得蹊跷，我必须把死者带回大理寺进行更详细的尸检。”

“无妨无妨，稍后下官派人把死者送到大理寺。至于此案是不是移交大理寺主理，到时看大理寺的意思。”捕头爽快道，“对了，沈大人，庄大人是半夜死在书房的，一大早管家来书房才发现。”

慕容辞纤眉微颦道：“庄大人没回房就寝，庄夫人没差人来书房看看吗？”

他回道：“下官问了庄夫人，据她说庄大人常在书房看书看到很晚，倘若临近子时，便在书房的暖阁歇下，不回房就寝。”

二人四下打量，果然在东北处看到一扇小门。

这暖阁很小，里面不过一张竹榻，一只小几。

她目光一凝，见小几上竟有一根雕花烟枪。

在北燕国，吸大烟的人凤毛麟角，因为五十年前朝廷就开始禁烟。一人吸大烟，即犯连坐之罪，律法严酷，执法如山，这几十年就没人吸大烟了。

没想到，堂堂工部员外郎竟躲在暖阁里吸大烟。

慕容辞心头泛起隐隐怒气，又拿起竹枕边的一只雕花木盒，打开盒盖，一股异香袅袅散开。

“这又是什么？”

木盒里装着的是棕色膏体，只剩下薄薄一层，沈知言凑近闻了闻，面色大变，“这是吸大烟用的烟膏。”

“这跟庄大人中毒身亡有关吗？”

“眼下我无法回答，他确实死得蹊跷。”

“这半盏茶水，一起带回大理寺查验。”

二人说着从暖阁出来，这时捕快把一个中年妇人领了进来。

“你就是庄夫人？”慕容辞问。

庄夫人一双眼睛哭得红肿，险些站不稳，一个年纪较大的嬷嬷搀扶着她。她拭泪回道："我是。"

"昨夜你可知道你家老爷要在书房过夜？"

庄夫人点头，"昨晚亥时，我送了一碗绿豆汤去书房给老爷，老爷当下就吃了。我劝老爷早些歇着，他说今日事多，让我先睡。我听他那意思应该是不回房睡了，我就先歇下了。"

"庄大人可有侧房、侍妾？"

"没有。我嫁给老爷二十多年，他一直待我很好，举案齐眉，相敬如宾。"

"近来庄大人工部的事务很多吗？时常不回房睡吗？"

"是的，这半年来老爷不是很晚才回房，就是在书房暖阁歇着了。"

"庄夫人不觉得庄大人清减了吗？"慕容辞盯着她，不放过她一丝一毫的表情。

"这半年来老爷是瘦了好多。我让灶房做了不少羹汤给他，无奈工部事务繁多，他每日在书房待到很晚，每夜熬着，能不瘦吗？"庄夫人悲伤委屈，声音干哑。

"这半年来，庄大人不仅日渐消瘦，而且面色苍白，四肢乏力，时常嗜睡，有时还精神不济，反应迟钝，是不是？"沈知言忽然问道。

"大人说的都中，确实如此。起初我怀疑老爷身患隐疾，找来大夫，他却把大夫轰了出去，还把我骂了一顿。"庄夫人回道，泪水又流下来，"大人，我家老爷是中毒死的吗？怎么会好端端的，就中毒死了呢？大人，求你们一定要查清楚啊……"

离开庄家，两人连同琴若一起前往太医院，沈知言说他曾在一本医书里看见过一种毒花的记载，但是记不得是哪本了。三人在偌大的书架前翻找，忙得废寝忘食。

"奴才今日才知道，太医院的藏书这么多。"琴若哭丧着脸说，"这要找到什么时候？"

"找吧，总有找完的时候。"慕容辞头也不回地说道。

"让殿下受累，是我的罪过。"虽这么说，但沈知言的语声里并没有几分歉意。

这时，太医院沈院使进来，笑眯眯问道："太子殿下，沈大人，你们要找什么书？"

“沈院使，我要找一本医书，里面记载了一种花，那种花全株有毒，从果实中提取汁液，可炼制出一种让人上瘾的慢性毒药。”

“我记得之前在一本书里看到过你说的那种花。”沈院使走向书架，寻了一会儿，抽出一本册子欢喜道，“就是这本。”

“阿芙蓉，是这种花吗？”他指着书上的一页说。

“对对对！就是这个！”沈知言欢天喜地，“沈院使，太谢谢你了。”

“阿芙蓉与芙蓉是同科花卉吗？”慕容辞拿过书，蹙眉道。

“并非同科同属花卉。”沈院使道，“阿芙蓉也是一种药材，常用于止泻、镇咳。咱们北燕国并没有发现过阿芙蓉。”

“那哪里有阿芙蓉？”琴若问。

“东楚国曾发现过野生的阿芙蓉。”沈院使笑道，“太子殿下、沈大人找阿芙蓉做什么？”

“沈院使，我向你请教一下，倘若提取阿芙蓉的果实汁液制成阿芙蓉膏，给人吸食会怎样？”沈知言郑重地问。

“这可使不得，不能吸食。”沈院使大吃一惊，“阿芙蓉膏是朝廷禁品，吸食会获罪。”

“本宫明白，本宫就是想知道，人吸食阿芙蓉膏后会怎样。”慕容辞心一沉。

沈院使轻轻一叹，沉重道：“数十年前，咱北燕国南方边境盛行吸食阿芙蓉膏。此物毒瘾极大，人一旦染上，很难戒断。吸食一久，人会面黄肌瘦，四肢乏力，反应迟钝，整日好似睡不醒，精神不济，变得病怏怏的。倘若吸食过量，人会气息衰竭，毒发身亡。”

这说的不就是庄秦吗？沈知言拱手致谢：“我明白了。多谢沈院使。”

离开太医院，慕容辞做了一个决定，“此案移交大理寺，不要让京兆府插手。”

“好，我会向顾大人陈明缘由。”他望望天色，日头西斜，“殿下，我想去一趟工部。”

“本宫跟你一起去。”她坚定道。

他就知道殿下迷上了查案，于是琴若也跟着去了工部。

六部衙门就在皇宫内，他们抵达工部时，衙门里的官员大多没走。

看见太子殿下和断案英杰沈大人一起来到工部，工部的官员都有点懵——他们这是为了庄秦一案来的?

工部尚书不在，工部侍郎张仲忙鞍前马后地把他们请进来。

沈知言道："各位大人，沈某今日来是例行问询。"

"沈大人请说，我们必知无不言。"张仲赔笑道，"我们与庄大人共事多年，他忽然暴病身亡，我们心里也很难过。"

"近来你们可有觉得庄大人不寻常？"沈知言问道。

"早就发现了。我与庄大人共事多年，他一向勤恳肯干、严谨心细，这半年不知怎么了，做事总是出错。我说了他好几次，他说会注意，但还是出错。"工部郎中叹道，"他越来越瘦，瘦得皮包骨头，不知道是不是身患恶疾。"

"近来庄大人的反应很迟钝，叫他几声才能应，常呵欠连天，好像整日睡不醒。"一个小吏道。

"除此之外，庄大人还有什么不寻常的地方？"慕容辞暗暗观察张仲。

"对了，有一次下官去茅房，听见古怪的声音，就往后面寻去。"另一个小吏道，"茅房后面，庄大人蹲在墙角不停地抽搐，那脸色白得跟鬼似的。下官叫他，他目光飘在半空，可吓人了。"

"他有什么嗜好吗？"沈知言又问。

"庄大人喜欢饮茶，每日一来就要沏一杯热茶。不过近来不知怎么回事，他不太喝茶了，做什么都无精打采的。"一个小吏回道。

"太子殿下，沈大人，庄大人真是暴毙吗？"张仲小心翼翼地问。

"大理寺正在侦查，案情暂不能透露，还请见谅。"沈知言冷冷道。

"除了回府和工部，庄大人还喜欢去什么地方？或者有什么癖好？"慕容辞又问。

"虽然下官与庄大人共事多年，但同僚很少提及私事。庄大人喜欢去哪里饮茶喝酒，下官还真不知。"张仲谨慎地回道，接着看向其他小吏，"你们知道吗？"

"下官不知。"余人异口同声地说道。

这是张仲担心庄秦之死让他们受到牵连，才给下属官员使眼色?

从工部出来，琴若气哼哼道：“工部那几个人太过分了，连殿下的问话都敢不回答。”

沈知言付之一笑，说：“可以理解。很多人都想明哲保身，少说少错，多说多错。”

慕容辞纤眉微压，轻声说：“从庄夫人和工部那几个小吏所说的来看，庄大人应该是这半年来才性情大变，看来他吸食阿芙蓉膏有半年之久。”

“而且他从不在工部吸食，在府里也是在书房的暖阁吸食，很隐蔽，不让家里人知道。因为一旦被人知道，不仅他会获罪，庄家也会遭殃。”

“他一般是夜深人静之时吸食阿芙蓉膏，因而常常不回寝房。昨夜他跟平常一样，躺在竹榻吸食，只是他吸着吸着就吸多了。”

“他好像看见了许多美丽的幻象，他在暖阁躺了许久，后来他醒了，来到外间坐在书案前想写点儿什么。忽然，他觉得喘不过气来，他很难受，想喊人，可是喊不出来……”

“他强撑着站起来，想出去喊人，不当心把案上的一本书扫落在地，可是他那么虚弱，走了两步就摔跌在地……”

慕容辞和沈知言对视一眼，蹙眉沉默。

琴若拊掌道：“殿下，沈大人，你们好厉害，好像看见了庄大人毒发身亡的整个过程。”

沈知言的面色沉重了几分，“现在最重要的反而是，阿芙蓉膏是从哪里来的。”

慕容辞大胆猜测道：“有人铤而走险，暗地里买卖阿芙蓉膏，祸害百姓。”

琴若忽然道：“庄大人会自己去买阿芙蓉膏吗？会不会吩咐亲信去买？比如管家。”

慕容辞惊喜道：“对，我们去问问庄家的管家。”

“殿下，天色不早了，明日再去庄家吧。”沈知言和琴若都劝道，慕容辞只好作罢，回了东宫。

夜里，慕容辞沐浴后正要上榻就寝，琴若拿来一封信函进来，道：“殿下，容公子来报。”

信是关于玲珑轩的。

玲珑轩创立于五年前，专营高品质的玉器，但它并非这么简单。四年前容湛就盯上了玲珑轩，盯了四年都没见老板出现过，平日只有掌柜和一个伙计，掌柜全权处理所有事情。

容湛还在信中说，玲珑轩明面经营玉器，暗中进行别的勾当，至于是什么，有待进一步调查。

慕容辞眉心微皱，“许主事说万方和王涛喜欢去玲珑轩看玉，想必不是去看玉。”忽然，似有什么一闪而过，“万方和王涛去玲珑轩是谈买卖，谈兵器买卖！玲珑轩的幕后老板真不简单！”

次日上午，慕容辞和琴若刚到大理寺，就看见沈知言正带着两个衙役要出去。

见是慕容辞，他立即过来低声道：“方才户部主事甘家去京兆府报案，说甘大人死了。京兆府派人来报知，我正要去甘家看看。”

又一个朝廷命官死了，她心一沉，说：“本宫跟你一起去。”

甘家的门户和庄家差不多，也是在一条巷子里。和昨日一样，京兆府的捕头、捕快、衙役全在这儿，正在盘问甘家的人。

“沈大人，据甘家管家说，今日一早不见甘大人起身，甘夫人觉得奇怪，就一起去书房看看。书房上了栓，他们怎么拍门，里面也没动静。甘夫人和管家担心甘大人出事，叫了几个府卫把门撞开。不想进去就看见甘大人躺在里间的小榻上，人已经死了。”

沈知言问：“尸首还在书房吗？”

“还在书房。”捕头回道。

“现场保住初情了吗？”慕容辞的心里涌起莫名的不安。

“甘大人的儿子、女儿都进过书房，不过现场的初情应该破坏不大。”捕头道，“方才仵作对甘大人进行初验，仵作说，跟昨日庄大人一样，应该是毒发身亡。”

她跟着沈知言往里面走。

甘夫人已昏厥过去，一旁站着甘大人的儿女，皆是悲戚之色。

户部主事甘泰祖的书房分为里外两间，里间放着一张小榻，两把花梨木椅子和一张小圆几。墙角有花卉盆栽，清芬隐隐。

甘泰祖侧身躺在榻上，外袍盖在身上，身子弯曲如虾状，十指弯曲呈握拳状。和庄秦一样，甘泰祖瘦骨嶙峋，死状也差不多。

榻案上有一把花梨木烟枪，与他的头部只有微末距离。一只雕花老银圆盒里，只有米粒大的阿芙蓉膏残留。

勘察过现场之后，二人叫来甘家儿女问话。

“甘大小姐，你可知昨夜令尊什么时候到书房的？”慕容辞问。

“家父一向早睡，可是这三个月他沐浴后还去书房，说是最近户部事情多。”甘大小姐轻声回道。

“那什么时候回寝房就寝？”

“我一般早早歇下，不太清楚。”说完，甘大小姐目光微垂，又看向兄长。

“家父经常在书房待到很晚才回房就寝，有一次，我与友人饮酒临近子时才回府，看见家父那时候才回房。”甘大公子回道。

“甘大人清瘦至此，你们知道原因吗？甘大人可有隐疾？”

“家母没有说起过这事，大概有三个月了，我也觉得家父清瘦了不少，想来是最近户部事情多，日夜忧虑才引致胃口不佳。”

看来甘泰祖吸食阿芙蓉膏是这三个月里的事。

她又问：“甘大人平日有事一般吩咐什么人去办，府上的管家吗？”

甘大公子回道：“不是管家，是伺候家父多年的王伯。”

沈知言支退了甘家儿女，不多时，王伯到了。

王伯不是甘家对他的敬称，是他本名如此。他大约六十来岁，体形精瘦，须发花白，一双眼睛尚算清明，总体是忠厚之相。

他向几位大人行了礼，悲伤地抹泪。

“王伯，近三个月甘大人可有什么不寻常之处？”沈知言问道。

“原先小人是不知道的，半个月前才偶然发现老爷……”

王伯忽然停住，慕容辞看见他眼里的犹疑与为难，轻声道：“你不说，你家老爷就死得冤枉了。甘大人让你保守的秘密就是置他于死地的罪魁祸首。你若想此事真相大白，就应该把你知道的事说出来。”

王伯一咬牙，道：“这三个月来，老爷不知怎么的就迷上了抽大烟，起初小人也不知道，只是老爷每晚沐浴后就让小人在外面守着，不让任何人进来，小人后来才发现老爷是在抽大烟。”

他老泪纵横，抬手用灰黑的衣袖拭去，“小人劝过老爷，可是老爷就是不听，不要小人管他的事，还嘱咐小人不能告诉任何人。”

“你知道那种大烟是什么吗？”慕容辞问道。

“小人不知，只知道抽大烟会送命。”王伯的泪水又流了下来，“小人七八岁的时候，乡下村里有不少人抽大烟，一旦染上了就戒不掉，小人的爷爷就是抽大烟死的。那烟膏贵得很，不少人为了抽上一口，不惜卖儿卖女卖房屋，最后倾家荡产家破人亡。大人，那大烟就是祸害，害一人就是害一整家子啊。”

“甘大人的烟膏是在哪里买的？你知道吗？”沈知言问道。

“是老爷吩咐小人去买的，小人起初不知道那是抽大烟用的烟膏，最近才知道的。”王伯回道。

“你是在哪里买烟膏的？”两人都很惊喜，一起问道。

“老爷吩咐小人去一条巷子，把银子交给一个人，那人就会给小人一盒烟膏。”

慕容辞急急问道：“哪条巷子？那人是谁？”

“在青阳巷，那人穿灰白长袍，每次都戴着帷帽，黑纱遮面，因此小人没见过他的脸，小人记得他身形不高，只比小人高一点。”

王伯不高，大约五尺二寸。

又问几个问题，沈知言便让他走了。

回去的马车上，慕容辞说：“现在可以肯定的是，帝京有人暗地售卖阿芙蓉膏荼毒我北燕国臣民，民间百姓不知道有多少人在抽大烟。”

琴若忽然道：“不如下令让京城防卫司挨家挨户地排查，凡是抽大烟的都收押，强行戒掉。”

“不可，这样会扰得京城百姓人心惶惶。”沈知言摆手，温言安抚道，“我想事情还没那么严重，殿下少安毋躁。咱们可以先查售卖阿芙蓉膏的不法商家，断绝此膏的流传，同时传令京城四个城门和各个关卡从严搜查，不让阿芙蓉膏流进城里。”

她冷静下来，想想这事确实还不宜摆上台面，她不能方寸大乱，否则只会越来越糟。

“可以传令给京兆府，凡是来报案中毒身亡的，都要仔细勘察，上报大理寺。”琴若提议道。

他点头，“琴若说得对，这样就可以掌握百姓里究竟有多少人抽大烟。”

慕容辞低头不语，她在想这件事要不要跟慕容彧说。

青阳巷是一条仅容一人行走、寂静窄小的巷子。

慕容辞和沈知言、琴若三人站在巷子的西头，举目四望。

“青阳巷很少有人经过，在这里一手交钱一手交货，只需瞬间工夫，相当安全。”沈知言穿天青色官袍，一线湛蓝长天漏下明媚的光，照在他雅白的脸上，清雅湛然。

“咱们在附近几条街走走。”慕容辞提议道。

于是，三人在附近的长街闲逛，每家铺子都瞧一瞧。经过玲珑轩的时候，慕容辞突然走了进去。

店堂里没有客人，伙计坐在一旁打瞌睡，掌柜站在柜台后拨算盘，一抬头见客人上门，连忙把伙计叫醒，笑眯眯道：“三位客官，我们玲珑轩卖的都是上等玉器，三位随便看看。”

沈知言朝他点头，朗声道：“我要买的就是世间最好的玉器，不好的买来作甚。”

掌柜闻言更开心了，笑道：“公子可算来对地方了，我敢保证，整个京城就数我们玲珑轩的玉器最好。”

“你们这儿的玉器太寻常了。”慕容辞一脸的不屑。忽见柜台后面还有一间内堂，此时掌柜又正与沈知言闲扯，她便几步跨入内堂。

“这位公子，内堂不能进去……”掌柜大叫着去追，却被沈知言一把拉住，“你们这儿的玉器太差劲了，内堂肯定藏着更好的玉器不卖是不是？是不是？”

内堂光线昏暗，货架上一尊尊明润莹然的玉雕，慕容辞总觉得哪里不对劲。

“公子，你怎么能随便进内堂？”追进来的伙计气急败坏。

“公子，你们不是来买玉器的，你们是来捣乱的！”掌柜也冲了进来。

“掌柜别介意，我这小弟是个玉痴，他在外面看不到好玉，以为你们把玉藏在这里，就冲进来看看。”沈知言笑道，“不好意思，不好意思。”

“这内堂又没什么价值连城的东西，至于这样吗？为什么不能看看？”琴若撇撇嘴。

“你这说的什么话？”掌柜生气道，“内堂的玉器个个都价值连城，怎么能随便给你们看？”

“听闻玲珑轩专营高档玉器，不过如此，不过如此。”慕容辞摇头状，失望地往外走。

待上了马车，慕容辞蛾眉微蹙，“那内堂没什么古怪，不过掌柜的态度很古怪。”

沈知言沉思道：“我也看了，的确没什么不妥。但确实……”

她纤眉一扬，说：“那内堂必定内有乾坤，比如机关什么的。”

他点点头，“殿下为什么对玲珑轩有兴趣？是怀疑它售卖阿芙蓉膏？”

“不是，玲珑轩很神秘，本宫怀疑玲珑轩跟军器监私卖兵器一事有关。”

“啊？殿下你太胆大了。”

“怎么了？”她不解。

“倘若玲珑轩当真与军器监私卖兵器有关，那殿下此行必会打草惊蛇，”他吓得冷汗涔涔，“敢私购兵器，那都是把脑袋别在腰带上的亡命之徒，殿下务必当心，不可莽撞行事。”

“嗯，以后当心点儿。”

上书房内。

小山般的奏折终于批完了，慕容彧靠着椅背，双目轻阖。

一抹黑影飘进来，如鬼魅般诡谲。

“有事禀奏？”慕容彧抬眼道。

“是。”鬼影把大殿的门关上，转身道，“工部员外郎庄秦、户部主事甘泰祖不是暴毙，另有蹊跷。”

“不是暴毙？”慕容彧语声一沉。

“据沈少卿查验，是毒发身亡。”鬼影低首回话。

“什么毒？何人下毒？”

“沈少卿还没查出真凶。属下看过大理寺的尸检册子，两位大人很像过量吸食阿芙蓉膏而身亡的。”

“当真？”慕容彧霍然起身，脸色骤然寒凛。

“当真。”鬼影郑重道。

鬼影几年前乔装打扮潜入南越国，见过因吸食阿芙蓉膏过量而中毒身亡的人。

“太子殿下和沈少卿应该查到他们的真正死因了。”鬼影又道。“他们去过太医院，跟沈院使交谈过。”

“退下。”慕容彧命令道。

阿芙蓉膏竟然流入朝廷！

他竟然毫无觉察！

他大步流星地往外走去。

东宫寝殿里。

慕容彧站在寝殿门口，此时外面天光是奇异的黛青色，暮风微拂，西天燃尽最后一缕艳红的晚霞。殿内还未掌灯，各色金玉珍宝明光流转，一个雌雄莫辨的人儿在贵妃榻上侧卧，曲线曼妙玲珑，引人遐想万千。

她只穿了月白真丝中单，宛若一片白云悠悠软软地覆在她身上。一边香肩裸露着，乌发如极品黑缎垂落，光华莹然，撩人心怀。

慕容辞心神一动，刚才那声音不像如意的脚步声，也不像是琴若的——她霍然翻身，看见来人那张俊脸时，惊呆了！

她懵了一瞬，利落地起身整理衣袍——啊，她没穿外袍，又连忙去取了外袍穿上。

这一系列动作虽冷静从容，可是她心里早已兵荒马乱，险些把外袍穿反。

这男人又擅闯她的寝殿！

外面的侍卫、宫人为什么让他进来？为什么没人通传？

她恨恨地瞪着他说：“王爷，此乃本宫寝殿，任何人不能擅闯。还请王爷牢牢记住。”

“天子寝殿本王都可自由进出，更何况是殿下的东宫？”慕容彧的俊脸浮着轻薄的笑，笑里藏刀。

不得不承认，他说的是事实。

她暗暗磨牙，懒得跟他浪费唇舌，径自往大殿走去，“王爷躬身来此，有要事吗？”

他却往殿内走，故意跟她对着干似的，竟然坐在她的贵妃榻上，还悠然地躺下来！

“下来！”她冲过去厉声呵斥。

“别吵。”慕容彧好像在责骂一个调皮的孩童，十分自然舒适，双目还阖上了。

“本宫叫你滚下来！”她气得七窍生烟，上前一把揪住他的手臂，试图把他拽下来，可是他的身子那么重，武功又高，她竟然没拽动分毫。

“再用点力。”慕容彧悠然自得，薄削的唇噙着微凉的轻笑。

慕容辞眼神如刀凌然射向他，猛地一拳砸向那张令人无比讨厌的脸。

然而，狠厉砸过去的拳头停在半空，动弹不得。

她的手腕被两根手指钳住了，不可退不可进，就这么僵在他面前。

忽然，他的力道骤然加大，随着手腕的力量她整个身子往前扑。

她大感不妙，匆促间气沉丹田，想要止住往前冲的趋势，却华丽丽地扑到他身上。

慕容彧双臂一拢，温香软玉抱满怀。

“放开本宫！”她只觉得脑中一片空白，愤然大喊道。

门外有人，慕容彧一扭头，看到琴若在寝殿入口僵化成石像。

他一眼射去，琴若表情复杂地退出去，御王的眼色她明白，若她执意进来，恐怕殿下会有危险。

慕容辞正挣扎于水深火热之中，她撑起双臂使出所有力气推开他，然而他气定神闲地微笑，不费一分力气就把她禁锢在怀里。

角力良久，她最终选择了放弃，瘫在他身上。

身躯相依，耳鬓厮磨，气息相缠呼吸交错。

“亲本王一口便饶了你。”慕容彧轻笑如奸诈的狐狸，慕容辞恼恨地瞪。

“上次你咬了本王的耳朵，今日让本王咬一下你的耳珠也行。”

“那不如本宫再咬你一次，如何？”她扯开他的衣襟，紧实的肩膀裸露在昏暗的光影里。

肤白如玉，光滑如极品丝缎，衬着那双墨玉般的眼睛、那粉润薄唇、那瑰美俊容，让人心潮澎湃。

慕容辞察觉自己失神了，窘得双腮更红了，忽然下不了口。

这情势，太尴尬，太诡异。

她是当朝太子！

“想咬哪里？”慕容彧调笑道。

“玩够了没！”

“自然没玩够。”

话音未落，他的大掌已经扣住她的后脑，炙热的气息喷洒而来，朱红薄唇袭上她的耳边。

啊！

尖锐的痛让她抽了一口冷气。

他笑吟吟地欣赏自己的杰作，她精巧的耳珠如脆弱的羊脂白玉，一点血珠衬着玉白，似是十里雪原里的血色曼陀罗，美得妖异。

慕容辞气得七窍生烟，这一下好像失去了理智，她鬼使神差地低头，在他的肩头恶狠狠地咬下去。

慕容彧一声不吭，静静地让她咬，两只大掌却握住那纤细玲珑的腰肢。

四肢百骸的血液疾行如沸，让他想到世间男女那忘我的纠缠。

她慌张地起身，他也没有阻止，松开了手。

本就晕红的小脸，此时红得似要滴出血来。

慕容辞整理好衣袍，斟了一杯茶水，熄灭通体的火热与窘迫，渐渐清明起来。

慕容彧在她身边坐下，举起一只茶杯递给她。

她明白他的意思，给他斟了一杯茶，恨恨道：“你就不怕本宫在茶水里下毒？”

他淡然一笑，一饮而尽。

“天色不早了，王爷还不出宫吗？”她不耐烦道。

“工部员外郎庄秦和户部主事甘泰祖是怎么死的？”他单刀直入地问。

旖旎尽散，寝殿里昏光杳杳，暮色沉淀成夜色。

慕容辞心思微动，站到他对面，说：“王爷对他们的死也有兴趣？”

“倘若涉及阿芙蓉膏，此事非同小可。”慕容彧面上没有半分玩笑之意，语气也变得冷沉，“把你知道的都说了。”

“他们的确是因为吸食了过量的阿芙蓉膏而毒发身亡的。”

他沉沉地问：“此事或许并非殿下想的那么简单，你与沈少卿查到什么，速速告诉本王。”

连一向处变不惊的御王都对阿芙蓉膏这般严肃，她更是心里不安，把这两日查到的都说了。

慕容彧剑眉微压地说：“这么说，眼下你们还没查到何人暗中售卖阿芙蓉膏。”

慕容辞点头，“沈知言已派人去守青阳巷了，希望有惊喜。你为什么这么紧张这两桩命案？”

他的神色态度让慕容辞内心惴惴，他接着说：“此时还不知帝京百姓里有没有人吸食阿芙蓉膏，但可以肯定的是，京官里不止庄秦、甘泰祖二人吸食。本王更想知道的是，他们是自发吸食，还是有人蓄意诱导。”

“蓄意诱导……”她惊骇地睁大眼，当真这么可怕？

“本王会派人暗中去查，大理寺那边一有消息，立即报知本王。”

她颔首说：“不如在所有京官里来一次大范围排查？可分批进行，比如今日把三部官员集合在大殿，吸食阿芙蓉膏的瘾很大，把他们关上一夜，就能瞧出异样。”

“不妥，动静太大，会打草惊蛇，本王会广派人手，于亥时之后在京官的书房盯梢。”

“查到哪些京官吸食阿芙蓉膏之后，如何处置？”

“依律处置，罪不容赦。”

“对了，军器监那边可有查到什么？”她又问。

“万方、王涛很警觉，估计最近不会有所行动。”他忽然定定地看着她，“殿下查到什么？”

“王爷的耳目这么多，都查不到，本宫怎么查得到？”她微微一笑道。

“若查到什么，不要擅自行动，立即报知本王。”他郑重地叮嘱了一句。

“本宫记得。事情繁多，王爷还是先回去部署吧。”她笑眯眯道。

“殿下在本王的肩头咬得这么重，还有点疼，你看看是不是出血了。”

慕容彧似笑非笑道。

“王爷还是回去让近身侍婢看一眼。”

次日午后，慕容辞收到大理寺传来的消息，说是青阳巷口人赃俱获。可那人嘴硬得很，上了两种酷刑也不吐露半个字。

慕容辞匆匆赶到大理寺，顾淮和沈知言出来相迎，即刻前往牢房。

“王伯说得没错，那人五尺四寸，相貌普通，瞧不出是何方人士。”沈知言边走边道。

她凉凉一笑，没有说话。

走进牢房，那人被绑在木架上，巨大的铁锁锢着四肢。

空气里弥漫着血腥气，慕容辞微微蹙眉，那男子耷拉着头，身上的灰白衣袍已破烂不堪，裸露的皮肤还有火红烙印，触目惊心。

“当真半个字都没吐出来？”她清冷地问，看着这个售卖阿芙蓉膏的人，怒火炽烈地燃起。

让阿芙蓉膏流入朝廷，让他死一万次、五马分尸、千刀万剐都不足泄恨！

“骨头硬得很。”沈知言恨恨道。

“既然他的骨头这么硬，就把他的骨头都敲碎好了。”慕容辞说。

“好主意。”他阴冷地笑，“我找个内功厉害的人来震碎他的骨头。”

“不过在碎骨之前，本宫还想做一件有趣的事。”

“什么？”沈知言饶有兴趣。

“在他的伤口上浇上蜂蜜水，牢房的蚂蚁闻香而来，会爬满他的伤口。”她的微笑无端令人头皮发麻，“对了，还可以在伤口撒盐。”

铁链相击的清脆声响在寂静的牢房响起，使木架上男子在颤抖。

慕容辞笑得眉目弯弯，问道：“你是东楚国人还是南越国人？”

那男子乱发垂于额前，遮掩了他的表情。只见那双睁开的眼睛微微一闪。

她语笑轻轻，道：“你不开口也没关系，既然能抓到你，你的同党、上线就很快能抓到。知言，准备盐和蜂蜜水。”

“好。”

“你们休想从我口里得到只言片语！”那男子抬起头一字字道，忽然面容扭曲地一用力，沈知言大吃一惊，冲上去时已然迟了。

那男子咬舌自尽了，果然是死忠。

“线索又断了。”沈知言无奈道。

慕容辞面色冷冷，问道：“跟他交易的是什么人？”

“那人已带回大理寺，是城中豪富李家的家仆，说是奉他家老爷的命去买阿芙蓉膏。”

前不久昭华在凤凰楼闹了一场，看上昭华的就是李家的李公子。

“去李家！”她匆匆往外走。

到了李府，二人表明大理寺身份，直冲后院书房，管家大叫着跟在后面，一再解释他家老爷不在。

慕容辞一示意，沈知言会意，一脚踹开书房的门。

“即便你们是大理寺的官爷，也不可以这样，我家老爷没犯法。”管家气得大呼小叫。

“你家老爷最好出去了，否则便是你们李家大祸临头。”她声色凛然地说。

“这……”管家撞上她凌厉的目光，敬畏地垂下头。

李家书房也是里外两间，外面的书房井然有序，步入内间，只见竹榻上一人侧身而卧，走近一看，那人竟已七窍流血，死状甚是恐怖。

“死了。”沈知言伸手探那人的鼻息。

又死了一个，慕容辞的心沉重了几分。

“啊……老爷？”管家扑到榻前，惊诧哀号道，“老爷……这是怎么了……老爷死了……”

“李老爷也吸食阿芙蓉膏。”她拿起小几上的雕花金盒，打开来闻了闻。

“看这烟枪的位置，李老爷应该是正在吸时被人杀害了。”沈知言面色沉重地说。

“我家老爷是被人杀害的？”管家老泪纵横地惊叫。

“速速去通知你家夫人。”慕容辞道。

管家这才缓过神来，连忙去了。

她站在内屋中间，环顾四周，问：“李老爷怎么死的？”

沈知言一边查验一边道：“死者年约五十，身有余温，死了近一个时辰。侧身而卧，七窍流血，尸体表面没有伤痕……”

她走到窗前，见窗扇半掩，窗台上有一个淡淡的鞋印。

窗外花木扶疏，碧色葱郁，适合藏匿与逃窜。

“殿下，若我没猜错，他应该是被人打了一掌，脏腑破碎而死。”他掀开死者的衣袍，“你看，他的胸口有淡淡的掌印。”

“这凶手内力深厚，一掌毙命。”她寻思道，“这屋内没有打斗痕迹，就是说，李老爷与凶手可能是相识的？”

“还有一种可能，凶手进来时，李老爷正在吸食阿芙蓉膏，正是飘飘欲仙、魂游天外的时刻，凶手进来一掌毙命，他根本没有挣扎的余地。”

“凶手杀人后，从窗户逃出去，神不知鬼不觉。”

慕容辞走到窗前，看着那鞋印，说：“这鞋印虽然很淡，但应该是男子的鞋印。”

沈知言走过去看一眼，皱眉道：“凶手杀害李老爷，莫非是想杀人灭口？”

“应该是。我们抓到了购买阿芙蓉膏的人，势必要查下去，他们便先下手为强，杀害李老爷。如此一来，这条线索就断了。”

这时，一众女眷匆匆奔进来，个个哭得悲痛欲绝。只有李夫人气韵端庄，眼眶通红也不哭天抢地。

“二位官爷，我家老爷死得这么惨，你们可要为我家老爷申冤报仇呀。”她默默泣道，神色哀伤。

沈知言道：“李夫人请放心，本官必定查明真相，将凶手绳之以法。李夫人，今日你们都不知道李老爷在书房吗？”

李夫人回道：“大约一个时辰前，老爷说要出去，之后就没见他，哪曾想到他在书房……”

管家哀声道：“小人看着老爷走向大门的，老爷什么时候折回来的，小人不知。”

这就奇怪了，李老爷出门了又悄悄回来，躲在书房吸食阿芙蓉膏？

“近来李老爷的言行举止可有什么不寻常之处？”慕容辞问。

“老爷和往常一样，上午去巡铺，下午回来，有时回来得晚一些。”

李夫人回道。

“老爷能吃能睡，没什么不一样。”一个三十出头的侍妾回道。

“细细想来，这半个多月老爷是有点不同寻常。”那个最年轻的侍妾回忆道，“老爷最喜欢吃的鲜果妃子笑不太吃了，最喜欢的珍玩好久没看过一眼了……气色没以前好了，整日打呵欠，我让他睡会儿，他也不睡，每次都径自去书房。”

沈知言又问：“除此之外，还有什么不寻常之处？”

管家沉思片刻，忽然想起什么，“老爷出去巡铺，一般午时不回府用膳的，但这半个月来，老爷几乎每日都回府用膳，用膳后就在书房待着，还不让小人打扰。”

慕容辞和沈知言对视一眼，如此可以断定，李老爷吸食阿芙蓉膏是这半个多月的事，而且也是在书房秘密吸食。

回到大理寺，他们立即提审李家家仆。

“李老爷总共让你去过青阳巷几次？”沈知言喝问。

“三次，小人记得是三次。”那家仆是个老实人，被大理寺抓进来早已吓得丢了三魂七魄。

“除了巡铺，李老爷还喜欢去什么地方？比如喜欢去哪儿饮茶，去哪家铺子看玉器、字画？”慕容辞冷声问道。

那家仆想了想，回道：“老爷不太去茶楼，倒是喜欢买些字画，常去翠微阁看字画，不过有一阵儿没去了。哦，对了，老爷近来喜欢玉器，常去玉器铺子。”

“玉器铺子？是哪家？”

他挠挠头说：“嗯……应该是玲珑轩。”

又是玲珑轩。

“李老爷去玲珑轩看玉器，一般要多久。”沈知言问。

“老爷可能看得仔细，常常都是两个时辰才回来。”那家仆道。

沈知言和慕容辞从囚房出来，来到后院廊下，此时她千头万绪，却无从理起。

“玲珑轩看着是一家没什么值得玩味的玉器铺子，可是处处透着古怪。”

“玲珑轩跟售卖阿芙蓉膏有关吗？”沈知言摸着下巴，眉头紧蹙道。

“看来很有必要去一趟玲珑轩。”

“殿下，倘若玲珑轩真与此事有关，那么便是龙潭虎穴，不能莽撞前往。”

太子探玲珑轩虚实

史上最浮夸男子——金衣公子闪亮登场

确认过眼神，原来太子是女人

辣眼睛：御王居然为太子更衣

太子殿下难逃御王“魔爪”

高甜！高甜！

第十四章

太子原是女儿身

人神共愤的俊脸

回东宫的路上，遇到前来寻她的琴若。

“殿下，容公子有消息传来。”

慕容辞又惊又喜，赶往漱玉轩。

竹楼雅间里，容湛等候多时，她推门而入，他立即起身相迎。

“庄主，我终于打探到玲珑轩的虚实。”

“哦？速速说来。”

“玲珑轩经营玉器，只是表面功夫，而背地里干的勾当是……”他的声音越来越低，神色讳莫如深。

“京城里还缺秦楼楚馆吗？玲珑轩何须遮掩？”慕容辞反问道。

容湛端起茶杯浅浅饮了一口，继续说：“玲珑轩的客人多是富豪和官员，倘若让人知道，多少有损官声和前途。”

她的目光凝于一处，说：“万方、王涛去玲珑轩，就是去干这些的？”

“庄主有何打算？”见她神色坚决，他心里了然。

“玲珑轩太过神秘，看来我们要走一趟。”她笑道。

“我陪庄主去。”他立即自告奋勇。

华灯初上，街市依然喧哗。

一辆豪奢的马车缓缓停在玲珑轩门口。

看见马车上下来两位锦衣华服的公子，玲珑轩伙计的脸笑成了花儿，“二位公子是来赏玉的？里面请，里面请，昨日刚到一批新货，二位公子一定要看看。”

他两人目光在店内转了一圈，并不说话。

“二位公子想要什么样的玉器，可否跟小的说说？”

“这里的玉雕太寻常，我府里一整间屋子都是。”

“伙计不要介意，我这位表亲眼高于顶，”容湛笑道，“今日我带他出来玩些新鲜有趣的，这赏玉什么的就免了。”

见这两人相貌堂堂，气质不俗，掌柜走过来道：“不知二位公子想要什么样的玉器，敝店若没有，也定为二位寻来。”

容湛伸出手，指尖垂着一枚通体莹润、精致小巧的碧玉，玉的背面雕了一朵小小的玉簪花。

掌柜看见那标记，顿时明白，马上说：“二位公子，内堂请。”

到了内堂，掌柜客气道：“二位公子请坐，您二位想要的玉雕需十日才能送到，若二位愿意等，我便吩咐下去。”

“不必了。今日来是品茗，听闻贵店的玲珑碧螺乃当世茶品一绝，我倒想尝尝。”容湛笑语如风地说。

掌柜笑道：“原来是行家。只是玲珑碧螺有价无市，二位当真要尝尝？”

“莫非你想让我们白走一趟？”容湛笑道。

“自然不会，二位可有引荐人？”

“数日前申大人带我来过一次。”

“原来是申大人引荐的。二位公子稍候片刻。”掌柜笑了笑便出去，关好房门。

慕容辞靠向容湛，低声耳语：“那枚碧玉从哪儿弄来的？”

“小心隔墙有耳。”说完，他警惕地看向四周。

忽地响起轰隆隆的声响，木架平行移开，一面墙壁也自动移开一段，露出仅容一人通过的暗门。一个青衣小厮走出来，恭敬道：“二位公子请。”

她和容湛起身走去，心里有点兴奋。

走入昏暗处，身后的墙壁立即关上，一股阴凉扑面而来。往下走了十几级台阶，接着是一条地下通道，隐隐的喧哗声缭绕不散。

通道尽头，青衣小厮在墙上机关旋转三下，打开了一扇厚重的石门。

这是另一个金碧辉煌、神秘豪奢的世界。

喧嚣如闹市，各种呼喝声汇聚如洪汹涌奔来。

视线所及皆是金光闪烁的房间，摆满了珍贵宝物。

锦衣华服的老少男子围着三张赌桌大声呼喝，慷慨欢歌，声嘶力竭。

“二位公子，想玩什么便玩什么。”青衣小厮介绍道。

“我们先看看。”容湛笑道，见那青衣小厮走开，这才对慕容辞说，“我们先去那个房间看看。”

这是个无比宽敞的房间，装饰与赌房迥然不同，想来也知道是何种场所。

此处地下场所的骄奢淫逸、荒淫无度，简直令人叹为观止。

“你可知道，这里至少有一半是京官。”慕容辞铁青着脸说。

“庄主少安毋躁。”他低声劝道，“朝廷并无明文规定在职为官的官员不能赌、不能嫖。即使把他们全抓了收押大牢，也不能治他们的罪。”

“近年来朝廷的确对官员疏于监察，是该管管了。”

“去赌桌上玩两把，不然会被人怀疑。”容湛说，确实有两个青衣小厮时不时看向他们这边。

慕容辞不情不愿地跟去，木然站在他身旁，赌桌上所有人都热血沸腾，嘶声呐喊，而她好似咽喉被人扼住，心里万分悲凉。

整个朝廷，一半京官沉浸于淫赌，还不知有多少沉迷于阿芙蓉膏。

如此下去，用不了多久，国将不国。

喧嚣声渐渐远去，只剩下她一个人的哀凉。

在赌桌上玩了几把，容湛拉着慕容辞准备离开。

两个青衣小厮立即上前，将他们堵在门口。

“公子往哪里去？”一个青衣小厮冷声问道，面目阴沉。

“家母嘱咐我今日务必早点回去，时辰不早了，得回去了。”容湛爽朗一笑道，“这是个好地方，若非家母有命，我必定玩到尽兴才走。”

“眼下亥时整，公子还是多玩几把吧。”另一个小厮道。

“怎么？贵地还有规定？不想玩了，乏了累了还不能走？”慕容辞怒道。

两个青衣小厮面色一变，容湛连忙打圆场：“我这个兄弟说话直脾气臭，二位多多见谅。”

她强忍满腔无处发泄的怒火，正这时，又一个青衣小厮走过来道：

“二位公子，我家公子有请。”

慕容辞心里一喜，容湛受宠若惊道：“你家公子要见我们？好好好，走吧。”

他们跟着那青衣小厮走到赌房的东侧，青衣小厮取出两条黑布，说：“还请蒙上眼睛，这是规矩。”

“明白明白。”容湛很好说话地接过黑布，先给慕容辞蒙上双目，再给自己蒙上。

慕容辞听见墙壁开启的声音，那人就牵着他俩往里走，喧嚣渐渐远去，她感觉自己走入一条阴冷的通道，左拐右拐再左拐左拐，终于停住。

还是石门开启的轰隆声，但四周的光线亮了一些。

黑布松落，他们看到，这是一间石室，装饰很少，却都是世间珍物，一个男子从里间走出来，步履极轻，好似凌空而行。

一张精美的金色面具遮掩了他的容貌。

“二位贵客，有幸相见。”这嗓音温和沉静中带着冷意，慕容辞听得出，这声音是他用内力改过的。

容湛拱手一礼，笑道：“今日得以与公子相见，三生有幸。”

她也是拱手一礼，静静不语。

“二位如何称呼？不知府上何处？”金衣男子的双眼深邃神秘。

容湛神色自如地说：“其实我们并非京城人士，我乃太尉府杨家的族人，在威州知府衙门当个小吏，从威州来到京城不过数日。这位是我的表亲，姓上官。之前我在太尉府与申大人相谈甚欢，他带我来过一次，今日我便带表亲来见识见识。”

慕容辞笑道：“公子一眼瞧出我们不是京城人士，当真火眼金睛。不知公子如何称呼？”

那金衣男子一笑，意味深长道：“原来是太尉府的贵客，失敬。时辰还早，二位怎么不多玩玩？”

“我等在太尉府做客，不宜太晚回去。”

“寄居他人屋檐下，总是不太方便。”慕容辞笑道。

“杨公子提起威州，我倒是想起三年前曾在威州游玩半月。”金衣男子说道，“威州城中最热闹的朝天街有一家卖包子的老店，堪称威州一绝，我没记错的话，应该叫张记，那真是我吃过的风味最独特的包子。”

“公子说的那家老店，我知道，三年前还没搬到朝天街，在一条小巷子里，而且不叫张记，叫叶氏。”容湛笑道，“离乡多日，我也甚是想念那汤包的滋味。”

“呵，那是我记错了店名。”金衣公子一笑。光影下，他那张金色面具暗红流闪，“既然二位急着回去，我就不多留你们了，请！”

容湛和慕容辞拱手一礼，说：“下次再来贵地拜访，告辞。”

直至回到那个喧哗的房间，他们才稍稍放松下来。赌徒依然高声呼嚷，寻欢者依然放纵取乐，他们如常往外走，她忽然看见前方站着一个雪衣男子，一直在盯着她。

那双眼美得不可思议，似乎有点熟悉。

可明明是陌生人。

擦身而过时，两人都目不斜视。

那雪衣男子转头盯着他们的背影，滑出一抹若有若无的轻笑。

在青衣小厮的指引下，在昏暗中的通道绕来绕去，终于看见一扇厚重的石门。

石门开启，熟悉的夜色扑面而来，两人才松一口气。

这里是一处民房，走出去是正厅，再往外走便是小巷。

“从小巷出去，便是玲珑轩的门面。”

“快走！”容湛低声说着，他们都知道，那金衣公子对他们起了疑心。

果不其然，他们刚走出正厅几步，忽然四个黑衣人从天而降，手里的大刀寒光闪烁，与皎洁月色遥相辉应。

“四位兄台有何指教？”容湛从容笑道。

“不敢。”一个黑衣人粗声粗气，瞬间飞扑袭来，刀风凛冽。

“后退！”容湛喊了一声，从腰间抽出一把软剑，刀剑相击，铮铮作响，他的身影在月色里穿梭如游龙、飞跃如流星，那把软剑化身银白飞龙，神气活现，一泓泓的剑气神速飞袭，交织成虚虚实实的光网。

忽然，她察觉到杀气从身后袭来。

有人偷袭！

她似泥塑木雕般一动不动，就在杀机极近时，忽地霍然飞身掠起。

又是四个黑衣人！

她正要抽出腰间软剑，忽然听见异响，便向墙壁上一靠，不做反抗。

寒光如雪！

生死一线！

四把尖刀齐齐刺来，却忽遇一泓白色气劲，宛若霹雳劈开天地，大刀断裂，刀头纷纷落地。

是谁？

四个黑衣人转身迎战，却见一个雪衣男子长身而立，面目凛凛生寒，戾气缭绕周身，极度慑人。

四人扔了断刀，挥起猛拳带起一股股烈风，那雪衣男子在强猛凶悍的拳脚里自如穿越，身形轻灵敏捷如飞鸟，落手却是钢铁般的重击。

不出三十招，黑衣人有的手折了，有的腿残了，满地哀号，惨不忍睹。

慕容辞心神凛寒，这个人的武艺堪称绝顶。

然而，以他的身手足以将他们杀死，却有意留了一线生机，这是为什么？

那边，容湛与四个黑衣人的激战也临近尾声。

“没事吧？”那雪衣男子走到她面前，熟悉的嗓音似窖藏美酒温醇绵长。

“多谢公子出手相救。”她拱手致谢道。

“行了，不必假惺惺的。”他抬手撕去她的人皮面具。

“彼此彼此。”她亦抬手一揭，人皮面具下是那张再熟悉不过的脸。

果然不出她所料，慕容彧早已认出她。或许在第一眼对视的那瞬，他们就认出了彼此。

容湛赶来，见他们露了真容，愣了一下才道：“此地不宜久留，先离开这儿。”

慕容辞淡淡道：“我没事了，你先回去。”

容湛明白她的意思，一拱手飞身离去。

慕容彧拉着她的手快步前行，拐入一条小巷，一辆马车静静地停在那儿。

她依然坐在靠近车帘的地方，以便逃脱。

“过来。”他语声冷沉，似有不悦。

“王爷怎么也去了玲珑轩？”她试图岔开话题。

“你要本王把你抱过来吗？”他声音里似有隐怒。

她看着他，暗影绰绰里他玉白的俊容暗魅流闪。

她心里叹了口气，不情不愿地坐到他身旁——即使她不过去，结果也是一样。

“本王不是说了吗？不许擅自行动。为什么不先报知本王？”他眼中有一团黑沉沉的阴霾笼罩下来。

“来不及……是来不及……”慕容辞有些语无伦次。

这是她查到的，凭什么要告诉他？

慕容彧冷嗤一声道：“只怕你根本没有报知本王的意思。”

她干巴巴地笑道：“你误会了，真的是来不及。不过本宫是否报知，结果不还是一样吗？王爷都会知道。”

他靠近她说：“若本王不赶来，你以为你能安然无恙地出来吗？”

她下意识地往旁侧移去，后背顶着车壁，心虚地说：“这次多亏王爷，否则后果不堪设想。多谢王爷……”她尾音发颤，最后的几个字生生吞没了，因为她的腰肢陷落在他霸道却温暖的怀抱里了。

他揽住她的纤腰往自己这边带了带，深深地凝视她。

慕容辞盯着他，头皮有点麻，想了几种方案，都没有逃脱魔爪的可能性。

再者现在慕容彧正生气，更没有讨价还价的余地。

“王爷是如何进了玲珑轩的？”她掰开他的手，好在这个话题成功地挑起了他的兴趣。

“你的人查得到了玲珑轩的暗地勾当，本王就查不到吗？”慕容彧嗤笑道。

“那王爷还查到什么？”她斟酌着问道。

“玲珑轩很神秘。”他不再多说。

“当时本宫要离开玲珑轩，不过那几个青衣小厮好像瞧出了什么，不让本宫走。接着幕后老板要见本宫……”

“那幕后老板是什么样的人？”

“大约二十来岁，非常神秘，还出其不意地试探我们。好在本宫够机智，蒙混过关。”

慕容彧冷笑道：“机智？那他还是起了疑心，派人在外面击杀你们。”

她语气轻轻，却极笃定地说：“本宫倒是觉得，他并没有杀本宫之心。”

“怎么说？”

“他若真有心杀本宫，必会派高手来，而那几个黑衣人只是寻常身手。”

“若非本王及时赶到，只怕殿下的头颅已被送到那幕后老板面前了。”

她气恼地瞪他，不做争辩，当时她察觉那户民房有动静，猜到是他来，便没暴露身手。

慕容彧剑眉微压，说道：“玲珑轩地下经营赌场和妓馆，除了获利，究竟还有什么其他目的？”

慕容辞也百思不得其解，玲珑轩在秘密售卖阿芙蓉膏吗？和军器监售卖武器有关吗？但她没看到任何蛛丝马迹。

越想越乱，好像有什么答案呼之欲出，却又差一步。

“大理寺的衙役在青阳巷盯梢，将阿芙蓉膏的买主和卖主双双擒获。”她简单道来，“那卖主咬舌自尽，看来是死忠，买主是城中巨富李家，不过等我们追到时，李老爷已被杀了。”

“如何死的？”

“凶手在他吸食阿芙蓉膏魂游天外之际袭了他一掌。后来据李家家仆说，李老爷去过玲珑轩，且在玲珑轩逗留了两个时辰。

“的确不寻常，本王总觉得玲珑轩的秘密不止于此。”

“本宫也这么觉得。”

沉默半晌，她忽然想起，不知这车夫会带他们到哪里去，探头从小窗一望，还好，是往东宫的方向。

刚回身，她就发现自己落入一个温热沉实的怀抱，接着一片温热从脸颊擦过，腰肢一紧，被一只铁臂圈着卡住。

她全身僵冷，被炙热的胸膛灼烤，体温急剧飙升。

她挣扎，抗拒，千方百计地逃离这如火如灼的怀抱。

“下次不可莽撞，否则，本王定当不饶。”

要你管？要你饶？

慕容辞满心愤懑，从嘴里说出的话却是："本宫记住了，可以放开了吧。"

马车缓缓停下来，他一吻凑去，她却飞速地避开，仓皇地跳下车，一去不回头。

看着她渐渐融入迷蒙的夜色，一丝不易察觉的温柔从他眼中缓缓溢出。

漱玉轩里，容湛已经在雅间里等候多时。

"昨夜御王没认出我吧。"他将斟好的茶推过去。

"应该没有。"慕容辞低头饮茶，因为想起昨夜马车里那个怀抱，冷不丁地身躯微颤。

"容公子，你如何弄到那枚碧玉的？"琴若看出殿下有点尴尬，适时地岔开话题。

"我之所以能在庄主座下混口饭吃，总要有些别人没有的本事。"

"别卖关子了，快说。"她娇蛮道。

"咱们天下第一庄人才济济，有一个名士与杨家庶子是酒肉朋友，那杨家庶子多喝了几杯，说起玲珑轩，虽然只是只言片语，但足够我顺藤摸瓜。"

"之后你顺利地查到玲珑轩的底细，从杨家偷到那枚碧玉，还谎称是杨家远在威州的族人。"慕容辞笑道。

"什么都瞒不过庄主。"容湛正色道，"庄主，我觉得玲珑轩的秘密不仅如此。"

"我也觉得。"她黛眉微扬，"有机会再去一次。"

今日没什么事，慕容辞便在漱玉轩消磨到日头西斜才回东宫。

他们的马车穿过闹市，忽然停下。

原来是一个面无表情、相貌寻常的黑衣男子站在车前。

"公子，我家主子有请。"那黑衣男子说。

"你家主子是什么人？为什么邀我家主子相见？"琴若扬声问道。

"公子去了便知，就在前面的得月楼。"

反正也没什么事，慕容辞当机立断下了马车，与那黑衣男子前往得月楼。

推开门的刹那，她看见慕容彧侧对着她坐着品茗。

她若知道他家主子是慕容彧，就是当街将那黑衣男子揍一顿也不会来！

落荒而逃太狼狈，于是她落落大方地走进雅间，一步一步满心悲壮。

“本王还以为殿下会逃。”

刚煮好的茶汤热气腾腾，水雾氤氲，模糊了他冷峻的五官。

慕容辞挤出一抹欢快的假笑，随后说道：“哪能呢？王爷相邀，必定有要事。”

慕容彧把茶杯推去，低沉道：“殿下，尝尝本王带来的茶。”

她掀袍坐下，浅浅尝了一口。

呵，这可是刚送到皇宫没几日的贡茶，敢情宫里的好东西都落入他手里了。

“阿芙蓉膏这事，本宫冥思苦想也想不出所以然，王爷还有闲心品茗。”她浅淡的语声略有几分讥诮。

“殿下这是责怪本王玩忽职守吗？”

“本宫哪敢呢？是本宫蠢笨，几日来毫无进展。”

“今日殿下是嘴抹了油，还是饮了蜜？”

“肺腑之言罢了。”确是好茶，慕容辞接连喝了两杯，看着那张人神共愤的俊脸，心里就不爽。

“天色不早了，本宫该回宫了。”她笑道。

慕容彧意味深长地说：“殿下不想知道本宫请你来有什么事？”

她继续假笑道：“王爷想说便说，本宫洗耳恭听。”

“收起虚伪的假笑。”

她内心愤愤，却还是收起那快让她脸部僵硬的笑，默默地饮茶。

“本王查知，京官里共有二十余人吸食阿芙蓉膏。”

“这么多！”慕容辞震惊得要喊出来了，“倘若不阻止，这数字必定会更多！”

“眼下还不知道这些人从何处买得，又是如何染上这瘾的。”

“王爷打算如何处置他们？”

“不急，等查到售卖阿芙蓉膏的人再处置不迟。”

“眼下唯一的线索是玲珑轩，可并没发现那里有人吸食阿芙蓉膏。”

“玲珑轩还需深入探查。”慕容彧眼中闪动着冰冷的光，“还有那金衣公子，本王倒是想会一会。”

“王爷打算哪日去？”她压抑住自己隐隐的兴奋，假装震惊地说道。

“择日不如撞日，就今夜。”

“本宫也去。”

“殿下保证不添乱？”

“本宫保证！”

他无声地出去，再进来时，手里捧着一套雪青轻袍。

“王爷更衣，本宫先出去。”

“殿下怕什么。”他言辞里三分讥诮。

“本宫……怕什么？”她心虚，却还是嘴硬道，“本宫只是不想妨碍王爷更衣……”

舌头怎么这么不灵活呢？

他一本正经道：“此处没有下人伺候，还要劳烦殿下辛劳，为本王更衣。”

慕容辞立即往外飞蹿，却被他扣住手腕拽住，动弹不得。

“外面有侍从，本宫去叫侍从来为王爷更衣。”

“那侍从粗手笨脚，本王不习惯。”

“本宫也是粗手笨脚……本宫就没伺候过人！”

“本王记得殿下有一双柔滑精巧、堪比美人的纤纤玉手。”

她下意识地想抽回手，气得胸口起伏不定。

然而，手非但抽不出，还被他抬起来，他大掌上的薄茧摩擦着她柔嫩的手，竟有丝丝异样的触感。

慕容辞横眉怒视，正要往外冲，忽然后背一麻，完全动弹不了。

被点穴了！

“你究竟想干什么？”她悲愤地怒吼。

“为殿下更衣。”他邪气流转地说。

“你！本宫不需要人伺候！快解开本宫的穴道！”

他充耳不闻，修长的手指抽开她纤腰上的锦带，轻轻地，慢慢地，似是有意折磨她的意志。

她的小脸红彤彤的，烈烈怒火烧上头顶，有些央求地说道：“你不可以这样！”

他来真的！这可怎么办？

琴若在外面隐约听见雅间里殿下尖厉的声音，然而御王的侍从站在对面虎视眈眈。

“本王只是为殿下更衣。”他朱红的薄唇勾起一弯邪恶的弧度。

白色外袍滑落，宛若一抹白云从长空悠悠坠落，覆住她的双足，软绵绵的。

她恨不得自己的目光是见血封喉的宝剑，然而却只能眼睁睁地看着他又解开自己的月白中衣。

她小脸红得能滴出血来，连耳朵和颈项都遍染云霞般的红彩。她自然知道他的企图，不就是要亲自验证吗？

中衣敞开，露出贴身的月白亵衣，却并非女子所穿的丝衣款式。

月白的衣裳如云朵轻轻地覆着她纤柔瘦削的身躯，精致的锁骨如玉如琢。

手指轻挑，亵衣里面，胸口绑着严实的布巾。

“哦……”他似笑非笑地说，唇角勾起一抹意味不明的弧度，“原来如此。”

“够了吗？”红潮退去，她面色铁青，怒火正炽，“你已经知道了，还不杀了本宫？”

“陛下在臣民面前开了一个天大的玩笑。”他举止温柔地为她穿好亵衣、中衣，最后为她穿上雪青色的素雅外袍。

其实他早就确定她是女子，只是想亲眼看看内中乾坤。

慕容辞四肢俱寒，满腔却是熊熊的怒焰，冷热交织，急怒攻心，身子不由得轻轻一晃。

慕容彧为她系好腰带，双手卡在玲珑的软腰上，盈盈一握。

“放手！”她恼怒地磨牙，小脸再次涨红。

他阴谋得逞似的轻笑，转身去了外间，待他更衣出来，看见案前坐着一个清瘦的陌生少年，其貌不扬，唯独那双眼如琉璃般明亮清澈。

原来她已经把人皮面具戴上了。

慕容辞也看着他，素日无论官袍还是私服，大多是玄色，而现在的他换上一袭无纹无饰的月白轻袍，真是清雅如竹。

“怎么了？”他掀袍坐下，语声温润。

“没……”她愕然回神，暗骂自己失神。

她将人皮面具的边缘使劲地摁了摁，慕容彧也把人皮面具戴上，转眼之间，两人都变成相貌寻常的男子。

“王爷有办法进玲珑轩？”

他没有回答，打开雅间的门。

守在外面的琴若吃了一惊，如何不见殿下？这两个陌生人是谁？

慕容辞勾起琴若的下巴淫邪地笑道：“好俊的小哥，今日陪小爷我喝几杯。”

太子再探玲珑轩

御王、太子组队闯关

御王危机之中向慕容辞表白心迹

冷媚女子：御王，你还记得我吗

太子殿下在男女之间自由切换

伪装夫妻骗过杀手

慕容诗的执念

第十五章

共同遇险见真情

太子殿下也爬窗

将玲珑轩一网打尽

华灯旖旎，长街灯明如昼。

寻常的马车从玲珑轩前行驶而过，慕容辞惊诧地说：“玲珑轩过了，为什么不停下？”

“不急。”慕容彧淡淡道。

又行驶了一阵，马车终于停下来。

原来到了那地下世界出口连接的民房。

慕容彧抬手敲门，三下，五下，四下。

不多时，一个青衣小厮出来，一脸戒备。

“请问二位找谁？”

慕容彧不多言，抬手亮出一枚精致小巧、通体莹润的碧玉，和上次容湛所持的一样。

光线昏暗，那青衣小厮盯着那碧玉端详了好久。

“二位公子看着面生，可是第一次来？”他冷冷地问。

“你是新来的吧？这阵子忙于公务，没怎么来。”慕容彧沉着道。

“公子的眼力真好，一眼就看出我是新来的。”青衣小厮微微一笑道，把他们请进屋内。

一直到正厅后面的小屋，他才揭开地面上一块巨大的木板，露出向下的木阶。

两人装作熟门熟路地往下走，青衣小厮带了一段路便止了步，前方另有人指引。

他们很快来到上次她去过的那两个大房间。

赌房人声鼎沸，喊声震天。

她往另外那个房间望了一眼，连忙收回目光。

“上次没来得及仔细看看，去那边看看。”

“没什么好看的，你自己去，我在这边赌两把。”她掩饰道，怎么能和他一起去看那些不堪入目、伤风败俗的画面呢？

他抓住她的手腕，一把拽到身旁，说：“此地凶险，我们最好不要分开。”

“我不去，上次我看过了……”她又气又窘，依然被他生拉硬拽到那个房间。

“我去茅房……”慕容辞想转身就走。

动不了？她才见自己广袂的一角被他拽在手里。

“记住你现在的身份是流连风月的纨绔子弟。”慕容彧低声提醒她。

然而站在那间房前，所见仍是骄奢淫逸的景象。

她再觑一眼身旁的男子，果然面色铁青，周身萦绕着慑人的杀气。

哟，动怒了！

“息怒息怒，现在不是动怒的时候。”慕容辞压低声音，说起风凉话，“现在你是纨绔子弟。”

慕容彧淡漠地看她，猛然拽着她的广袂往里走。

进去做什么！近距离围观？她可没这癖好！

他步履沉缓，目光向两边的屏风后扫来扫去。

“看清楚那些都是什么人。”慕容彧低沉的声音再次传来。

她心神一震，也是，既然来了就要彻底伪装。

目光扫过去，忽然，两张熟悉的面孔映入眼帘，是万方和王涛！

他们果然跟玲珑轩有关系！

不过，只是如此吗？

房间尽头，慕容彧转身立定，侧头看她。欣赏够了她的窘迫与娇羞，他邪魅一笑，牵起她前往赌房。

吵嚷声震耳欲聋，最新的一把开始了，伙计用力地摇着骰子。

慕容彧老练地取出一个碎银子押上，好似赌场老手，连赢三把后，三十两银子入袋。

那摇骰子的伙计狐疑地看了他一眼，都有点怕了。

其他赌徒开始纷纷跟着他押注。

又赢了！那伙计幽幽瞪他一眼，便望向前方某处。她知道不出一会儿，必会有人会来找他们麻烦。

“我在这儿玩，你四处看看，机灵点儿。”慕容彧侧过头在她耳边道。

她点点头，悄然离开。先是在别的赌桌玩了两把，接着在四周慢慢走着，细细察看。

玲珑轩究竟有没有暗中售卖阿芙蓉膏？

从目前的线索来看，并不指向玲珑轩，但玲珑轩太过神秘，那金衣公子也太过神秘，不得不让人多想一分。

慕容辞站在一排博古架前，假意欣赏珍玩，心想：机关会不会设在这里？

她将珍宝玩物一件件拿起玩赏，忽然听到一道冰冷的声音。

“公子，你在干什么？”她身子一震，猛地转头，见一个青衣小厮立在她身旁，面无表情。

慕容辞清冷道：“这些珍宝看着就价值不菲，我随便看看，或许买几件回府把玩。”

“公子有所不知，这些珍宝不卖也是不能乱动的。”他冷冷道。

“为什么不能动？珍宝摆在这儿不就是让人赏玩的吗？”她又惊又气。

“公子，小人也不知，小人只听上头的吩咐行事。”青衣小厮有点急躁地说，“还请公子不要为难小人。”

“我不是为难你，只是好奇，不让动是因为珍宝丢失过吗？”慕容辞假意问道。

“小人……真不知道，只是主子规定的，一个月前，跟小人共事的动了这玉雕，被上头打了五十大板，还赶了出去。”他讳莫如深地说道。

“这惩戒也太重了。”慕容辞皱眉道，“行，我去那边看看。”

待青衣小厮离开，她慢慢走了一圈，最后又踱回博古架前，迅速转动玉雕旁的羊脂玉笔洗。

果不其然，这笔洗转动了。

博古架后面的墙壁平行移开，露出仅容一人通过的空间。

她猜得对，当初那小厮动了玉雕没有异样，那么机关应是离玉雕最近的珍宝。

她当机立断闪进墙壁里的暗门，而一直注意着她的慕容彧，此时也趁乱赶来，施展轻功飞奔而入。

两个青衣小厮面色大变，待他们冲过来时，密室的门轰然关上。

这里好像是另一个世界。

慕容彧和慕容辞转目四望，光线昏暗，空气里弥漫着一股淡淡的气味——像阿芙蓉膏的气味。

一只只黑色木盒摆在石墙前的长案上，打开一看，不出所料。

“谜底已经揭开，玲珑轩果然暗中售卖阿芙蓉膏。”

“京城里的官员和富豪来这里豪赌作乐，玲珑轩的人趁机售卖阿芙蓉膏。只要吸食一次，就会上瘾。”慕容辞的语声愤恨，“李老爷必定是玲珑轩的人杀的。”

“只怕今夜我们很难离开此地。”封闭的空间里，他的语声冰凉如寒水。

她如何不知，强行闯入这密室的人，金衣公子怎会留活口。

但倘若今夜他们会死，也是两个人一起死。

那她，也没什么可怕的了。

慕容彧手指划过她光洁的额头，深沉的眼中缠绕着复杂的情绪。

她想推开他的手，却竟然鬼使神差地呆在原地。

忽然，头顶有声响！

他迅捷地一把拽过她，闪避到一旁。

头顶石板打开，落下六个黑衣人。他们必定是高手中的高手，短刀在手，银光闪烁，陡然，他们围攻而上。

三人朝向慕容彧，三人朝她而来，招招致命。

她在刀光剑影里吃力地闪避，刀尖数次从耳际、臂间险险划过，不禁心神俱骇。

果然厉害！

若她全力施展，一人对三人，只怕也要落于下风。而现在，她暂时选择不露身手，只能狼狈地逃窜。

忽地，她被一股奇大的力道揪住，是慕容彧。

她完全被他操控，时而与他飞旋，时而被他当作利刃抛出，时而被他护在臂下……他的动作非常稳，速度却快得不可思议，若是毫无武艺之人，只怕五脏六腑会被荡得移位。

慕容辞毫发无损，而慕容彧重伤了两人，还夺得一把短刀。

剩下四人对视一眼，齐齐转向他。

她却慢慢平静下来，不知为什么，在他的保护下，她竟感到几分安心，好似他的身躯蕴藏着无穷的潜能与力量，可保她免受灾难。

手持短刀，慕容彧如鱼得水，气劲与刀光齐飞。

慕容辞心潮起伏。他武艺高绝，已达到登峰造极的境地。

六个黑衣人死了四个，剩下两人在墙角苟延残喘。

“机关在哪里？”她冷声喝问。

没人理会她，都冰冷地转开目光。

嚓！一声利刃刺入血肉之躯的轻响！一把短刀插在黑衣人的肩胛骨上，鲜血喷溅，石墙上溅了几滴殷红。

这女人够狠！慕容彧的薄唇勾起赞赏的笑意。

“机关在哪里？”她再次喝问。

沉默后却又寒芒一闪，另一人握着短刀飞刺过来。

一瞬生死！躲避不及！

一股凶猛的力道将她一拽，刀尖从手臂擦过。

她落入一个温热的怀抱，又一泓白色气劲袭去，凌厉骇人，那人顿时重摔在地，血肉模糊，气绝身亡。

她这才发现自己被人紧紧揽着，冷汗涔涔，又贴着某人温热的胸膛，有些异样。

慕容彧把她“挟持”到一旁，左臂正好横在她胸前，那掌心所在的位置，虽用布巾层层裹着，依然撩他遐思。

电光石火间，万千绮念从他脑海里奔腾而过。

“还不松手？”她慌乱地挣脱着说。

“若非我及时救你，只怕你早丧命于此。”说话间，他呼出的热气在她耳畔升腾。

忽然，暗室的屋顶和墙角的缝隙有白色烟雾蔓延进来。

“是毒气。金衣公子确要置我们于死地。”他眼中迸出鹰隼般的寒光。

在这封闭的石室放毒，他们必死无疑。

“怎么办？”她慌乱无措地说着，迷惘地看他。

他的心顷刻柔软起来，一臂揽过她，却未说话。

毒气源源不断地钻进来，慕容辞越来越难受，慕容彧既然来闯，怎会毫无准备，她抱着最后一丝希望，低声问道：“你有办法的是不是？你那些下属呢？他们看见我们这么久没出去，会不会冲进来？”

“今夜，只有我们。”慕容彧捧着她的小脸，看着她平静道。

“你没有在四周部署人力吗？你的下属都不知道你来这儿？”

“不知道。”

完了！为何要跟他来这里。

他把她拉到角落，似有一丝邪笑凝在眼角，温柔地说：“倘若此时此刻要我立即就死，有你在我身旁，好像也不是那么糟糕。”

“我才不想跟你走黄泉路。”她气急败坏地推开他，充满怒气地说着，“你竟毫无准备就跑来这儿……我恨你！我要去找机关……”

慕容彧陡然侵袭，扣住她的后脑，攫住她的双唇，如痴如醉地吻下去。

她拚命挣扎，可不知是毒气侵袭还是热吻灼人，温热阳刚的沉水香气铺天盖地笼罩着她，所有力气都莫名其妙消失了。

“若我们能活着出去，你还会视我为敌吗？我曾经轻视你，可当我发现你原是女儿身，原有资格当我的对手，我却更喜欢你当我的枕边人。”这声音低沉而空灵，克制着涌动的血性。

慕容辞在眩晕里听不真切。

昏黑里，柔情如一朵娇花绽放。

修长的手指轻轻一戳，她在他怀里软倒。

不多时，石墙平行移开，几个黑衣人降下，探了探他们的鼻息，挟起他们飞出石室。

又进了昏暗的通道。忽然，慕容彧迅猛地提气跃起，双掌齐出，两泓白色气劲如箭飞袭，两个黑衣人狠狠撞向石墙，一命呜呼。

另两人见状，丢下慕容辞向他冲来，然而，慕容彧飞身掠起，一掌拍下，磅礴的气劲击中对方的头盖骨。

两人鲜血淋漓地倒下。慕容辞醒来，心里想着：“我没死？”

“快走！”慕容彧拽起她往前飞奔，逃亡的路途在脚下延伸，后面有人追来，他们冲向那道石门，扳动机关，齐齐冲出去。

然而民房外早有黑衣人围守，激战再次拉开帷幕，他一人对付十八人，她紧张地攥紧拳头，心紧悬着。

很快，他夺了一把长剑，飞身掠起，雪色剑气似一泓月华划过。

一线明光，血色立现。

两人倒下，又数人冲来。她转身从地上捡起一把长剑，眼中掠起一丝厉光。

然而未及她出手，他剑气划过，一片猩红飘落。

他眉宇凛寒骇人，眼里杀气缭绕。

“小心！”慕容辞大声喊道，又有两人从旁刺来，他正与三人激战，掠身飞起不及躲避中了一剑。

他大怒，杀气凛凛，凌空而立，长剑横扫，凡是被震到的，无不摔飞倒地。

所有黑衣人变成死尸，再也不会醒来。

慕容彧拽着她在月下的屋顶飞奔，身后又有人追来，他牵着她骤然跃下，落入一户民宅。

“若把人惊动了，闹出动静，他们很快就会追到这儿。”慕容辞焦急道。

“屋里没人。”慕容彧拉着她直入大厅，再入内室，空无一人。

他果然深不可测，对周遭的感知也比别人敏锐很多。

“你流了不少血，我给你包扎一下。”

“嗯。”他坐在木凳上，四下环顾。

真可谓家徒四壁，除了一张木板床、两只木箱、一只米缸，别无他物。

慕容辞屈身解开他的腰带，一靠近他，只觉得有一丝暧昧流淌开，她把他的月白锦袍松开来，又褪下左边的衣袍。

月华从木窗流泻进来，屋里浮着一抹虚淡的霜白。他颈项如玉，肩线平直，锁骨精妙，肤白薄透，淡淡的沉水香气袅袅散开。

只是伤口露出，她惊得心头猛跳。

“伤口发黑，长剑淬了毒。”

他受伤后又运气飞奔了这么久，毒性应该扩散了，亏得他一路一声不吭。

“包扎吧。”慕容彧轻淡道。

“毒气攻心怎么办？”

“暂时死不了。”

“不如回府……”

“不行。一旦回府，那些人一路追去，我们的身份就会败露，以后再难追查。”他语声沉凛，不容反驳。

“可这万一是剧毒……”慕容辞不敢想下去。

“包扎。”慕容彧好似在下达命令。

她无奈地撕下自己的一截袍角，为他包扎伤口。

细细包好，她为他穿好衣袍，才问道：“之前在密室是怎么回事？那金衣公子怎么会放我们出来？”

“我有独门绝技，只要封住心脉，气息便会微乎其微，犹如死了一般。”

慕容辞明白了，当时两人都是假死状态，金衣公子以为他们都毒死了，就令人把他们扔到外面。

“他们来了。”慕容彧忽然把她拽过来，抽开她腰间的衣带。

她低声惊呼：“你做什么？”

他强硬地把她的衣袍扒下来，外袍，中衣，绸裤，亵衣，粗鲁狂暴，毫不留情。

尔后，他抱着她拥到床上，命令道：“把我的衣袍脱了。”

他的话没有半分拖沓，慕容辞顿时明白了他的意图，利索地扒下他的衣袍。又伸手揭下他的人皮面具，自己脸上的也撕下来藏好。

两人用一张薄被遮盖后相拥，假装睡着。

门外，有杂沓的脚步声。

“挨家挨户地搜，绝不能漏过。”

吱呀一声，内室的房门被人推开。

两个黑衣人无声地走进来，用长剑挑起那薄薄的被子一角。

“你们……你们是什么人？”他假装惊醒，然后无措地大叫，“你们想干什么？”

她娇羞惊惧地埋着头，香肩微露。

那两个黑衣人对视一笑，收了长剑，转身出去。

“还不离我远点儿？”慕容辞大大地松了一口气。

“嘘……”慕容彧眼中泛着几许森然。

确实，外面并没有他们离去的脚步声。

“娘子莫怕，官差估计在抓犯人。”他低声道。

“吓死人家了！”她娇滴滴地回应，柔媚得让她自己都无法适应。

脚步声起，越来越远。

“走了。”她拍拍他的肩头，却看见他深深地盯着自己，不禁愣住。

他温热的气息在夏夜里弥漫成雾，此时此刻，她好像失去了言语的能力，被他的眼神吸了进去，在万丈深渊里坠落沉沦。

他陡然吻下来，起初温柔如清风徐徐，很快便是暴风骤雨般的侵袭。

只想浅尝辄止，只是一亲芳泽，只想在她身上、心里烙下印记，可他高估了自己的克制力——他完全不想克制。

气息相缠，体温骤升。

夏夜无风，香汗淋漓。

慕容彧以膜拜的姿态细细品尝这寸寸春色，而她软成一汪春水，任由采撷。

比数月之前那个梦魇里的纠缠还要让人刻骨铭心。

如玉肌肤薄透柔软，惊艳了他这一生的绮思艳想。

蓦然的刺痛让她身不由己地弓起身子，神魂归位，清醒过来。

“够了！”慕容辞冰冷地推开他。见他痴痴地看自己，眼里尽是眷恋。

那深红的薄唇色泽诡异，他慢慢俯首，却倒在她身上，头歪在一边。

“慕容彧！慕容彧……”她拍拍他的肩头，叫了几声。

对，必是毒性发作了！

费了所有力气，她才掀开他半个身子，将他挪下来。

他面色苍白，唇色深红发乌，左臂的伤口渗出不少血，毒气必定开始攻心了，怎么办？

倘若出去，很可能撞上那些黑衣人，前功尽弃。

若是待着，明日一早回到王府，兴许他已经毒发身亡。

“慕容彧……快醒醒……慕容彧……”

此时此刻，她根本没意识到，这是杀他的最好时机。短短几个月，在她脑中根深蒂固的仇恨与杀意，渐渐地磨灭。

慕容彧慢慢睁眼，却似极为疲倦。

“你醒了，太好了。”慕容辞紧蹙的眉头舒展开来，险些喜极而泣。

“傻丫头，”他摸摸她的手说，“扶我起来。”

“你中了毒，怎么办？现在回王府吗？”

“还不能回去。”他轻缓道。

“那你万一毒发……怎么办？你真的不要命了吗？”

“你不是一直想要我这条命吗？”慕容彧浓密的长睫无力地轻眨，“今夜是我最虚弱的时候，你不下手，可就错过了最好机会。”

她呆呆地想，梦寐以求的机会来了，还犹豫什么？眼前这个男人是她此生最大的敌人，是她必须除掉的心腹之患，是她痛恨了几年的奸臣，也是夺去她清白的男人。

一掌打死他？

然而，她的手却怎么也抬不动，心似被山岳压着，快要窒息了。

“傻丫头，”慕容彧忽然伸臂把她揽在怀里，“今非昔比，你我可以不当仇敌。或许，你可以试着靠近我，了解我，喜欢我，爱上我……”

“本宫是太子！”慕容辞陡然挣脱，恢复了一贯的疏离。

太荒唐！

她只恨，自己下不了手！

“本王乏了，想躺着歇歇。”说罢，慕容彧侧身而卧，雪颜沉在黑暗里。

她盯着他，右手慢慢攥紧，她依然可以杀他。

月光宁谧，她看了他片刻，最终，还是趴在床边，渐渐睡了。

一只大手忽然伸来，点了她的睡穴，又将她抱到床上，拥着她睡下。

“我知道，你下不了手。在你心里，有我的小小位置。有朝一日，我会占据你整颗心。”

不知多久醒了过来，慕容辞觉得身上有点重，她猛地睁眼，看见那张熟悉的雪颜近在咫尺，而她竟以他的手臂为枕，安安稳稳地躺着。

耀目的日光从木窗射进来，泼洒了一身。

她弹身而起，看见他的薄唇已变得乌紫，慌乱叫道："慕容彧，快醒醒……慕容彧……"

慕容彧缓缓地睁眼，却看见她的眸子水光盈盈，不禁心神一动，虚弱地说："以为本王死了？"

"死了最好。"慕容辞窘迫地偏过头，偷拭了泪滴。

"若本王死了，你会伤心欲绝，本王如何忍心？"他的气色比昨夜更差，显然毒性加深了，"本王要死在你后面，当那个遗世独立的伤心人。"

"你脑子坏了吗？说什么乱七八糟的话。"她斜睨他，不禁气恼起来。

这语气是自然而然的娇嗔，这一眼流露出几分娇媚。

他颇为受用，笑着起身，却险些摔倒。

"怎么会这样？是因为毒性吗？"她一把扶住他，想起昨夜那番柔情蜜意、惊心缠绵，低着头红着脸帮他把衣袍穿上。

系腰带的时候，她抬眼看见他的唇角噙着一抹微笑，断定他一定在想些不堪画面，于是狠狠地一抽。

"你想勒死为夫？"他错愕地低头看着她说。

"本宫是太子！"慕容辞怒目圆睁，咬牙道。

他丝毫不惧，慢慢俯首，似笑非笑浅浅低语："昨夜第一次得见殿下女儿姿态，当真妙不可言。"

这可恶的混蛋！她羞愤得脸颊爆红，五指霎时袭上他的咽喉。

他轻轻一笑，不慌不忙地伸过长臂，将她紧紧一揽。

"放手！"她厉声吼道。

"一起放，如何？"

他的眉宇邪气流转，然而忽然咳起来，越咳越凶，一口乌紫的血喷出，溅落在地。

"你……"慕容辞惊得花容失色，不知所措。

"回府吧。"他淡淡道，面上的青色更重了。

府医为慕容彧诊治过后开了药方，说他体内剧毒虽已扩散，不过之前他已经封住心脉，只需连服七日汤药清毒，便不会有事。

闻言，她默然回房，气自己白白担心了这么久。

“你已经封住心脉，毒气不会攻心，为什么不跟本宫说？”

“原来殿下不知道吗？”他剑眉微挑，似是得意地说。

“你……”

“本王渴了，劳烦殿下。”

他的意思是要她一个堂堂太子倒茶伺候他！

慕容辞轻然一笑，转身去倒了一杯茶，温和道：“要本宫伺候王爷饮茶吗？”

慕容彧一笑，“自然最好。”

“王爷救了本宫一命，本宫自当投桃报李。”她假惺惺地笑，忽然掐住他的嘴，抬手将整杯茶水灌进去。

“果然是最毒妇人心。”他好容易缓过来，剑眉纠结，表情古怪得很。

“昨夜你执意不回王府，想必是别有用心吧。”她又问，此时笑得更假了。

“这一点本王不是解释过了吗？”慕容彧知道，她笑得多假就有多生气。

“本宫不信。”

“殿下不信，本王还能说什么？”他一脸的无辜，干笑了几声。

正这时，外面忽然传来一道清脆的叫声：“殿下……殿下……”

是端柔郡主！

慕容辞面色微变，无奈地说：“你侄女来了，必定会缠着本宫。”

她转目环顾四周，没有躲避的地方，只有床底下。

“这里倒是安全。”慕容彧拍拍身旁的位置，笑得狡黠。

她瞪他一眼，比床下更不能忍的当然是他的薄衾下！

“拜见殿下。”不及反应，慕容诗已闯了进来，像一只欢乐的小鸟似的说，“我就听说殿下在这儿。”

“嗯。”慕容辞高冷地应了一声。

“殿下难得来王府一次，我吩咐下人备了膳，还请殿下移驾，到我那儿用膳吧。”

“还没到午膳时分，本宫不饿。”

“这样啊，那我陪着殿下在府里逛逛吧。对了，池里的荷花开得正好，一起去赏荷吧。”

“本宫……”慕容辞斜瞪一眼慕容彧恨不得瞪出火来。

“殿下你眼睛怎么了？”慕容诗发现她的眼神怪怪的，像抽筋似的。

“哦……方才被沙迷了。”

“我帮殿下吹吹。”

“不用不用，本宫好多了。”慕容辞连忙后退。

“本王与殿下有要事相商，还不出去？”慕容彧忽然发声。

慕容诗一向畏她三叔，只好悄声对慕容辞说：“我在外面等候殿下，尽快出来哦。”

见慕容诗傻头傻脑地出去，慕容辞哭笑不得，此时还怎么走，慕容诗就站在外面等她。

“找个由头把你侄女打发了，不然本宫出不去。”慕容辞气呼呼道。

“本王懒得管。”慕容彧闭目养神，悠然地说，“除非殿下做一件事。”

“什么？”她戒备地问。

他指指自己的脸颊，笑道：“亲我一下。”

“你无赖！”

“若殿下不想回宫，可在王府任意游玩。”慕容彧再度阖上双目，浓密的长睫在泛青的脸上投下一弯浓影。

她险些咬碎自己的贝齿，实在忍无可忍，一拳挥去，直击他的右眼。

当拳头与他的眼睛只有一寸的距离时，她的手臂被定格了。

两根长指钳住她的手腕，语声慵然地说：“倘若殿下乏了，本王可以让出一半床榻。”

慕容辞恨恨地抽回手，来到外间倒了杯茶水喝，却不经意发现内寝西面有扇小窗，忽然计上心来。

慕容彧睁眼见她爬窗而出，戏谑地笑道：“殿下也学本王爬窗吗？本王的小窗欢迎殿下每夜都来爬一回。”

这日黄昏，她收到慕容彧派人送来的简函。

很快，马车停在御王府外，不多时，慕容彧出来，跃上她的马车。

“殿下当真要一起去？”

“本宫怎能错过这场好戏？什么时辰去？”

“再等半个时辰，殿下进府歇会儿吗？”

“不必了，本宫在马车上等便可。”她可不想再被慕容诗缠住。

“其实殿下可以再爬窗一次……”他挑眉道。

她瞪他一眼，他下去对一个黑衣人吩咐了几句，就又跳回马车。

“去哪里？”见马车前行，她问慕容彧。

“本王怎敢让殿下在门口等半个时辰？不如先去用膳。”慕容彧道。

“也好。”她的确还饿着。

很快马车停下，他带她来到一家不起眼的酒楼，没想到几碟家常菜风味独特，让人意犹未尽。

慕容辞饭后喝了半盏茶，起身到窗边，苍穹广袤，月色稀薄，星芒璀璨，好似某位调皮的神仙随手撒了一把晶钻，丝绒般的夜幕生动斑斓。

“希望今夜能顺利。”

不知何时，慕容彧端着茶盏站在她身旁。

“本王倒是想会会那个金衣公子，可惜昨夜没有机会。”

慕容辞看他面上的青色已经褪去，只是比往常苍白，无纹无饰的玄袍更衬得他肤白胜雪。

她郑重地问：“这次做好了万全准备？”

他付之一笑，说：“大不了本王再受一次伤，殿下陪着逃亡……”

她忍不住瞪他一眼：“时辰不早了，走吧。”

他搁下茶盏，跟着下楼。

今夜，要将玲珑轩一网打尽！

玲珑轩正门有人盯着，隐秘的后门已部署数百精兵，但当两人带兵闯入，屋内却寂静漆黑一片，她预感不妙，果不其然，整个地下世界人去楼空。

精兵四散去搜寻，他忽然问：“殿下记得金衣公子的石室在哪里吗？”

慕容辞摇头道：“那次本宫去是蒙着眼的，现在只能根据大致方位找找。”

“好，去找找。”慕容彧说。

她努力地回忆，目光在偌大的石室搜寻。

对，博古架!

试了三四个，便触动了机关，石门打开了，陈列阿芙蓉膏的长案却空空如也。

又找机关，另一扇石门打开，慕容辞循着记忆，终于找到那间满室珍品的石室。

珍品犹在，人已不见。

“这几件珍品雕工不凡,应该是宫廷制品,却不是咱们北燕国的风格。”

“的确与咱们北燕国的珍品不同。倘若是来自异国，那么金衣公子是东楚国还是南越国，或是西秦国？”

“可以肯定的是，金衣公子不是北燕国人。他用阿芙蓉膏荼毒我朝廷文武百官，就是明证。”

“这里找不到线索了，去玲珑轩沿街的铺子看看，他们走得急，总会留下蛛丝马迹。”

他们匆匆出来，外面精兵把守着，火把照得四周如白昼般，他们一处一处细细察看，不放过每一寸地方。

忽然，角落里一抹深红吸引了他的目光。

是一朵花。

慕容辞接过那朵花儿，只觉得有些熟悉。

“好像是洛神花……对，是洛神花！”她欣喜道，“知言说过，洛神花只在南方湿热地区才有。”

“东楚国和南越国？”慕容彧问道。

“对，除此之外，帝京也有。”她冥思苦想半天，“知言跟本宫提过，帝京只有几株，并且只在一个地方才有。”

“在哪里？”

“玄月潭。”

他略微激动，倘若这朵洛神花不是东楚国或南越国的，而是帝京那唯一种植洛神花的地方，那么金衣公子的藏身之处极有可能就是那儿。

“走。”说完，慕容彧扣着她的手腕疾走。

众目睽睽，慕容辞下意识地挣脱，脸颊微热。

玄月潭位于城南三十里处，因那汪碧潭形似玄月而得名。

骏马飞奔，在夜色下飞掠成一道道黑线，惊起无数飞鸟。

星光璀璨，夜幕低垂，偶尔传来一声野兽的嚎叫。

因为玄月潭底有地下温泉，无论是白日还是黑夜，总是水雾弥漫氤氲如仙境一般。碧潭的东侧有一丛洛神花，朵朵深红在水雾的掩映下，影影绰绰，曼妙妖娆。

慕容辞望着一丈开外的温泉碧潭，忽然勒马。

“怎么了？”他转头看她。

“本宫总觉得哪里不对劲……”她眉心微颦，“王爷不觉得过于顺利吗？”

“的确过于顺利了。”他早就察觉到这一点。

金衣公子如此当机立断舍弃经营多年的玲珑轩和地下世界，保全实力，可见心思缜密精于谋算，又怎会留下洛神花这么明显的线索？

她的眼中布满了阴霾，“玄月潭无处藏身，金衣公子应该不在此处。”她恨恨道，“是本宫太大意了。”

他攥紧拳头，骨节啪啪地响。

“还有一个线索可以查，殿下想去吗？”

“什么线索？”话刚出口她就灵光一现，是呀，还有一个重要的线索呢！

火速打马回城，慕容彧派人前往万方、王涛的家，要将两人捆来。

“殿下不如到府里等候佳音。”慕容彧指挥完毕，对她说。

这个时辰端柔郡主应该就寝了，于是她大大方方地进府，可是刚走几步就陡然停下，“不对！”

他一愣，忽然脸膛寒沉，一个箭步冲向坐骑，一跃而上拉住缰绳，朝她伸出手，“上来！”

他的坐骑是神驹，脚力不是寻常骏马可比。

咬咬牙，她把手放在他掌心，飞身上马。

夜色如墨，一骑绝尘。

“去王涛家。”慕容辞果断道。

扬鞭催马，他们很快抵达王涛家宅。

慕容彧抬手，一道黑影冲天飞起，落在王家屋顶上，跃进后院。

她知道，那人是他的暗卫，武艺高强，应该与他不相上下。

他揽着她飞到屋顶，蹲伏在暗处，果不其然，片刻即有一道人影自后院飞出，往东侧疾奔而去。

慕容彧一跃起身，玄袍张扬，广袂如黑焰飞掠，慕容辞望着他被黑暗吞没，不由得心潮起伏。

万方、王涛监管军器监，军器监与玲珑轩又有千丝万缕的联系，金衣公子不会杀与玲珑轩有关的官员，一则牵扯的人太多，二来那些官员大多不知玲珑轩的隐秘之事，而万方，王涛就不一样了，他们被御王查过，金衣公子料到这一点，就必会杀人灭口。

如此一来，她更加可以肯定，若万方、王涛真被灭口，那军器监私卖兵器一事，极有可能与玲珑轩有关。

暗卫鬼影把王涛提出来时，他已在胸口中了一剑，不过没有刺中心脉，一息尚存，此时浑身是血。

此时御王府的精兵已到，将王宅团团围住。

“所有王家人押入刑部大牢，听候发落！”慕容辞冷肃地下命令。

“殿下饶命……殿下开恩……”王涛忍着心口的剧痛爬到她的脚下，绝望地哀求。

“你这条命还是本宫救下的，已是格外开恩。”她双臂环胸，冷冷道。

他跌坐在地痛哭流涕，一身白色寝衣染了血，触目得很。

“稍后御王审讯，可没有本宫这么好的脾气。你自个儿掂量掂量。”

王涛呆若木鸡，面如死灰。

慕容辞跃上骏马，吩咐鬼影道：“把他带回御王府。小心别让他死了。”

然而她还没坐稳，那神驹雪影就长嘶一声，拼命将她往下甩。她急忙抓住长鬃，企图控制它，然而雪影也像跟她铆上了，上蹿下跳，凄厉的嘶鸣似要撕破夜幕。

“殿下，雪影只认王爷，不让其他人骑的。殿下还是下来吧。”鬼影看不下去了。

那么多精兵看着，这样下来岂不是很丢脸？

她趴伏在马背，双臂紧紧抱着，可越来越支撑不住了。

会不会摔死？被一匹马弄死，也太可笑了。

一道黑影飞速闪过，鬼魅般掠上马背，发出一声安抚的“吁”。

雪影瞬间安静，她被人环住，落入一个男子的怀里。

“吓到了？”慕容彧把她抱在怀里。

“雪影这么烈你怎么不早跟本宫说！”慕容辞缓过神来，恼恨地拍马一巴掌，“本宫要好好惩戒你这头神驹！”

“殿下何必跟一头畜生计较？”他语声含笑，“不如让本王代它受过，殿下想如何惩戒？”

她忽然意识到他们同乘一匹马的姿势太暧昧，不由得挣了挣，说：“你后退一点。”

他的下属都看见了！

“对了，你没抓到那个杀手？”她只好赶紧说正事。

他的眼中顿时泛出寒气，“那杀手轻功绝顶，本王和他过了几招，让他逃了，还有，刚得知万方已死，他们动作可真快。”

“好在我们赶得及时，王涛捡回一条命。”

当她说“我们”，他的心情十分愉悦。

万方小妾绿柳太抢戏

金衣公子：你们肯定找不到我

心疼御王，屡次被拒

慕容诗的太子妃之路受阻

太子殿下渐渐迷失

金衣公子造了一个巨大的地下宫殿

第十六章 你的敌人不是本王

回到御王府，慕容彧让府医处理了王涛的伤，开始连夜提审。

书房里烛火如豆，光影暗淡。王涛呆呆地跪在地上，眼神空寂。

慕容彧坐在书案后，一目十行地翻看军器监账簿，喝斥道："王涛，招不招？"

语声冷厉如箭，一决生死。

慕容辞冷酷地笑道："不招也没关系，把他的妻小押到外面，一个个地杀。"

"罪臣招……什么都招……"一提妻小，王涛终于感到害怕，"王爷，殿下，是万方拉罪臣下水的，罪臣哪有胆量做这等事？这可是诛九族的死罪啊。"

"万方已经死了，你把所有罪责都推到他身上，也算聪明。"

"他死了？被人暗杀的？"他满面惊骇。

"对，暗杀。你命大，被我们救了。"她陡然厉声道，"你再婆婆妈妈，本宫就开始杀人了！"

"不要……罪臣招……"王涛苦涩道，眼底却有精光闪烁，"真的是万方拉罪臣下水的。罪臣一向安守本分、胆小怕事，但万方以罪臣的妻小与前途要挟，罪臣不得已才跟万方沆瀣一气……"

"本宫听说的可不是这样，有可靠的人证证明你贪财好色，是心甘情愿跟万方密谋共事，作奸犯科。"慕容辞冷冷道。

"绝没有的事，殿下，王爷，到了这境地，罪臣一五一十地全招了。罪臣愿与那人对质。"

慕容辞嗤笑道："你是不是贪财，只要问问你府里的下人，就知道得一清二楚。"

王涛凄惨道："冤枉啊！殿下，私卖兵器是等同谋反的死罪，罪臣怎敢呢……"

慕容彧的脸庞泛着清寒之气，"王涛，你不过是想为妻小求开恩，但若你还是这不尽不实的态度，本王立即将你的妻小、双亲全杀了！"

这声震怒之语，吓得王涛一哆嗦，冷汗涔涔。

"你与万方杀害周槐，控制军器监，私卖兵器，条条死罪。你们都私卖了些什么兵器？说！"慕容辞厉声怒喝。

"弓箭……刀剑……火箭……"他哆嗦道。

"还有火炮是不是？"她怒声追问，气得拳头攥紧，火炮是北燕国在诸国战场上制胜的利器，他们竟把火炮私卖了，实在该死！

"没有火炮。火炮形制过大，不易运出去，容易被发现。"

"还有呢？"

"没有了。"

慕容彧寒沉道："从什么时候开始的？"

"大约半年前。"

慕容彧手一扬，把一本账簿扔到王涛身上。

他翻开账簿看了两眼，面色大变。

有了这账簿，诛九族是板上钉钉！

慕容辞冷笑道："现在你还想隐瞒吗？招不招供，随你。"

"王爷，殿下，罪臣知道必死无疑，可是幼子尚小，恳求王爷、殿下网开一面，为王家留一点血脉。"王涛匍匐在地，痛哭流涕。

"现在哭求，晚了。"她没有半分怜悯，随后有些无奈地追问，"这些兵器的制作图样，是不是也私卖了？"

这是北燕国的最高机密，是燕国数十万将士制胜千里、称雄诸国、保家卫国的神兵利器。

王涛哭得泪水涟涟，"罪臣劝过万方，若是把这三样私卖了，咱北燕国就要亡国，可他不听，还是把这三样机密拿出去卖了，罪臣无法阻拦……罪臣罪该万死……"

“卖给谁？”慕容彧的眼里聚集着浓重的阴霾。

“罪臣不知，应该跟买兵器的人是同一批人。联络买主向来由万方负责，他不跟罪臣说，罪臣就没有多问。”

“你当真不知？或者你尝尝酷刑的滋味就会想起来了？”慕容辞的小脸萦绕着骇人的戾气。

“罪臣真的不知，罪臣以王家列祖列宗发誓，罪臣不知买主是什么人。”王涛痛哭道。

她走过去，手里拿着一把小刀，在他面前挥舞着小刀，唇角噙着嗜血残忍的冷笑道：“你儿子年方十岁，要不要一会儿本宫亲自动手，把他的肉一块块地削下来？”

“不要……殿下开恩……罪臣真的不知买主是什么人，也没见过……”王涛吓得屁滚尿流，惨痛地号哭。

“你为什么去玲珑轩？你认识玲珑轩的幕后老板？”

王涛没想到殿下转话题那么快，错愕了一下才回话：“玲珑轩也是万方带罪臣去的，万方不值夜的日子都会去玲珑轩，玲珑轩的幕后老板罪臣真的没见过，只见过铺子里的掌柜和伙计。”

“万方没跟你提起过玲珑轩的幕后老板？”慕容彧冷沉地问。

“没有。万方口风很紧，不愿对罪臣说的，他都绝口不提。”王涛回道。

“兵器如何运出军器监？”慕容彧又问。

“从密道运出，万方只让罪臣负责从库房搬到密道，再从密道运出去。此后的事罪臣一无所知。”

“王爷，他好像又要滑头了。”慕容辞语声凉薄，带着嗜血的残忍。

“殿下，王爷，罪臣怎敢有所隐瞒？罪臣还想为幼子留得一命……”王涛哭号。

“既然他有所隐瞒，那就先把他的儿子凌迟，然后挫骨扬灰。”慕容彧漫不经心，声音里含着杀气。

“挫骨扬灰？本宫怎么就想不到这么好的主意呢？”她语声冰凉道。

“不要啊……王爷殿下开恩呐……不是罪臣不说，是罪臣真的不知道啊……”王涛撕心裂肺地号哭，“若罪臣知晓，怎会不招？王爷殿下明鉴呐……”

慕容辞说道："你对万方应该非常了解，他的事你知道多少，一五一十地说。"

王涛抹泪道："万方的口风很紧，很多事情都不跟罪臣说。其实他不像罪臣那般贪财，他要的是权。他时常跟罪臣抱怨，在军器监这几年他一事无成，罪臣瞧他那意思，是想进兵部、吏部，好一步步往上爬。"

"他精谋算，擅钻营，可以跟兵部、吏部大员交好，进兵部、吏部并非难事。"慕容辞冷冷道。

他接着道："他在兵部、吏部并不是没有交情不错的同僚，只是他时运不济，每次总是差那么一点儿，几次下来，他就心灰意冷了。罪臣从平素闲聊得知，万方交友广泛，但官场哪有真心相交之人？他用银两、美人求兵部、吏部的差事，到头来都是竹篮打水一场空。因此，他破罐子破摔，索性私卖兵器。"

"私卖兵器，他意在求财？"慕容彧剑眉微凝。

"应该不是求财。罪臣从他的言辞间推测，他好像是……想求得买主的赏识与提拔。"王涛琢磨道，"罪臣猜想，那买主应该是极有权势之人。"

慕容辞与慕容彧对视一眼，各自琢磨。

倘若私买兵器的是北燕国人，那么必是筹谋大事，起兵谋反。

倘若不是北燕国人，那么事态更加严重，东楚国、南越国和西秦国都有可能，只要这三国任何一国掌握了这绝世神兵的机密，那么北燕国军事上的优势就荡然无存。

想想就可怕。

王涛忽然道："对了，万方家有悍妻，私养了一位美妾，在外头金屋藏娇。兴许那小妾知道一点。"

慕容辞问："在哪里？那小妾叫什么？"

"罪臣想想……那小妾叫绿柳，住在杨柳巷。"王涛道。

"来人，把他押下去。"慕容彧沉声吩咐。

杨柳巷。

夜深人静，星芒璀璨。铁蹄从街道飞驰而过，惊扰了寻常百姓的美梦。

一路走过去，慕容辞看见一户窄小的门庭写着万宅。万方金屋藏娇之处必定是这里。

怎么进去？当一回贼吗？

正在发愁之时，一道黑影不知从哪里冒出来，往后院急速飞去。

慕容辞挑眉一笑，又是鬼影。

光影从隔壁人家流泻过来，洒照在他的玄色锦袍上，冷峻的五官在暗夜里更加俊美神秘。

不多时，后院传来女子的惊叫声，脚步杂沓。

大门被打开，两人进去。

鬼影点了烛火，慕容辞细细打量大厅里那个站着一动不动的美貌女子，想必是被点了穴。

那女子身穿月白寝衣，披散的青丝乌光水亮，拢着一张清秀脱俗的鹅蛋脸，眼中布满了惊惧与慌乱。

如此姿容不俗，难怪万方金屋藏娇。

鬼影给她解穴，她的身子蓦然一松，不逃，反而气愤地喝问："你们是什么人？你们擅闯民宅，我要去报官！"

慕容辞轻蔑道："你夫君不就是官吗？跟你夫君说就行了。"

绿柳闻言，面色微变，不过很快就冷静下来，说："你们既然知道我夫君是官，就应该知道我们万家不是好惹的。"

慕容辞逗着她玩儿，说："你这摆不上台面的小妾，说话还这么硬气。"

绿柳气得面红耳赤，却无法反驳，的确，她出身贫微，沦为卖艺的琵琶女。若非万方怜惜，她也不可能过上现在的安稳日子。

但夫君虽未明说嫌弃她，平时也流露出来几分。

"万方主理军器监，犯下诛九族的死罪，明日将会枭首示众。"慕容辞说完，看绿柳的眼睛忽然睁大，慌乱、恐惧弥漫开来。

夫君死了，她怎么办？

"不可能！你胡说八道！"

"本宫三更半夜来跟你胡说八道？你以为本宫很闲吗？"慕容辞走过去，修长的手指挑起她的下巴，"万家大宅四十多口人已经收押刑部大牢，就剩你一个了。"

"不会的……不会的……"绿柳惊惶地摇头，万分恐惧。

“若你一五一十地招供，本宫赏你一个全尸，否则扒光了枭首示众，让帝京人都看看你的全相。”慕容辞微微一笑。

“我什么都不知道啊，要我说什么！”绿柳满目惊骇，“你们究竟是什么人？

“这位是御王，本宫是太子。”

晴天霹雳！绿柳面色大变，忽然跌倒在地，呆若木鸡。她根本没有反抗的余地！

“二位贵人……想知道什么，尽管问，我必定知无不言，只求二位贵人开恩，饶我一命。”绿柳看清了形势，哀凄卑弱地恳求。

“想通了就好。老老实实地回答，若回答得好，说不定本宫高兴饶你一命。”慕容辞道。

“是，贵人请问。”

“万方常常来你这儿吗？”

“之前常来，不过这半年来得少了，十天半个月才来一次。我问过他，他说军器监公务多，抽不开身。”

“他跟你提起过玲珑轩吗？”

“玲珑轩……”绿柳皱眉寻思，“我想起来了，他提起过一次，说要去玲珑轩看看玉雕。”

“还说了什么？”慕容辞追问。

“就这些，没说什么。当时我觉得有点奇怪，他平常不太喜欢玉雕，也不会买玉雕的。”

“除了夜里去军器监当职、留在大宅、来你这儿，还去别的地方吗？”

“没有了吧。”

“你最好想清楚了再回答。”

见她目露杀气，绿柳拼命冥思苦想，“贵人，我真的不知道。每次他来我这儿，很少跟我说外面的事，没想到他竟犯下死罪，我真的什么都不知道……”

“平日里万方有什么喜好？”

“没什么喜好，就喜欢写几个字，这屋里的字画都是他写的。”

慕容辞一望，大厅墙上挂着几幅字画，万方还真有点才华，书画功底颇为惊人。

字沉稳大气，笔触如行云流水大开大合，只是少了一点风骨。

“殿下，过来看看。”慕容彧站在西墙字画前，忽然道。

“怎么了？”

慕容辞顺着他的目光看去，墙上有一幅画的景色似曾相识。

“玄月潭！”

“这幅画是什么时候画的？”慕容辞问。

“大约两个多月前。”绿柳回道。

慕容辞与慕容彧对视一眼，时间也符合。

绿柳被押入大牢，慕容彧将字画取下带走，与慕容辞各乘一骑，缓缓前往御王府。

苍穹高远，夜色静谧，漫天星辉陪着他们在街上漫步。

两人想着这几日发生的种种，理清有些混乱的思绪。

金衣公子精于谋算，好像总是早于他们一步，不过，他们也掌握了一点线索。

“你有什么想法？”慕容辞问。

“先不想了。再过一个多时辰就天亮了，殿下就在王府歇着吧。”慕容彧低沉道。

“明日没什么事，本宫还是回宫……”

“明日当然有事，本王要将万方、王涛枭首示众。”

她愣住，她只是随口说的，他竟然真要这么做。

枭首示众，虽手段严酷，但对满朝文武、帝京百姓是一个极大的威慑，她有点赞赏他的果断。

只是忽然觉得，他们在这样的星光下骑马慢行，有点微妙。她偷偷斜过余光，见他昂然跨于神骏，身姿笔挺如山岳，雪色容颜点缀着淡淡的午夜星辉。

“殿下在看什么？”慕容彧忽然转过头来。

“没……没什么……”慕容辞慌张地收回目光。

“很难想象，殿下竟然会跟本王在这样的夜晚并行骑马，心平气和。”

他自嘲道。

“是啊，本宫也没想到……”她忽然意识到什么，立即闭嘴，说的什么啊？

他驱马靠近她，握住她持着缰绳的小手。

“你干什么！”

“殿下，你的敌人不是本王。”

慕容辞怔住了，看见他那双点染了星辉的眼，正静静看她。

他的话可以信吗？今日可相信，明日呢？以后呢？

她没有回答。

“本宫乏了，早点回去吧。”她默然抽回手，一扯缰绳疾驰而去，他纵马迅速跟上。

为少些周折，慕容辞最终决定在御王府留宿，事急从权。她睡了三个时辰，起来时已日上三竿，琴若伺候她梳洗完，正觉得饿了，就有侍婢前来引她去用膳。

不一会儿，来到一座五角凉亭，四周花团锦簇。

慕容彧坐在凉亭里饮茶，见她来了，冷峻的五官柔和了几分。

“尝尝莲叶羹。”他笑道，他舀了一碗羹放在她面前。

“的确饿了，本宫就不客气了。”她连吃两勺，赞不绝口，“真不错，你不吃吗？”他轻缓而笑，好似看着她这般津津有味便秀色可餐。

她一边吃一边眼角斜飞，瞥见他依然一袭玄色轻袍，繁花盛景里清雅高华，春风般的容颜带一丝若有若无的笑意，怎么看都美不胜收。

“大大方方地看。”慕容彧一笑。

“谁看你？”慕容辞窘迫地垂眸，嘀咕道，“不害臊。”

“殿下……殿下……”一道娇脆的叫声呼哧呼哧地传来。

又是慕容诗！

“是你要本宫住在你府里的，你要负责不让你侄女缠着本宫。”她看见慕容诗距离凉亭只剩下三丈了。

“殿下放心，本王会负责。”慕容彧把最后两个字咬得很重。

“殿下……”一抹杏色飞旋着奔进凉亭，慕容诗上气不接下气，小脸堆满了欣喜的笑。

无人理她。

“殿下，今日不热，我带你在府里逛逛吧。”说完，慕容诗清咳两声。

“你没看见吗？本宫还在用膳。”慕容辞冷冷道。

“三叔，我有点饿了，我可以一起吃吗？”

慕容彧眉宇间有些许森然，说：“本王跟殿下有要事商谈，还不退下？”

她降下声音道：“是。”

慕容诗灰溜溜地离去，慕容辞方才轻松片刻。

“万方为什么会画玄月潭？莫非他去过那儿？”慕容辞一边吃一边琢磨。

“去过那儿也不足为奇。”慕容彧低沉道。“先吃吧，午时将万方、王涛枭首示众。”

她点点头，这才是正事，到时必定万人空巷。

她忽然想起一事，问道：“他们犯下的死罪要公之于世吗？”

“私卖兵器事关军事机密，牵涉太广，不宜公之于世。”

“万方、王涛及其家人死不足惜，他们的亲朋族人和军器监其他官员，你打算如何处置？”

慕容彧薄唇轻启，“私卖兵器罪同谋反，万方、王涛诛九族，军器监其他从犯，诛三族。”

简单一句，定了数百人生死。

万方王涛的确该死，他们的所作所为将北燕国推入万劫不复的境地，他们死一万次都不足以谢罪。

她不知道，就在前几个时辰，他已吩咐下属将万方、王涛的九族，总共数百人押入刑部大牢，不在京城的已派人去搜捕，收押地方官府大牢。不留一条活口，以免成为日后的心腹大患。此番雷霆万钧的行动，令人猝不及防。

一大早，全城沸腾了，很多人在问：他们究竟犯了什么死罪？

又有人推测，这必是御王所为，只有他才有这等魄力。

二十年前那场殃及不少人家的清剿行动，是皇帝亲自下旨，帝京百姓受惊多日，人心惶惶。但那一次，没有枭首示众。

此时整个帝京，犹如一口烧开的油锅，热议滚沸，奔走相告。

而御王府，安静如斯。

“饱了。还没到午时，本宫看看那幅画。你把那幅画放在哪儿？书房吗？”慕容辞起身。

“在书房。”慕容彧点头，虽然只睡了一个时辰，但依然神采奕奕。

慕容辞忽略了一个人。眼见得她走过来，一直等候的慕容诗简直想飞奔过去。

可是三叔那脸拉得好长，她有点儿不敢，正巧下人来送茶水，她灵光一现，接过木案道：“本郡主去送。”

“三叔，殿下，用茶吧。”瞬间，慕容诗已把两杯茶放在案上，甜甜道。

慕容辞正在研究那画，听见这声音心中一叹，摇摇头说：“你先搁着吧。”又连忙把画卷起来收好。

“殿下，趁热喝吧。”慕容诗体贴地送茶到她面前。

“等等，你先放着。”慕容辞无奈道。

“茶水凉了会伤殿下的肠胃，现在喝吧。”慕容诗抬手就要送到她嘴边，她一退手一挡，半杯茶水浇在手上。

慕容辞轻呼一声，玉白的手一片红。

“殿下，是我的错，是我不当心……”慕容诗失声尖叫，惊惶无措道。

“还不出去？”慕容彧怒道，面寒如铁。

“是……”三叔动怒了，她速速往外走，走了两步又回头，三叔捧着殿下那只手，极为呵护怜惜。

好像哪里怪怪的？

送茶的那侍婢和琴若进来，看这情形，也只好出去了。

“疼吗？”慕容彧取出烫伤膏，抹了一点在慕容辞手上轻轻地揉开，举止温柔得能腻死人。

药膏清凉，抹上去很舒服。其实茶水只有一点烫，现在更烫的是她的脸腮和耳朵。

他抬眼凝视她，正巧她也看着他，她想移开目光，可是好像被什么吸住了。

这番对视，竟有几分缠绵之意。

她想起那夜在民宅月华如霜里，柔情蜜意的痴缠。

他想起那夜手心里隐隐战栗的娇躯，幽香袅袅。

“辞……阿辞……”

阿辞？她蓦然清醒，散乱的魂魄回到躯体。

“王爷，本宫的名字不是你叫的。”说罢，用力一推，仓皇而逃。

慕容辞懊恼极了！怎么能一而再再而三地迷失？

骄阳当空，明晃的日光泼洒寰宇，地面一片粲然。

午时将至，帝京万人空巷。

数十年来，北燕国都没有过枭首示众这等惊天大事，在皇宫正门前黑压压的一大片闻风而至的百姓。

“万方、王涛究竟犯了什么十恶不赦的罪？要枭首示众这么凶残？”

“被枭首示众必定是犯了不可饶恕的罪，说不好是谋反。”

“可是军器监的小官，怎么可能谋反？”

“你说朝廷会不会判错了？这要是杀错了，那么多人岂不死得冤枉？”

“军器监是什么地方？想想就知道他们干了什么作奸犯科的事。”

有人说了这话，听者皆是心头凛然。

精兵开道，百姓让开一条通道，一辆光鲜的马车缓缓停下。

一人出来，昂然站立于车辕上，俯瞰众生，睥睨之姿，气度慑人。

这是他们的摄政王。就是这个天神般的男子，拯救了北燕国，令北燕国国富民强、盛世太平。

等等，摄政王的身边多了一个人，是那草包太子？

太子俊秀清雅、明眸皓齿，是丹青国手都难以描摹的玉人之姿，可惜是个草包！

他与摄政王站在一起，似乎地与天的距离。

两人缓缓行至监斩案前落座，午时将至，他示意刑部尚书、大理寺卿，将囚犯押上来。

日光流转，照在刽子手的大刀上，刺人眼目。

虽万方已死，不过不影响枭首示众。

而此时王涛万念俱灰，眼睛空洞得没有半分生机。

夏日炎炎，一丝风也没有，众人忍着汗流浃背，等着那血腥的一刻。

慕容辞不经意地瞥眼，慕容彧的俊脸犹如万丈雪原，刺骨凛冽。

她忽然冒出一个念头：金衣公子会来看吗？

午时到，刑部尚书面向帝京百姓，扬声道："万方、王涛作奸犯科，罪同谋反，枭首示众，诛九族，望众人引以为戒。"

全场鸦雀无声，官员纷纷低头。

慕容彧一道令下，两个刽子手缓缓扬起大刀。寒光如雪，一泓鲜血似箭飞起！

头颅被捡起，悬挂在木架上方，示众三日。

众人渐次散去，慕容彧歪过头来看她，轻声道："本王稍后去玄月潭，殿下去不去，随意。"

随意？自然要去！

在御王府稍事休息，两人带着二十余人朝玄月潭策马而去。

旷野万籁俱静，野兽的嚎叫远远地传来，玄月潭依然水雾氤氲，那几丛洛神花深红夺目，风姿妖娆。

慕容辞摘了一朵把玩，忽地脑海闪过一线明光！

"在想什么？"慕容彧用花枝轻挠她的粉颊。

"别闹。"她眉心微蹙，微带娇嗔地说。

听着这两字，他心中一悦，只有亲密的人才会这么说话。

慕容辞沉吟道："金衣公子故意在玲珑轩放洛神花，引我们到这儿来，以为我们来过一次，就不会再来，因此这就是最安全的地方。所以，以金衣公子的缜密心思，说不定这里也有一个地下世界。"

"不算太笨。"他摸摸她的头。

她惊异地看着他说："你早就想到了？"

她内心的震惊无与伦比，他的头脑比她想象的还要睿智。

"但方才本王看了一圈，没发现四周有入口。"

她看见那二十余人还在四周搜寻，依然笃定道："再找找。"

两人一寸寸地察看，玄月潭的北面是一座低矮的山丘，山上郁郁葱葱，满目滴翠，各色野花遍地皆是。

“本王看过了，没有可疑。”慕容彧相信自己的判断。

“再仔细看看。”

慕容辞捡了一根干树枝，这边捅捅，那边戳戳，忽然她停下来，看着眼前一处琢磨良久。

“怎么了？”慕容彧见她不动了，走过来问道。

“你有没有觉得这个地方杂草、藤蔓比别处多，而且杂乱。”

“的确是，不那么自然。越掩饰就越有问题。”

费了一点功夫，拨起这一处的藤蔓杂草，这地方终于显露原本的面目——一个窄小的土洞。

当即，他们便带人钻进洞中。土洞里的空间还算宽敞，光线昏暗，越往里走越宽敞。

“王爷，这边有一扇石门。”一个下属惊喜地叫道。

“必定有机关开启，大家找找。”慕容辞兴奋道。

整个土洞都没找到那机关，慕容彧抬手轻触石门，细细察看，目光如炬。

“这里有细微的裂纹，不仔细根本看不出来。”他指着石门的东半边正中位置。

“这就对了。”她用力一按，轰隆一声，石门向上移动，露出一个幽深的通道。

众人放轻脚步，摸索前行。

“你说我们会在这儿遇上金衣公子吗？”慕容彧在她耳边低语。

“说不定会。”慕容辞压低声音，忽然觉得如此举止太暧昧，便移开两步。

“不要离本王太远。”他贴近她的耳朵，温热的鼻息喷洒缭绕。

这时，忽然一阵咻咻的声响，冷箭如密集的雨点射向他们，众人在箭雨里腾跃穿梭，慕容彧揽着她左闪右避，有两次冷箭从她的耳际擦过、头顶飞过，万般凶险，但在他的保护下她毫发无伤。

“我们触动了机关，想必里面的人已经察觉，接下来务必十分小心。”慕容彧对众人低语。

慕容辞点头，金衣公子心思如海，今日他们进入这个地方，还不知能不能全身而退。

他们转了个弯，踩着石阶下行，走了一阵，发现右边一间石室，进去一看，里面放着十几个巨大的箱子。

打开一看，当真震惊。

箱子里全是火箭！

满满十几箱的火箭。

她满腔怒火，当然，万方、王涛私卖的兵器绝不止这些，想必金衣公子已把其他兵器运走了。

忽然，一阵古怪的轻响，似乎是脚下有些动静。

二十余名下属全都不见了！

“他们呢？”她满脸骇色道。

“都消失了。”他小心翼翼走过去，右脚在地面踩了几下，“这地面是石板所造，若本王没猜错，方才石板忽然打开，他们都掉下去了。”

“他们不会有事吧。”

慕容彧冷冷道：“能否保住一条命，看他们的造化。”

“或许金衣公子正在控制机关，让你我二人落单。”

“怕吗？”他转身凝视她。

“不。”

他露出一抹宠溺的笑，“本王看中的女人，就该与本王并肩作战。”

她又窘又怒，没好气地瞪他，他付之一笑，拉着她离开这个石室，往前探索。

十二分的死寂。

为什么这地下世界一个人都没有？

“这个地下世界很大，未必能找到出去的路，我们做个记号。”

他从黑锦皂靴里取出匕首，在石墙刻了个标记。

这标记形状古怪，她还真瞧不出是什么，忽然，她觉得似有什么落在肩头，转头一看，是一只金光闪闪的蝎子。

“小心！”他疾吼一声，大掌袭来，把那只蝎子拍到壁上，又手一扬，匕首精准地一刺，一丝绿色的血缓缓流出。

“快跑！是万毒金蝎。”说完，慕容彧拉着她疾步飞奔。

后面似有什么诡异的窸窸窣窣的轻响，一直跟着他们，她忍不住回头，一看顿时头皮发麻，双腿发软。

万毒金蝎正成群结队地追赶他们!

密密麻麻，成百上千!

“怎么办？”她失声惨叫。

“不要让万毒金蝎上身，这种蝎子会钻入衣物、肌肤、深入脏腑。一旦侵蚀脏腑，人不到半个时辰就会死。”

说罢，他忽然转身，猛然双掌齐出，一道凛冽的气劲轰向那些金闪闪的蝎子。

密集的节肢破裂声！万毒金蝎七零八落，绿色汁液溅了满地，然而还有小半金蝎不屈不挠地爬来，速度奇快。

慕容辞震骇地吞了一下口水，自觉地闪到他身后。

他接连出掌，掌风凌厉，如利刃横扫，一时蝎子皆被炸飞，蝎壳破碎，遍地残肢。

“你身上有蝎子！”忽然，她看见他的袍角有两只蝎子，吓得大叫。

慕容彧淡定地一抖玄袍，两只蝎子落地，瞬间肢解。

“你你你……侧腰还有一只……”慕容辞全身僵硬，后背冷汗涔涔。

他利落地弄掉那只蝎子，继而仔细看她的周身。

“这里有一只，别动。”

她吓得魂不附体，快哭了。

他大手轻轻一拂，说：“好了。”

她声音都发颤了，“还有没有？你看清楚呀。”

“嗯，本王再好好检查检查。”

“有没有？”

“又有一只……”

慕容辞身子一软，要往地上滑去。

他双臂一抄，把她捞在怀里，笑道：“骗你的，本王不会让你有事的。”

她羞恼地瞪他，而后垂头，心怦然而动。

这温柔的模样让他心旌摇荡，他知道，她的态度跟以往不太一样了。

“这万毒金蝎怎么这么可怕？”

“万毒金蝎是南越国独有的蝎王。南越国常年湿热，深山密林里有千百种毒虫，万毒金蝎是其中一种。不过这金蝎由人喂以人血、毒药，在南越国千百种毒虫里位列第二。”慕容彧冷沉道，“万毒金蝎的汁液稍微溅上一点，肌肤就会溃烂。倘若万毒金蝎钻入肌体，那么必死无疑。”

“那么，金衣公子是南越国人。”

他点头，“或许他还是南越国皇室中人。”

她凝眸，“希望今日有幸得见金衣公子。”

他断定，此时那人应该在等他们。

太子殿下版鬼吹灯

金公子现真身，穿衣风格太土豪

慕容辞陷入情网

鬼影上演最后一分钟营救

第十七章

期待这个冤家能醒过来

二人走了一阵，就见到一扇石门。细细一看，石门上刻着精细的云海波浪与叫不出名字的猛兽。

这是南越国的特色。

左侧有一个机关，轻轻一扭，只听轰隆一声，石门慢慢上行。

这是一个极为宽敞的圆形石室，空无一物，壁上数盏灯火，火焰熊熊。

“这儿应该是地下世界的中心了。”慕容辞猜测道。他们走了这么久才来到这儿，可见这地下世界有多大，比玲珑轩那个大数倍。这圆形石室看似封闭，但其实每隔一截便有一道石门，石门开启便是一条通道。

忽然，一面石墙缓缓上行，一块长方形的石板平移出来，上面是一张金芒闪闪的鎏金雕椅，椅上人那金袍熠熠闪烁，夺人眼目。

一袭明耀的金色纱衣，一张精美的金色面具，只露出一双深邃而略带几分邪气的眼睛。

金衣公子，你终于现身了。

“御王，太子，别来无恙。”

她心里冷笑，金衣公子果然知道他们的身份，说：“公子客气了。”

“今日终于得见公子，本王深感荣幸。”慕容彧接着说道。

“我一直期待你们来此与我相见，果然不负我所望。”金衣公子站起身，颀长挺拔的身姿展露无遗。

“不知公子如何称呼？”慕容彧随口问道。

“我这一身金灿灿的，叫我金公子便可。”金衣公子意味深长地笑。

“金公子在本国做这么大的买卖，想必赚了不少银子吧。”

“见笑了。我这人没什么喜好，就喜欢周游四国做买卖。”

“想必一箱箱的金锭银锭是运回南越国吧。”慕容彧面颊上的笑影被火光染红。

“传言北燕国御王骁勇善战、睿智善谋，果然名不虚传。”他的金色轻袍流闪着金红色，金色面具镶嵌得宝光明艳，却被那熠熠流光的眼眸衬得暗淡无光。

想到就是这人用阿芙蓉膏荼毒国民，又买下兵器和绝世神兵的机密图纸，她恨得咬牙切齿，“金公子来我北燕国做下惊天动地的事，真看得起我北燕国。”

“太子殿下，北燕国地大物博、国富民强，金某自然要来此做买卖。”

“金衣公子就不怕命丧他乡吗？”慕容彧反问。

“买卖总会有风险,不过全身而退从来不是难事。”金衣公子悠然而笑。

“本王看中的猎物，要么一箭射死，要么慢慢凌迟，从来不会手下留情。”慕容彧的眼中涌动着戾气。

“那就看看谁能笑到最后。”

忽地，地面石板打开，那鎏金雕椅疾速坠落，慕容彧冲过去一掌拍下，石板已严丝合缝。

半空缭绕着一道嘲讽的声音：“能不能离开此地，请二位自求多福。”

接下来必定凶险。

“殿下，本王先送你出去。”

话音未落,只听轰隆一声,前方的一道石门打开,三个黑衣男子蹿出来。

她立即闪到一旁，全靠慕容彧抵挡，那三人面无表情，招式变化无穷，出招奇快似鬼魅，好似幻影接连不断地涌现，滔天巨浪一波未平一波又起，她看得眼花缭乱，又觉得一股淡淡的药味弥漫开来。

慕容彧到底内力深厚，此时一把软剑在手，以一泓剑气牵引他们。

忽然，一个黑衣男子朝她疾奔而来，招式凌厉狠辣。

她犹豫片刻，抽出腰间软剑迎战，唰唰唰，银光四闪。

“他们是药人，招式以迅捷见长，不易受伤，当心！”慕容彧看见她暴露了不俗的身手，内心激荡，出言提醒。

慕容辞专心应对，这药人的确厉害，跟不上他们的节奏，也无从猜测他们的下一招是什么，非常被动。

药人脸庞死白，眼珠子一动不动，可见被药物控制了，眼里只有杀戮。慕容辞越来越吃力，忽然左肩被对方扫了一掌，火辣辣地疼，好似他的手掌是铁耙利器，锋锐无比。

这一掌惊心，却让她想起师父曾经说过，若对方招式奇快而诡异，便要以静制动，以慢打快。

要静，要慢。

她使出那套从未用过的剑法，慢悠悠地耍起来。气定神闲，动作悠缓，软剑划出一道道剑气，剑气连成一线，越聚越多，交织成网，笼罩着她，隔绝了外面所有的伤害。

黑衣药人一次次地袭来，果真打不到她。而看准时机，她那毒蛇般的剑尖适时地刺入黑衣人的心口，顿时血流如注。

然而似乎并无作用？

这药人是刀枪不入吗？

再刀枪不入也必定有一处致命的弱点。

对，眼睛！

她刺向他的眼睛，那药人双目登时鲜血横流，惨不忍睹。

又来一剑，削了他的脑袋，药人应声倒地。

“眼睛是他们的弱点。”她扬声大叫，过去帮慕容彧。

银白剑气交织成网，玄袍黑影疾速流动，如黑焰般燃烧，什么都看不清。

不多时，两个药人接连倒下，眼睛被毁，头颅被削。

两人相视一笑，携手并肩作战，喜悦在心。

“走，我们离开这儿！”他说。

可是，他做的记号，一个都不见了。

“怎么办？”

“往前走。无论如何，天无绝人之路。”

慕容辞点头，渐渐冷静下来。

走了片刻，通道左侧又出现一间石室，他们刚进去，只听砰的一声，石门已关。

找不到机关！

“我们出不去了。”她焦急道。

“不会有事的，相信我。”

她看着他，安心了一些，每次他安慰一句，她就会特别安心。

这里有一点熟悉的味道。

“好像是阿芙蓉膏的气味。”慕容辞四下一看，墙角有一排木箱，打开来，果真满满都是阿芙蓉膏。

“若能把这些阿芙蓉膏毁了就好了。”她恨恨道，“你身上有火折子吗？”

“有。”慕容彧取出火折子递给她，“我们先想法打开石门，否则我们会被烧死。”

他蹲下来，一块一块地敲击地下的石板，居然真的撬开一块。

丢了一把火，阿芙蓉膏幽幽地燃了起来，两人相视一笑，从那小洞口跳了下去。

四周黑漆漆的，伸手不见五指，慕容辞取出夜明珠，黑暗的世界有了一抹微光。

“有没有觉得越来越潮湿？”慕容彧低声问。

“嗯，阴冷潮湿。”脚下似乎越来越滑，不再是坚硬的地面。

他们又往前走了一阵，忽然傻眼，眼前是一片黑漆漆的水域。

他俯身一探，“这水应该不是死水。奇怪，水并不冰凉。”

即使是炎炎夏日，湖水、江水也是凉的，而这里阴暗湿冷，水怎么可能不凉？

“只有一个解释。”慕容彧喜上眉梢。

“这里的水与玄月潭的温泉是相通的。”慕容辞欣喜地笑。

“若真是相通的，那么我们就从这里游出去。”

他捡了一块石头，往水中抛去，咚的一声，溅起圈圈涟漪，不久又恢复平静。

“你担心有水怪？”她笑问，他到底心思缜密。

“小心一点总是好的。”

两人下水，走到水深处便开始游。

眼前依然一片漆黑，慕容辞体力不支，四肢越来越沉，恍惚间觉得被他牵住，不知过了多久，终于看见前方一线微光。

再次苏醒时，她看见一张熟悉的雪颜，看见蓝天白云，松了一口气。

“你终于醒了。”

慕容彧欣喜若狂地抱起她，天知道她就那么昏了过去，怎么也叫不醒时他内心的恐惧，让他险些喘不过气来。

他们真的从那地下世界出来了？

“放开本宫……”慕容辞轻声道。

“殿下觉得哪里不适？”他松开她，眼里是浓得化不开的深情。

“还好。”她慢慢清醒过来，忽然想起什么，“金衣公子知道我们出来了，会不会派人追杀我们？你那些下属呢？”

“没有看见他们，或许已经遭遇了不测。”慕容彧拉她站起来，“走吧。”

她这才发现，他的情况也不太好，面庞是病态的白，双唇没有血色。

他有伤在身，体内毒素未清，没有好好歇息，又消耗这么多体力，铁打的身子都禁不住这么折腾。

然而，他们才走出几步，十几个黑衣人蓦然出现。

又是面无表情，围攻而上。

顷刻间，玄月潭杀气暴涨，刀光剑影。

慕容彧大刀挥舞得虎虎生风，而慕容辞的两把软剑矫若游龙，但此时他们都带伤，又消耗了不少体力，二人分开作战，节节败退。

“殿下，你我联手对付他们。”慕容彧朝慕容辞飞奔而去。

刀剑合璧要有默契，他们从未一起练过，可以吗？

姑且一试。

两人相背而立，跟十余个黑衣人对峙，激战一触即发。

黑衣头领给众人使了个眼色，其他人迅速散开，将他们团团围住。

明耀日光下，银芒飞溅，杀气凛凛。

他们协同作战，背靠背绝不分开，不怕被偷袭，便越战越勇，越来越有默契。一个攻击下盘，一个攻击上方，一个往左，一个向右，时而同时猛攻，时而错开方位，配合得天衣无缝。

黑衣阵队节节败退，数人倒地，那头领睚眦欲裂，看出慕容辞武功较弱，一声令下所有刀尖都袭向她。

她不急不惧，佯装暴露致命之处，诱敌深入，他趁机再出绝招，几人哀号倒地。

黑衣头领被杀红了眼，大刀飞舞，慕容辞寒鸷一笑，软剑横劈，磅礴的剑气震荡开去，一剑刺入那人胸口。

鲜血喷溅，她趁此良机持剑袭去，想要他脑袋落地。忽然一枚细长银针直冲她无声飞来，慕容彧吃惊，一把将她拽开，不想又一枚银针已刺入他的右臂。

慕容辞怒不可遏，手起剑落，热血飞溅而起，头领头颅滚落。

一地尸体，鲜血淋漓。

“本宫看看你的伤。”慕容辞担忧不已地说。

“先离开这儿，金衣公子不会善罢甘休……”

也对，她搀扶着他，以最快的速度逃离。

玄月潭水雾弥漫，晚风吹来，一个金色人影慢慢浮现。

慕容辞和慕容彧快步走了几里地，疲乏至极。

好不容易到了一条小河边，累极了的两人一起软倒在草地上。

此时落日熔金，西天的云海好似被调皮的仙童放了一把火，烧得如火如荼，小河潺潺东流，仿佛有碎金浮在水面。

躺了片刻，慕容彧坐起身，见她依然睡得极沉，只是呼吸急促，脸颊通红。

一探额头，这么烫！

她受了伤，全身湿透，耗尽体力，一定是病邪入体，引发高热。

好在他随身带了药。

“殿下……殿下……”

慕容辞苏醒，微微睁眼，只觉得头昏眼花，四肢乏力，身上像被火烤着，热得难受。

“我先帮你包扎伤口。”

他解开她的腰带，她本能地阻止，却见他温柔地安抚道：“你的伤口必须立即处理，否则高热退不下去。”

他松开她的衣袍，露出左肩，如玉肌肤上的五指印鲜血淋漓，触目惊心。

目光略略下滑，肌肤如玉似雪，他暗暗责骂自己的心猿意马，马上回神把伤药敷在她的伤口上。

又在四周捡了些干树枝，点起篝火，烘烤湿透的外袍。

慕容辞觉得没那么难受了，看着坐在身旁的他，脸庞灰白，双目无神，薄唇乌紫，她强撑着坐起来，说："你气色不好，是不是毒发了？"

"死不了。"慕容彧轻淡道，拍拍她的手。

"那暗器是不是有毒？"她扯开他的月白中衣，果不其然，那细细的银针造成的伤口乌黑，周围也是一片淤紫色。

"我服了解毒药，很快就没事了。"他无力地笑，"阿辞，我说过，你还没死，我就不会死。"

慕容辞愣愣地看他，他无神的眼中缠着缕缕深情，鬼使神差地，她忽然抱住了他，紧紧地。

他怔住了，这是她第一次主动的拥抱，阿辞……

"噗……"陡然，慕容彧喷出一口发乌的血。

"你怎么了！"她惊得脸色大变。

"没什么。"他拭去嘴角的血迹，哑声道。

"都吐血了还说没什么！"慕容辞气急败坏道，"快想办法回城，总不能在这里等死。"

"没有马，我们的体力很难徒步回城。"

"你的下属会找到这儿吗？"

"看我们的造化。"他轻淡道。

"你毒发了不要紧吗？"慕容辞忧心忡忡，他的气色真的不好。

"暂时不要紧。"慕容彧看了看她，温柔道，"饿了吧，那边有一棵果树，我去摘几颗果子回来。你在这儿歇着，别乱跑。"

望着他越走越远，她不禁思绪万千。

她内心的坚冰好似在慢慢融化？

可是，不可以沉沦，不可以贪恋，不可以付出，可她为什么控制不了自己？怎么就习惯了他的宠溺、呵护，开始习惯他的亲昵搂抱？

不能，不能这样下去！

这是事急从权！

回到帝京，一切将回到原点。

慕容彧带回来的果子，很甜，她一口气吃了两个。

“噗……”又是一口乌血。

他的脸庞死白死白的，她的心猛地揪起来。

“为什么一直吐血？”

慕容彧低哑道：“没事……”见她眉睫闪闪，水光盈动，他心里又欣喜又心疼，“傻丫头，我不会有事的……”

“都这样了还说没事……”她咽喉哽咽，心口好像被人刺了一刀，血肉撕裂了似的疼。

“回城好不好？我背着你……”慕容辞忍着没让泪水流下来。

慕容彧点头，微弱地说：“或者先找一户农家借宿。”

还没走出三丈，慕容辞就看见金衣公子领着十几个黑衣人轻飘飘地走来，足不沾地似的。

三重金色纱衣覆在身上，犹如金雾笼罩。

这次他要亲自了结他们？

慕容彧拂开她的手，身子笔挺如青松，五官冷峻如悬崖绝壁。

“能杀死我那些个药人，不简单啊。”金衣公子语声轻缓，令人毛骨悚然。

“区区药人罢了。”慕容彧静色道。

“难得遇到对手，可惜今夜你就要命丧于此，我还真有点舍不得。”

金衣公子一抬手，风度绝佳，却有一种浸透在骨子里的阴魅之气，悠悠道：“王爷，请吧。”

慕容彧抽出腰间软剑，眼中蓄满了凌厉冰寒的戾气。

金衣公子忽地飞身掠起，下一瞬，猛然落在慕容彧面前。

极其诡异，使出的都是致命杀招，而慕容彧也化成一道幻影。

绝顶高手过招就是不一样！

两道残影在昏暗的郊野掠来掠去，忽然冲天飞起，凌空对阵，一泓泓白色雪浪自他们的手掌奔袭而出，劲猛地涌向对方，寒光如雪。地面上河水喷起数丈高的水柱，一个未落一个又起，他们凌空立于水柱之端，忽而又落在河边草地上，白色气劲如滔天巨浪涌动翻卷，惊心动魄。

金色纱衣飞扬如金焰，玄色轻袍猎猎如黑焰。

忽然，一人倒飞数丈，重重地摔下，喷出乌血，飞溅在地。

慕容辞心知不好，飞奔过去扑向他，焦急地问："你怎么样？"

他拭去嘴角的血，挣扎着站起来。

金衣公子嗖的飞掠过来，笑得恣意，"御王，太子，本公子亲自送你们一程，你们该知足了。"

"你当真以为自己赢了吗？"慕容彧似笑非笑，脸庞泛着淡淡的青色。

"你已奄奄一息，还能扭转乾坤不成？"金衣公子张狂得意地笑，又看向慕容辞，阴邪道，"若你陪本公子回国，乖乖当本公子的奴仆，自会有一口饭吃。"

"你做梦！"她捏紧了双拳。

忽然，他眯起了双眼，远处有什么？

二十几个黑衣人飞掠而来，犹如大鹏从黑暗的天际飞来。

片刻已到身前。

"属下来迟，请王爷恕罪。"鬼影、无影躬身请命。

金衣公子无限扼腕，若不是想存心羞辱他，慕容彧早该一命呜呼。北燕国没了御王，必然大乱，那时他再联合东楚国、西秦国，大军挺进北燕国，北燕国焉能不覆？

可惜！

"三人打一人，御王可真有脸。"金衣公子嗤笑道。

"本王虽不想以多欺少，不过这世间本无公平，金公子要怨也只能怨时运不济、造化弄人。"

激战再起，夜幕下的郊野风起云涌。

虽然慕容彧身受重伤、毒气攻心，但三人形成三足鼎立，将金衣公子围困中央，犹如瓮中捉鳖。

今夜月色清渺，星光璀璨，广袤无垠的墨蓝夜幕下，雪色气浪如滔天巨浪翻涌不息。

金衣公子终于重摔在地，鲜血喷溅。

鬼影疾速掠来，封住他周身大穴，又将他紧紧捆住，准备押回帝京。

后来问了才知，鬼影、无影在王爷前往玄月潭之前就得到命令，倘若两个时辰后他还没回京，他们就出城寻找。他们去了玄月潭，又一路循着他留下的记号，找到这里。

回到御王府，慕容彧躺在榻上，招手唤来她，气若游丝道：“金公子必须立即处置，腰斩示众。”

说完，他就晕了过去，整个王府慌乱一片。

林管家带着府医飞奔而来，御王府没了主心骨，金衣公子还需处置，她知道，此时她不能回东宫。

将金衣公子关押在哪里呢？

这厮胆敢在帝京暗卖阿芙蓉膏，私买兵器，在帝京经营多年，根基不浅，他那些下属必定会来营救，那么，大理寺、刑部大牢都关不住他。

她把鬼影叫出来，问道：“倘若王爷要关押重要的囚犯，会关押在哪里？”

“属下……不知。”

“王府有地牢吗？”

“有……”鬼影忽然觉得太子殿下挺聪明的。

慕容辞沉思半晌，在他耳边道：“把金衣公子关在地牢，你调集府里最厉害的暗卫把守。还有，你亲自护送几个人去刑部大牢，把金衣公子的衣袍穿在其中一人身上，假扮为金衣公子。”

他抱拳拱手道：“是。”

这太子殿下哪里草包了？跟王爷的精明有得一比。

尔后，她进房去看慕容彧，府医正在为他包扎伤口。

他躺在床榻上，双目紧闭，俊颜泛着淡淡的青色，在昏红烛火的映照下，脸色难看得吓人。

她想起之前王府门口那一幕，他撑了那么久，直至回府了，嘱咐她之后才晕过去。

倘若他真的死了……她心头竟涌起隐隐的恐慌，他死了，北燕国怎么办？

朝野必定风起云涌，各派势力争权夺利，她有本事稳住朝局吗？

再说江山社稷，臣民引以为傲的一代战神死了，绝世兵器机密外泄，声称与北燕和睦共处的东楚国、南越国必定联手西秦国挥军来犯，到时三国压境，她这个太子如何应对？

她没有半分把握。

没想到，国富民强、震慑诸国的北燕国竟是由慕容彧一人支撑，“护国柱石”“国之栋梁”的美誉不是虚的。

对慕容彧的重新审视，让她得到这样惊心动魄的结论，不知该喜还是该忧。

“王爷有没有性命之忧？”她问府医。

“殿下请放心，王爷没有性命之忧，只是伤势过重，不知何时才能苏醒。”

“你先下去煎药。”

“小人告退。”

慕容辞坐在床边，默默地看他，他睡得那么深、那么沉，好像再也不会醒来。

她忍不住伸手抚摸他飞扬入鬓的剑眉，轻点他笔挺的鼻子，摩挲他微凉的薄唇……他卸下了平时的凌厉狠辣，以柔软的姿态面对她，却不再生动鲜活。

你会醒来的，对不对？

金衣公子的真实身份

太子殿下不按套路出牌：不杀你，难道留着你

这一章慕容彧都躺在床上

草包太子要翻身

第十八章 草包太子初显身手

有人敲门，是鬼影。

“殿下，一切都已妥当，没有人半途来劫。”

“今夜辛苦你和无影，加强府内巡逻。”

“是。”鬼影躬身而退。

“慢着。”

“殿下还有什么吩咐？”鬼影回身问道。

“本宫总觉得不安。你带本宫去地牢，本宫亲自去会会金衣公子。”

“是。”

地牢的入口在书房。鬼影按下机关，轰隆一声，白墙打开一个斜角。顺着石阶往下走，阴凉之气扑面而来。

经过一间间石室，终于来到关押金衣公子的地方。

这里已部署重兵，杀气隐隐。

一扇石门开启，她见金衣公子双手双脚被绑，侧身而卧。

慕容辞冷冷看他，陡然间怒火上蹿，想到那些无辜死去的人，想到被阿芙蓉膏荼毒的官员，想到已外泄的绝世神兵，他死一千次、一万次也不足泄恨！

“南越国三皇子，越景辰。”她极为自信地说。

金衣公子蓦然睁眼，如毒蛇般阴冷地盯着她，良久，蕴起一丝笑意地说：“太子殿下如何知晓我是三皇子？”

慕容辞一示意，鬼影上前几步，摘了金衣公子的面具。

一张清朗俊逸、白皙如瓷的脸庞露了出来，斜飞的眉目却带着阴邪。

他盯着她，笑道：“我相信你不会杀我。”

“哦？为什么？”

“我在贵国多年，耳目早已渗透贵国朝堂，我这条命，你可以用来换取更大的利益。”他有恃无恐地笑道，眉宇透出丝丝缕缕的阴毒狠辣。

她莞尔轻笑，“本宫的确很想把你的耳目连根拔起，不过本宫更担心夜长梦多。”

他一愣，知大势已去，淡然道：“成王败寇，我越景辰从未怕过。我只想知道，你如何知道我的身份。”

“南越国皇帝生养了五个皇子，因为太子之位悬而未决，五个皇子明争暗斗多年，至死不休。三皇子生母出身卑微，位分不上不下，自小不被南越帝喜爱，也就没有文武大臣支持他。可以说，三皇子实力最弱，无足轻重。”

越景辰神色阴郁，她说得对，所有人都觉得他没有问鼎那至尊宝座的资格。他不甘心，因此他自请外出历练，没想到父皇想都没想就恩准了。

“其他四个皇子的生母都是世家大族的女儿，多多少少都有支持者，他们怎可能舍弃一切到北燕国做这凶险之事？三皇子足智多谋，想要赢得南越帝的青睐与器重，就剑走偏锋，想要立下大功，回国后平步青云。”

“看来是我低估了太子殿下。”越景辰嘲讽道，“可是你也好不到哪里去，你这草包太子还不是被御王压制了多年？”

慕容辞笑道：“本宫的确是草包太子，你有什么好提议吗？”

越景辰阴狠的目光看向鬼影，说：“只要你保我一命，待我回到南越国，我必定协助你登上帝位，除掉你的心腹大患。”

鬼影的面目陡然凶狠起来，太子殿下会听信他的挑拨吗？

“其实本宫打算明日午后将你腰斩，在帝京百姓的围观下行刑。不过本宫担心夜长梦多，只能委屈你了。”慕容辞徐徐道来。

“你想今夜杀我？”越景辰面色微变。

“你残害我北燕国臣民，私买军事机密，危害我北燕国江山社稷，本宫怎么能留你到明日？”

她接过鬼影扔来的宝剑，一把抽出。

“你不想知道军器监绝世神兵的下落吗？不想知道我在皇宫里安插了哪些耳目吗？”越景辰的眼睛瞪得圆圆地，就这么死了，他如何甘心！

寒光一瞬，鲜血飞溅如虹。

扔了剑，她眼里浓郁的杀气渐渐消散。

她捡起那面精美、珠光宝气的面具，寒声下令道："找一个跟他体型差不多的死囚，戴上面具，明日申时腰斩示众。本宫要来一个瓮中捉鳖。鬼影，你以御王的名义抽调禁卫军、京城防卫司的精锐守住刑场，再调御王麾下的暗卫在外围守株待兔，本宫要将越氏余党一网打尽。"

御王府。

慕容辞吃过早膳去看望慕容彧，他还没苏醒，但面上的青色淡了些。

很难想象平日里那么强势狠辣、运筹帷幄的一个男人，此时会安静地沉睡着，没有任何反抗之力。

若是以往，她早就趁此良机将他千刀万剐，以泄心头之恨。

然而，今时不同往日，她再也下不了手。

她退出寝房，站在廊下望着天高云淡，想起几月来发生的种种，一时悲一时喜。

"殿下。"一回头，是沈知言，他拱手一礼，一袭白衣清雅如月。

"你怎么到这儿来了？"她惊诧地问。

"今早大理寺衙门说发生了大事，我猜想殿下应该在这儿，便来碰碰运气。"沈知言一笑，"殿下，街上张贴的告示传遍了帝京，此事可与殿下有关？"

"到里面说。"慕容辞将他带到厢房，简略地说了抓捕越景辰一事。

沈知言大为吃惊，两日不见，殿下与御王竟经历此等大事，当真凶险。

她笑道："你来得正好，下午陪本宫去监斩。"

他点点头，又问："御王怎样了？还没苏醒吗？"

"嗯，"她攥紧拳头说，"可恨的是，越景辰应该已经把绝世神兵的机密传回南越国了。下午腰斩示众，本宫要将越氏余党一网打尽！"

申时未至，刑场已人满为患，黑压压的一大片，议论如潮水般涌开。

这时，有人大喊："来了！来了！"

一声起，万人翘首望过去，京城防卫司精兵开道，押送刑部囚车缓缓行驶。

囚车里是一个身着华丽金衣的男子，戴着金色面具，那抹金灿的颜色在日光下极为耀眼，吸引了所有目光。

北燕太子慕容辞、刑部尚书陈大人、大理寺卿顾淮、大理寺少卿沈知言已坐定，鬼影立于一侧。此时日光毒辣，热浪滔天，巨大的铡刀在日光下发出森寒的白光，令人头皮发麻。

金衣男子跪在地上，双手被困。

“准备就绪了吗？”慕容辞问。

“万事俱备。”鬼影回道。

“时辰到了，行刑。”她站起身取了一支火签令，用力掷在地上。

百姓安静下来，金衣男子已躺在明晃晃的铡刀下，所有人屏息而望。

腰斩，比枭首还要残忍。

从人的腰部斩断，虽是身躯断成两截，一时之间却不会死，受刑之人感受着剧痛，等待鲜血流尽，体验死亡的残忍过程。

两个刽子手高高抬起铡刀，正要压下，忽然两支冷箭飞袭而来，两人应声倒地。

“有刺客！”刑场官兵惊恐地大叫，继而漫天冷箭如暴雨袭来，刑场顿时一片惊乱。

终于来了！慕容辞暗暗一笑。

围观的百姓纷纷逃散，有官兵冲出来扯高喉咙维持秩序，引导百姓迅速离开，这是慕容辞特意安排的官兵，经历了这么多，她也开始学习御王的运筹帷幄，不同的是，她更加心怀人民。

刑场上，数十个蒙面黑衣人飞天遁地而来，与京城防卫司的精兵展开激战。

厮杀惨烈、鲜血喷溅的一幕让顾淮看得冷汗涔涔，却有点懵。他们面面相觑——若非提前部署，哪里凭空冒出这么多精兵与敌人激战，还个个都是万里挑一的身手？

是太子吗？

是这草包太子？

慕容辞的眼梢唇角噙着森冷的笑意，观看着交战，仿佛一切都在她掌控之中。

很快，蒙面黑衣人只剩下三分之一，那个假越景辰被一个大鹏般疾速飞来的暗卫挟走，扔在监斩台下。

这暗卫是无影。

十几个黑衣人冲上监斩台，其中一人飞身掠起，手持长剑朝慕容辞刺来。

长剑像一道飞电劈入众人的眼底，被明丽日光一照，一丝银白森寒入骨，刺人眼目。

“护驾！护驾！”顾准失声大喊着，而慕容辞并不闪避，直视那长剑袭来，沈知言大骇，然而还未出手，只听砰的一声，那剑已被击落在地。

是鬼影，他只用三两下就收服了那人。

“殿下，一切都在掌控内。”鬼影禀报道。

慕容辞点点头，爽利地说：“收网。”

见慕容辞越发稳重，颇有大将之风，沈知言内心激荡。只是，为什么御王的下属会听命于她，御王与殿下不是死对头吗？

他还未想出个所以然，那边黑衣人已或死或伤，最终留十个活口被押往刑部大牢，另行审讯。

“陈大人，这些都是细作同党，是朝廷重犯，你要加派人手好好看着。倘若让人逃了，提头来见！”慕容辞严厉道。

“下官遵命。”刑部尚书陈大人战战兢兢地说。

“陈大人，这些重犯谁也不得探视，殿下和王爷会亲自审讯。”鬼影冷声道。

“我会加派人手在刑部防守。”

“是是是。”刑部尚书点头如捣蒜。

活捉了那些人，慕容辞有点兴奋，即使越景辰还有同党，也是虾兵蟹将，不足为虑了，况且首领一死，那些人必和散沙一样，掀不起多少风浪。

眼下最重要的，是慕容彧能快点苏醒。

她回东宫前，吩咐鬼影倘若王爷醒了，立即派人报知她。

当夜，寝房里灯影暗淡，慕容彧靠在大枕上，面上的青色已经消退，只是还很苍白。

他浓密的长睫微动，问道：“她猜到了金衣公子是南越国三皇子？”

“是。”鬼影回道。

果然，她的推测力无人能出其右。

“王爷，擒获的越氏余党如何处置？”

“严刑逼问他们越景辰是否已经把军器监的机密送回南越国，还有，把越景辰的人头和那些余党的尸体送到南越国，让南越帝亲眼看看。”

慕容彧的眼角飞落的一丝诡谲，他使出的这招是可怕的攻心术。

鬼影心头一震，骇然道：“属下这就去办。”

慕容彧又道：“本王苏醒一事暂且保密。”

鬼影领命离去，虽不明白王爷意图，但太子那边，自然不能派人去通报了。

寝宫静下来，慕容彧再无睡意，回想在玄月潭经历的点点滴滴，她的模样回荡在脑海，柔情蜜意一幕幕地回放……

果不其然，第二天一早，慕容辞便匆匆赶到御王府。

她正要进寝房，看见府医出来，便一把拽住他问：“王爷如何？伤势加重了吗？”

“殿下，王爷伤势稳定，但……还没醒来。”府医沉重道。

“那是不是毒气攻心？”她忧心如焚，声音有些颤抖。

“还不十分明朗。”府医为难道。

“琴若，你速速去找沈太医。”慕容辞说完，疾步走进寝殿。

偌大的寝房一片死寂，慕容彧躺在床榻，脸色白得吓人，若非还能看出一点气息，她会以为他已经死了。

她坐在床边，握住他的大手，眼前这昏迷不醒的男子，总是伺机握她的手，总是占她便宜，总是霸道地缠着她，可现在，他脸色如此苍白，像是再也不会醒过来。

温热的液体滴落在手上，慕容彧心里一颤。

她倔强地一抹泪，他还没死，为什么要哭？再说，他是她的死对头，她不是应该欢呼雀跃吗？

“若你就这么死了，本宫登基后一定广招男宠，夜夜笙歌。”

“本宫知道你一直在找一个人，其实本宫知道她是谁，只要你好起来，本宫就告诉你。”

“慕容彧，若你死了，你就输了。本宫会让你风光大葬，不过你的家族永远不能入仕！”

她哑声说着，几乎要泣不成声。

“你招多少个男宠，本王就杀多少个！”

慕容辞怔住，这霸道的声音，是他在说话吗？

他睁开双眼，挣扎着坐起身，一把揽过她。

“你醒了？”她又欣喜又迷惑。

他陡然扣住她的后脑，精准地吻住她的唇。

这出其不意的侵袭弄得她手忙脚乱，她整个人趴在他身上，避无可避，又不敢用力挣扎。

半晌，慕容辞才猛地一拍他，带着几分哭腔说：“你怎么可以这样？”

“嘶——”他抽了一口冷气，剑眉微皱。

她知道自己打到了他伤口，心里愧疚，嘴上却还是不饶，“你早就醒了是不是？既然王爷已经苏醒，那就说说公事吧。”

慕容彧心中暗笑，还是配合道：“什么事？”

“王爷打算如何处置越景辰及其余党的尸体，还有那些活捉的人？”

当她得知他吩咐鬼影把越景辰的人头和那些人的尸体送到南越国皇帝面前，不得不赞叹他的攻心术。

这一招的威慑与警告毋庸置疑，必定引起南越国朝野的震荡。

世间没有哪个人有胆量像他这样做，只有他才有实力这般“挑衅”。

“那越景辰的尸身如何处置？”

“先保存着。”慕容彧剑眉飞扬，“虽然南越帝不看重这儿子，不过皇子的尸体被别国扣着，是大耻辱。南越帝会派使臣来交涉。”

“届时我们可以漫天要价。”慕容辞冷笑道，“只可惜，军器监的机密想必已到了南越帝的手里。”

“你无须担心。其实，火炮的制作秘方、火箭的制作图样和绝世神兵的制作图样，早在四年前，本王已经将军器监的那一份取回，以一份假的代替。”他冷笑。

她又惊又喜地说：“泄露出去的那份是假的？”

“真的在本王这里。”他郑重地点头。

“可是这几年军器监制造火箭、火炮，假的秘方和图样怎么做？”

“制作火箭、火炮、绝世神兵的那几个工匠无需图样也能造出来，本王将他们的家人秘密安置在一个安全的地方，让他们衣食无忧。那几个工匠定期回去看望，不敢有异心。”

天啊，今日知道的秘密简直是晴天霹雳。原来慕容彧回朝没多久就控制了军器监，把军事机密握在手里，这深谋远虑，她自问自己做不到。

然而，心念一转，他握着北燕国的最高机密，那不是可以为所欲为？

“本宫觉得，你珍藏一份，宫里也要珍藏一份。”

“殿下在试探本王？”慕容彧似笑非笑道。

“你觉得是试探，那就是吧。”

“这原本就是皇家机密，给殿下一份也无妨。过两天本王抄录一份给殿下送去。”

慕容辞没想到他这般爽快，倒有点错愕。

忽然，她又想起一事，赶紧问道：“那些吸食阿芙蓉膏的官员如何处置？”

“你想如何处置？”

“本宫问过沈太医，吸食阿芙蓉膏会上瘾，这瘾可戒，只是过程非常痛苦。本宫想以王爷的名义将他们集中在行宫，侍卫严加把守，太医负责诊治和汤药，勒令戒瘾，待戒瘾成功，将他们革职查办，此生不再录用，三代不可入仕。”

“就依殿下的意思办。”慕容彧轻笑道，她倒是利落，“那空缺的官职，何人替补？”

慕容辞神采奕奕地说：“本宫已拟好替补官员，稍后派人送名录来给你过目。”

目送她离去，他抿唇微笑。她想在替补官员里安插自己的人，他焉能不知？

不过，对他来说，这无关紧要。

第二日上午，二十余官员抵达东郊行宫，由行宫掌事安排在大殿歇息等候。

等了一个时辰，御王还没来，他们不耐烦了。

御王传召他们至此所为何事？

午时，草包太子踏入大殿，众人错愕，半晌回神才匆匆行礼。

“下官拜见太子殿下。”

“免礼。”慕容辞严肃道。

“殿下，御王将下官传到行宫，下官已等了一个多时辰，不知御王何时来？”品级最高的户部侍郎周勤，恭敬地问。

“御王政务繁忙，让本宫代他前来。”慕容辞肃然道。

众人面面相觑，周勤赔笑问道：“既是如此，殿下尽管吩咐下官等人。”

“无他，你们尽忠职守，为朝廷办了不少事，御王与本宫特此嘉奖你们在此消暑数日。”慕容辞冰冷地回道。

“啊？”众人再次面面相觑，在行宫消暑自然极好，可是每日都要吸食的阿芙蓉膏，如何是好？

“下官多谢殿下、御王体恤，下官可否先回城一趟，带些替换的衣物过来。”众人纷纷附和。

慕容辞冷冷道：“行宫有衣物给你们替换，宫人会尽心伺候。”

这话没有回旋的余地，为了每夜能吸食阿芙蓉膏，他们还是拼命争取。

“殿下，将下官等人关押在此究竟是何用意？”在阿芙蓉膏的驱使下，周勤气愤道。

“是啊是啊，这不是将下官等人关押在这里吗？这究竟是做什么？”

“为什么把你们关押在这里，你们比本宫更清楚。”慕容辞森冷的目光扫向众人。“不在行宫消暑，那便流放北疆，你们的家人受到株连，一生为奴为婢。”她的语声陡然严厉，威慑力十足。

众官员噤若寒蝉，纷纷看向周勤，他只好怀着一丝侥幸大胆道：“殿下这话什么意思？下官究竟犯了什么罪？”

慕容辞冷酷地挑眉道：“吸食阿芙蓉膏触犯了律法，罪不容赦。”

众官员心魂大震，原来这已不是秘密了。

“本宫好心让你们在行宫戒瘾，你们非但不感激，反而质疑本宫。其实本宫可以放了你们，不过，御王会把你们斩首示众，你们的亲人也会受到牵连，流放北疆。”她不容置疑地说，“两条路，你们自己选。”

太子殿下是个死宅

御王花式拒绝昭华公主 ×3

慕容辞：两人吐血，好过一人吐血

御王壁咚太子殿下

慕容辞路见不平，救林羽

第十九章

明里顺从，暗中夺权

接下来，慕容辞在东宫闷了三日，睡了吃，吃了睡，左肩的伤复原得不错，再过几日便能痊愈。

行宫那边每日都传来消息，虽然戒瘾痛苦，但没出什么岔子。

这日，慕容辞去清元殿向父皇请安。

慕容承一直在天子寝殿静养，不为政务烦心，气色好了不少，人也胖了点。

朝中的事，她还是决定隐瞒，不必让父皇徒增烦恼。

“朕看着你好像沉稳了点，近来可有待在东宫学习治国安邦之道？”慕容承温和地问。

“父皇放心，儿臣不敢懈怠。儿臣近来颇有长进，明白了不少治国安邦的道理。”慕容辞诚恳道。

“好好好，你有长进，朕就放心了。”他爽朗地笑起来。

“父皇，什么事这么开心？”

这如冬日流泉的声音，一听便知是昭华公主慕容裳。

她犹如一只花蝴蝶翩然飞到慕容承身边，坐在床边，天生就有一种“人到哪儿，欢乐就到哪儿”的魅力。

慕容承眉开眼笑，慕容辞看着皇妹和父皇有说有笑，其乐融融，想着自己若不是太子，想必也会跟她一样，得到父皇的宠溺吧。

“兄妹俩”陪了慕容承一阵，一同告辞出来。

“太子哥哥，臣妹想问你一件事。”慕容辞正要离去，听见皇妹在后面唤了一声。

“你说。”见她眉目间娇羞，慕容辞已猜到了几分。

“听闻这几日都没有朝议，御王真的卧病在榻吗？”慕容裳开门见山地问。

慕容辞惊诧，御王受伤一事并没有传扬出去，她如何知道。

“你想做什么？”

“御王卧病在榻，臣妹理当去看望他。”

“皇妹，你是金枝玉叶的公主，为何这样痴心不改？”

慕容裳咬唇，眉目布满了忧伤与轻愁地说：“太子哥哥，你爱过一个人吗？那种爱而不得的滋味你不会懂。”

爱而不得……

慕容辞的确不懂，然而，男女间的百般滋味：惆怅，纠结，变化莫测，的确令人身不由己。

“皇妹，本宫明白你的心思，可是男女之爱要两情相悦。你这是一厢情愿……”

“臣妹知道，臣妹不会丢父皇的颜面，太子哥哥放心吧。”慕容裳转身离去，背影坚决，她是直往御王府去的。

然而守卫如何会放她进去，即使元秀大怒，抽出长剑，守卫依然带着哭腔道：“王爷吩咐了，谢绝所有来客。”

却是端柔郡主慕容诗正要出府，看见这一幕，脑中电光石火般算起人物关系来。

昭华公主是太子殿下的皇妹，若把昭华公主哄开心，她能在太子面前替自己说几句好话吧？

想着，她便几步过去娇声喝道：“放肆！公主是来找我的，你们这么拦着，是不想要命了吗？”

侍卫哪敢再拦，眼见得慕容诗挽起慕容裳，堂而皇之地进去了。

到了府内，慕容裳刚要道谢，就见慕容诗连忙摆手笑道：“公主无需谢我，只是……倘若公主愿在太子殿下面前为我美言几句，我才感激不尽。”

慕容裳一愣，片刻恍然大悟，大笑道：“哦……原来你喜欢太子哥哥。放心吧，有机会本宫会帮你的。”

慕容诗兴奋地拍手，“好好好，咱们互相帮忙。”

“不如这样，”慕容裳灵机一动，“明日本宫带太子哥哥来，你来门口接本宫。然后你和太子哥哥一起，本宫和御王一起……”

“这个主意好！就这么说定了。”

之后，她把昭华公主带到三叔居住的院子，便笑逐颜开地离开了。

寝房里，慕容彧靠在大枕上看书，听到外面有动静，扭头一看是昭华公主，俊颜冷沉了几分。

“王爷，本宫听闻你身子抱恙，便代太子哥哥来看望王爷。”

他问道：“太子让你来的？”

“算……是吧，太子哥哥看见本宫出宫，便嘱咐本宫问候王爷。”她有些吞吐，暗骂自己不够镇定。

“公主怎么知道本王身子不适？”

“本宫听闻数日没有朝议，猜着或许是王爷身子抱恙。”

被他冰寒的目光看着，她无端地觉得头皮发麻，脚底寒气上蹿。

“本王要歇着了，公主请便。”

这么快就下逐客令！

慕容裳心里愤愤，她堂堂公主之尊，在他眼里就这么不堪入目？

“本宫好意来看望王爷，王爷就是这么待客吗？”

慕容彧的雪颜散发着瘆人的清寒，说：“本王不需要公主的好意，公主请吧。”

慕容裳愤愤而去，慕容彧重新吩咐林管家，今后无论如何不要让昭华公主进府。

第二日，慕容裳兴冲冲地前往东宫，拉着慕容辞往外拖，边走边说：“太子哥哥，咱们去街上逛逛。”

“本宫还有不少事呢，你自个儿去吧。”慕容辞好不容易才拂开她的手。

“太子哥哥，天气这么好，你就陪陪臣妹嘛。”慕容裳撒起娇来，摆出一副楚楚可怜的模样。

慕容辞见她如此，又想着数日没出宫了，就依了她。

却没想到，她直奔御王府。

“皇妹，去御王府做什么？”慕容辞预感不妙。

“这京城臣妹都玩遍了，就御王府还没游览过。今日咱俩游览御王府。”

慕容裳抱住她的手臂笑道。

“本宫要去大理寺找沈知言，你自己去吧。”

“那怎么行？说好了一起的。”

慕容裳死死地拖着她，毕竟是皇妹，慕容辞也不好太过粗鲁，一边劝说一边挣脱，“皇妹，本宫真的有要事去大理寺，放手……放手……”

眼看就到了御王府门口，一抬头见慕容诗在大门口等着，慕容辞撞墙的心都有了。

“太子殿下，公主，里面请。”慕容诗朝昭华公主挤挤眼，这回成了！

“太子哥哥，来都来了，不进去显得见外是不是？”慕容裳拖着兄长往大门走。

门口的侍卫知道不能让昭华公主进府，可又有太子同行，正犹豫时，太子就被拖了进去。

慕容辞恼怒道：“好了！放手！”

“太子哥哥就当是帮帮臣妹吧。”慕容裳欣喜地放手。

好吧，总不能让她一个人受虐，也要拉那个男人下水！

“王爷静养多日应该挺闷的，不如我们先去看看王爷。”慕容辞提议。

“好。”极力赞成的自然是慕容裳。

还未到寝房，几人忽然止步，不约而同地屏住呼吸。

繁花似锦的琼庭里，竹榻上靠坐着一个男子，白衣胜雪，轻袍缓带，广袂流垂似流风回雪，侧颜如美玉雕琢，似云霄天庭的上神偶落凡间。

好美！

慕容裳痴迷地看着他，心砰砰跳着。

听到动静，慕容彧一回头，略微一怔，死死盯着慕容辞。

慕容辞摆出一张苦脸，耸耸肩。

慕容裳端庄娴雅地站在一旁。

慕容诗奔过去，笑得眉目弯弯地说：“三叔，太子殿下和昭华公主一起来府里游玩，我会好好招待他们的。”

慕容彧淡淡地“嗯”了一声，眼里的寒意好似随时会射出来。

“殿下，我带你去花园逛逛吧。”她兴奋得手舞足蹈地说，“三叔要静养，不如公主在这儿陪陪三叔。”

“太子哥哥，臣妹有点累，就在这儿先歇会儿。”慕容裳落落大方道。

“本宫也乏了，不想走动。”慕容辞坐在石凳上，懒洋洋道。

慕容彧忽而一笑，笑意微凉如初秋的风，“抚琴、手谈皆可，灶房有新做的糕点，诗儿你带公主去灶房挑些来。”

慕容诗喜不自禁，拉着慕容裳的手兴冲冲地走了。

看见他清寒的目光移过来，慕容辞连忙道：“不是本宫的主意，是她们二人合谋的，本宫也是被骗过来的。”

慕容彧站起身，边往书房走边说：“跟本王来。”

他对鬼影耳语几句，与她进了书房，将门一关，就在书案一角坐下，雪白轻袍流垂如流水。

“为什么这么做？”

“二人一起吐血，好过本宫一人吐血。”慕容辞苦笑，“本宫被纠缠得没办法，只好把你拉下水。”

“这可是殿下自己送上门的。”他似笑非笑道。

她脸颊微热，就疾步往里间走去，“本宫从后窗溜走，你稍后把皇妹打发了便是。”

他几步过来，将她一把拖到怀里，抵到墙上。

早就决定跟他保持距离，今日又自投罗网！

“放手！”她恼恨地瞪他说。

“本王低估了殿下。若非这次玄月潭的对手太厉害，殿下打算隐瞒到什么时候？”他低沉的嗓音含着些许不明的意味。

“本宫有必要跟你交代吗？再说对王爷来说，本宫这只是三脚猫功夫，连你的暗卫都打不过。”其实她知道，他早就瞧出她身怀武艺，只是不知她武功的深浅罢了。

“殿下的武艺已经很让人吃惊了，还有什么别的秘密瞒着本王？”

慕容辞盯着他，明丽的日光从窗户流泻进来，他的眼中闪着幽微明灭的光亮，微凉。

慕容彧的唇角噙着若有若无的笑意说：“天下第一庄，凤凰楼，还有本王不知道的吗？”

慕容辞面上不动声色，心里却惊涛骇浪——他都知道了！

慕容彧捕捉到她眼底如火焰的异光，问道："想知道本王如何晓得的？"

她说："王爷想说，本宫就洗耳恭听。"

"你时常去漱玉轩，巧的是，天下第一庄的管事容湛也时常去漱玉轩。本王还知道，容湛与凤凰楼的鸨母容澜是姐弟，那么稍微一推敲便知殿下是天下第一庄和凤凰楼的幕后大老板。"他浅浅微笑着说，"再者，本王在天下第一庄、凤凰楼多次遇到殿下，只怕不是巧合就能解释的。"

"那王爷想怎么样？"

"本王想……一亲芳泽。"

慕容辞本是全身紧绷，乍然听到这四个字，不由一愣。

却在这时，听见外面的叫声。

"王爷……王爷……"

"殿下……殿下……"

慕容辞用力推开他，窘迫紧张道："她们会进来的。"

"无须担心，她们进不来。"

她趁机疾步转身到外间，他也跟着出来，取了一本书坐下来看。

外面传来慕容裳的声音："琴若，太子哥哥和王爷可在里面？"

琴若看向鬼影，他冷冰冰道："王爷和太子殿下在书房协商要事，任何人不能打扰。"

"太子殿下和三叔要饮茶、吃糕点，本郡主现在要把这些送进去，让开！"慕容诗娇声喝道，气势凛然。

"王爷和太子殿下暂时不需茶水。若有需要，王爷会吩咐属下。"鬼影不为所动，丝毫不惧地说。

"本郡主叫你让开！"她气急，声嘶力竭地吼道。

"郡主、公主还是速速离开为好，休在书房前喧哗。"他不卑不亢，一副一夫当关，万夫莫开的架势。

"你——"慕容诗气得全身发抖，说不出话来。

"本宫知道你职责所在，"慕容裳的语声温柔里带几分强硬，"不如你通报一下，看看太子哥哥和王爷的意思。"

鬼影根本不被她迷惑，冷硬道："方才王爷进去时吩咐属下，任何人不得打扰。公主还是请吧。”

慕容诗气急败坏地骂道：“你就是茅坑里的石头，又臭又硬。”

慕容裳的耐心被磨尽了，太子哥哥是被她拐到御王府的，能有什么要事？

“太子哥哥，太子哥哥，臣妹端来茶水和糕点，这位侍卫不让臣妹进去。”她扬声叫道，希望太子哥哥会帮自己。

毫无动静。

屋里，慕容辞偷偷地觑着慕容彧，他浓密的长睫微垂，遮掩了隐秘的心事。

她蓦然惊醒，窘得别开目光，竟然被他的美色所迷，太不应该了！

还差点儿忘了那件重要的事！

“王爷不是说要把军器监的重要机密抄录一份给本宫吗？”她不提，他就当她忘记了？

“这几日本王没来书房，不如这样，你自己抄录一份。”慕容彧站起身，在博古架的第三层第五格，移开一只精致完美的象牙雕，不知触动了哪里的机关，露出一个小暗格。他从暗格里取出一册泛黄的书，递给她。

慕容辞接来一页页地翻看，不禁心里冒出一个念头：这份是真的吗？他会不会暗中做了一份假的给她？

“殿下担心这份是假的？”慕容彧看出了她的顾虑，轻声问道。

“本宫怎么会怀疑王爷呢？”慕容辞浅笑道，“倘若王爷不想给本宫，拒绝便是，何必拿一份假的糊弄我？”

他瞧得出来，她笑得言不由衷，不过他相信，以后她会知道他的用心。

外面没动静了，或许是慕容裳和慕容诗离开了。

慕容辞坐在书案前，开始抄录。而他坐在一旁，目光时不时地从书册上移开，看她聚精会神的模样。她低垂的小脸肤白胜雪，宛若黎明之前盛开的花。

心，蓦然颤了颤。

或许有那么一日，红袖添香、举案齐眉、鹣鲽情深这样美好的词会成为他们一生的写照。

想到慕容彧已经知道她暗中培植了天下第一庄和凤凰楼，慕容辞寝食难安，总觉得他会出手，把她仅有的一点力量消灭掉。

这日，她直接去了天下第一庄。

“我们行事这般谨慎，没想到御王还是知道了。”容湛听完她的话，顿时觉得后背凉飕飕的，“御王的耳目遍布全城，当真令人防不胜防。”

“我担心他会动手。”慕容辞眉头深锁道。

“倘若他要动手，早就可以动手，何须等到现在？”

“我也不知道。”

“庄主不必太过忧心。近来御王府没什么动静，不像会对天下第一庄和凤凰楼动手。”容湛宽慰道。

“希望如此。”

经过玲珑轩、玄月潭一事，她对慕容彧有了更深的了解，此人城府极深，算无遗策，经常不按套路出牌。

她这点头脑和小心思，根本比不上他，也瞒不过他。

容湛见她眉心紧颦，神思忧虑，又道：“倘若御王要动手，为什么对你直言他已知你是幕后老板？”

慕容辞寻思道：“我也猜不透他的心思。或许他想以此让我寝食难安，心神大乱，最后一败涂地。”

容湛发现她过于忧虑，心神已乱，便说：“这样吧，我加派人手暗中盯着御王的动静，一有消息我立即报知你。”

她点点头。

他安抚道：“越是这个时候越是要冷静，倘若庄主自乱阵脚，对方更是有机可乘。”

离开天下第一庄，她决定和琴若去酒楼用膳，散散心。

京城新开了一家酒楼，名为松鹤楼，听闻什么飞禽走兽都能吃到，马车在酒楼旁停下来，但酒楼那边围了不少百姓，不知为何吵吵嚷嚷，她们挤过去，才知这是一家客栈，有一个姑娘想要投栈，却被伙计轰出来。

“我有银子，求求你们让我住一晚吧。”那姑娘荆钗布裙，发髻也是凌乱不堪，沾了草屑。

“我们掌柜的说了，已经客满，没有房间了。”一个伙计粗声粗气道。

“可是我明明看见有人退了房，我给双倍银子还不行吗？”

“你再不走，我就轰人了。”另一个伙计举起扫帚威胁着说。

“其他客栈都客满了，我没有地方住，求求你们发发善心。”

“这姑娘也是可怜，可是她带着一副棺材，客栈怎么可能让她住？”人群里有人摇头叹气道。

“姑娘，不会有客栈愿意让你入住的，你不如把棺材拉去城郊破庙。”有好心的大娘提议道。

姑娘点头抹泪，退出人群，准备拉着牛车走了。

琴若同情道：“这么热的天，一个姑娘家拉着一辆牛车走了这么远的路，很不容易。”

“把棺材拉到京城，想必是有什么事。”慕容辞凝眉道。

“奴才去问问。”琴若道。

琴若买了两个包子递给那姑娘，和善地说：“姑娘，这两个包子你先吃着。你不是京城人士吧，棺材里的人是你亲人吗？人死了不是应该入土为安吗？为什么把棺材拉到城里？”

那姑娘见她眉目亲善，便道：“我哥哥死了，我带着哥哥上京是为他申冤。”

琴若大感惊奇，问：“哦？你哥哥是被人害死的？”

“是，”那姑娘笃定地点头，眼里噙着泪说，“我一定要为哥哥讨回公道。”

“那你打算怎么办？”

“我去京兆府击鼓鸣冤！倘若京兆府不受理，我就去告御状！”

慕容辞走过去，温和道：“不如我为姑娘指点一二，姑娘知道御王吗？他是摄政王，总揽朝政，更可贵的是他宅心仁厚，爱民如子。你告御状不如去向御王告状，他定会为你兄长申冤。”

那姑娘欣喜若狂，好像突然看见了希望似的赶忙问道：“当真？御王当真会帮我？”

琴若附和道：“京城的人都知道御王是当朝贤王，公正严明，有冤屈的人向他告状，都会得到公平的审理。”

慕容辞又说：“你拉着棺材到御王府前，跪着喊冤，直到御王出来便好。”

“多谢二位公子。”那姑娘来不及道谢，拉着牛车急急往御王府走去。

琴若这才低声问道：“殿下为什么让那姑娘去御王府？”

“他太闲了，本宫必须给他找点事儿。”

不如亲自去看看？这么想着，她觉得不那么饿了，拉着琴若前往御王府。

那个身穿白粗布衣裳的姑娘当真跪在大门口，额头绑着一条白布，那棺材上还贴着一个大大的“冤”字。

“民女林羽求见御王！恳请御王为兄长申冤！恳请御王为兄长申冤！”

她一遍遍地喊着，直到一个守卫过来道：“姑娘，你要为亲人申冤就去京兆府，这里不是申冤的地方。”

“大哥行行好，向御王通报一声，我有莫大的冤情向御王禀明。”那姑娘凄苦道。

“王爷岂是你想见就能见的？再者，王爷不管冤案这类事，你要申冤就去京兆府或大理寺。”

“大哥你就当可怜可怜我吧，今日我就跪在这里，御王不见我我就一直跪着。”

“哎哟，我的大姑娘，你怎么就听不懂我的话呢？”那守卫着急了，“你再不走，我就赶人了！”

“你打我伤我，我都不会走。你敢伤了我，我连你一起告！”她倔强地昂起头说。

虽然御王权倾朝野，但御王驭下极严，今儿倘若他打伤人了，这差事绝对保不住。

“好好好，我给你通报去。”

其实府里的人早就听见了，慕容彧听了这事，眉头微凝地说：“派个人带那姑娘去大理寺，传本王的话给大理寺，好好查。”

一个外地来的姑娘怎么会知道来他的王府求申冤？

他招来鬼影，吩咐了两句，鬼影飞上屋顶，转眼之间就不见人影。

不多时，鬼影回来复命，说：“王爷，属下看见太子殿下匆匆离去。”

果然是她。

过了一日，慕容辞派人去大理寺请沈知言来一趟东宫。

沈知言过了午时才到，身上浸着微汗，如意连忙递上布巾，再奉上一碗冰镇绿豆汤。

他立刻舒爽不少，笑如春风地从宫女手里取过一把羽扇不停地扇着。

“殿下传我来，可有要事？”

“听闻大理寺接了一桩古怪的命案，本宫想了解一下。”慕容辞问。

“殿下的消息真灵通。”沈知言笑道，“是这样的，一个姑娘千里迢迢从宜州带着兄长的尸首来到京城，要为兄长申冤。这姑娘年方十八，名为林羽，父母早亡，是她哥哥林舒带大的。林舒十年寒窗苦读，才华横溢，是当地的青年才俊，不过他没有参加科考，只为街坊邻居家的孩子授课，收取一点银子。”

“那他是怎么死的？”如意问道。

“林羽的姐妹家中变故，她前去陪伴，几日后回来，发现哥哥死在家中，悲痛欲绝。”他接着道，“我刚刚验了尸，林舒虽死了三个月，不过林羽用冰保存尸体，还不算腐败得厉害。林舒是心口中了一剑，失血而死的。”

“那林羽为什么上京告状？”琴若不解地问。

“林舒兄妹宅心仁厚，跟乡亲邻里相处融洽，并没有与人结怨结仇。据林羽说，在林舒死前大约半月，他偶然结识一位年轻貌美的姑娘。二人情投意合，很快便私订终身，还互赠了定情信物。”

“后来这位姑娘变卦了？”慕容辞揣测道。

“没错，这位姑娘是京城人士，府里是做买卖的，家底丰厚，她带着丫鬟去宜州游玩散心，没想到遇上一个才华横溢的公子。这位姑娘声称父母早已为她订下姻亲，而且很快就要回京。未料林舒一片痴心，说他会参加科考，求取功名，日后风风光光地娶她。然而这位姑娘心硬如铁，坚持回京，挥刀斩情丝。”

“林公子真是个痴心人，林羽见过那姑娘吗？”琴若为林公子的深情而唏嘘不已。

“没见过，林羽只是听兄长简略地说过这些事。”沈知言叹气道，“她不知道兄长被那姑娘伤得这么深，她说她离家的时候，林舒郁郁寡欢，做什么都提不起劲，当时她急着出门，就没有多问几句，没想到回来时……”

“林羽觉得是那位姑娘杀死她兄长的？”慕容辞觉得这桩命案并不复杂。

他颔首道：“她断定是那位姑娘，案发后，她立即去报官，当地知府受理了这桩命案，不过搜遍了整个宜州城，也找不到那位姑娘。”

“那位姑娘叫什么？”

沈知言道：“林羽只知她姓容。”

大殿沉寂，宫女挥动大羽扇，扇出丝丝清凉的风。

琴若皱眉不解地问：“方才沈大人说林舒是一箭穿心，但那容姑娘是千金小姐，莫非身怀武艺？林羽姑娘为何笃定就是她？”

沈知言眉峰微扬，猜测道：“林羽姑娘的确没有证据，可能只是直觉。”

“可林姑娘仅凭一个姓，找得到容姑娘吗？”琴若撇撇嘴说。

“我已经吩咐下去，把京城姓容的人家筛选出来，相信很快便有结果。”沈知言道。

“你如何安置林羽姑娘？”慕容辞问。

“我让她暂时住在大理寺衙门的后院，她的银两用光了，衙门正好缺个干杂活的，就让她在灶房帮厨，打扫房间。”他清俊的面容颇有欣赏之意，“她手脚麻利，任劳任怨，是个好姑娘。”

她早就看出，林羽姑娘心性纯良，性情柔韧，因此，她才会出手帮林羽。

忽然这时，一个内侍匆匆奔进来，慌张道：“禀殿下，惊鸿殿传来消息，公主和宫公子出事了。”

昭华公主下狠手——鹿鼎记里建宁公主的套路

宫俊豪：我走的最长的路，是昭华公主的套路

御王的土味情话

第二十章

宫内宫外频出命案

惊鸿殿里，侍卫和宫人站了几排，见到太子驾到，纷纷躬身行礼。

“掌事内侍何在？”慕容辞往大殿看了一眼，冷冷问。

一个二十来岁的内侍出列，躬身垂首道：“奴才是惊鸿殿的掌事内侍。”

她见这内侍吓得全身发颤，不悦道：“公主出事，你不是应该在里面伺候吗？”

“公主不喜欢奴才在殿内伺候，只有元秀近身伺候公主。”这内侍哆哆嗦嗦地回话。

“没用的东西！”慕容辞怒斥道。

“究竟发生了什么事？”沈知言蹙眉问道。

“大约半个多时辰前，宫公子来看望公主。公主心情颇好，让奴才送了消暑的吃食进去，之后奴才就退出来。殿内只有元秀伺候着。”这内侍回道，“过了一盏茶的工夫，奴才看见元秀出来，好像是去茅房的方向，元秀刚回来，奴才就听到寝殿传出惨烈的叫声。”

“宫公子是？”沈知言不解道。

“是前些日子父皇给昭华公主赐婚的宫俊豪，家世显赫，人也俊俏入眼，虽然父皇一时兴起，但昭华公主似乎并不反对。”慕容辞草草解释，继而问那内侍，“是何人惨叫？”

“奴才听着，是宫公子的声音。”那内侍面色微变，“奴才等人听见叫声，担心公主出事，可冲进去时，奴才看见……”

“看见什么？”她气急地追问。

“看见……”他吞吞口水，眼里布满了恐惧，“看见宫公子坐在地上，鲜血淋漓……”

如此严重！沈知言和慕容辞对视一眼便冲进去。

寝殿里，昭华公主慕容裳瑟缩在床角，浑身发颤，发髻凌乱不堪，身上的五重绯色纱衣华美娇贵，然而衣襟领口大开，露出柔削嫩滑的香肩和精致细巧的锁骨。

而宫俊豪坐在一旁宫砖上，面色苍白，两腿之间亦鲜血淋漓。

再看床榻，薄衾凌乱，血迹斑斑，一把染血的匕首触目得很。

“太子哥哥……呜呜……太子哥哥……”慕容裳飞奔过来，号啕大哭，“呜呜……他欺负臣妹……呜呜……臣妹好怕……”

这凄惶悲痛的哭声令人心生怜悯，慕容辞拍拍她的肩，柔声地安抚道：“没事了……本宫在这儿……”

“殿下，是奴婢的错，是奴婢疏忽没好好伺候公主。”元秀下跪沉痛道。

“太子哥哥，臣妹不想做人了……臣妹宁愿死……”慕容裳哀凄绝望地饮泣，令人见之生怜。

“皇妹千万不要做傻事，凡事都有解决的办法。”慕容辞柔声哄着，把她带到偏殿。

“这里我来处理。”沈知言沉重道。

慕容辞点点头，揽着慕容裳离去。

宫砖上血迹斑斑，宫俊豪坐着的地方更是骇人。

“太医还没来，你还撑得住吗？”沈知言问。

宫俊豪双唇发白，无神地睁着双目，轻微地眨了一下。

沈知言猜到他何处受伤，但还是问道：“我略通医术，可否看看你的伤？”

宫俊豪轻轻点头，因为剧烈的痛无力地喘着。

沈知言轻轻掀开他染血的衣袍，果不其然，伤在命根。

忽然，宫俊豪握住他的手腕，手臂颤抖咬牙道：“求大人……定要为我保住……”

“稍后太医来了，定会竭尽全力诊治你。”

虽这么说，但沈知言看得分明，下手之人狠辣至极，后果可想而知。

偏殿这边，慕容辞让昭华坐下来，喝了一杯茶，她激动的情绪平复了些，只是还时不时地涌出泪水，一双眼红肿如桃。

元秀再次下跪，一个劲儿地磕着头说：“奴婢没有照顾好公主，奴婢有罪，殿下如何惩处，奴婢绝无怨言。”

“你的确该罚，不过皇妹还需要你照料，本宫先记着。”慕容辞问道，“这究竟是怎么回事？”

“自订了婚，宫公子就常来看望公主，今日宫公子来，公主还让宫人送来新鲜的瓜果糕点招待他。起先宫公子还算客气，彬彬有礼，与公主相谈甚欢，可没想到他是那样的人……”元秀义愤填膺道，“奴婢只是去趟茅房，回来便听见殿内传出惨烈的惊叫，奴婢立即冲进去……”

“你看见什么？”慕容辞清冷地问。

“奴婢看见宫公子坐在地上，流了好多血，公主也坐在地上，就是殿下进来时看见的那模样，惊惶恐惧，全身发颤。”

“太子哥哥，你要为臣妹做主……”慕容裳哽咽道。

“他究竟对你做了什么？”慕容辞眉头深锁。

“他……他好可怕……臣妹吃瓜果的时候不当心掉在身上，便去寝殿更衣……没想到他跟着进来……”慕容裳嘶哑地说着，泪眼模糊。

“殿下，奴婢去杀了那畜生！”元秀怒火滔天，不觉杀气腾腾。

“不可冲动！”慕容辞连忙阻止。

“他还把臣妹的嘴捂着，不让臣妹喊人……”慕容裳抽噎着，“臣妹很害怕，情急之下从枕边抓到匕首，威胁他不要过来，不想他非但不怕，还夺走那把匕首……然后……然后不知怎么的，臣妹抓着他的手用力一划，他就流血了……”

她整个身子颤抖得厉害，看起来是那种发自灵魂的恐惧。

“殿下，”元秀补充道，“公主一向胆小，所以枕边时时放着一把匕首防身。这宫公子就是衣冠禽兽！公主很快就下嫁于他，他何必借看望公主之机行不轨？殿下要为公主做主，一定不能放过他！”

“放心吧，本宫不会让你平白被人欺负的。”

随后，她出了大殿，见到沈知言，对她一使眼色，她便心领神会，跟他往殿廊西侧走去。

沈知言说："宫俊豪所受的那一刀，下手颇狠，今后他无法传宗接代。"

这么严重？

"这一刀是……"慕容辞还有些疑问，却不知疑点在哪里。

"我不敢妄下断语，不过从宫俊豪的伤势来说，一个娇弱的女子不可能有那样的力道一刀断根，更何况宫公子武艺高强，反应敏捷，应该不太可能被公主得手。"他分析道。

"有没有这种可能，他对昭华意图不轨，昭华激烈地反抗，在纠缠间，昭华失控，用匕首伤了他？"她做出假设。

"我只能说，有这个可能。"沈知言犹疑道，"但此事还是颇为蹊跷。"

宫殿那边，乔妃在宫女的搀扶下匆匆赶来，满面担忧。

慕容辞忽然觉得有点古怪，为什么乔妃现在才来？宫人不是应该第一个去报给昭华的生母乔妃吗？

"明日本宫去问问宫俊豪。"慕容辞回过头来，静色道。

他温润道："明日若我有空，便陪殿下去。"

"传令下去，不许宫人议论这件事，凡议论者，宫规处置。"

次日，慕容辞先去了大理寺，再和沈知言一起去看望宫俊豪。

宫夫人杨氏从房里出来，看见他们，不情不愿地行了个礼，红肿的眉目间布满了愤恨，只是敢怒不敢言。

慕容辞客气道："宫夫人，这些药材是本宫的一点心意，给令郎补身。"

琴若奉上四盒珍贵的药材，杨氏给身旁的侍婢打眼色，阴阳怪气道："既是太子殿下的心意，臣妇便收下了。"

"宫夫人，我们可以进去看看令郎吗？"沈知言问道。

"豪儿睡着了……"杨氏凶悍的眉目泛着冰冷的戾气。

"娘，让殿下进来吧。"房里传出宫俊豪的声音。

两人进了宫俊豪的寝房，见他正躺在床上，面色惨白，眉宇间交织着诸般复杂的情绪。

昨日回到府里，他知道自己变成宫里内侍一样的废人，他也歇斯底里地怒吼，痛楚绝望地悲鸣。失去了一个男人最重要的东西，再也不能顶天立地，这个耻辱会跟随他一生，一辈子遭受非议、白眼、讥笑……很快就会被传扬得人尽皆知，他还有什么颜面活在世上？

虽生不如死，可娘亲说过，宫家子孙绝不能懦弱！他要报仇！

“宫公子，昨日在惊鸿殿发生的事，殿下表示很遗憾，不过殿下会查清楚。”沈知言说道。

“殿下最好查清楚，还我一个公道。”宫俊豪咬牙切齿道。

“宫公子，无论是基于何种缘由，何种情况，都是昭华伤了你，本宫代昭华向你致歉。”慕容辞诚恳道，“可以说说昨日在惊鸿殿发生的事吗？”

“昨日我刚回府，就有宫里的一个内侍来，说昭华公主传我进宫协商大婚事宜。我不敢怠慢，便进宫去见公主。”宫俊豪缓缓道来。

慕容辞纤眉微凝，怎么跟元秀说的不一样？

他继续说着，仿佛回到了昨日……

对于这桩婚事，他是满意的。他虽不比公主身份高贵，但文武双全，家世显赫，在帝京众多世家子弟里十分出众。陛下赐婚后，他更是春风得意。

进了大殿，他见到了朝思暮想的公主。

公主打扮得很美，比往日都要美。她穿着五重绯色纱衣，好似一团轻软的红雾覆在那婀娜多姿的娇躯上。

他看直了眼，觉着公主螓首低垂、浅浅微笑的模样摄人心魄，不过他不敢造次，公主拉他坐下，温柔递杏仁酪给他吃。

“这是父皇最喜欢的杏仁酪，本宫特意让御膳房的宫人多做了一碗，你快尝尝。”

她含笑看他，娇羞的眉眼微微低垂，风情万种。

吃了杏仁酪，他心里甜得发腻。

公主又拿起瓜果递在他嘴边，妩媚地说：“张嘴。”

吃了瓜果，他更心旌摇荡。

“驸马，味道如何？”

“美味可口，秀色可餐。”他如实回道，“公主为什么待我这么好？今日来可是要与我协商大婚事宜？”

“不急，稍后再谈。”公主拿起一块瓜果慢慢地吃，如烟似雾地凝视他，不经意地，那瓜果掉落在她身上，弄脏了绯色纱衣。

她站起身，柔声道：“本宫去更衣，稍后便来。”

宫俊豪起身恭送，不多时，他听见寝殿传来一声轻呼，担心她出了什么意外，他想也没想就进去了。

奢华的寝殿里，她站在床榻前惊慌失措地指着墙角，花容大惊地叫道：“蟑螂！一只蟑螂！”

“公主别怕，有我在。”他在四周找了一圈，也并未找到。

“本宫最怕蟑螂了！”公主忽然拽住他的手臂，惊魂不定道，“你别走，本宫担心蟑螂再爬出来。”

宫俊豪身子僵住，不敢动弹——公主的碰触令他的心剧烈地跳动，闻到她身上的幽香，忍不住看向她。

她也看着他，含情脉脉。

“驸马，你喜欢本宫吗？”

他觉得有点晕，迷迷糊糊地说道：“喜欢，当然喜欢。此生能迎娶公主，是我最大的幸福与荣耀。”

“驸马，你会对本宫好吗？”公主搂着他，把头靠在他肩头。

他僵硬地回道：“这辈子我只对公主一人好。”

平时他是克制的，可是今日不知怎么回事，只觉得血液如万马奔腾，似有大火烧着他……他眼前的公主有点模糊，她柔媚如春水，抱着他不松手……

再后来，他突然看见公主的手里多了一把匕首，还不及反应，就见寒光一闪，剧烈的疼痛让他清醒了些，他才发现自己受了伤。

宫俊豪简略地说了昨日在惊鸿殿发生的事，神色黯然。

“殿下，我不是有意冒犯公主，公主主动抱我，对我含情脉脉……倘若公主直言不喜欢如此，我一定不会冒犯公主，还请殿下相信我。”

“你的意思是，公主勾引你？”沈知言惊异地问。

“我也不知道怎么说……但的确是公主先抱我的。”其实宫俊豪自己也有点懊恼，昨日应该克制的，但有些细节他就是想不起来了。

“昭华先抱了你，还做了什么？”慕容辞不动声色地问。

“公主抱着我……”宫俊豪冥思苦想，皱眉道，“其他的我也不太记得了。”

“就昨日发生的事，怎么会不记得？”沈知言凝眉道。

“真的不记得，我也不知道怎么回事。”宫俊豪苦恼不已。

“那这几日你好好想想，倘若想到什么，派人报知本宫。”慕容辞淡淡道。

“恕我不能送殿下了。”宫俊豪道。

“你好好歇着。”说罢，沈知言跟着慕容辞离开。

出了丞相府，他们登上马车。

昭华勾引宫俊豪？确实不可思议。

“殿下怎么看？这事儿不能听凭一人之言，公主怎么说？”

“昭华所说的跟宫俊豪所说的完全相反。”慕容辞蹙眉道，“昭华和宫俊豪，必定有一人说谎。”慕容辞笃定道。

“谁在说谎呢？”沈知言摸着下巴寻思着。

“对了，林羽兄长那桩命案有进展吗？”

“我吩咐下属去京兆府调取卷宗，京城里姓容的人家共有九家，但都不是富裕人家。”

“会不会那容姑娘对林舒谎称自己是千金小姐？”

“不排除这个可能性。因此我让下属排查这九户人家。”

马车刚进宫门，旁侧窜出来一个内侍，扬声道：“太子殿下，御王有请。”

大殿清寂，慕容彧坐在案前，目光垂落在奏折上，精雕细琢的雪色容颜不显喜怒。宫俊豪的父亲宫丞相也在。

“王爷有要事与本宫相商？”慕容辞开门见山地问。

“宫丞相的嫡长子宫公子伤了要害，今后再也不能传宗接代，致使宫家不能传续香火，备受嘲笑非议。”慕容彧冷峻道，“宫丞相奏请严惩伤人凶手昭华公主，给宫家一个公道，殿下怎么看？”

“的确是昭华伤了宫公子，不过这件事颇有吊诡之处，谁是谁非，一时之间难下定论。”慕容辞扬眉道，“本宫还需时日查清楚。”

“能有什么吊诡之处？殿下这是偏私、包庇公主！”宫立明愤愤道，面色铁青。

慕容辞道："宫丞相少安毋躁，这件事令郎和昭华各执一词，孰是孰非难以分辨。本宫会彻查清楚。倘若真是令郎无辜受害，本宫定当还他一个公道。"

宫立明浓眉微动说："殿下要查自然是好事，但如若殿下一句还没查清就无限期地搁着，那此事还不是不了了之？"

慕容彧道："十日为期，十日后，殿下必须给宫家一个交代。"

宫丞相告退离去，她正要告辞，却见慕容彧悄无声息地走过来，似笑非笑。

她预感不妙，呼吸一滞，立马转身就跑。他箭步上前，扣住她的手腕，顺势将她揽带到墙边。

"你干什么？"她的双手撑在他胸口挡着，挤眉弄眼地说，"这里可是上书房！"

"殿下这几日可真忙。"慕容彧轻笑，笑里藏着刀锋，"忙着给本王找麻烦。"

"哪有？王爷怎么不在王府多歇几日？你的伤痊愈了吗？"

"殿下这是关心本王吗？"

"算……是吧。北燕国还需要王爷，王爷千万保重。"慕容辞自问笑得自然，"本宫还有要事，先行一步。"

然而，根本无法糊弄他。

外面传来脚步声，应该是内侍来送茶水。

慕容彧陡然厉喝："滚开！无本王吩咐，任何人不许进来。"

那端着金漆托盘的内侍猛地止步。

"这几日你好像躲着本王。"慕容彧的指尖从她的额头往下滑，举止轻柔。

她忍着拍开那手的冲动，说："哪有？本宫口渴了，你这里有茶水喝吗？"

"没有只有吃的。"

"什么吃的？"

"一颗痴心。"说着，就要上前抱住她。

她早有防备，巧妙一蹲，连滚带爬地逃走。

望着她飞奔离去的背影，他唇角浮现一丝温柔。

回到东宫，慕容辞和琴若、如意谈起宫俊豪受伤一事，三人皆是一脸迷茫。

“殿下，会不会两个人都说谎了？”琴若说。

“也不是不可能。”慕容辞凝眉道。

只是想了一整夜，慕容辞都没理出头绪。

次日，她去惊鸿殿看望昭华。慕容裳郁郁寡欢，面色苍白如雪，眼神黯淡，也不说话。

元秀忧愁不已，乔妃在一旁哭道：“昭华怎么会遇到这事？本以为陛下赐婚是天大的喜事，没想到变成这样……”

“不如本宫带皇妹出宫走走，散散心。”慕容辞提议道。

“也好，总是闷在宫里，本宫担心她做傻事。”乔妃声音低哑。

街上车水马龙，热闹喧哗，元秀一直紧紧地拉着公主，慕容裳依然不为眼前的景象所动，不过总算会简单地回应她们。

“卖白糖糕喽，好吃的白糖糕喽！”街边有个男子扬声叫卖。

“殿下，公主最喜欢吃街上的白糖糕了，每次出来看见了都会买。”

慕容辞笑道：“那你留着陪公主，本宫去买。”

待付了银子，拿着白糖糕回来，慕容辞却看见两个陌生的女子站在慕容裳她们面前。

慕容辞慢慢往前走，又往旁侧避开。

“你们认错人了！还不快走？”只听元秀呵斥道。

“姑娘，你真的跟我认识的一位公子很像，请问你是不是容公子的妹妹？”那女子迫切地问慕容裳，面有喜色。

慕容裳盯着那女子，眼神闪烁，好似受到了惊吓。

元秀的目光凌厉如剑，一把推开那女子，大声道：“什么容公子？我家小姐不认识什么容公子！”

那侍婢为主子愤愤不平，嗔怒道：“你怎么可以动手打人？天子脚下还有没有王法？”

元秀更加愤怒道：“我都说了你们认错人了，还问什么问？快滚！”

那穿戴素雅的女子长得极为秀美，眉目间却布满了忧愁，轻声说：“这位姑娘别生气，是我们唐突了。”

慕容辞走过去，把白糖糕递给元秀，笑道：“姑娘不是京城人士？如何称呼？”

“公子，我名为夏晓露，是锦州人士，我和侍婢春桃到京城已有四日，住在客栈。”夏晓露身穿一袭月白底绣蓝花的夏衫罗裙，宛若空谷幽兰，“公子，我来京城寻人，可惜人海茫茫，我还没有头绪。”

“不知姑娘找什么人？”慕容辞客气地问，这位姑娘言辞温柔，看着也知书达理。

“找什么人也不关我们的事。”元秀不耐烦道，“少爷，小姐站久了身子不适，我们还是走吧。”

“主子说话，你插什么嘴？”琴若低声斥责，“小姐乏了，你先带小姐去那边的茶楼歇息。”

元秀张张嘴，终究没说话，带着还有点发懵的慕容裳慢慢走远。

夏晓露娇羞地垂眸，说：“我来京城是找……心上人。”

她的侍婢补充道：“我家小姐与容公子两情相悦，容公子说要娶我家小姐的。”

又是姓容，慕容辞心思微动，问道：“姑娘的心上人容公子是京城人士？”

夏晓露点点头道：“容公子亲口跟我说，他是京城人士。公子可是这位姑娘的兄长？”

慕容辞点头，夏晓露的目光在她和慕容裳之间闪了闪，然后道：“是我唐突了，还请诸位见谅。春桃，我们走吧。”

望着那两人走了，慕容辞眉头微微一紧。琴若忽喊腹痛要去茅房，余人便去街边茶楼歇脚。

在茶楼消磨了半个多时辰，慕容辞带着慕容裳回宫。

黄昏时分，琴若回来，说她刚刚找了两条街才找到那位夏姑娘。

夏姑娘住客似云来客栈，的确是锦州来的，来京已有四日，是来寻人的。

“她们怎么会错认皇妹？当时的情形，你且说来听听。”

“奴才和公主、元秀站在街边，夏姑娘和她的侍婢本是在街上走着，无意间看见我们，夏姑娘就快步走来，惊喜地盯着公主瞧。”

当时，夏晓露欣喜若狂地看着慕容裳，问：“容……敢问姑娘，你姓容吗？”

元秀目光闪烁，慕容裳依然面如死灰，无动于衷。

“我家小姐不姓容。”元秀冷冷道。

“姑娘，请问你认识容公子吗？”夏晓露又急又喜地说，“我找容公子有急事，若你认识容公子，请你告诉我。”

“我家小姐不认识容公子！你们认错人了！还不快走？”元秀疾言厉色道。

此后，就是慕容辞也来了。

琴若十分不解，“殿下，那夏姑娘上京寻郎，为什么会问公主是不是认识她的情郎容公子呢？”

慕容辞慢慢道：“本宫记得夏姑娘说，皇妹跟她要找的容公子很像。”

琴若不以为意地说：“这也没什么，天下之大，容貌相似的人也有不少。不过元秀动怒的样子很可怕，像要吃人。”

忽然，慕容辞想起林羽带着兄长的尸首上京状告容姑娘一事……容姑娘，容公子，这一女一男有可能是同一家人吗？这两件事有关联吗？

真是蹊跷。

过了一日，慕容辞前往大理寺。

林氏兄妹一案，沈知言经过排查，九户容姓人家共有六户有子女，其中四户有女儿，根据年纪排查，无一人符合条件。

她蹙眉道：“只可惜林羽并未见过容姑娘，对了，六户容家有儿子的有几户？”

“有三户。”

“这三户的儿子，有没有年纪在十八到三十之间的？已婚、未婚都算。”

“有两户符合殿下所说的，殿下想做什么？”他又好奇又不解。

“稍后本宫再与你细说，你派人去把这两个容姓公子带到大理寺。”

慕容辞吩咐完，微微一顿道，“带我去看看林羽。”

林羽正在后院打扫房间，穿着杏色粗布衣裳，满头乌亮的青丝梳成简单的发髻，插一支素雅的海棠银簪，圆润的脸庞因为干活而红扑扑的，十分好看。

“在大理寺住得还习惯吗？”慕容辞一笑。

“住得惯，我在哪里都住得惯。那日多亏公子为我指点迷津，不然我还不知道在哪里。”林羽爽朗地笑，“公子是我的恩人，林羽这辈子都不会忘。”

“林姑娘不要客气，只是举手之劳。”慕容辞温言道。

“日后公子有用得着我的地方，我定当竭尽全力帮公子。公子要在这儿用午膳吗？我做几样家乡小菜给公子和大理寺的几位大人尝尝。”

“好呀，我求之不得。”沈知言眉宇含笑，“林姑娘的厨艺令人惊叹，大理寺吃过的人都赞不绝口。”

林羽有点不好意思地说：“沈大人过奖了，那我先去街上买菜。”

她把木盆里的水倒了，擦净手，拿着钱袋从小门出去了。

“看来你们和林姑娘相处得不错。”慕容辞打趣道。

“林姑娘心地善良，对大理寺每个人都照顾周到。”

慕容辞一笑，继而凝眉，问道：“倘若找不到那个与林舒有过一段情的容姑娘，这桩命案很难侦破吧？”

“嗯，毕竟是宜州发生的命案，已经过了三个月，想要侦破的确很难。”

“京城的容姓女子都不是，莫非这容姑娘是用的是化名？”

“有可能，但如此一来，我们更无从查起。”

“林舒不是才华横溢吗？有没有画过容姑娘的画像？”

沈知言摇头，“我问过了，林姑娘说林舒应该是画过的，但她没见过画像。林舒死后，她收拾房间，也没找到画像。”

无从查起，一时之间，慕容辞心里有点难受。